啄木鸟文丛（2023）

高扬以人民为中心的文艺评论导向

范玉刚　著

本书为研究阐释党的二十大精神国家社科基金重大项目"推进文化自信自强的时代背景与现实途径研究"（项目编号：23ZDA081）和南方科技大学全球城市文明典范研究院2023年开放课题"文化强国建设与提升国家文化软实力研究"（项目编号：IGUC23A005）的阶段性成果。

中国文联出版社

图书在版编目（CIP）数据

高扬以人民为中心的文艺评论导向 / 范玉刚著 . -- 北京：中国文联出版社，2024.1
（啄木鸟文丛）
ISBN 978-7-5190-5436-6

Ⅰ.①高… Ⅱ.①范… Ⅲ.①文艺评论－中国－当代 Ⅳ.① I206.7

中国国家版本馆 CIP 数据核字 (2024) 第 039542 号

作　　者	范玉刚	
责任编辑	周劲松	
责任校对	胡世勋　宋雨桐	
装帧设计	孔未帅	

出版发行　中国文联出版社有限公司
社　　址　北京市朝阳区农展馆南里 10 号　　邮编：100125
电　　话　010-85923025（发行部）010-85923091（总编室）
经　　销　全国新华书店等
印　　刷　北京市庆全新光印刷有限公司

开　　本　880 毫米 ×1230 毫米　1/32
印　　张　12.25
字　　数　291 千字
版　　次　2024 年 1 月第 1 版第 1 次印刷
定　　价　88.00 元

版权所有·侵权必究
如有印装质量问题，请与本社发行部联系调换

2023年《啄木鸟文丛——文艺评论家作品集》编委会

主　编　　徐粤春

副主编　　袁正领

编　辑　　都　布　　王庭戡　　张利国　　何　美

　　　　　　陶　璐　　王筱淇　　向　浩　　唐　晓

　　　　　　杨　婧　　韩宵宵

总　序

文艺评论是党领导文艺工作的重要手段和方式，是社会主义文艺事业的重要组成部分，是引导创作、推出精品、提高审美、引领风尚的重要力量。中国文艺评论家协会（以下简称"中国评协"）作为文艺评论界的桥梁和纽带，在团结引领文艺理论评论工作者、繁荣发展社会主义文艺事业方面肩负重要职责。重任在肩，使命光荣。近年来，中国评协在习近平新时代中国特色社会主义思想指引下，紧紧围绕学习贯彻习近平总书记关于文艺工作重要论述特别是关于文艺评论的指示批示精神，以推深做实中宣部等五部门《关于加强新时代文艺评论工作的指导意见》和中国文联《加强新时代文艺评论工作实施方案》为重点，聚焦"做人的工作"与"引导文艺创作"两大核心任务，锚定中国文艺评论正面、坚定、稳重、理性的正大气象，建体系、强制度、树品牌、立标杆、展形象，在理论建设、示范引领、人才培养、行业评价、平台阵地等方面取得明显成效。我们欣喜地看到，在习近平文化思想的引领下，一支体系完整、门类齐全、梯次完备、数量可观的文艺评论人才队伍正在形成。

为进一步提升中国评协会员服务能力和水平，坚持出成果、出人才、出思想"三位一体"，激励文艺评论工作者发扬"啄木鸟"精神，涵养褒优贬劣、激浊扬清的品格，经中国文联批准，中国评协、中国文联文艺评论中心、中国文联出版社联合启动《啄木鸟文丛——文艺评论家作品集》（以下简称《文丛》）出版计划。《文丛》面向中国评协会员和中青年文艺评论骨干征集作品，经资格审查、专家评审、会议研究、公示等程序，最终确定了 10 部作品集纳入 2023 年出版计划。收入《文丛》的 10 部作品集涵盖文学、戏剧、影视、美术、书法等多个艺术门类，还包括网络文艺这一新类型，作者多为长期以来活跃于评论界的优秀文艺评论家，他们具有开阔的学术视野、深厚的理论功底、严谨的治学精神和敏锐的艺术感知，在各自的专业领域具有较大的影响。相信《文丛》的出版将会对作者学术研究和专业评论起到促进作用，也相信《文丛》的出版必定会在文艺评论界乃至文艺评论事业的发展进程中产生积极的影响。

此次《文丛》出版，各单位的积极推荐、中国评协会员的踊跃申报，体现了广大文艺评论工作者对于加强文艺理论评论工作的自觉意识和积极履行文艺评论职责的使命担当。此次收入《文丛》的 10 部作品集有以下共同的特点：一是注重正确的评论导向。作者们坚持以马克思主义文艺理论指导学术研究和评论实践，注重传承和弘扬中华优秀文论传统和中华美学精神，努力于中华优秀传统文化的创造性转化和创新性发展。二是彰显实践品格。《文丛》的作者们紧跟时代，关注当下的艺术实践和艺术现象，坚持从作品出发，注重发挥文艺评论价值引导、精神引领和审美启迪作用。三是努力开展专业、权威的文艺评论工作。《文丛》所收作品尊重学术民主、尊重艺术规律、尊重审美差异，注重开展建设性文艺评论，写评论坚持以理立论、以理服人，努力营造百家争鸣的学术和评论氛围。四是文风的清新朴实。注重改进评论文风，注重评论文章的文质兼美，是这批作者的共同特点。总之,《文丛》的出版,将优秀文艺评论工作者的评论成果予以汇聚和展示,将有助于推动文艺评论界形成良好的学术和评论氛围。我们期待更多文艺评论工作者能够陆续加入丛书作者的队伍中。

此次《文丛》出版工作得到中国文联党组的有力指导,也得力于中国文联文艺评论中心、中国文联出版社的通力合作。特别要感谢中国文联出版社为《丛书》的编辑出版发行提供了宝贵的经费支持。同时,也要感谢中国评协各团体会员、各专业委员会、各中国文艺评论基地的积极推荐,感谢踊跃申报的各位中国评协会员,以及为书稿的征集、评审和出版付出辛劳的专家和工作人员。希望以《文丛》出版为新起点,在习近平文化思想引领下,在新时代文艺繁荣发展的实践中,能涌现出更多优秀文艺评论人才,推出更多精品文艺评论佳作,推动新时代新征程文艺评论事业高质量发展。

是为序。

夏　潮

2023年10月

前　言

以胸怀"国之大者"的敬畏之心把好文艺评论方向盘

　　世界之变、时代之变、历史之变正在以前所未有的方式展开，人类文明跃升又一次站在历史的十字路口。在这诸多不确定性中，中国这艘巨轮却依然航向坚定地驶向文明的远方……党的二十大报告指出，从现在起，中国共产党的中心任务就是团结带领全国各族人民全面建成社会主义现代化强国、实现第二个百年奋斗目标，以中国式现代化全面推进中华民族伟大复兴。置身世界百年未有之大变局，立足新时代和中国发展的历史新方位，文艺发展如何肩负起时代主题？新时代文艺评论以什么样的姿态和形象回应时代的呼声？

　　首先，新时代的艺术创作和文艺评论需要深刻理解这个波澜壮阔的时代。党的十八大以来，我们进入了新时代，新时代是文艺繁荣发展的新坐标和新方位。在中华民族实现伟大复兴的进程中，新时代是中国人民在新的考验和挑战中创造光明未来的时代，也是中国人民拼搏奋斗创造美好生活的时代。生活的美好不是敲锣打鼓就能实现的，而是实实在在地奋斗出来的。文艺高峰也不是一蹴而就的，而是广大文艺工作者呕心沥血的倾情拼搏之作。它不是孤峰孑立，而是群峰并峙，是大家、大师、大作的不断涌现。究其文艺繁荣发展的自觉追求而言，新时代的文艺创作要向着亿万人民的史诗般的磅礴实践敞开，向着丰富多彩的社会生活创造敞开,向着社会文明程度不断提高敞开,向着人性的善良和光明敞开。这必然要求广大文艺工作者要全方位书写中国人民的奋斗之志、创造之力、发展之果,以文学艺术全景式地展现新时代的精神气象,在世界舞台上展示可信、可敬、可爱的当代中国人形象。作为对文艺创作的一种价值引导,文艺评论要的是批评,褒优贬劣、激浊扬清,真正把好评论的方向盘。要求评论家要自觉胸怀"国之大者",眼纳千江水、胸起百万兵,不断增强历史主动精神。当下的中国越来越成为"世界的中国",新时代的文艺创作需要全景式展现新时代的精神气象,在世界舞台上展示可信、可敬、可爱的当代中国人形象。

其次,新时代文艺繁荣发展要在坚持以人民为中心的创作导向和高扬以人民为中心的评论导向中,不断增强世界眼光和全球意识。发展方位的变化增强了文艺工作者的文化自信,愈加要求文艺工作者要在心中鼓荡凌云壮志,自觉胸怀"国之大者",为民族复兴和国家崛起贡献艺术之力。新时代的文艺发展要锚定人类文明的未来指向,文艺发展要以中国文艺现代性契合国家需求和民族复兴的大任,始终坚持以人民为中心的创作与评论导向,引导文艺创作以精品追求在满足人民多样化的文化需求中,有效增强人民的精神力量。中华民族的伟大复兴必然显现于社会主义文化的新辉煌,必然张扬于精神的强大和文明力量的价值感召,中国文艺现代性的核心诉求是筑牢中华民族强起来的精神之基。文艺是共享的,以文化人,更能凝结人心;以艺通心,更易沟通世界。但是,在百年未有之大变局的世界秩序变化中,文艺往往又成为世界舞台上价值观博弈的载体和文化竞争的场域,从而与一个国家和民族的命运相牵系,这愈加凸显了"文艺事业是党和人民的重要事业,文艺战线是党和人民的重要战线"的功能定位,也必然使文艺在我们心中有了更加沉甸甸的分量，胸怀"国之大者"必然是新时代文艺发展的自觉。

再次，新时代的文艺发展要以精品创作为中心任务，以当代艺术经典化追求为艺术繁荣发展的自觉。对于文学艺术家和评论工作者而言，没有优秀作品，其他事情搞得再热闹、再花哨，那也只是表面文章，是不能真正深入人民精神世界的，是不能触及人的灵魂、引起人民思想共鸣的。因此，习近平总书记指出："文艺工作者应该牢记，创作是自己的中心任务，作品是自己的立身之本，要静下心来、精益求精搞创作，把最好的精神食粮奉献给人民。"相应于越来越成为"世界的中国"，新时代的艺术发展一定要向着人类文明跃升的方向瞩目，要祈向人之为人的境界，为人类文明进步提供可能的启示方向和多样性路径选择，从而以艺术的卓越性追求为时代定格。中国人民历来有深厚的天下情怀，这促使新时代的文艺发展要更加自觉地把目光投向世界、投向人类。习近平总书记指出，广大文艺工作者要有信心和抱负，承百代之流，会当今之变，创作更多彰显中国审美旨趣、传播当代中国价值观念、反映全人类共同价值追求的优秀作品。因此，文艺评论工作者要鼓荡凌云壮志，自觉胸怀"国之大者"，以扎实的创作锚定人类文明的未来指向，文艺评论要以中国文艺现代性契合国家需求和民族复兴的大任，始终坚持以人民为中心的评论导向，引导文艺创作勇攀时代高峰。中华民族的伟大复兴必然显现于社会主义文化的新辉煌，必然张扬于精神的强大和文明力量的价值感召，中国文艺现代性的核心诉求是筑牢中华民族强起来的精神之基。文艺是共享的，以文化人，更能凝结人心；以艺通心，更易沟通世界。但是，在百年未有之大变局的世界秩序变化中，文艺往往又成为世界舞台上价值观博弈的载体和文化竞争的场域，从而与一个国家和民族的命运相牵系，这愈加凸显了"文艺事业是党和人民的重要事业,文艺战线是党和人民的重要战线"的功能定位,也必然使文艺在我们心中有了更加沉甸甸的分量。同时,新时代也进一步使文艺愈加担负起激发全民族共同奋斗的意志的使命,这必然更加凸显了文艺评论工作的重要性,促使每一位文艺评论工作者要自觉胸怀"国之大者",在心存敬畏中把好评论的方向盘,不负时代、不负人民。

在国际秩序变动不居的世界舞台上,今日之中国既是从历史的中国走来的,也越来越成为"世界的中国"。进而言之,当代文艺创作既要扎根中华文化沃土、赓续中华文化根脉、传承中华文明基因,成为中华优秀传统文化创造性转化和创新性发展的践行者;更要不断增强世界眼光和全球意识,以艺术的卓越性追求发挥沟通世界、提升精神境界、诉求人类文明普遍共识,不断增强中华文明的思想辐射力和世界影响力,为开创人类文明新形态、构建人类命运共同体提供强有力的艺术支撑。因此,新时代的文艺发展要心怀对艺术的敬畏之心和对专业的赤诚之心,强化担当时代使命的艺术抱负,成就艺术的"国之大者",为世界舞台上复数的"现代性"和"世界文艺"贡献东方智慧,经由新时代的艺术创作和当代经典化追求,使世界人民充分了解和认可中国式现代化文化形态的价值理念,在普遍性文明价值的守护和艺术表达方式创新中彰显中国力量、中国样式、中国追求,以胸怀"国之大者"的气魄担当时代使命!

目 录

总序 / 1

前言 / 1

  以胸怀"国之大者"的敬畏之心把好文艺评论方向盘

壹 坚持以人民为中心的文艺评论导向

"以人民为中心的创作导向" / 3

  ——习近平总书记关于文艺重要论述的人民性研究

以文艺的人民性引导艺术创新 / 15

文艺的"人民性"内涵阐释 / 18

"人民是文艺之母" / 37

  ——习近平总书记关于文艺工作重要论述的人民性

  视角解读

高扬"人民至上、生命至上"的现代文明理念 / 52

  ——抗疫文艺的家国叙事与大国担当

文艺在高扬人民性中与伟大建党精神的契合 / 66

  ——习近平总书记"七一"讲话的文艺视角解读

正确理解文艺与市场的关系 / 88

——对"习近平在文艺工作座谈会上的讲话"精神的解读

文艺精品和艺术生产机制创新 / 106

贰 文艺评论向经典致敬

在双重视野融合中洞察《讲话》的问题性 / 127

——纪念毛泽东《在延安文艺座谈会上的讲话》发表80周年

《讲话》的话语表达逻辑与方法论启示 / 150

——纪念毛泽东《在延安文艺座谈会上的讲话》发表80周年

试析"红色经典"再生产对公民的询唤 / 183

新时代"红色经典"的创作及使命 / 204

"红色文艺经典"的现代性内涵阐释 / 219

叁 文艺评论要倾听时代的声音

以"一个人的计划"讲述新时代之新的故事 / 233

——对老藤《北爱》的一种倾听与解读

文学可以为脱贫攻坚贡献什么？ / 246

——对长篇小说《战国红》的一种解读

现实的人性与精神的涅槃 / 255

——长篇小说《天乳》的新现实主义解读

今天文学仍要以现实主义精神向时代发言 / 283

——对谷运龙长篇小说《两江风》的点评

"土地"意象的现代审美创造 / 298

——评叶炜的长篇小说《后土》

泰山何以成其大 / 309

——对纪录片《大泰山》的一种文化密码解读

时代精神的艺术表达 / 314

——民族歌剧《沂蒙山》的价值分析

《1921》：在大历史逻辑中讲述开天辟地的青春故事 / 318

文艺片发展亟须健全艺术生态 / 322

现实主义电影与社会主流价值传播 / 331

结语

强化批评精神，增强使命感 / 344

——关于建构中国形态的文艺评论的一点思考

壹 坚持以人民为中心的文艺评论导向

"以人民为中心的创作导向"

——习近平总书记关于文艺重要论述的人民性研究

在当前日益复杂的历史文化语境下,习近平总书记关于文艺的系列讲话不仅明确了社会主义文艺的人民性本质,阐述了文艺与人民的内在关系,重申了文艺创作的人民性取向,重新定位了文艺发展的人民坐标,还发展了马克思主义文论的人民性内涵,为当代文艺发展指明了道路。

一、文艺的"人民性"释义

文艺的性质是文艺的根本问题,直接关乎文艺的发展方向和功能发挥。毛泽东同志《在延安文艺座谈会上的讲话》指出:文艺"为什么人的问题,是一个根本的问题,原则的问题"[1]。这一论断切中了文艺的本质,是一切文艺创作思想和创作活动的总开关。在党的文艺政策中,文艺历来是为人民的。当代文艺要反映人民心声,就要坚持为人民服务、为社会主义服务这个根本方向。习总书记指出,"社会主义文艺,从本质上讲,就是人民的文艺"[2],由此指明了当代文艺发展的方向。所谓人民的文艺,就是以人民为本位的文艺,它表现为始终坚持以人

---

[1] 毛泽东:《毛泽东论文艺》,人民文学出版社1992年版,第45页。
[2] 习近平:《在文艺工作座谈会上的讲话》,人民出版社2015年版,第13页。

民为中心的创作导向，以满足人民精神文化需求为文艺和文艺工作的出发点和落脚点，把人民作为文艺表现的主体、作为文艺审美的鉴赏家和评判者，把为人民服务作为文艺工作者的天职。

"人民"的概念在不同的国家、不同的历史时期，有着不同的内涵。汉语文化中的"人民"概念是中华民族在历史发展中建构的，"人"和"民"原本有着不同的语义内涵，作为合成词的"人民"是较晚近的事情，有着迥异于此前的革命性意味，但其素朴的民本思想一直是中华民族的文化根基和基本价值诉求。在文艺发展史上，"人民"的概念从来不是现成的僵化的，而是历史的流动的，是一个在历史演变中不断生成的概念，它有着意识形态意味和现实性价值诉求，即使在社会主义文艺中也非现成性的固定所指。在外国文学语境中，文艺的"人民"概念，较早地被俄罗斯文艺批评家别林斯基、杜勃罗留波夫等人所使用，意在表征一种积极进步的文艺观。具体来说，别林斯基是在"最基本的民众或阶层"的意义上使用"人民"概念，与之相对应的概念是"有教养的上层阶级"，他认为真实性和人民不可分割，人民性表现最充分的地方，也是生活真实性最充分的地方，文学要以"理想主义或浪漫主义的方式彰显人民的高尚的伟大或诗意"。在他看来，"'人民'，总是意味着民众，一个国家最低的、最基本的阶层"。他所谓的"人民性"以对现实生活的忠实描写为判断标准，他认为凡是忠实于现实生活的描写，就必然是人民的，是有人民性的。因而，他反对那种对人民性的"伪浪漫主义"的庸俗化理解，似乎"在有教养的人中间不能找到一点儿类似人民性的影子"，幻想真正的人民性只隐藏在农民衣服下面和烟熏的茅屋里，好像"纯粹俄国的人民性只能从以粗糙的下层社会生活为其内容的作品中找到似的"[1]。究其意味，别林斯

---

[1] 参见《别林斯基选集》，满涛译，人民文学出版社1958年版，第368-370页。

基提出人民性问题，要求文学要表现"人民的意识""人民的精神""人民的使命"，旨在把文学的人民性与对专制制度和农奴制度进行批判的现实主义关联起来。

现代以来，"人民"的概念由政治话语而至日常词汇被广泛使用，但"人民"的概念始终有着特定阶级内容，不是指公民意义上的全体国人，也非单纯指某一种社会成分，而是一个集合体、联盟体，主要指那些推动特定历史阶段社会进步的基本阶层及其同盟力量。在我们党的话语体系中，"人民"是推动社会历史进步的力量，它往往被视为有价值意味的集合概念，主要指称社会主义事业建设的主体。1942年，毛泽东《在延安文艺座谈会上的讲话》指出："什么是人民大众呢？最广大的人民，占全人口百分之九十以上的人民，是工人、农民、兵士和城市小资产阶级。所以我们的文艺，第一是为工人的，这是领导革命的阶级。第二是为农民的，他们是革命中最广大最坚决的同盟军。第三是为武装起来了的工人农民即八路军、新四军和其他人民武装队伍的，这是革命战争的主力。第四是为城市小资产阶级劳动群众和知识分子的，他们也是革命的同盟者，他们是能够长期地和我们合作的。这四种人，就是中华民族的最大部分，就是最广大的人民大众。"[1] 毛泽东通过对人民内涵的分析强调"最广大""占全人口百分之九十以上""最大部分"，着重突出了人民的"广大性"；通过强调"同盟军""同盟者"突出了其他阶层与基本阶层的联盟关系，"人民"的概念进一步丰富。此后，邓小平、江泽民、胡锦涛均强调了文艺的人民性问题，在他们的论述中，"人民"作为历史的主体主要在一种集合性意义上使用。

习近平总书记在遵循集合性"人民"概念基础上，进一步强调了

---

[1] 毛泽东：《毛泽东论文艺》，人民文学出版社1992年版，第47页。

基于个体意义上的"人民"概念，认为"人民不是抽象的符号，而是一个一个具体的人，有血有肉，有情感，有爱恨，有梦想，也有内心的冲突和挣扎"[1]，这体现了"人民"概念的历史性进步和内涵的进一步丰富。其中对人的个体性价值的凸显，是对"人民"概念认知的深化，是对当代文艺发展规律的深刻把握，和对文艺要书写"具体的人"的情感、价值和诉求的内在要求。它体现了对中华民族伟大复兴中个人的尊重，突出强调当代文艺既要把关注文学表现哪些人及其个体性感受作为批评要点，也要把关注如何表现及其立场作为批评标准，这才是"人民的"批评，以及对文艺创作中现实主义精神的张扬。根本而言，这是在依法治国语境下，对迈入现代国家中每一个体意义上的公民权利的尊重，它丰富了现实条件下以包含公民的"权利"和"平等"为主要语义的现代意义上的"人民"概念，有别于市场经济条件下的消费者概念，仍具有一种政治性意味，从而使"人民"概念扎根于中国现代化历史进程，与中华民族的伟大复兴高度契合，在共建共享中肯定了每一个人的历史主体价值。因而，"人民"的概念不再是远离大地、脱离具体的抽象理论体系上的纽结，而是深植泥土、结合现实的具体呈现，"人民"的存在不再是抽象符号，这使"人民"既有集合性底色又凸显具体的个体性存在。

二、"人民性"是马克思主义文论的核心范畴

人民性是马克思主义文艺理论的核心范畴。马克思指出，"人民历来就是什么样的作者'够资格'和什么样的作者'不够资格'的唯一判断者"[2]。作为马克思主义的继承者，列宁明确指出："艺术属于人民。

---

[1] 习近平：《在文艺工作座谈会上的讲话》，人民出版社2015年版，第17页。
[2] 《马克思恩格斯全集》，第1卷（上），人民出版社1995年版，第195页。

它必须深深地扎根于广大劳动群众中间。它必须为群众所了解和爱好。它必须从群众的感情、思想和愿望方面把他们团结起来并使他们得到提高。它必须唤醒群众中的艺术家并使之发展……我们必须经常把工农放在眼前。我们必须学会为他们打算，为他们管理。即使在艺术和文化的范围内也是如此。"[1] 列宁阐述的几个"必须"，构成了社会主义文艺发展的基本纲领和艺术为劳动人民服务的全部内容。在他看来，艺术只有在人民群众中打下坚实的基础，成为人民群众文化生活的一部分，才能实实在在地属于人民，他明确提出"社会主义的写作要为千千万万劳动人民服务"的主张[2]。早期西方马克思主义代表人物之一的葛兰西，基于当时意大利知识分子严重脱离人民的现实，在1930年底发表的《关于"民族—人民的"概念》一文中提出"民族—人民的"文学概念，认为"无论是文学的人民性，还是本国创作的'人民的'文学，现在确确实实是不存在的；因为'作家'缺少同'人民'一致的世界观，换句话说，作家既未想人民之所想，喜人民之所喜，也没有肩负起'民族教育者'的使命，他们从前不曾、现在也没有给自己提出体验人民的情感……从而培育人民的思想情感的任务"[3]。由此葛兰西特别强调："至关重要的是，新文学需要把自己的根扎在实实在在的人民文化的沃土之中；人民文化有着自己的风格、自己的倾向和诚然是落后的、传统的道德与精神世界。"[4] 也就是说，人民的新文学一定要反映人民的文化诉求，即便是面对人民文化中的落后元素。他渴求在意大利艺术家中找到人民教育家，高度重视文学对人民的"革命意识"的培养，认为只有通过"民族—人民的"文学的教育，才能培育出新

---

[1]《列宁论文学与艺术》，人民文学出版社1983年版，第435页。
[2]《列宁论文学与艺术》，人民文学出版社1983年版，第71页。
[3] 葛兰西《论文学》，吕同六译，人民文学出版社1983年版，第47页。
[4] 葛兰西《论文学》，吕同六译，人民文学出版社1983年版，第17-18页。

的人民、新的文化。

文艺与人民的关系问题是社会主义文艺的根本问题，是社会主义文艺人民性的重要体现。文艺为人民服务是社会主义文艺的根本诉求，是社会主义文艺活动的核心价值观。"人民是历史的创造者，是时代的雕塑者。"[1]文艺起源于人的劳动，美肇端于人的生产实践。就文化的始源性含义而言，无论是作为观念形态的价值理念、道德情操，还是作为艺术形式的音乐舞蹈、书法绘画、诗词歌赋，都源自人民大众的生活和生产实践。人民大众不仅创造着文化，也不断传承发展着文化，并为文化所规范。高尔基指出："人民不仅是创造一切物质价值的力量，人民也是精神价值的唯一的永不枯竭的源泉，无论就时间，就美还是就创造天才来说，人民总是第一个哲学家和诗人：他们创作了一切伟大的诗歌、大地上的一切悲剧和悲剧中最宏伟的悲剧——世界文化的历史。"[2]在文艺实践中，人民群众的创造和审美需要不断推动文艺的发展，为文艺活动发展出内在动力和目的。文艺创作如果脱离人民，在价值上偏离人民的根本利益和审美需求，则不仅在内容上被人民所唾弃，还会在艺术形式上走向僵化以至于死亡。人民是推动历史进步的主体，同样是文艺创作活动的主体，因此，当代文艺家要"虚心向人民学习，向生活学习，从人民的伟大实践和丰富多彩的生活中汲取营养，不断进行生活和艺术的积累，不断进行美的发现和美的创造"[3]。人民在实践中创造了艺术，也在美的创造中推动了艺术进步。古往今来，专业作家、文学大师的艺术创造，都是建立在人民群众的伟大创

---

[1] 习近平：《在中国文联十大、中国作协九大开幕式上的讲话》，人民出版社2016年版，第10页。
[2] 高尔基：《个人的毁灭》，《论文学·续集》，冰夷等译，人民文学出版社1979年版，第54页。
[3] 习近平：《在文艺工作座谈会上的讲话》，人民出版社2015年版，第16页。

造基础之上。优秀的文艺家实际上是大众创造的改造者、加工者和提升者。文艺应该高扬人民大众的历史主体身份。然而在文艺实践中,我们的某些文艺生产的是虚假苍白的主体,历史真正的主体——人民大众,仅仅成了"围观"与"喝彩"的道具,从而背离了社会主义文学的本质。有学者指出,文学创作不应追风赶潮,而应以生活为沃土,以民众为根本,扎根于斯,寄情于斯,向"小人物"要"大作品"。在波澜壮阔的时代洪流中,恰恰是亿万民众生活中的点点滴滴汇聚了沧桑巨变。文学,应该是民众的文学[1]。如果说历史是个大舞台,人民就是这个舞台的真正主角,社会主义文艺不能背离这个根本。坚持以人民为中心的创作导向,就是要以情感和情怀为底蕴,让千千万万的普通大众从幕后走到台前,站立在舞台中央——文艺的"剧中人"。把人民作为历史主体、文艺创作的源头活水,文艺家就不能热衷于写"一己悲欢、杯水风波",而要为人民抒怀、抒情,塑造出富有时代精神的人民形象。

三、人民是文艺的"剧中人"

习近平总书记在关于文艺的系列讲话中指出:人民既是历史的创造者,也是历史的见证者;既是历史的"剧中人",也是历史的"剧作者"[2]。文艺活动作为人的精神性的活动,也是人的本质力量的对象化,人的本质力量的一部分通过文学艺术的创造和欣赏展现与外化,具体的鲜活的人是文艺的出发点、枢纽点和归宿点,文艺是作为主体的人的能动的创造,是塑造"丰富的人""完整的人"的重要途径。人民不仅创造了文艺,还是文艺的"剧中人"。

---

[1] 张江等:《文学是民众的文学》,《人民日报》2014年3月14日,第24版。
[2] 习近平:《在文艺工作座谈会上的讲话》,人民出版社2015年版,第13页。

人民是文艺创作的源头活水[1]。能否创作出优秀的文艺作品，关键在于是否使创作扎根人民，从人民的生活中汲取力量。伟大的作品无不体现着人民的情怀，彰显人民性。创作出人民的文艺，最根本、最关键、最牢靠的办法就是扎根人民、扎根生活。艺术家只有眼睛向下，对多彩的现实生活有丰富的积累、深切的体验，领悟生活的本质、吃透生活的底蕴，才能创造出深刻的情节和动人的形象，其作品才能激荡人心。文艺创作必须要有坚实的根基，有根才能立得住、站得久，作家要把根扎在人民的生活中。如果一个作家的精神状态、心理意识、思想感情，一时一刻也没有离开人民的基本利益诉求，在创作中自始至终坚持人类文明与社会进步的理想，而非追名逐利、以趋利避害之心态选择写什么怎么写，就一定是一个有人民性、有良心的作家。

作家的根不在舞台上，而在民众中，"作家离地面越近，离泥土越近，离百姓越近，他的创作就越容易找到力量的源泉。世间万象，纷繁驳杂，尤其是我们身处的时代，丰富性、复杂性超越既往，作家怎么选择，目光投向哪里，志趣寄托在哪里，很大程度上也就决定了作家的品位和作品的质地"[2]。只有把心沉在人民中、沉在文学里，创作接地气，作品才能是独特的，才会有筋骨、有道德、有温度。当代文学史上某些文艺精品之所以能够产生社会影响，其中的关键是作家从人民生活出发，真诚地描写了他们对生活的理解和憧憬，这种满怀真诚的态度使他们与生活保持高度"同步性"，与时代共甘苦，从而触及时代的痛点。柳青之所以能够创作出当代文学史的经典《创业史》，与其扎根人民，把自己变成一个农民、一个农村基层干部、一个与人民同呼吸共命运的作家，而不是一个搜寻写作材料的人、一个旁观者、一

---

[1] 习近平：《在文艺工作座谈会上的讲话》，人民出版社2015年版，第15页。
[2] 张江等：《文学的筋骨和民族的脊梁》，《人民日报》2014年12月30日，第23版。

个局外人有着密切相关。他是去写土地和人民的,这种真诚让他把自己变成了土地和人民的儿子,成了他所描写的群体中的一员,打通了写他人与写自己的界限,把生活的感受与激情、欣喜与困惑、烦恼与欢乐等,内在地化合为感觉的放达、情感的表现,使《创业史》成为人民的文学,充盈着对土地和人民的深厚情感。路遥的《平凡的世界》之所以成功并广受赞誉,与其"人民是我们的母亲,生活是艺术的源泉"这一创作理念不无关联。可以说,一切优秀作品无不体现了扎根人民的创作经验。在艺术史上留名的徐悲鸿的《愚公移山》、蒋兆和的《流民图》、刘文西的《黄河纤夫》,以及阎肃的《红梅赞》《敢问路在何方》等,都是深深扎根人民生活的艺术结晶。人民是一切文学艺术取之不尽、用之不竭的创作源泉,这已成为文艺发展的一条规律。文艺只有植根现实生活、紧随时代潮流,才能做到繁荣发展;当代艺术只有顺应人民意愿、反映人民关切,才能充满活力。艺术家在创作中,不能以自己的个人感受代替人民的感受,而要虚心向人民学习、向生活学习,从人民的伟大实践和丰富多彩的生活中汲取营养,不断进行生活和艺术的积累,从中发现美和创造美,把人民的冷暖、人民的幸福放在心中,把人民的喜怒哀乐倾注笔端,用文艺讴歌不断奋斗的人生,刻画最美的人物,坚定人们对美好生活的憧憬和信心。

人民是蕴含文艺原料的矿藏,人民生活是一切文艺取之不尽、用之不竭的创作源泉。一个时代有一个时代之文学,伟大的作品都有着强烈的时代性,只能产生在其所处的时代,它们反映时代的现实,抓住了时代的问题,而问题源自人民的生活。毛泽东同志《在延安文艺座谈会上的讲话》指出,人民生活是文艺唯一的源泉,而非源泉之一。习总书记更是强调"人民是文艺创作的源头活水,一旦离开人民,文艺就会变成无根的浮萍、无病的呻吟、无魂的躯壳"[1]。就艺术美的生成而言，人民的伟大实践和丰富多彩的生活是审美活动最重要的对象。美作为对象在人民的生活中，在人民的伟大实践中。"史诗是人民创造的，不论多么宏大的创作，多么高的立意追求，都必须从最真实的生活出发，从平凡中发现伟大，从质朴中发现崇高，从而深刻提炼生活、生动表达生活、全景展现生活。"[2]正是人民对艺术和美的追求与审美境界的提高，促使中国当代文艺创造出无数审美形象。社会主义文艺的人民性追求，使文艺创作与人民的生活紧密结合，文艺道路越走越宽，艺术表现方式愈加多样化，艺术风格和创作流派更加自由发展，文艺创作的积极性和创造性被不断激发，在满足日益增长的审美需要中增强了人民的文化自信，文艺在社会文明程度的提高中越来越发挥强有力的引导作用。当前，虽然时代为作家、艺术家提供了丰沛的营养和鲜活的体验，但与之相匹配的文艺精品、文艺大师和文艺大家不多。究其根本，在于是否树立以人民为中心的创作导向，在思想观念上是否把人民当作文艺的"剧中人"，坚信人民是文艺创作的源头活水。坚持人民是文艺的源头，不是照抄照搬人民的日常生活，从生活到文艺的中间过程，凝聚着文艺家的智慧和才思，体现着文艺的规律和奥妙，遵循着生活的逻辑和艺术的真实，时时刻刻考验着文艺家的艺术表达能力和哲思境界的追求。在根本上，伟大的作品一定是基于人民性对个体、民族、国家命运的最深刻把握。艺术创作的个性化追求与人民生活的厚重水乳交融、相互依托，人民是当代艺术的繁荣之基。

文艺只有扎根人民，用博大的胸怀拥抱时代、用深邃的目光观察现实、用真诚的感情体验生活、用艺术的灵感捕捉人间之美，才能塑

---

[1] 习近平：《在文艺工作座谈会上的讲话》，人民出版社2015年版，第15页。
[2] 习近平：《在中国文联十大、中国作协九大开幕式上的讲话》，人民出版社2016年版，第13页。

造出鲜明的人物形象，创作出伟大的精品。习总书记指出："对文艺来讲，思想和价值观念是灵魂，一切表现形式都是表达一定思想和价值观念的载体。离开了一定思想和价值观念，再丰富多样的表现形式也是苍白无力的。文艺的性质决定了它必须以反映时代精神为神圣使命。"[1] 以文艺反映人民的心声，是社会主义文艺的使命担当和艺术追求。中国特色社会主义文艺，根本上是书写和记录亿万人民实践的文艺。艺术离不开人民，真正的文艺精品、艺术经典之作，无不与时代和人民息息相关，象牙塔里出不了文艺精品。只有真正扎根人民生活，文艺才能真正生动活泼起来，回顾文艺史上那些彪炳千秋的文艺经典，无不闪耀着人民性的光辉，传达着人民的情感，在根本上反映着人民的心声。因此，习总书记希望文艺家心里装着人民，用积极的文艺歌颂人民，把人民作为文艺的主人公，勇于创新创造，用精湛的艺术推动文化创新发展，彰显社会主义文艺的人民本位。他明确反对那种"以为人民不懂得文艺，以为大众是'下里巴人'，以为面向群众创作不上档次"的观点[2]。在平凡的时代，艺术家要写出人民对美好生活的追求和意气风发的精神状态，以及为民族伟大复兴作出的努力。只有融入人民火热的生活，艺术才会自觉地表达和反映人民的情感和意志、愿望和呼声，在精品创作中生长出创造性的力量和文化自信的根基，在价值引导中肩负起提高全民族文化素质的使命。

"以人民为中心的创作导向"是社会主义文艺的根本要求，离开了以人民为中心的创作导向，文艺发展就失去了价值准则。习近平总书记立足中国特色社会主义道路和当代文艺实践，创新性地丰富了"人

---

[1] 习近平：《在中国文联十大、中国作协九大开幕式上的讲话》，人民出版社2016年版，第8页。
[2] 习近平：《在中国文联十大、中国作协九大开幕式上的讲话》，人民出版社2016年版，第11页。

民"的内涵,把"人民"高高举起,这是对"人民群众对于美好生活的向往和追求就是我们党的奋斗目标"的积极践行,是对我们党长期坚持文艺"二为"方针的提炼升华,是对以人民为本位的马克思主义文艺观的新发展。

(发表于《文学评论》2017年第4期,第5-9页)

以文艺的人民性引导艺术创新

随着媒介融合的深入推进，融媒体、智媒体成为时代语境的重要表征，艺术媒介的跨界交融催生了一大批新的文艺类型，涌现了一系列文艺新形态和文化产业（艺术产业）新业态，也带来了文艺观念和文艺实践的深刻变化。在媒介融合深刻改变文艺形态、影响文艺生态的形势和语境下，媒介融合驱动艺术创新发展方向的问题日益凸显，眼花缭乱的艺术创新需要坚持和守护什么样的价值理念？它在什么意义上能为满足人民的多样文化需求与增强人民的精神力量相统一而担当使命？

习近平总书记指出："今天，各种艺术门类互融互通，各种表现形式交叉融合，互联网、大数据、人工智能等催生了文艺形式创新，拓宽了文艺空间。"当电影、电视、网络文艺、数字化艺术等新的媒介不断进入大众日常生活，艺术家们开始尝试以新的媒介融合表达新的感知经验、创造性思想与创新性思维。就媒介融合驱动艺术创新生成的诸多文艺新形态来看，人们对它的命名尚未达成共识。无论称之"网络艺术""数字艺术""新媒体艺术"还是"新媒介艺术"，都有着迥异于传统艺术形态的新的意味，笔者更倾向称之为"新媒介艺术"。就其创新性而言，媒介融合增强了艺术表现力、展示性，经由技术、艺的交融碰撞，在结合故事叙事与空间场景塑造中形成令人难以忘却的沉浸式体验。技术理性在新媒介艺术中占据重要地位，但是，"我们必须明白一个道理，一切创作技巧和手段都是为内容服务的。科技发展、技术革新可以带来新的艺术表达和渲染方式，但艺术的丰盈始终有赖于生活"。究其根本，艺术作品打动人心、实现共情的力量是其思想内容的价值穿透力和情感表达力。信息文明时代，科技在经济社会生活中的广泛运用，使人们越来越认识到只有诉诸以文化人的价值理念引导科技向善的变革创新，才能使其服务于人的全面发展和人类文明的进步。

人民是文艺创作的源头活水，是文艺作品的鉴赏者和评判者。当代文艺要彰显社会主义文艺的本质属性，始终坚守以人民为中心的创作导向。"文者，贯道之器也。"无论文化和科技的融合还是技艺合一的再度生成，都无法改变也不可能改变中国文艺的发展道路。当前，Z世代的崛起、新技术在艺术领域的广泛应用和智媒体对艺术生成的有效参与，使得对新媒介艺术发展方向与价值引导的问题愈益凸显，以人民性的价值导向引领艺术创新是时代的必然。文艺来源于生活，生活就是人民，人民就是生活。"人民是文艺之母。文学艺术的成长离不开人民的滋养，人民中有着一切文学艺术取之不尽、用之不竭的丰沛源泉。"人民并非空洞而抽象的符号，也不单单是大写的集合性名词，人民是真实的、现实的、朴实的，不能用虚构的形象虚构人民，不能用调侃的态度调侃人民，更不能用丑化的笔触丑化人民。文艺要欢乐着人民的欢乐、忧患着人民的忧患、感知着人民的衣食冷暖和喜怒哀乐。原本就生发于人民之中，有着技术基因、市场基因、产业基因和全球视野的新媒介艺术，更要体现文艺的人民性追求。究其根本，文艺只有向上向善才能成为时代的号角。因此，习近平总书记指出："广大文艺工作者要把个人的道德修养、社会形象与作品的社会效果统一起来，坚守艺术理想，追求德艺双馨，努力以高尚的操守和文质兼美的作品，为历史存正气、为世人弘美德、为自身留清名。"

对新媒介艺术而言，艺术创新不仅要在逻辑框架上寻求创新与技术迭代，从而带来节奏、韵律上的美感，更要从叙事上体现情感慰藉和家国情怀，进而触及心灵深处的温软。唯此，艺术创新才不会沦为技术高视阔步的爬虫，才能以其感性的审美体验增强人民的精神力量。2022年央视春晚舞蹈诗剧《只此青绿》，以舞台艺术的形式演绎了《千里江山图》，通过入画舞蹈的视觉样式，实现了用舞蹈完成立意的舞台转化。在艺术创新中，媒介融合视域下的《只此青绿》借助创意和技术的力量，创造了一个不背离技术逻辑又着意于情感诉求的新的叙事方式，从而成为一个现象级的文艺作品，为电视观众呈现了绚烂的视觉盛宴，令人印象深刻、意犹未尽。

技术应用带来媒介融合，媒介融合驱动艺术创新，这对当代艺术发展既是机遇也是挑战。信息文明时代，技艺合一的再度生成，并非全然是艺术的福音，特别是人机合成的智能化艺术产品的前景还具有诸多不确定性。当年海德格尔对技术本质的批判在数字化时代仍有余响，这使得以文艺的人民性引导艺术创新显得尤为迫切。

（发表于《中国社会科学报》2022年3月29日，第8版）

文艺的"人民性"内涵阐释

文艺的"人民性"是马克思主义文艺理论体系的核心范畴，是关于阶级社会文学艺术的根本原则和本质属性的一个基本概念，有着鲜明的马克思主义文艺理论的质的规定性，体现了鲜明的马克思主义文艺理论的本质、品格和伦理价值取向，是马克思主义文艺理论体系的奠基石之一。从究源的意义上讲，文艺性质是文艺的根本问题，直接关乎文艺的发展方向和功能发挥。毛泽东同志《在延安文艺座谈会上的讲话》中指出：文艺"为什么人的问题，是一个根本的问题，原则的问题"[1]。这一论断切中了文艺的本质，是一切文艺创作思想和创作活动的总开关。在党的文艺政策中，文艺历来是为人民的。当代文艺要反映人民心声，就要坚持为人民服务、为社会主义服务这个根本方向。习近平总书记指出："社会主义文艺，从本质上讲，就是人民的文艺。"[2] 由此指明了当代文艺发展的方向，进一步明确了坚持"以人民为中心"的创作导向。所谓人民的文艺，就是以人民为本位的文艺，它始终以满足人民精神文化需求为文艺和文艺工作的出发点和落脚点，把人民作为文艺表现的主体，把人民作为文艺审美的鉴赏家和评判者，把

---

[1] 毛泽东：《毛泽东论文艺》，人民文学出版社1992年版，第45页。
[2] 习近平：《在文艺工作座谈会上的讲话》，人民出版社2015年版，第13页。

"为人民服务"作为文艺工作者的天职。

一、"人民"概念的流动性和内涵的杂糅性

人类发展史表明,"人民"的概念在不同的国家及其不同的历史时期,有着不同的内涵。毛泽东同志在 1957 年《关于正确处理人民内部矛盾的问题》中指出:"人民这个概念在不同的国家和各个国家的不同历史时期,有着不同的内容。拿我国的情况来说,在抗日战争时期,一切抗日的阶级、阶层和社会集团都属于人民的范畴,日本帝国主义、汉奸、亲日派都是人民的敌人。解放战争时期,美帝国主义和它的走狗及官僚资产阶级、地主阶级以及代表这些阶级的国民党反动派,都是人民的敌人;一切反对这些敌人的阶级、阶层和社会集团都属于人民的范畴。在现阶段,在社会主义建设时期,一切赞成和拥护社会主义建设的事业的阶层、阶级和社会集团都属于人民的范畴;一切反对社会主义革命和敌视、破坏社会主义建设的社会势力和社会集团,都是人民的敌人。"[1] 可见,"人民"的概念随着时代和语境的变化不断流动,并呈现出内涵的某种杂糅性。事实上,即使在马克思、恩格斯的著作中,"人民"概念的使用也不是一个内涵明晰稳定的术语,马克思在《"莱茵观察家"的共产主义》(1847 年)一文中说:"人民,或者(如果用个更确切的概念来代替这个过于一般的含混的概念)无产阶级。"[2] 虽然马克思承认"人民"是"一种公认的力量",其内涵主要指"无产者、小农和城市贫民",因其内涵的模糊和价值的杂糅性特征而并不符合无产阶级革命和专政的思想。因此,有学者指出,马克思、

---

[1] 毛泽东:《关于正确处理人民内部矛盾的问题》,《毛泽东文集》第七卷,人民出版社 1999 年版,第 205 页。
[2] [德] 马克思:《"莱茵观察家"的共产主义》,《马克思恩格斯全集》第 1 版第 4 卷,人民出版社 2016 年版,第 210 页。

恩格斯著作中的"人民"，"是一个使用频率很高、内涵较为模糊、外延不断扩展变化的概念"[1]，而且常常与"阶级""国家""民族""男男女女"等概念相混淆使用。尽管如此，在马克思、恩格斯著作的语义中，"人民"不是一种自然属性的集合概念，而是一个有着某种共同政治意味的类概念，其主体是无产阶级，其本质特征是无产阶级，由此与"公民""国民"等概念有着本质性差异。汉语文化中的"人民"概念是中华民族在历史发展中建构的，"人"和"民"原本有着不同的语义内涵，作为合成词的"人民"是较晚近的事情，而有着迥异于此前的革命性意味，但其素朴的民本思想一直是中华民族的文化根基和基本价值诉求。

在文艺发展史上，"人民"的概念从来不是现成的僵化的，而是历史的流动的，是一个在历史演变中不断生成的概念，它有着意识形态意味和现实性价值诉求，即使在社会主义文艺中也非现成性的固定所指。在外国文学语境中，文艺的"人民"概念，较早地被俄罗斯文艺批评家别林斯基、杜勃罗留波夫等人所使用，是在有别于"民族"的内涵基础上辨明了"人民"的概念，意在表征着一种积极进步的文艺观。具体来说，别林斯基是在"最基本的民众或阶层"的意义上使用"人民"概念，而"'民族'意味着全体人民，从最低的直到最高的，构成这个国家总体的一切阶层"[2]。与之相对应的概念是"有教养的上层阶级"，他认为真实性和人民不可分割，人民表现最充分的地方，也是生活真实性最充分的地方，文学要以"理想主义或浪漫主义的方式彰显人民的高尚的伟大或诗意"。在他看来，作为一种肯定性的评价，

---

[1] 周晓露：《马克思恩格斯文本中的人民与文学——兼及马克思主义文学批评中国形态的构建》，《当代文坛》2014年第3期。
[2] [俄]别林斯基：《别林斯基论文学》，梁真译，新文艺出版社1958年版，第82页。

"'人民',总是意味着民众,一个国家最低的、最基本的阶层"[1]。在其批评实践中,作为批评尺度的所谓"人民性"正是以对现实生活的忠实描写为判断标准,在他看来凡是忠实于现实生活的描写,就必然是"人民"的,就是有"人民性"的。因而,他反对那种对"人民性"的"伪浪漫主义"的庸俗化理解,似乎"在有教养的人中间不能找到一点儿类似人民性的影子",幻想真正的"人民性"只隐藏在农民衣服下面和烟熏的茅屋里,好像"纯粹俄国的人民性只能从以粗糙的下层社会生活为其内容的作品中找到似的"。究其意味,别林斯基提出"人民性"问题,要求文学要表现"人民的意识""人民的精神""人民的使命",旨在把文学的"人民性"与对专制制度和农奴制度进行批判的现实主义关联起来。

自从人类迈入现代史以来,"人民"的概念逐渐由政治话语而至日常词汇被广泛使用。虽如此,但"人民"的概念始终有着特定的阶级内容,不是指公民意义上的全体国人(民族、国族),也非单纯指某一种社会成分,而是一个集合体、联盟体,主要指那些推动特定历史阶段社会进步的基本阶层及其同盟力量。在我们党的话语体系中,毛泽东同志赋予了"人民"以积极肯定的正面价值,被其视为推动社会历史进步的主体力量,是一个具有阶级性价值意味的集合概念,主要指称社会主义事业建设的主体力量。1942年,毛泽东《在延安文艺座谈会上的讲话》中指出:"什么是人民大众呢?最广大的人民,占全人口百分之九十以上的人民,是工人、农民、兵士和城市小资产阶级。所以我们的文艺,第一是为工人的,这是领导革命的阶级。第二是为农民的,他们是革命中最广大最坚决的同盟军。第三是为武装起来了的

---

[1] 参见[俄]别林斯基:《别林斯基选集》,满涛译,人民文学出版社1958年版,第368-370页。

工人农民即八路军、新四军和其他人民武装队伍的，这是革命战争的主力。第四是为城市小资产阶级劳动群众和知识分子的，他们也是革命的同盟者，他们是能够长期地和我们合作的。这四种人，就是中华民族的最大部分，就是最广大的人民大众。"[1]在此，毛泽东通过对人民内涵的分析强调"最广大""占全人口百分之九十以上""最大部分"，着重突出了人民的"广大性"；通过强调"同盟军""同盟者"突出了其他阶层与基本阶层的联盟关系，"人民"的概念进一步丰富。邓小平同志指出，"我们的文艺属于人民"，"人民是文艺工作者的母亲"。江泽民同志要求广大文艺工作者"在人民的历史创造中进行艺术的创造，在人民的进步中造就艺术的进步"。胡锦涛同志强调："只有把人民放在心中最高位置，永远同人民在一起，坚持以人民为中心的创作导向，艺术之树才能常青。"在这些论述中，"人民"作为历史的主体主要在一种集合性意义上被正向使用。

习近平总书记在遵循既有的集合性"人民"概念基础上，进一步强调了基于个体意义上的"人民"概念，认为"人民不是抽象的符号，而是一个一个具体的人，有血有肉，有情感，有爱恨，有梦想，也有内心的冲突和挣扎"[2]，这体现了"人民"概念的历史性进步和内涵的进一步丰富，是在依法治国语境下对公民个体权利的尊重，是对人类文明优秀成果的积极汲取。其中对人的个体性价值的凸显，是对"人民"概念认知的深化，是在文明互鉴视野下对当代文艺发展规律的深刻把握，是对文艺要书写"具体的人"的情感、价值和诉求的内在要求，是对每一个人都有人生出彩机会的艺术呈现。它体现了对中华民族伟大复兴中个人的尊重，突出强调当代文艺既要把关注文学表现哪些人

---

[1] 毛泽东：《毛泽东论文艺》，人民文学出版社1992年版，第47页。
[2] 习近平：《在文艺工作座谈会上的讲话》，人民出版社2015年版，第17页。

及其个体性感受作为批评要点，也要把关注如何表现及其立场作为批评标准，这才是"人民的"批评，以及对文艺创作中现实主义精神的张扬！说到底，这是在依法治国语境下，对迈入现代国家中每一个体意义上公民权利的尊重，它丰富了现实条件下，以包含公民的"权利"和"平等"为主要语义的现代意义上的"人民"概念，它有别于市场经济条件下的消费者概念，仍具有一种政治性意味，从而使"人民"概念扎根于中国现代化历史进程，高度契合了中华民族的伟大复兴，在共建共享中肯定了每一个人的历史主体价值。因而，"人民"的概念不再是远离大地、脱离具体的抽象的理论体系上的纽结，而是深植泥土、结合现实的一种具体呈现。由于"人民"是现实的本质所在，拥有"人民性"特质的人才能更接近现实的个人，而有着不可忽视的个性，因而"人民"的存在不再是抽象符号，这使"人民"既有集合性底色又凸显具体的个体性存在。

随着中国特色社会主义发展进入新的历史方位，中国越来越走近世界舞台中央，习近平总书记在全球治理中积极倡导"人类命运共同体"的文明理念，其世界胸怀也同时把"人民"的概念向外拓展，进而包含了世界上那些热爱和平、反对霸权、追求自由民主、责任共担与价值共享、命运与共的一切人士。相应地，新时代中国文艺创作和批评与理论建构也要积极回应世界发展难题，要对人类文明跃升和如何实现全球有效治理，贡献中国力量和中国方案，这使得"人民性"的价值取向在世界舞台上格外凸显，进而赢得了广泛的国际认同。

二、"人民性"是马克思主义文艺理论的核心范畴

正如"人民"的概念是流动的，"人民性"的概念也不是自明的，[1]

---

[1] 王晓华：《我们应该怎样建构文学的人民性》，《文艺争鸣》2005年第2期。

它同样需要在时代发展中走向内涵的确定性。毋庸置疑,"人民性"概念是马克思主义文艺批评的重要术语,甚至是马克思主义文艺理论的核心范畴。马克思指出,"人民历来就是什么样的作者'够资格'和什么样的作者'不够资格'的唯一判断者。"[1]作为马克思主义的继承者,列宁明确指出:"艺术属于人民。它必须深深地扎根于广大劳动群众中间。它必须为群众所了解和爱好。它必须从群众的感情、思想和愿望方面把他们团结起来并使他们得到提高。它必须唤醒群众中的艺术家并使之发展……我们必须经常把工农放在眼前。我们必须学会为他们打算,为他们管理。即使在艺术和文化的范围内也是如此。"[2]列宁阐述的几个"必须",构成了社会主义文艺发展的基本纲领和艺术为劳动人民服务的全部内容。在他看来,艺术只有在人民群众中打下坚实的基础,成为人民群众文化生活的一部分,才能实实在在地属于人民,他明确提出"社会主义的写作要为千千万万劳动人民服务"的主张。[3]早期西方马克思主义思想的代表人物之一的葛兰西,基于当时意大利知识分子严重脱离人民的现实,在1930年底发表的《关于"民族—人民的"概念》一文中提出"民族—人民的"文学概念,认为"无论是文学的人民性,还是本国创作的'人民的'文学,现在确确实实是不存在的;因为'作家'缺少同'人民'一致的世界观,换句话说,作家既未想人民之所想,喜人民之所喜,也没有肩负起'民族教育者'的使命,他们从前不曾、现在也没有给自己提出体验人民的情感……从而培育人民的思想情感的任务。"[4]由此葛兰西特别强调:"至关重要的

---

1 《马克思恩格斯全集》第1卷(上),人民出版社1995年版,第195页。
2 《列宁论文学与艺术》,人民文学出版社1983年版,第435页。
3 《列宁论文学与艺术》,人民文学出版社1983年版,第71页。
4 [意]葛兰西:《关于"民族——人民的"概念》,载《论文学》,吕同六译,人民文学出版社1983年版,第47页。

是，新文学需要把自己的根扎在实实在在的人民文化的沃土之中；人民文化有着自己的风格、自己的倾向和诚然是落后的、传统的道德与精神世界。"[1]也就是说，人民的新文学一定要反映人民的文化诉求，即便是面对人民文化中的落后元素。他渴求在意大利艺术家中找到人民教育家，高度重视文学对人民的"革命意识"的培养，认为只有通过"民族—人民的"文学的教育，才能培育出新的人民、新的文化。

1. 何谓文艺的"人民性"？其实，当我们追问文艺的"人民性"时，是对文艺与人民之间关系的一种把握。所谓"人民性"是衡量文艺与人民之间相关联倾向性的尺度，是一种情感和价值的投射及其共享共鸣的概念，是文艺与人民之间互为主体的相互生成与相互成全，是对文艺与人民之间艺术关系的一种阐释，其重心必然落在文艺和人民的审美价值关系的建构上。所谓艺术关系也就是以艺术方式对人民的历史生活、思想情感、意志和审美追求如何在作品中表现或呈现的问题，即艺术家及其作品如何以艺术形象审美地表现人民的整体的生活方式与情感诉求和思想追求，其核心是艺术形象与审美理念，是作品的思想性与艺术性的有机统一。对文艺人民性内涵中艺术关系与艺术性的肯定，是确立文艺人民性概念合法性的学理基础。究其本质而言，"人民性"是建立在对人性的基本尊重基础上对利益的社会性追求，是关乎艺术伦理价值取向的政治概念；同时，因着对艺术性的强调而有着"按照美的规律造型"的美学表达和对艺术卓越性的追求。因此，在文艺实践中，文艺的"人民性"既关乎文艺创作，即在文艺创作中"为了谁（艺术的初心）？""依靠谁（坚持以人民为中心的价值导向）？"也关乎文艺批评即坚持"人民的"批评观，使"以人民为

---

[1] [意]葛兰西：《文学批评的准则》，载《论文学》，吕同六译，人民文学出版社1983年版，第17-18页。

中心的价值导向"落到文艺实践中，进而在引领社会风尚中推动整个社会文明程度不断提高。文艺的"人民性"概念因着整体性的文化观和集体主义的价值观，而有别于西方文艺观对局部利益和个体性价值观的追求，从而为文化共同体的建构提供艺术支撑。就此有学者概括为，"它为人民的艺术共同体提供了共同的价值观——以人民为本位和共享理念；为艺术共同体提供了历史意识和精神指引；强调社会效果论，为艺术家提供了艺术伦理规范；强调思想性和艺术性的统一，确立了人民性的艺术批评标准和以人民为中心的创作导向；等等。"[1]可见，文艺的"人民性"，既是对文化共同体的一种想象，也是一种有着鲜明价值诉求和价值共享的文化共同体的理论建构，因而有着对艺术的民主性、革命性和审美价值的社会性追求。

在中国共产党的文艺政策发展史中，毛泽东同志肯定了文化建设中的"人民性"倾向，推崇人民的文艺，把文艺发展纳入社会主义事业。邓小平同志一以贯之地强调文艺的"人民性"，"我们的文艺属于人民……文艺创作必须充分表现我们人民的优秀品质，赞美人民在革命和建设中、在同各种敌人和各种困难的斗争中所取得的伟大胜利。"[2]"我们的社会主义文艺，要通过有血有肉、生动感人的艺术形象，真实地反映丰富的社会生活，反映人民在各种社会关系中的本质，表现时代前进的要求和历史发展的趋势，并且努力用社会主义思想教育人民，给他们以积极进取、奋发图强的精神。"[3]在习近平总书记看来，社会主义文艺就是人民的文艺，人民的文艺要在新时代担负起引导和激励中华民族实现伟大复兴的共同思想基础的使命，以满足人民多样化的文化需求增强人民的精神力量。在书写中华民族新史诗中彰显坚

---

[1] 刘永明：《马克思主义与艺术人民性》，中国文联出版社2018年版，第25页。
[2] 《邓小平文选》第2卷，人民出版社1983年版，第209页。
[3] 《邓小平文选》第2卷，人民出版社1983年版，第210页。

守初心与守护理想的统一，从而凝聚起创造实践的伟力，以文艺的审美追求诠释中国共产党何以能的"伟大建党精神"。从总体上说，高扬文艺的"人民性"，激励社会主义文艺举旗帜、聚民心、育新人、兴文化、展形象，在社会实践中引领社会风尚和追求文明进步，在参与"伟大建党精神"的塑造中，社会主义文艺始终担当重要文化使命，也是我们党领导文艺工作的重心所在。

2. 在当代文艺理论和批评实践中，特别是在中共文艺政策话语体系中，"人民性"和"党性"是有机统一的。马克思主义文论认为，文艺与人民的关系问题是社会主义文艺的根本问题，是社会主义文艺人民性的重要体现。文艺为人民服务是社会主义文艺的根本诉求，是社会主义文艺活动的核心价值观。"人民是历史的创造者，是时代的雕塑者。"[1] 文艺起源于人的劳动，美肇端于人的生产实践。就文化的始源性含义而言，无论是作为观念形态的价值理念、道德情操，还是作为艺术形式的音乐舞蹈、书法绘画、诗词歌赋，都源自人民大众的生活和生产实践。人民大众不仅创造着文化，也不断传承发展着文化，并为文化所规范。高尔基指出："人民不仅是创造一切物质价值的力量，人民也是精神价值的唯一的永不枯竭的源泉，无论就时间，就美还是就创造天才来说，人民总是第一个哲学家和诗人：他们创作了一切伟大的诗歌、大地上的一切悲剧和悲剧中最宏伟的悲剧——世界文化的历史。"[2] 在文艺实践中，人民群众的创造和审美需要不断推动文艺的发展，为文艺活动发展出内在动力和目的。数千年来，中华文化之所以能够一脉相承，靠的是一代又一代中华儿女薪火相传、接力推进。文艺创

---

[1] 习近平：《在中国文联十大、中国作协九大开幕式上的讲话》，人民出版社2016年版，第10页。
[2] ［苏联］高尔基：《个人的毁灭》，《论文学（续集）》，冰夷等译，人民文学出版社1979年版，第54页。

作如果脱离人民，在价值上偏离人民的根本利益和审美需求，其在内容上不仅被人民所唾弃，还会在艺术形式上走向僵化以至于死亡。人民是推动历史进步的主体，同样是文艺创作活动的主体，因此，当代文艺家要"虚心向人民学习，向生活学习，从人民的伟大实践和丰富多彩的生活中汲取营养，不断进行生活和艺术的积累，不断进行美的发现和美的创造"[1]。人民在实践中创造了艺术，也在美的创造中推动了艺术进步。古往今来，专业作家、文学大师的艺术创造，都是建立在人民群众的伟大创造基础上。再优秀的文艺家，说到底，也是大众创造的改造者、加工者和提升者。文艺应该高扬人民大众的历史主体身份，然而在文艺实践中，我们的某些文艺生产的是虚假苍白的主体，历史真正的主体——人民大众，仅仅成了"围观"与"喝彩"的道具，从而背离了社会主义文学的本质。在泥沙俱下的风云际会中，有学者指出：不追风赶潮，以生活为沃土，以民众为根本，扎根于斯，寄情于斯，向"小人物"要"大作品"。在波澜壮阔的时代洪流中，恰恰是亿万民众生活中的点点滴滴汇聚了沧桑巨变。文学，应该是民众的文学。[2] 如果说历史是个大舞台，人民就是这个舞台的真正主角，社会主义文艺不能背离这个根本。坚持以人民为中心的创作导向，就是要以情感和情怀为底蕴，让千千万万的普通大众从幕后走到台前，站立在舞台中央——文艺的"剧中人"。把人民作为历史主体、文艺创作的源头活水，文艺家就不能热衷于写"一己悲欢、杯水风波"，而要为人民抒怀、抒情，塑造出富有时代精神的人民形象。

在马克思主义文论中国化的过程中，文艺的"人民性"是其基本立场。从毛泽东倡导"工农兵文艺"开启的延安文艺道路，到新的历

---

[1] 习近平：《在文艺工作座谈会上的讲话》，人民出版社2015年版，第16页。
[2] 张江等：《文学是民众的文学》，《人民日报》2014年3月14日，第24版。

史时期习近平总书记对"人民"内涵的个体性张扬,都体现了鲜明的"人民性"诉求,并带有时代性特征。从党的十八大以来新发展理念的各要素来看,习近平总书记治国理政的新思想新理念新战略充分体现了以人民为中心的价值取向,始终把人民视为历史进步的真正动力,把群众当作真正的英雄,他号召艺术家"把人民作为文艺表现的主体",文艺要为人民鼓与呼。习近平总书记指出:"江山就是人民、人民就是江山,打江山、守江山,守的是人民的心。"[1]在其心目中,人民是党的工作的"最高裁决者和最终评判者"。检验我们一切工作的成效,最终都要看人民是否真正得到了实惠,人民生活是否真正得到了改善,人民权益是否真正得到了保障。历史表明,人心向背关系党的生死存亡。现实无可辩驳地证明,只要赢得人民信任,得到人民支持,党就能够克服任何困难,就能够无往而不胜。中国共产党是人民的选择,这种选择本质上就体现了中国人民对中国共产党的认同。正是人民的小推车,推出了中国共产党的执政地位。中国共产党的执政地位不是与生俱来的,是党和人民历经千辛万苦、付出巨大代价换来的。同样,没有人民,社会主义文艺就失去了灵魂;没有人民,社会主义文艺发展就失去根本遵循。

三、"人民性"价值取向是新时代文艺理论学术话语体系建构的逻辑起点

伴随中国新文艺发展道路的不断成熟,立基于"人民性"价值取向的中国文艺理论形成了一套"人民"话语体系,它显现于中国马克思主义文艺理论的"人民诗学"("人民美学")体系的建构。究其意味,

---

[1] 习近平:《在庆祝中国共产党成立100周年大会上的讲话》,人民出版社2021年版,第11页。

文艺的"人民性"处理的是文艺和人民之间的艺术关系、审美价值，但它无疑是一个关于文艺的政治概念，当然其涵盖范围要比阶级性宽泛得多，从而体现出关于文艺发展的更多的包容性和生长性，从而成为马克思主义文论的核心范畴和术语。其在本质上体现了一种伦理价值追求，是"人民性"理论在文艺领域的鲜明体现，更是关于文艺创作和文艺批评以及理论建构的规范性概念，甚至是某种文艺思想的集中体现，在新时代中国就是习近平关于新时代中国特色社会主义思想在文艺问题上重要论述的体现。有学者认为，"人民性从来都是知识分子制造出来的所谓人民共同体的想象的德性"[1]。由此，他认为"人民性"是一种文学艺术形式的道德化情怀；"人民性"建构起的是对于它的道德崇高感和知识主体的精神皈依感；"人民性"还是一种艺术的良知机制；革命时代的"人民性"还具有艺术立法功能和规训功能；"人民性作为一种想象共同体的德性，由知识分子实现自我救赎和投射安慰情绪的精神象征物，而转化为革命政党实现文化和政治目标的道德戒律。"[2]可见，文艺的"人民性"因其内蕴着某种共同的内在价值和情感诉求，而有着某种对文化共同体的想象与建构意味，有着对某种文化价值的认同或文化价值共享的诉求，这无疑是当下在世界舞台上构建"人类命运共同体"的重要思想资源。

随着中国特色社会主义发展进入新时代，社会主要矛盾转化为人民日益增长的美好生活需要和不平衡不充分的发展之间的矛盾。这一重大判断旨在强调坚持"以人民为中心"的发展思想，不断满足人民

---

1 方维保：《人民·人民性与文学良知——对王晓华先生批评的回复》，《文艺争鸣》2005年第6期。
2 方维保：《人民·人民性与文学良知——对王晓华先生批评的回复》，《文艺争鸣》2005年第6期。

的精神文化需求，促进人的全面发展，在全体人民的共同富裕中迈向自由的境界。对美好生活的向往是人民的渴望，更是中国特色社会主义道路自信、理论自信、制度自信和文化自信的鲜明表征，是新时代人民的热切追求。新时代经济社会发展要充分体现人民的获得感和幸福感，文艺要直面人民的诉求和理想追求，要成为满足人民美好生活需求的重要内容。习近平总书记指出，"必须坚持人民主体地位，坚持立党为公、执政为民，践行全心全意为人民服务的根本宗旨，把党的群众路线贯彻到治国理政全部活动之中，把人民对美好生活的向往作为奋斗目标，依靠人民创造历史伟业。"[1]在实践中，美好生活是人的一种幸福感，它需要文化来界定，文化是美好生活的关键词、重要标识和追求目标。不仅文化创作、创造要体现"人民性"，在文化追求中不断彰显"人民性"，人民更是文化创作、创造的主体力量，"人民性"是社会主义文艺的本质属性。文艺的"人民性"彰显，不仅是中华民族创造美好生活的史诗般实践的生动再现，更是引领这个实践和保障社会主义发展航向的价值导向，是保障每个人自由全面发展的社会主义制度优越性的表征，是不断满足人民对美好生活向往的参照系，是消解扭曲市场经济弊端、加强社会治理制度建构、强化法治中国建设、推动文化繁荣兴盛的价值润泽。"社会主义文艺是人民的文艺，必须坚持以人民为中心的创作导向，在深入生活、扎根人民中进行无愧于时代的文艺创造"。[2]新时代，文艺要把彰显"人民性"视为艺术卓越性追求的根本价值导向，视为建构新时代文论话语体系的根本遵循，是

---

1 习近平：《决胜全面建成小康社会 夺取新时代中国特色社会主义伟大胜利》，人民出版社 2017 年版，第 21 页。
2 习近平：《决胜全面建成小康社会 夺取新时代中国特色社会主义伟大胜利》，人民出版社 2017 年版，第 43 页。

当代文艺追求"强起来"的一个重要标志。文艺"人民性"的彰显要求文艺创作敢于揭示人民在对美好生活追求中的现实境遇、挫折和各种权力的扭曲。"人民性"不是抽象的概念,更不是政治标签,它与人民的火热生活、个性化文艺创作相交融,是人民生活的本真现象,这种饱含真情、激情和力量的价值追求不能沦为空洞的政治标语和口号,而要在创作中自然地流露。诚然,"人民性"是在社会关系中建构的,不能因为宏大话语遮蔽其现实关怀。"人民性"在新时代的充分彰显,是社会主义文化自信的表征,是中国特色社会主义旗帜高高飘扬在世界舞台中央的有力展示,它要求文艺创作在讴歌党和时代中不回避现实矛盾、敢于直面社会问题、赋予人民以追求光明前景的勇气和力量,而把目光更多地投向普通百姓的日常生活和民生领域,以文艺之光点燃人民对美好生活的全面深刻理解。文艺的人民性助力中国迈入"强起来"的历史方位,是构建"人类命运共同体"的强力依托,它以人性的可沟通、世界普遍共识的价值追求和文明进步,支撑中华文化成为全球有影响力的高势能文化。

中华民族伟大复兴的史诗般实践、人民的火热生活是文艺的"人民性"之源,是新时代文艺发展的初心,是建构新时代文论话语体系的根本支撑,是当代中国人文化自信的现实保障。因此,党的十九大要求文艺工作者要"在深入生活、扎根人民中进行无愧于时代的文艺创造"[1],在紧紧抓住时代中牢记中国特色社会主义文艺的使命,以文艺的"人民性"之光照亮中国人的丰富内心世界,发掘中国人的人性之美,讴歌当代英雄,以文学的审美情趣和真诚关怀每一个现实的具体

---

[1] 习近平:《决胜全面建成小康社会 夺取新时代中国特色社会主义伟大胜利》,人民出版社2017年版,第43页。

的人。在马克思主义理论中，人民是历史进步的力量，是社会主义的实践主体，"人民性"是社会主义核心价值观的本质性显现。"人民性"表现为价值主体的人民性、价值目标的人民性和价值标准的人民性。"人民，只有人民，才是创造世界历史的动力。"[1]人民不仅创造历史，还在社会主义伟大实践中成为价值共享主体，以及价值评判主体，是一个有着自觉主体意识的政治概念，一个有着多重意味和复杂义项的概念，一个包含抗争意识的共在共商共建共享的"共同体"概念。人民是文艺"人民性"价值取向的支撑和逻辑骨架，因此文艺与人民同呼吸、共命运，是暗夜的灯塔和追求光明的指南，积极肯定每一个向着自由全面发展迈进的人。在具体的文艺活动（创作、传播、消费、评价）中，不能使"人民"这个大词仅仅有表面或文件意义上的身份优越性与权益神圣性，还必须具体化为现实人格意义上的个体以保障其文化权益，进而使"人民"扎根于中国现代化进程，高度契合于中华民族的伟大复兴，在共在共商共建共享中肯定每个人的历史主体性。习近平总书记指出："中国共产党根基在人民、血脉在人民、力量在人民。中国共产党始终代表最广大人民根本利益，与人民休戚与共、生死相依，没有任何自己特殊的利益，从来不代表任何利益集团、任何权势团体、任何特权阶层的利益。任何想把中国共产党同中国人民分割开来、对立起来的企图，都是绝不会得逞的！9500多万中国共产党人不答应！14亿多中国人民也不答应！"[2]从成立之日起，中国共产党就把具有鲜明人民立场的马克思主义作为指导思想。"什么是共产党？共产党就是自己只有一条被子，也要剪下半条给老百姓的人。"中国新

---

[1] 《毛泽东选集》第3卷，人民出版社1991年版，第1031页。
[2] 习近平：《在庆祝中国共产党成立100周年大会上的讲话》，人民出版社2021年版，第11-12页。

文学艺术地诠释了历史和人民为何选择了中国共产党。正如习近平总书记指出的,"中华民族近代以来180多年的历史、中国共产党成立以来100年的历史、中华人民共和国成立以来70多年的历史都充分证明,没有中国共产党,就没有新中国,就没有中华民族伟大复兴。"[1]新时代文艺对"人民性"的彰显,既坚持了马克思主义理论中"人民"作为集合名词的正当性价值立场,又基于当下现实语境对人民权利的尊重而凸显对个人的关怀,从而指向中华民族伟大复兴的中国梦和每个人人生出彩机会的统一,使人民概念既有一种政治的权威性又肯定了艺术的想象力。这样既回应了西方左翼知识分子及其后现代学者对"人民"概念的宏大叙事的质疑,又凸显了"人民"在中国语境的正当性,及人民的现实本位立场,成为人民意愿的真实表达。有学者指出:"人民或无产阶级,在根源上,就是知识分子自己作为反资产阶级思想运动的生产结果,在这个意义上,人民或无产阶级的话语在根本上依附于知识分子自己的资产阶级式立场之上。……在恢弘的人民史诗面前,被掩盖和消灭的却只有人民本身,那些具体的活生生的人民确实被湮灭了。"[2]在资本主义话语体系中,"人民"是一个抽象的大词,在真实的人民面前,"人民"话语的有效性被瓦解了,露出的是赤裸裸的资本的血腥,就此而言后学的解构是有道理的。在新时代,"人民"是一个具体的现实性话语表达,有着坚实的社会根基,尽管有着诸多不完善甚至存在某些不公正现象,但"人民性"的价值诉求是真实的,它决不是一块粉饰现实的遮羞布。

---

[1] 习近平:《在庆祝中国共产党成立100周年大会上的讲话》,人民出版社2021年版,第10-11页。
[2] 蓝江:《什么是人民?抑或我们需要什么样的人民?——当代西方激进哲学的人民话语》,《理论探讨》2016年第4期。

新时代，"人民性"是文论话语体系建构中多声部旋律的主调，诸多研究学派和文艺流派在回应"时代之问"中多聚焦于"人民性"价值取向。在党的政策文件中，"人民"是历次党代会中出现频率最高的词汇之一，"人民至上"的理念成为中国共产党执政的核心诉求。"人民性"不仅是新时代文艺家的艺术追求，也是文论家、批评家的理论品格，从而彰显了文论话语体系建构的当代性特征。所谓当代性（contemprary）不仅指知识范式和思想体系不可避免地带有时代痕迹，其思考无一不是对"时代之问"的回应，还意味着对当下时代的超越，在文化的包容性发展中，为未来社会指明发展方向。在《什么是当代？》中，阿甘本指出："当代性就是一种与自己时代的独特关系，这种关系既依附于时代，又与其保持距离。更准确地说，与当前时代的关系，正是通过与之脱节，与之发生时代错位，而依附于这个时代。那些与这个时代完全保持一致，在各个方面都完全循规蹈矩的人，并不是当代人，这正是因为他们并不打算看清时代，他们没有能力牢牢把握住他们所看到的东西。"[1]就此而言，"人民性"以其当代性特征和超越性价值指向，成为中国马克思主义文论的鲜明特色。"人民性"作为新时代中国文艺创作、批评和理论建构的最大价值公约数，既是中国社会的主导价值，又是构建新时代文论话语体系的逻辑起点。

正是社会主义文艺始终坚持高扬文艺的"人民性"旗帜，使中国文艺发展得以在守正创新中行进在文艺的正途，在创作者和接受者（消费者）互为主体的间性共在中，引导了中华民族为着社会的解放、国家的富强、民族精神的昂扬而前进，极大地彰显了文艺的社会功能

---

[1] 蓝江：《直面当下与面向未来——论国外马克思主义的当代性范式》，《内蒙古师范大学学报》2017年第3期。

和使命担当，在人民文化素养的提升中推动着社会文明程度的提高，在满足人民多样化需求中增强人民的精神力量，从而建构了一条有着中国特色的新时代文艺发展道路。

（发表于《长江文艺评论》2021年第5期，第4-13页）

"人民是文艺之母"

——习近平总书记关于文艺工作重要论述的人民性视角解读

习近平总书记在党的二十大报告中指出:"实践告诉我们,中国共产党为什么能,中国特色社会主义为什么好,归根到底是马克思主义行,是中国化时代化的马克思主义行。"[1]推进马克思主义中国化时代化是一个追求真理、揭示真理、笃行真理的过程。在中国共产党的领导下,中华民族书写了经济快速发展和社会长期稳定两大奇迹新篇章,实现中华民族伟大复兴进入了不可逆的历史进程。立足新时代新方位新征程,处于历史上升通道的中华民族愈加需要精神的昂扬振奋,愈加需要激发全民族的文化创造活力。这使得新时代需要什么样的文艺,文艺何为,如何推动文艺繁荣发展,文艺怎样在世界舞台上展现中国精神、中国气象的问题凸显出来,亟须提炼中国化时代化马克思主义文艺理论命题。

党的二十大报告指出:"坚持以人民为中心的创作导向,推出更多增强人民精神力量的优秀作品,培育造就大批德艺双馨的文学艺术家和规模宏大的文化文艺人才队伍。"[2]这一鲜明的价值立场赋予了新时代

---

1 习近平:《高举中国特色社会主义伟大旗帜 为全面建设社会主义现代化国家而团结奋斗》,人民出版社2022年版,第16页。
2 习近平:《高举中国特色社会主义伟大旗帜 为全面建设社会主义现代化国家而团结奋斗》,人民出版社2022年版,第45页。

文艺应有的使命担当,不仅阐发了文艺的人民性属性,还强化了文艺的价值诉求,及其在新时代坚定文化自信自强铸就社会主义文化新辉煌中的基础性地位与中坚力量。"社会主义文艺,从本质上讲,就是人民的文艺。"[1]超越一般性的学理阐释和概念分析,习近平总书记从马克思主义视域和文艺现实出发,立场鲜明地指出,繁荣发展文艺首先要明白文艺的本质是为人民的,文艺创作要坚持"以人民为中心的创作导向",文艺评论同样要把好"以人民为中心的价值导向"的方向盘,文艺理论研究更要树立为人民做学问的观念。在"七一讲话"中,习近平总书记进一步强调指出:"人民是历史的创造者,是真正的英雄。"[2]究其治国理政宗旨而言,中国共产党始终把人民装在心中,始终牢记"江山就是人民、人民就是江山。中国共产党领导人民打江山、守江山,守的是人民的心"。[3]究其根本,"中国共产党根基在人民、血脉在人民、力量在人民。中国共产党始终代表最广大人民根本利益,与人民休戚与共、生死相依,没有任何自己特殊的利益,从来不代表任何利益集团、任何权势团体、任何特权阶层的利益。任何想把中国共产党同中国人民分割开来、对立起来的企图,都是绝不会得逞的!"[4]习近平总书记关于文艺工作重要论述以"文艺的人民性"范畴重构了文艺本体论,回答了中国式现代化视域中文艺与时代的关系、文艺与生活的关系、文艺与人民的关系、文艺与创作者的关系等问题,围绕"文艺的人民性"聚焦文艺精品、艺术高峰、艺术创新、思想素养、创

---

[1] 习近平:《在文艺工作座谈会上的讲话》,人民出版社2015年版,第13页。
[2] 习近平:《在庆祝中国共产党成立100周年大会上的讲话》,人民出版社2021年版,第9页。
[3] 习近平:《高举中国特色社会主义伟大旗帜 为全面建设社会主义现代化国家而团结奋斗》,人民出版社2022年版,第46页。
[4] 习近平:《在庆祝中国共产党成立100周年大会上的讲话》,人民出版社2021年版,第11-12页。

作态度、文化传统以及文艺人才的培养等，从中提炼出"人民是文艺之母"的中国马克思主义文艺理论命题，使之成为重构文艺本体论的辐辏。

首先，坚持以人民为中心的创作导向。也就是说，要在阐明文艺的方向和遵循的基本原则中把握"人民是文艺之母"的命题。我们所倡导的文艺是社会主义文艺，繁荣发展社会主义文艺，必须为新时代文艺发展注入灵魂。"社会主义文艺是人民的文艺，必须坚持以人民为中心的创作导向，在深入生活、扎根人民中进行无愧于时代的文艺创造。"[1]文艺作为一种审美的意识形态形式，始终坚持马克思主义在意识形态领域的指导地位，作为中国特色社会主义制度建设的一项根本制度是必须要时时强化的；同时，新时代文艺还要积极培育和践行社会主义核心价值观，以此为文艺发展注入灵魂，使新时代的文艺成为有灵魂的艺术，在强大科技力、经济力支撑中成为魂体合一的有着强大影响力的"世界文艺"的主导形态之一。这一根本方向和基本原则明确了坚守人民立场，是重构文艺本体论的动力之源，也是把握"人民是文艺之母"的现实根基。"生活就是人民，人民就是生活。"[2]究其内涵而言，"人民是文艺之母"意味着，"文学艺术的成长离不开人民的滋养，人民中有着一切文学艺术取之不尽、用之不竭的丰沛源泉。"[3]源于人民、为了人民、属于人民，是社会主义文艺的根本立场，也是社会主义文艺繁荣发展的动力所在。坚持以人民为中心的创作导向，就是在艺术实践和文艺理论研究中把人民放在心中最高位置，把人民满意

---

[1] 习近平：《决胜全面建成小康社会 夺取新时代中国特色社会主义伟大胜利》，人民出版社2017年版，第43页。
[2] 习近平：《在中国文联十一大、中国作协十大开幕式上的讲话》，人民出版社2021年版，第8页。
[3] 习近平：《在中国文联十一大、中国作协十大开幕式上的讲话》，人民出版社2021年版，第8页。

不满意作为检验成果的最高标准,以时代的精神气象激励人民。在文艺实践中,"广大文艺工作者要让人民成为作品的主角,而且要把自己的思想倾向和情感同人民融为一体,把心、情、思沉到人民之中,同人民一道感受时代的脉搏、生命的光彩,为时代和人民放歌。"[1]立足重构文艺本体论的现实根基,无论是文艺创作还是文艺理论研究都要立足人民性立场,为人民抒怀、抒情,满怀深情地奉献更多满足人民文化需求和增强人民精神力量的优秀作品,让文艺的百花园永远为人民绽放。

遵循"人民是文艺之母"的现实原则重构文艺本体论,就要在实践中弘扬文艺为人民创作的宗旨。人民既是历史的创造者,也是历史的见证者;既是历史的"剧中人",也是历史的"剧作者"。扎根人民、书写人民、启迪人民,将贯穿文艺本体论重构的始终。"人民的需要是文艺存在的根本价值所在。"[2]一切优秀文艺工作者的艺术生命都源于人民,一切优秀文艺创作都为了人民。"以人民为中心,就是要把满足人民精神文化需求作为文艺和文艺工作的出发点和落脚点,把人民作为文艺表现的主体,把人民作为文艺审美的鉴赏家和评判者,把为人民服务作为文艺工作者的天职。"[3]在具体的文艺创作中,文学艺术既要反映人民生产生活的伟大实践,也要反映人民喜怒哀乐的真情实感,从而让人民从身边的人和事中体会到人间真情和真谛,感受到世间大爱和大道。"人民不是抽象的符号,而是一个一个具体的人,有血有肉,有感情,有爱恨,有梦想,也有内心的冲突和挣扎。"[4]不惟如此,人民

---

[1] 习近平:《在中国文联十一大、中国作协十大开幕式上的讲话》,人民出版社2021年版,第9页。
[2] 习近平:《在文艺工作座谈会上的讲话》,人民出版社2015年版,第16页。
[3] 习近平:《在文艺工作座谈会上的讲话》,人民出版社2015年版,第13-14页。
[4] 习近平:《在文艺工作座谈会上的讲话》,人民出版社2015年版,第17页。

不仅是历史建构的,更是现实真实存在的。"人民是真实的、现实的、朴实的,不能用虚构的形象虚构人民,不能用调侃的态度调侃人民,更不能用丑化的笔触丑化人民。"[1]惟其如此,在尊重文艺规律和坚守文艺创作的平常心中,自然而然地让人民成为文艺作品的主角,把人民和生活融注在笔端,把自己的思想倾向和情感同人民融为一体,才能把社会主义核心价值观生动活泼地体现在文艺创作中,讴歌奋斗人生,刻画最美人物。"一切有抱负、有追求的文艺工作者都应该追随人民脚步,走出方寸天地,阅尽大千世界,让自己的心永远随着人民的心而跳动。"[2]以此为新时代文艺发展的基本方位,文艺必然为时代鼓与呼,也就是说要用现实主义精神和浪漫主义情怀观照现实生活,用光明驱散黑暗,用美善战胜丑恶,用思想深刻、清新质朴、刚健有力的优秀作品滋养人民的审美观价值观,培育新时代的社会主义新人。

其次,凸显文艺本源论的时代维度。也就是说,要在文艺与时代的关系中把握"人民是文艺之母"的命题,凸显文艺本源论的时代维度。文艺"人民性"的本质属性要求文艺创作者必须紧紧抓住时代,必须充分领会新时代是中国文艺发展的历史新方位。文艺反映时代,就是反映人民、歌颂人民,这是"人民是文艺之母"的应有之义。文艺反映时代不是抽象的空洞的,直面新时代史诗般的磅礴实践,必然具体显现为讴歌党、讴歌祖国、讴歌人民、讴歌英雄,在文艺反映时代中回应人民所需。习近平总书记指出:"反映时代是文艺工作者的使命。广大文艺工作者要把握时代脉搏,承担时代使命,聆听时代声音,

---

[1] 习近平:《在中国文联十一大、中国作协十大开幕式上的讲话》,人民出版社2021年版,第8页。
[2] 习近平:《在中国文联十大、中国作协九大开幕式上的讲话》,人民出版社2016年版,第11页。

勇于回答时代课题。"[1]回顾党的百年奋斗史，中国共产党自成立之日起就确立了全心全意为人民服务的宗旨，无论是在革命还是建设时期，都始终恪守"人民是历史的主体"的马克思主义唯物史观。"人民是历史的创造者，也是时代的创造者。在人民的壮阔奋斗中，随处跃动着创造历史的火热篇章，汇聚起来就是一部人民的史诗。"[2]

在中国式现代化视域中，以文艺与时代的关系作为重构文艺本体论的逻辑框架，把"人民是文艺之母"命题贯穿其中，旨在把时代精神与文艺价值诉求内在地统一起来。文艺如何抓住时代，其实质依然是彰显时代精神，反映时代是文艺工作者的使命。习近平总书记指出："文艺是时代前进的号角，最能代表一个时代的风貌，最能引领一个时代的风气。"[3]在民族复兴和国家崛起的大时代，文艺要自觉肩负起以精品创作为时代定格的使命。"没有优秀作品，其他事情搞得再热闹、再花哨，那也只是表面文章，是不能真正深入人民精神世界的，是不能触及人的灵魂、引起人民思想共鸣的。"[4]究其本质，文艺是时代的产物，从中映现出一个时代的精神追求和人民的创造力。"为什么中华民族能够在几千年的历史长河中生生不息、薪火相传、顽强发展呢？很重要的一个原因就是中华民族有一脉相承的精神追求、精神特质、精神脉络。"[5]文艺与时代关系的重心落在表达时代精神上，一个时代有一个时代的精神。"任何一个时代的经典文艺作品，都是那个时代社会生活和

---

[1] 习近平：《在中国文联十大、中国作协九大开幕式上的讲话》，人民出版社2016年版，第7页。
[2] 习近平：《在中国文联十一大、中国作协十大开幕式上的讲话》，人民出版社2021年版，第8页。
[3] 习近平：《在文艺工作座谈会上的讲话》，人民出版社2015年版，第5页。
[4] 习近平：《在文艺工作座谈会上的讲话》，人民出版社2015年版，第7页。
[5] 习近平：《在文艺工作座谈会上的讲话》，人民出版社2015年版，第22页。

精神的写照，都具有那个时代的烙印和特征。"[1]因此，文艺创作抓住时代必须力戒"浮躁"，真正沉潜下来，精神才会升腾起来，文艺才会有力量。作为时代精神的肯綮点，"任何一个时代的文艺，只有同国家和民族紧紧维系、休戚与共，才能发出振聋发聩的声音。"[2]伟大的时代需要伟大的精神，文艺要在聆听时代声音中承担使命，把准时代的脉搏。浮光掠影式的浅薄戏说，不仅是对文艺的伤害，也是对社会精神生活的伤害。

"人民是文艺之母"的时代维度表明，时代为文艺繁荣发展提供了前所未有的广阔舞台。"这是一个风云际会的时代，也是一个英雄辈出的时代。"[3]习近平总书记在深刻把握文艺与时代的关系中，以英雄为时代定格，以祖国为时代的依托，强化文运同国运相牵，文脉同国脉相连，无疑使时代的内涵更加饱满，使重构文艺本体论的时间维度格外凸显。"歌唱祖国、礼赞英雄从来都是文艺创作的永恒主题，也是最动人的篇章。"[4]在文艺本体论重构中，时代不仅有了价值指向，而且还具体鲜活起来。"文艺的性质决定了它必须以反映时代精神为神圣使命。"[5]新时代的人民在进行着史无前例的伟大实践，文艺要热忱地描绘出这种时代的恢宏气象，把中国精神、中国力量、中国价值充分彰显出来，把文艺创造写到民族复兴的历史上、写在人民奋斗的新征程中。在文

---

[1] 习近平：《在中国文联十大、中国作协九大开幕式上的讲话》，人民出版社 2016 年版，第 7 页。

[2] 习近平：《在中国文联十大、中国作协九大开幕式上的讲话》，人民出版社 2016 年版，第 7 页。

[3] 习近平：《在中国文联十大、中国作协九大开幕式上的讲话》，人民出版社 2016 年版，第 3 页。

[4] 习近平：《在中国文联十大、中国作协九大开幕式上的讲话》，人民出版社 2016 年版，第 8 页。

[5] 习近平：《在中国文联十大、中国作协九大开幕式上的讲话》，人民出版社 2016 年版，第 8 页。

艺本体论重构的时代维度上,以文艺与时代同频共振,发时代之先声、开社会之先风,以文艺的审美创造启示人类文明新形态的发展方向,自觉成为时代变迁和社会变革的先导。

说到底,新时代新征程是当代中国文艺的历史方位,是重构文艺本体论、把握"人民是文艺之母"的当代坐标,其中的着力点是以文艺精品创作生产展现时代精神气象。习近平总书记要求:"广大文艺工作者要紧跟时代步伐,从时代的脉搏中感悟艺术的脉动,把艺术创造向着亿万人民的伟大奋斗敞开,向着丰富多彩的社会生活敞开,从时代之变、中国之进、人民之呼中提炼主题、萃取题材,展现中华历史之美、山河之美、文化之美,抒写中国人民奋斗之志、创造之力、发展之果,全方位全景式展现新时代的精神气象。"[1]也就是说,只有把时代中的人民追求、艺术创造同国家前途、民族命运、人民愿望凝聚到"人民是文艺之母"的命题上,时代才能鲜活地映现在艺术中,文艺倾听了人民的心声,也就把握了时代脉搏,自然就能回答好时代课题。

再次,奉献具有时代高度的文艺精品。也就是说,深刻把握"人民是文艺之母"的学术命题,要把满足新时代人民的美好生活需求、增强人民的精神力量,以及在世界舞台展示中国形象作为价值所指,以文艺精品的创作生产作为重构文艺本体论的轴心。经典是文艺作品的标高,重构文艺本体论要以诉求文艺精品为轴心展开。实现中华民族伟大复兴,离不开中华文化繁荣兴盛,离不开文艺事业繁荣发展。新时代的文艺创作和文艺理论研究,要在艰苦的创造性劳动中追求精品、聚焦精品。精品之所以"精",就在于其思想精深、艺术精湛、制作精良,那些叫得响、传得开、留得住的文艺精品,都是远离浮躁、

---

[1] 习近平:《在中国文联十一大、中国作协十大开幕式上的讲话》,人民出版社2021年版,第7页。

不求功利得来的,是呕心沥血铸就的。放眼全球,当下世界舞台上文化力量的博弈和文艺思潮的相互激荡,越来越显现为文艺精品之争;国内为着满足人民的美好生活所需优质的精神食粮,必然要求着高品位的文艺精品供给。现实境遇促使从创作到生产、传播和消费的体系化特征不断受到强化,为着保障文艺精品的创作生产。一是所谓精品要有中国价值的发掘发现和传播与弘扬。"一切有价值、有意义的文艺创作和学术研究,都应该反映现实、观照现实,都应该有利于解决现实问题、回答现实课题。希望大家立足中国现实,植根中国大地,把当代中国发展进步和当代中国人精彩生活表现好展示好,把中国精神、中国价值、中国力量阐释好。"[1]随着中国越来越成为世界的中国,中国价值有着对全人类价值的高度契合以及与世界共同价值的相互通约,新时代文艺创作要在弘扬当代价值的文化精神中,激活其内在的强大生命力,让中华文化同各国人民创造的多彩文化一道,为人类提供正确精神指引。作为文艺精品的价值指向,"要把提高作品的精神高度、文化内涵、艺术价值作为追求,让目光再远大一些、再深远一些,向着人类最先进的方面注目,向着人类精神世界的最深处探寻,同时直面当下中国人民的生存现实,创造出丰富多样的中国故事、中国形象、中国旋律,为世界贡献特殊的声响和色彩、展现特殊的诗情和意境。"[2]文艺精品所蕴含的普遍价值追求既彰显了中国特色,又在为世界供给主流文化消费品中赢得了人心。

二是所谓文艺精品要有独创性。"原创性是好作品的标志。文艺创作要以扎根本土、深植时代为基础,在观念和手段结合上、内容和形式融合上进行深度创新,提高作品的精神高度、文化内涵、艺术价值。

---

[1] 习近平:《一个国家、一个民族不能没有灵魂》,《求是》2019年4月16日。
[2] 习近平:《在中国文联十大、中国作协九大开幕式上的讲话》,人民出版社2016年版,第16页。

哲学社会科学研究要立足中国特色社会主义伟大实践，提出具有自主性、独创性的理论观点，构建中国特色学科体系、学术体系、话语体系。"[1]一定意义上，文艺以形象取胜，塑造典型形象是文艺独创性的重要标识。在文艺发展史上，"典型人物所达到的高度，就是文艺作品的高度，也是时代的艺术高度。只有创作出典型人物，文艺作品才能有吸引力、感染力、生命力。"[2]随着社会文明程度的提高，人民大众不再满足于基本的文化需求，而是更加注重文艺消费的品位和差异化的艺术表达，文艺的独创性和经典文艺是人民所需。同时，所谓经典的生成也必然要经过人民的检验，有着独创性的典型形象的作品是在流播中成为经典的，"经典通过主题内蕴、人物塑造、情感建构、意境营造、语言修辞等，容纳了深刻流动的心灵世界和鲜活丰满的本真生命，包含了历史、文化、人性的内涵，具有思想的穿透力、审美的洞察力、形式的创造力，因此才能成为不会过时的作品。"[3]自然成为"人民是文艺之母"的应有内涵，其底蕴正是一种人民性的张扬。

三是文艺精品是时代精神的体现，任何一个时代的文艺经典，都是那个时代社会生活和精神的写照。"人民是文艺之母"原本就有着时代的维度，正是在时代精神的张扬上二者相互通约。一定意义上，中国精神不仅是社会主义文艺的灵魂，更是重构文艺本体论的思想内核。新时代之大是源自精神之强，新现象新人物往往是时代精神的映现，"以源于生活又高于生活的艺术创造，以现实主义和浪漫主义相结合的美学风格，塑造更多吸引人、感染人、打动人的艺术形象，为时代留

---

[1] 习近平：《一个国家、一个民族不能没有灵魂》，《求是》2019 年 4 月 16 日。
[2] 习近平：《在中国文联十大、中国作协九大开幕式上的讲话》，人民出版社 2016 年版，第 12 页。
[3] 习近平：《在中国文联十大、中国作协九大开幕式上的讲话》，人民出版社 2016 年版，第 18 页。

下令人难忘的艺术经典。"[1]这必然使文艺经典有着对时代精神的追求,说到底,新时代文艺创作和文艺理论研究重心都要落在彰显人民的精神力量之强与精神的独立自主,艺术地提炼和张扬时代精神必然成为经典化的追求。具体来说,艺术地提炼时代精神要从人民和生活中获取创作素材,正确运用新技术、新手段,激发创意灵感、丰富文化内涵、表达思想情感,使文艺创作向着有内涵的哲思境界聚焦,以中华文化底色、鲜明的中国精神来渲染文艺经典,立体化全景式地呈现新时代波澜壮阔的伟大实践与人民大众的精神意志。

归根结底,"人民是文艺之母"的价值所指落在文艺精品塑造上,其所蕴含的时代精神和社会主导价值追求使其成为艺术创作生产和理论研究的标高,也是重构文艺本体论的轴心所在。对此,习近平总书记强调指出:"正本清源、守正创新,一个国家、一个民族不能没有灵魂,作为精神事业,文化文艺、哲学社会科学当然就是一个灵魂的创作,一是不能没有,一是不能混乱。"[2]新时代守正创新在艺术创作上指向的是文艺精品的不断涌现,在当代艺术经典化中勇攀艺术高峰;在文艺理论研究中指向的是马克思主义文艺理论的中国化时代化,以高质量研究成果推动中国马克思主义文艺理论迈向学术新境界。

复次,要自觉守护人类的心灵和民族的精神家园。也就是说,以"人民是文艺之母"为辐辏重构文艺本体论,在阐释"人民是文艺之母"的内涵时,势必高度关注文艺创作主体的思想素养和个人修养的锤炼,旨在使创作者心中永存"人民是文艺之母"的信念。"对文艺来讲,思想和价值观念是灵魂,一切表现形式都是表达一定思想和价值观念的载体。离开了一定思想和价值观念,再丰富多样的表现形式也

---

[1] 习近平:《在中国文联十一大、中国作协十大开幕式上的讲话》,人民出版社2021年版,第9页。
[2] 习近平:《一个国家、一个民族不能没有灵魂》,《求是》2019年4月16日。

是苍白无力的。"[1]文艺作品的灵魂不是虚无缥缈的天外来客，而是源自对人民的聆听。习近平总书记指出："新时代的文化文艺工作者、哲学社会科学工作者明大德、立大德，就要有信仰、有情怀、有担当，树立高远的理想追求和深沉的家国情怀，把个人的艺术追求、学术理想同国家前途、民族命运紧紧结合在一起，同人民福祉紧紧结合在一起，努力做对国家、对民族、对人民有贡献的艺术家和学问家。"[2]随着人类社会步入信息时代和文化创意的时代，科技创新与文化创意的交融日益凸显。"文艺创作是观念和手段相结合、内容和形式相融合的深度创新，是各种艺术要素和技术要素的集成，是胸怀和创意的对接。"[3]贯穿其中的是思想与价值追求，是对人民深沉的爱。所谓文艺的守正创新，就是使文艺始终守护人类的心灵和精神家园，无论艺术的技术表达如何快意，文艺终究是要入心才能发挥作用。其实真正打动人心的是文艺的思想价值与审美追求，这使得对思想立意和哲思境界的追求成为重构文艺本体论关注的重心。说到底，无论是作家艺术家还是哲学社会科学工作者，"要自觉践行社会主义核心价值观，在市场经济大潮面前自尊自重、自珍自爱，讲品位、讲格调、讲责任，抵制低俗庸俗媚俗。"[4]这样一种自我的期许转化为价值诉求，经由大众艺术消费的熏陶，可以在引领社会风尚中内化为精神的自觉、外化为行动的践履。

把握"人民是文艺之母"，必然强化对创作主体的道德要求。"文艺是铸造灵魂的工程，文艺工作者是灵魂的工程师。"[5]通常，文如其人是对作家艺术家高尚品格的一种评价。立德树人的人，必先立己；铸

---

1 习近平：《在中国文联十大、中国作协九大开幕式上的讲话》，人民出版社2016年版，第8页。
2 习近平：《一个国家、一个民族不能没有灵魂》，《求是》2019年4月16日。
3 习近平：《在文艺工作座谈会上的讲话》，人民出版社2015年版，第11页。
4 习近平：《一个国家、一个民族不能没有灵魂》，《求是》2019年4月16日。
5 习近平：《在文艺工作座谈会上的讲话》，人民出版社2015年版，第23页。

魂培根的人，必先铸己。养德和修艺是分不开的，德不优者不能怀远，才不大者不能博见。人类艺术史表明，伟大的文艺展现伟大的灵魂，伟大的文艺来自伟大的灵魂。"那些在历史长河中经久不衰的经典，都体现了文学家、艺术家襟怀和学识的贯通、道德和才情的交融、人品和艺品的统一。"[1]不同于一般性的劳动形式，文艺创作是艰苦的创造性劳动，除了要有好的专业素养，还要有高尚的人格修为，有"铁肩担道义"的社会责任感。要始终将个人道德修养、社会形象与作品的社会效果统一起来，坚守艺术理想，不断提高学养、涵养、修养，加强思想积累、知识储备、文化修养和艺术训练，追求德艺双馨；始终专心致志、朝乾夕惕、久久为功，练就高超艺术水平。文艺承担着成风化人的职责，文艺工作者的人品焉能不察？习近平总书记倡导："广大文艺工作者要把个人的道德修养、社会形象与作品的社会效果统一起来，坚守艺术理想，追求德艺双馨，努力以高尚的操守和文质兼美的作品，为历史存正气，为世人弘美德，为自身留清名。"[2]文艺工作者的自身修养从来不是个人私事，文艺行风关乎社会风尚，影响社会大众。归根结底，"文艺是给人以价值引导、精神引领、审美启迪的，艺术家自身的思想水平、业务水平、道德水平是根本。"[3]当下，文艺早已走出思想宣传的小圈子，早已进入大众的社会生活、进入公共领域，甚至在跨界融合中被裹挟进国民经济大循环中。作为一种公共活动，新时代的文艺创作和文艺理论研究要有标高，要有追求高远境界的情怀。"文艺要通俗，但绝不能庸俗、低俗、媚俗。文艺要生活，但决不能成

---

[1] 习近平：《在中国文联十一大、中国作协十大开幕式上的讲话》，人民出版社2021年版，第14页。

[2] 习近平：《在中国文联十一大、中国作协十大开幕式上的讲话》，人民出版社2021年版，第14页。

[3] 习近平：《在文艺工作座谈会上的讲话》，人民出版社2015年版，第11-12页。

为不良风气的制造者、跟风者、鼓吹者。文艺要创新，但决不能搞光怪陆离、荒腔走板的东西。文艺要效益，但决不能沾染铜臭气、当市场的奴隶。创作要靠心血，表演要靠实力，形象要靠塑造，效益要靠品质，名声要靠德艺。低格调的搞笑，无底线的放纵，博眼球的娱乐，不知止的欲望，对文艺有百害而无一利！"[1]作为一种自我要求，文艺工作者要有"横眉冷对千夫指，俯首甘为孺子牛"的精神，要敢于歌颂真善美、针砭假恶丑。

最后，对人民要有感恩和敬畏之心。也就是说，把握"人民是文艺之母"的命题，要在重构文艺本体论中对人民有感恩和敬畏之心，鼓励作家、艺术家要做人民的小学生，在扎根人民中做到"身入""情入"和"心入"，把人民高高举起。"人民是文艺之母"需要展现出一种真实的人民性，必然要求"广大文艺工作者要坚持以强烈的现实主义精神和浪漫主义情怀，观照人民的生活、命运、情感，表达人民的心愿、心情、心声，立志创作出在人民中传之久远的精品力作"[2]。作家、艺术家和文艺理论研究者都是人民的一员，需要在与人民的心连心中创作出真实的人民形象，感受到人民的真实存在，写出人民真实的悲欢爱恨。文艺实践表明，现实题材创作是践行"人民是文艺之母"的最佳方式。因此，新时代文艺发展需要"加强现实题材创作，不断推出讴歌党、讴歌祖国、讴歌人民、讴歌英雄的精品力作"[3]。通过抒写小人物的奋斗体现大情怀，以微视角的抒写照见大时代，通过精品力作激发大众的奋斗共情和思想共鸣，展示新时代波澜壮阔的画卷。"我

---

[1] 习近平：《在中国文联十一大、中国作协十大开幕式上的讲话》，人民出版社2021年版，第15页。

[2] 习近平：《在中国文联十大、中国作协九大开幕式上的讲话》，人民出版社2016年版，第10页。

[3] 习近平：《决胜全面建成小康社会　夺取新时代中国特色社会主义伟大胜利》，人民出版社2017年版，第43页。

们的文学艺术,既要反映人民生产生活的伟大实践,也要反映人民喜怒哀乐的真情实感,从而让人民从身边的人和事中体会到人间真情和真谛,感受到世间大爱和大道。"[1]文艺创作不能止步于揭露黑暗,更要引导人们追求光芒,激励人们永葆积极向上的乐观心态和进取精神。现实主义创作需要介入生活,不做生活的旁观者,不做沉溺于杯水风波、一己之欢的呻吟者,"要用有筋骨、有道德、有温度的作品,鼓舞人们在黑暗面前不气馁、在困难面前不低头,用理性之光、正义之光、善良之光照亮生活。"[2]

强化"人民是文艺之母",旨在激发新时代文艺创作的雄心和能力。在以中国式现代化推动中华民族伟大复兴的新征程中,习近平总书记指出:"中国不乏生动的故事,关键要有讲好故事的能力;中国不乏史诗般的实践,关键要有创作史诗的雄心。"[3]创作中华民族新史诗,需要焕发出强大的精神能量、审美创造的卓越性追求以及创作新史诗的雄心。

(发表于《中国社会科学报》2023 年 5 月 19 日)

---

[1] 习近平:《在中国文联十大、中国作协九大开幕式上的讲话》,人民出版社 2016 年版,第 11 页。

[2] 习近平:《在中国文联十大、中国作协九大开幕式上的讲话》,人民出版社 2016 年版,第 14 页。

[3] 习近平:《在中国文联十大、中国作协九大开幕式上的讲话》,人民出版社 2016 年版,第 22 页。

高扬"人民至上、生命至上"的现代文明理念
——抗疫文艺的家国叙事与大国担当

党的十九届五中全会作出了我国将进入新发展阶段、仍然处于重要战略机遇期,但面临的国内外环境正在发生深刻复杂变化;国际上,世界百年未有之大变局进入加速演变期,新冠肺炎疫情大流行影响广泛深远,经济全球化遭遇逆流,国际经济、科技、文化、安全、政治等格局都在深刻调整,中国发展的外部环境日趋错综复杂的重大判断。在新发展阶段和新发展格局语境下,文艺和文化发展要着力于增强人民的精神力量,不断提高全社会的文明程度,为中华民族的伟大复兴夯实精神基础。波诡云谲的国际形势表明,世界正处于全球有效治理和人类文明秩序的重构中,文化在国际权力体的结构性力量变动中发挥了越来越重要的作用。这一态势启示我们,契合世界大势,在新发展阶段的中国文艺要为中华民族的伟大复兴和在世界舞台上的中国文明崛起提供支点。就此而言,契合历史机缘出场的抗疫文艺要以家国叙事高扬"人民至上、生命至上"的现代文明理念,彰显文明型崛起的中国应有的大国担当。在今天,应以什么样的价值观、眼光和视野看待和阐释中国的抗疫文艺?或者说中国的抗疫文艺应传达什么样的价值理念?在"人类命运共同体"构建中发挥什么样的作用?文明型崛起的中国在世界格局变化中如何回应时代之问:世界怎么了?中国

怎么办？这一系列问题要求对抗疫文艺的理解要放在中华民族伟大复兴的战略全局和世界百年未有之大变局的视野中，中国抗疫文艺要在全球化舞台上高扬"人民至上、生命至上"的现代文明理念，展现出大国担当的世界情怀。也就是说，抗疫文艺既要在家国叙事中讲出新冠病毒无情肆虐中每一个凡人、家庭的不平凡之举，讲出不平凡细节中的温情和大义；更要讲出在从容应对疫情中我们党、我们国家大的样子、自信的样子、正在强起来的样子，讲出崛起的中国奋力前行的样子，讲出世界舞台上的中国担当。

一、抗疫精神的生成与文艺表达

新冠病毒的全球肆虐和全人类共同抗疫是2020年全球历经百年未有之大变局中的一个重要事件，在这个事件中各国几乎面对的是同一张考卷，却交出了迥异的答卷，这犹如一面镜像，从中折射出各国治国理政理念的不同及其效果的大相径庭。这背后不仅是制度的差异，更是社会主流价值取向的不同。中国抗疫取得决定性胜利，并率先实现复工复产复学复市，甚至成为世界主要经济体中唯一实现经济正增长的国家，不仅体现了中国特色社会主义制度的巨大优越性，中国共产党极强的社会动员组织能力和全心全意为人民服务的宗旨，展现了中国共产党特别是习近平总书记高超的领导艺术和坚强的战略定力，而且还形成了具有新时代特点的伟大抗疫精神，在凝聚人心育新人中增强了中国人民的精神力量，为中华民族的伟大复兴进一步夯实了共同思想基础。习近平总书记在全国抗击新冠肺炎疫情表彰大会上指出："在保护人民生命安全面前，我们必须不惜一切代价，我们也能够做到不惜一切代价，因为中国共产党的根本宗旨是全心全意为人民服务，我们的国家是人民当家做主的社会主义国家。"新冠肺炎疫情发生以后，以习近平同志为核心的党中央反复强调"把人民群众生命安全和身体健康放在第一位"，围绕坚决遏制疫情蔓延势头、坚决打赢疫情防控阻击战的总目标，果断关闭离汉离鄂通道，不惜按下经济社会运行发展"暂停键"，以巨大的政治勇气和果敢的历史担当，领导全国人民全力以赴抗击病魔，坚决做到"不遗漏一个感染者，不放弃每一位病患者"。坚持人民至上、生命至上的现代文明理念，以坚定果敢的勇气和坚忍不拔的决心，同时间赛跑、与病魔较量，迅速打响疫情防控的人民战争、总体战、阻击战，用1个多月的时间初步遏制疫情蔓延势头，用2个月左右的时间将本土每日新增病例控制在个位数以内，用3个月左右的时间取得武汉保卫战、湖北保卫战的决定性成果，进而又接连打了几场局部地区聚集性疫情歼灭战，夺取了全国抗疫斗争重大战略成果。

面对突如其来的严重疫情，中国率先控制住疫情，但没有独善其身，而是同世界各国携手合作、共克时艰，为全球抗疫贡献了智慧和力量。本着公开、透明、负责任的态度，中国积极履行国际义务，第一时间向世界卫生组织、有关国家和地区组织主动通报疫情信息，第一时间发布新冠病毒基因序列等信息，第一时间公布诊疗方案和防控方案，同许多国家、国际和地区组织开展疫情防控交流活动，开设疫情防控网上知识中心并向所有国家开放，毫无保留地同各方分享防控和救治经验。中国在自身疫情防控面临巨大压力的情况下，尽己所能为国际社会提供援助，宣布向世界卫生组织提供两批共5000万美元现汇援助。在物质援助之外，中国积极倡导共同构建人类卫生健康共同体，在国际援助、疫苗使用等方面提出一系列主张。中国以实际行动彰显了中国推动构建人类命运共同体的真诚愿望。

神州大地不乏生动的故事，中国人民也正在进行着史诗般的实践，中国文艺当然有雄心和能力书写中华民族的新史诗，创作出无愧于时代、国家和民族的文艺精品，抗疫文艺就是百花绽放中的一道靓丽风景。文艺发展史一再表明，社会重大事件对文艺创作有着重大的影响，甚至成为艺术家们津津乐道、发掘不尽的题材库，并生成了文艺史上诸多经典，如加缪的《鼠疫》、毕加索的《格尔尼卡》等不朽名作。同时，文艺书写在直面社会重大事件、担当社会生活"书记官"的职责时，经由艺术的抽象和审美化表达，把原生态的现实生活嵌入民族精神不断升华的历史进程中，得以为时代命名或提出时代精神的某一个向度，从而铭刻于人类文明史。全球共同抗疫本身就是百年未有之大变局中的一个重要变动要素，它在世间悲欢离合、世情百态中演绎了诸多可歌可泣、气壮山河、悲天悯人、撼人心魄的英雄壮举，尤其是华夏大地上演的一幕幕感人至深的凡人善举，无不令人掬一把发自内心的眼泪。"哪里有什么天使，不过是一群孩子穿上了白大褂而已！"医护工作者白衣为甲、逆行出征、舍生忘死，用血肉之躯筑起阻击病毒的钢铁长城，挽救了一个又一个垂危生命，形象地诠释了医者仁心和大爱无疆！这些最美逆行者的担当是青春的宣言，是中华民族生机和活力的彰显，是当代文艺创作最值得发掘的题材。最美的不单是医生、护士、快递小哥、环卫工人、警察、军人、新闻记者等，几乎每一个领域、行业都在社会动员中迸发出同仇敌忾、同心同德的正能量，彰显出中华民族的蓬勃气势。我们的文艺家也在第一时间为抗疫发声，以艺战"疫"，凝心聚力，疫无情、人有爱，以文艺的书写展示了一幅幅"最美画卷"，为天使造像，为国家建档。艺术家们以自己的口、手、笔和相机乃至任何的介质，以家国叙事书写和讴歌时代英雄——数不尽的平凡者成了中华民族的脊梁，这是中华民族生生不息的力量源泉。照片、视频是有力量的，文字是有爱的，艺术直抵人的心间，让全中国乃至世界人民一同感受着病毒的残酷和人间有爱的温暖。抗疫文艺尤其表现出当代中国人在直面灾难、历经苦难的磨练中铸就的伟大抗疫精神，饱含着家国情怀的文明型崛起的大国担当。

说到底，抗疫文艺不只是让我们重温灾难和体验苦难，而是在艺术的家国叙事中升华出一种激荡人心的力量，进而淬炼一种民族精神，在大众的艺术欣赏中锻造一种中华民族共情共鸣的"文化共同体"，从而使中华民族在应对灾难的风险挑战中更加成熟沉着。其意义和价值在于对人类文化心理、情感结构的一种探索，增强直面灾难的信心和面对生活的勇气，倡导一种向上向善的文明价值观和健康理性的生活方式。就此而言，抗疫文艺不能止步于灾难细节，更要在人性的书写中迸发出一种精神。在从文艺高原攀登艺术高峰的过程中，正是精神的深度、人性的温度、思想的高度、价值的广度、艺术的力度成就了直面灾难的伟大经典作品。

二、抗疫文艺家国叙事的内涵阐释

中国的抗疫文艺坚持了正确的历史观和审美观、艺术观，涌现了很多文艺精品，小说、诗歌、报告文学、歌曲、美术、摄影、视频等，都广泛参与到全社会抗击疫情的动员中。曾记得抗疫期间一位护士的诗感动了无数的中国人，包括一线工作者的手记、日记、影像视频作品，广大文艺志愿者以艺抗疫，在抗疫文艺的情感共享中凝结了中华民族的"抗疫共同体"，涌现出如抗疫歌曲《最美的逆行》《中国阻击战》《武汉伢》，诗歌《守护生命》，电影《在一起》《团圆》，电视剧《最美逆行者》，电视专题片《逆行无悔》《为了人民》，六集纪录片《同心战"疫"》，舞蹈诗《逆行》，舞蹈剧《千难万险爱相随》《向北·行天岸》等优秀作品。如当时深圳音乐人何沐阳创作的歌曲《拿出勇气》：

拿出你的勇气/我和你在一起/心和心紧紧相依就是最强的抗体……和很多令人印象深刻的即时性摄影作品一起,展示了抗疫主体(医护人员)的不屈意志和战胜病毒的信心,以及对病人的悲悯情怀。这些优秀作品作为抗疫文艺丛中的一部分,坚持"以人民为中心的创作导向",直面凡人的英雄壮举,正走在当代文艺经典作品生成的途中。反观中华民族发展史,灾难从来没有压垮中华民族,多灾多难的中华民族愈挫愈勇,正在迈入中华民族伟大复兴的新发展阶段,苦难的淬炼进一步增强了中华民族的精神力量。

首先,对抗疫文艺内涵的阐释应立足中国本土现实和全球视野,在发掘其审美价值特别是审美经验时应着力强化中国的大国担当和人类文明共识理念。中国的抗疫文艺书写应有"类文明"的价值维度以及普遍性意义的审美理想追求,要在全球化舞台上张扬中国文艺的力量。面对全球疫情,习近平总书记倡导"打造人类卫生健康共同体",直面病毒肆虐,中国战"疫"的原则是"人民至上、生命至上",团结合作是抗击疫情最有力的武器,全力挽救生命是当务之急。也就是说,中国抗疫文艺以国家视角讲述"中国故事",要有人类文明共识理念。"我们讲述什么样的故事,决定我们成为什么样的民族,不论从本体论还是从道德角度上讲,好的历史叙事都是至关重要的,这些叙事可以塑造一个民族的天性,帮助理解他们生活的意义。"[1]文明型崛起的中国要有世界情怀,即所谓"大"的样子。抗疫实践再次证明,构建人类命运共同体具有广泛的感召力,是应对人类共同挑战、建设更加繁荣美好世界的人间正道。当下中国正处在新发展阶段和建构新发展格局,在对人类文明世界史的书写中,我们要打破"西方中心论"的世界史

---

[1] Wilfred M.McClay&Ted V.McAllister(editors),Why Place Matters:Geography,Identity,and Civic Life in Modern America,Encounter Books,2014,p.27.

观，以中国为方法。因而，中国抗疫文艺要从中发挥示范和榜样的力量，以中华民族精神力量的增强进一步坚定四个自信，在世界舞台上展现自信的中国形象。事实表明，病毒没有国界，疫情不分种族。道不孤，必有邻。中国秉承"天下一家"的理念，不仅对中国人民生命安全和身体健康负责，也对全球公共卫生事业尽责，"青山一道，同担风雨""山和山不相遇，人和人要相逢"……一批批对外援助物资上标写的双语口号，传达着中华民族的温情和大爱，生动诠释了为世界谋大同、推动构建人类命运共同体的大国担当！历史和现实都告诉我们，只要国际社会秉持人类命运共同体理念，坚持多边主义、走团结合作之路，世界各国人民就一定能够携手应对各种全球性问题，共建美好地球家园。因此，抗疫文艺要积极参与"人类命运共同体"的构建，书写人类共同的情感，增强中国抗疫文艺的共情力和传播力，在世界舞台上弘扬人类文明共识理念。

也就是说，阐释特定历史进程中抗疫文艺的内涵，既要有本土经验和现实关怀，更要有人类文明共识理念的弘扬和人文价值的相互通约。从全球视野来看，抗疫文艺要有助于中国的文明型崛起和社会性成长，要有助于赢得世界人民的尊重和对中国主流价值观的认可。抗疫文艺的家国叙事启示着我们，文艺创作不仅需要表现现实中的疫情灾难，更要在现实主义创作中彰显出正确的价值导向和人民性立场，忧患着人民的忧患，体现文艺工作者应有的悲悯情怀。抗疫文艺对黑暗面的书写，不能成为他国"甩锅"中国、抹黑中国的"弹药"和口实，要在艺术真实中揭示出历史的深刻性。同时，对于某些西方反华势力极尽所能地"甩锅中国"要以艺术的力量予以坚决的抨击和揭露。在统筹"两个大局"中，中国抗疫文艺要能有效巩固中国人民团结奋斗共克时艰的信心和勇气，在激发人民直面疫情的斗争中增强中国人的精神力量，点燃鼓舞人心的精神之火。

其次，在抗疫文艺内涵的价值提炼中，应着力阐发凡人如何成为英雄。在遵循艺术真实的审美逻辑中以理服人地阐明是时代使然，是中国共产党的感召力、凝聚力使然，是中国特色社会主义制度的优越性使然。世上没有从天而降的英雄，只有挺身而出的凡人。全民抗疫中涌现了无数的凡人英雄，构筑了中华民族伟大抗疫精神的风景线。460多万个基层党组织冲锋陷阵，400多万名社区工作者在全国65万个城乡社区日夜值守，广大党员干部带头拼搏，人民解放军指战员、武警部队官兵、公安民警奋勇当先，广大科研人员奋力攻关，数百万快递员冒疫奔忙，180万名环卫工人起早贪黑，新闻工作者深入一线，千千万万志愿者和普通人默默奉献……全国人民都"为热干面加油"！"武汉必胜、湖北必胜、中国必胜"的强音响彻神州大地。武汉人民、湖北人民识大体、顾大局，自觉服从疫情防控大局需要，主动投身疫情防控斗争，为阻断疫情蔓延、为全国抗疫争取了战略主动，作出了巨大牺牲和重大贡献！

在抗疫文艺创作中，主张个体化写作可以写出好作品，这与坚持人民性立场并不矛盾。也就是说，人民性立场和个体化写作不冲突，在社会主义中国有着内在逻辑的一致。"人民不是抽象的符号，而是一个一个具体的人，有血有肉，有情感，有爱恨，有梦想，也有内心的冲突和挣扎。"[1]说到底，伟大的抗疫精神是一线"战士"创造的，也是全体中国人民共同创造的。面对中国涌现的诸多凡人英雄的感人事迹，面对抗疫的惨烈和残酷，我们不能空洞地讲抗疫精神的伟大，而要在

---

[1] 习近平：《在文艺工作座谈会上的讲话》，人民出版社，2015年版，第17页。

家国叙事的书写中体现常人的温度温情，遵循艺术真实的逻辑，再现历史的真实。平凡铸就了伟大的抗疫精神，这种精神将深刻影响着、引导着中国文艺的创作导向，影响着文艺对中国精神的书写和展示，并在迈向当代文化经典化过程中汇入民族精神铸就的时代洪流，从而在世界舞台上为中国文明型崛起提供文艺支点。因此，抗疫文艺的家国叙事要凸显疫情"是一场没有旁观者的全民行动，是一场齐心协力的人民战争"，以艺术形式使"生命至上、人民至上"的社会主义价值观旗帜高高飘扬，激发广大人民坚定信心、凝聚力量的共识。

最后，抗疫文艺的内涵阐释在遵循伦理原则中当然不可缺失反思的维度，从而能以艺术的力量直抵人心的深处，以审美批判召唤社会治理的有效性。这样才能使作品穿越平庸，不是以某些题材抢眼炫目，而是以思想精深、艺术精湛和制作精良通向当代文艺经典化的正途。抗疫文艺不是不能写或者揭示现实社会中某些"黑暗面"，而是要在书写中坚持一种正确的历史观、审美观、艺术观。习近平总书记指出，"应该用现实主义精神和浪漫主义情怀观照现实生活，用光明驱散黑暗，用美善战胜丑恶，让人们看到美好、看到希望、看到梦想就在前方。"[1]审美观念（精神）是一种鼓舞人心的力量，抗疫文艺的家国叙事要坚持正确的历史观，激发中华民族同仇敌忾的勇气和精神，而不能沉溺于自我的喃喃自语中。

文艺是时代的先声，文艺是国民精神的灯火。越是在波诡云谲、纷纭复杂的时代大变局中，文艺越要坚持正确的历史观、审美观和艺术观。尤其是文艺批评要站在历史正确的一边，发挥积极的价值引导作用。也就是说，抗疫文艺必须坚持正确的伦理观，为疫情笼罩中的

---

[1] 习近平：《在文艺工作座谈会上的讲话》，人民出版社，2015年版第20页。

大众点燃希望、慰藉其恐惧疲惫焦虑的心灵，给予大众以向上向善的精神鼓励。鞭挞黑暗、祛除孤独，我们每个人都不是疫情中的"孤岛"，我们是同仇敌忾的民族共同体。在社会主流价值观传播中，文艺之火激发了人民对美好生活的憧憬和期望，增强了战胜困难的勇气和信心。可见，对外在生理病毒的克服，也是对内心意志的增强和锤炼，它所收获的是一种无坚不摧的精神力量，在医护人员、警察、军人、快递小哥、环卫工人等临危不惧、挽救他人生命、恢复生活秩序中所展现的人性光辉，以及一个民族社会文明的高度，无不令人动容、心生敬意。甚至是每一个居家的普通人都值得尊敬，都在默默地为这个国家和民族付出最大的耐力和信心，这些都是抗疫文艺应该讴歌的对象。

三、抗疫文艺要有利于增强人民的精神力量

纵观世界，可以说中国是唯一在疫情防控常态化中最好地保护人民的生命和实现经济正增长的全球主要经济体，这种成功彰显了中国共产党特别是习近平总书记高超的领导能力和不为外力所动的坚强战略定力。中国抗疫的成功和经济发展的正增长反衬了西方"自由主义意识形态"的失灵，彰显了马克思主义强大的生命力和 21 世纪中国马克思主义对中国道路指导的有效性，特别是"以人民为中心"的社会主义制度的巨大优越性。我们完全可以理直气壮地回应：人类要建构一个什么样的世界？什么是人类值得过的美好生活？如何重构人类文明秩序？抗疫事件本身就是正在经历的百年未有之大变局的一个要素，中国的答卷显示了中国的大国担当，世界对中国担当的点赞正在推动世界局势和人类文明秩序的重构，成为引发世界格局"东（以中国为

代表的发展中国家）升西（以美国为代表的资本主义国家）降"的积极力量，从中彰显了中国价值、中国情怀、中国担当的道义与文明共识理念。中国的抗疫文艺要向世界传达，崛起的中国及其大国担当对世界发展是机遇，而不是灾难。抗疫文艺要高扬人类文明的共识理念，宣扬抗疫是全人类必须共同面对的事情。崛起的中国为全球治理和人类文明秩序重构贡献的是"人类命运共同体"的现代文明理念。疫情无情人有情。中国是人民当家做主的社会主义国家。从出生仅三十多个小时的婴儿到一百多岁的老人，从在华外国留学生到来华外国人员，每一个生命都得到全力护佑，人的生命、人的价值、人的尊严得到悉心呵护。这是中国共产党执政为民理念的最好诠释，是中华文明人命关天的道德观念的最好体现，是中国人民敬仰生命的人文精神的最好印证。

人无精神则不立，国无精神则不强。唯有精神上站得住、站得稳，一个民族才能在历史洪流中屹立不倒、挺立潮头。同困难作斗争，是物质的角力，也是精神的对垒。伟大抗疫精神，同中华民族长期形成的特质禀赋和文化基因一脉相承，是爱国主义、集体主义、社会主义精神的传承和发展，是中国精神的生动诠释，进一步丰富了民族精神和时代精神的内涵。抗疫文艺在艺术化表现伟大抗疫精神中，要自觉成为增强人民精神的重要推动力，自觉成为凝聚人心、汇聚民力的强大载体。文化自信是一个国家、一个民族发展中最基本、最深沉、最持久的力量。向上向善的文化是一个国家、一个民族休戚与共、血脉相连的重要纽带。中国人历来拥有家国情怀，崇尚天下为公、克己奉公，信奉天下兴亡，匹夫有责；强调和衷共济、风雨同舟；倡导守望相助、尊老爱幼；讲求自由和自律统一、权利和责任统一。坚定文自信在当下显现为抗疫文艺自信。在文艺创作上，习近平总书记指出："如果'以洋为尊''以洋为美''唯洋是从'，把作品在国外获奖作为最高追求，跟在别人后面亦步亦趋、东施效颦，热衷于'去思想化''去价值化''去历史化''去主流化'那一套，绝对是没有前途的。"[1]抗疫文艺的家国叙事彰显的是中国精神，厚植的是人民的精神家园，是增强当代中国人底气和骨气的精神之钙。一个民族之所以伟大，在于精神之强，因而抗疫文艺要成为增强人民精神力量的催化剂。

进入新发展阶段和新发展格局，文化的地位和作用凸显，在国家现代化事业总体布局中，文化建设越来越被提升到党和国家全局工作的突出位置。习近平总书记指出，"随着人民生活水平不断提高，人民对包括文艺作品在内的文化产品的质量、品位、风格等的要求也更高了。文学、戏剧、电影、电视、音乐、舞蹈、美术、摄影、书法、曲艺、杂技以及民间文艺、群众文艺等各领域都要跟上时代发展、把握人民需求，以充沛的激情、生动的笔触、优美的旋律、感人的形象创作生产出人民喜闻乐见的优秀作品，让人民精神文化生活不断迈向新台阶。"[2]文艺润泽人的灵魂、滋润人的精神，文艺引领社会风尚。因此，文艺发展一定要坚持正确的价值导向，自觉弘扬和践行社会主义核心价值观，树立正确的历史观、民族观、国家观、文化观，坚守中华文化立场，反映中国人民审美追求，要有维护国家文化安全和社会公共利益，维护社会公序良俗的意识和能力。抗疫文艺同样要遵循这个原则，并为增强人民的精神力量作出时代性贡献。

大国崛起是一种精神力量的成长，中国崛起要为世界贡献更多的

---

1 习近平：《在文艺工作座谈会上的讲话》，人民出版社2015年版，第25页。
2 习近平：《在文艺工作座谈会上的讲话》，人民出版社2015年版，第14页。

文明理念和共享价值。所谓文明的高度不是以有形的物质成果（如高楼、坚船利炮等）为标志的，而是以创造高度发达的物质文明背后的文化创意创新的精神成果、精神信仰为尺度的，真正令人尊敬的是精神的力量，所以党的十九届五中全会提出促进满足人民文化需求和增强人民精神力量相统一的要求。当下，满足人民美好生活需要的文化供给已不是缺不缺、够不够的问题，而是好不好、精不精的问题。因此，文化发展要倡导精品意识，以文化精品的不断涌现和当代文化经典化来推动社会文明程度不断提升。摆脱贫困、全面建成小康社会，所收获的不仅是物质文明的胜利，同样是一种全民族的精神成长。纪录片《落地生根》讲述的是云南怒江"直过"民族脱贫致富的故事，通过修路致富摆脱的不仅是物质上的贫穷，还是一个民族尊严的养成和精神上的立起来，这种自强不息的精神力量才能筑牢中华民族伟大复兴的根基。习近平总书记指出，当高楼大厦在中国大地上遍地林立时，中华民族精神的大厦也应该巍然耸立。一个时代的画卷，底色是人心；一个民族的复兴，关键在精神。精神强民族强！人民有信仰，国家有力量，民族有希望。一个国家、一个民族不能没有灵魂，这种灵魂就蕴蓄在人民群众多样性的文化需求的满足中，它显现于一个国家主导文化的强身健体。在世界大国竞争中，文化的繁荣发展特别是一个国家主导文化的发达程度成为影响一个国家综合实力、增强国家"软实力"的重要支撑，国家之强、民族精神的伟大无不与之密切关联。在市场条件下，只有以文化需求的多样化供给才能有效增强人民的精神力量，才能真正从内心里激发出一个民族在崛起中应有的昂扬精神和砥砺奋进的意志，这正是抗疫文艺的价值和意义所在。伟大事业需要伟大精神，中华民族的伟大复兴需要精神之火的引导，需要在文明意义上高扬人的价值,需要激励人的自由全面发展的理想追求,社会主义文艺是丰富伟大精神的重要支撑,抗疫文艺是其中的靓丽花朵。

(发表于《长江文艺评论》2020年第6期,第4-11页)

文艺在高扬人民性中与伟大建党精神的契合

——习近平总书记"七一"讲话的文艺视角解读

习近平总书记在庆祝中国共产党成立 100 周年大会上发表的重要讲话（以下简称"七一"讲话），在回顾中国共产党的初心和百年历程中擘画了中华民族的未来，浓墨重彩地勾勒了我们党成立 100 年来波澜壮阔的伟大实践，深刻阐述了事关党和国家工作全局的一系列重大理论和实践问题。"七一"讲话站在开启第二个百年征程的新起点上，以整体性观念和系统性思维明晰了中国共产党发展的历史大逻辑，全面总结了我们党矢志不渝的奋斗主题，揭示了中国共产党为什么能的密码，向全世界宣告了中国共产党坚定走自己的路的决心，尤其是首次提炼出伟大建党精神。这是一篇在经历世界百年未有之大变局和有效统筹中华民族伟大复兴战略格局下，开创新时代中国特色社会主义事业新局面的政治宣言和行动纲领，是一篇蕴含着重大理论创新的纲领性科学文献。如何深刻理解"七一"讲话特别是首次提炼的伟大建党精神？笔者认为从文艺与伟大建党精神高度契合的角度解读其内涵别有意味，其连接点正是对人民性的高扬和价值守护。它既可以深化对中国新文艺发展道路探索的理解，激励以文艺书写中华民族的新史诗；也有助于新时代文艺在巩固中华民族伟大复兴的共同思想基础中，不断拓展伟大建党精神的谱系,在立足中国发展新方位中增强文化使命的担当意识。

一、伟大建党精神的提炼与新文艺的参与

习近平总书记在"七一"讲话中指出:"一百年前,中国共产党的先驱们创建了中国共产党,形成了坚持真理、坚守理想,践行初心、担当使命,不怕牺牲、英勇斗争,对党忠诚、不负人民的伟大建党精神,这是中国共产党的精神之源。"[1]在中国共产党的历史上,这是党中央首次以清晰的语言、简洁的概念和明确的内涵提炼出伟大建党精神。100年来,中国共产党弘扬伟大建党精神,领导人民在长期奋斗中锻造了许多惊天地、泣鬼神的伟大精神,构建起中国共产党人的精神谱系,如井冈山精神、长征精神、遵义会议精神、延安精神、西柏坡精神、红岩精神、抗美援朝精神、"两弹一星"精神、特区精神、抗洪精神、抗震救灾精神、抗疫精神、脱贫攻坚精神等伟大精神,都是伟大建党精神谱系的重要组成部分。在党的历史上,每逢国家危难时刻、每到民族存亡关头、每遇人民危急境地,中国共产党人都会挺身而出,谱写出一系列气壮山河的精神凯歌。建党百年之际,党中央明确提炼出伟大建党精神,使之与此前所强调的中国共产党的精神谱系一脉相承,又有所升华,把过去多以地点、事件或代表人物命名的一个个鲜明具体的精神"坐标",抽象概括为思想充实内涵饱满的伟大建党精神,以此来统领可以长久涵养后人的精神谱系,并随着实践创新而绵延不绝,历久弥新。如何深刻理解伟大建党精神?文艺是一个别有意味的解读视角。在伟大建党精神的锻造和生成中,新文艺不仅是其中的重要参

---

[1] 习近平:《在庆祝中国共产党成立100周年大会上的讲话》,人民出版社2021年版,第8页。

与者和精神点染者，还在高扬人民性上与之形成了高度契合，从而深刻影响了新文艺的内在品格和价值诉求，形成了独具中国特色的新文艺发展道路。

从伟大建党精神的生成和锻造来看，中国共产党是有文化追求的政党。党的早期创始人李大钊、陈独秀等既是五四新文化运动的发起者和中国新文艺的开创者，也是马克思主义理论的早期翻译者和传播者，并在实践中自觉运用马克思主义指导工人阶级运动。纵观党的百年历程，北大红楼是中国共产党精神的策源地。可见，中国共产党是在五四新文化运动推动下成立的现代型政党，文化基因是中国共产党的基因之一，重视文化高扬文化理想是中国共产党的鲜明特性。可以说，中国共产党既是中华优秀传统文化的传承者，又是现代新文化的创造者，更是一个胸怀人类远大理想的政党。中国共产党自成立之日起，就高度重视文化，如早期开展的文艺大众化运动，倡导文艺与工人、农民相结合，积极开展平民教育活动，在百年党史上是浓墨重彩的一笔。正是早期中国共产党人提出文学革命，倡导国民文学、社会文学等，充分发挥文艺对人民大众的思想启蒙作用，通过新文艺改造国民性和改造社会，在文艺与工农大众结合中唤醒人民，进而确定了人民文艺的发展方向。在20世纪三四十年代，我们党通过左联、文协等组织引导广大作家艺术家以笔为旗，号召全国各族人民为保卫国家而奋战。正是为着中国共产党人的理想和精神所感召，20世纪30年代，丁玲、何其芳、萧军、艾青、田间、卞之琳等一大批作家奔赴革命圣地延安，并创作出一系列影响深远的新文艺作品，有些作品已成为时代经典之作。1936年9月，被国民党拘禁三年多的作家丁玲恢复了自由，她选择奔赴西北，成为第一个从国统区到达延安的文艺家。毛泽东对她的到来表示欢迎，并赠《临江仙》词一首："壁上红旗飘落照,西风漫卷孤城。保安人物一时新。洞中开宴会,招待出牢人。纤笔一枝谁与似?三千毛瑟精兵。阵图开向陇山东。昨天文小姐,今日武将军。"延安时期,毛泽东在延安文艺座谈会上不仅提出文艺为工农兵服务的方向问题;还明确指出没有文化的军队是愚蠢的军队。他说:"在我们为中国人民解放的斗争中,有各种的战线,其中也可以说有文武两个战线,这就是文化战线和军事战线。我们要战胜敌人,首先要依靠手里拿枪的军队。但是仅仅有这种军队是不够的,我们还要有文化的军队,这是团结自己、战胜敌人必不可少的一支军队。"[1]在延安文艺座谈会召开之后,各解放区普遍掀起了学习热潮,也向国统区的进步作家进行了传达,文艺被视为"团结人民、教育人民、打击敌人、消灭敌人的有力的武器",其在民族解放中的重要性进一步凸显。1938年4月,中国共产党还在延安成立了鲁迅艺术学院。毛泽东在成立大会上指出,要在民族解放的大时代去发展广大的艺术运动,在抗日民族统一战线方针的指导下,实现文学艺术在今天的中国的使命和作用。可以说,作为中共领袖的毛泽东因其高度重视文化工作,并以革命家的人格和文人气质为中国共产党厚植了文化基因,形成了伟大建党精神与新文艺在价值诉求上的高度契合。

回望百年奋斗历程,中国共产党在带领中华民族从站起来、富起来迈向强起来的改天换地中不仅创造了强大的物质文明,更是在推动社会文明新提高中创造了鼓舞人心、凝聚民心的伟大的精神文明,伟大建党精神就是其中最璀璨的明珠。随着文化地位和作用的凸显,人们越来越认识到文化是一个国家、一个民族的灵魂。中华民族的伟大复兴一定显现于文化的繁荣兴盛。在中国特色社会主义文化繁荣发展

---

[1] 毛泽东:《在延安文艺座谈会上的讲话》,《毛泽东文艺论集》,中央文献出版社2002年版,第48页。

中，文艺不仅是其中的重要业态和满足人民精神需求的主要供给产品，还表征着一个民族的文化创造力和审美艺术想象力，甚至是为民族赢得国际尊严和敬意的重要力量，从而占据了文化的核心地位。在本文的语境中，所谓新文艺主要指肇端于五四新文化运动、富有现代性价值取向和家国情怀、高扬文艺人民性的主流文艺形态。其在发展历程中经由文学革命到革命文学、左翼文艺、解放区文艺，再到新中国文艺终至汇流于中国特色社会主义文艺的蔚为大观。新文艺既有胸怀民族复兴的振臂高呼、挽救民族于危亡的外向度价值，也有着立人启蒙、追求现代性价值的内在自觉，从而把文艺发展和国家、民族的命运关联起来。有学者指出："在20世纪中国社会积贫积弱的历史语境下，文艺的政治化并不是作家、政党单方面的选择或强制，而是民族境遇、历史条件、社会思潮、创作风格共同作用的结果。或者说，中国的作家、艺术家是在寻找改造旧中国、建设新中国的道路上与中国共产党相遇，认可其执政理念和施政纲领，并自觉接受其领导的。"[1] 可以说，这样的判断很有见地，切中了新文艺的功能发挥与中国共产党宗旨的相近性。纵览现当代文艺发展史，可以发现新文艺始终有着忧国忧民、为着民族解放振臂高呼的价值向度，从而把文艺和民族的命运关联起来。因而，习近平总书记在关于文艺工作重要论述中强调，文运同国运相牵，文脉同国脉相连。有学者指出，"1921年，中国共产党一经成立，就旗帜鲜明地把实现社会主义、共产主义作为自己的奋斗目标。党的一大通过的《党纲》中，明确提出要依靠无产阶级，组织工人运动，建立无产阶级专政，消灭私有制。之后不久，毛泽东同志在《政治周报》发刊词中进一步指出，共产党人革命就是为了使中华民族得

---

[1] 张福贵：《百年党史与中国新文艺的逻辑演进及艺术呈现》，《文艺研究》2021年第7期。

到解放，为了实现人民的统治，为了使人民得到经济的幸福。党的七大把'全心全意为人民服务'的宗旨写入党章，明确提出中国共产党要为中华民族与中国人民的利益而努力奋斗"[1]。一切为着人民的幸福和民族的复兴，是百年党史的鲜明主题。可以说，中国共产党一经成立，就以改变中国贫穷、落后的面貌，为中国人民谋求幸福作为奋斗目标，从而把自己的利益融入人民的利益诉求中，全心全意为人民服务，这与中国新文艺的价值诉求几近一致。正是伟大建党精神强烈感召着中国新文艺对发展道路的探索，中国新文艺也以其强烈的使命感一同参与了伟大建党精神的锻造，中国共产党与中国新文艺携手走过百年，共同见证着中华民族从积贫积弱的落后中站起来、富起来，正在迈向强起来的时代变迁。处于中国特色社会主义发展的新方位，习近平总书记指出，"文艺事业是党和人民的重要事业，文艺战线是党和人民的重要战线"[2]。实现中华民族伟大复兴，是一场震古烁今的伟大事业，需要坚忍不拔的伟大精神，也需要振奋人心的伟大作品。在伟大事业的征途中，文艺作品是点亮国民精神昂扬奋进的灯火，是凝聚民族共同奋斗的思想基础的助燃剂。"人无精神则不立，国无精神则不强。精神是一个民族赖以长久生存的灵魂，唯有精神上达到一定的高度，这个民族才能在历史的洪流中屹立不倒、奋勇向前。"[3]在伟大建党精神的锻造中，中国共产党人充分认识到物质贫穷不是社会主义，精神贫乏也不是社会主义。社会主义不仅是一种制度优势的彰显，同样是一种精神力量的生长。事实上，摆脱贫困、全面建成小康社会，所收获的

---

1 吴德刚：《为人民谋幸福为民族谋复兴——庆祝中国共产党成立97周年》，《求是》2018年第13期。
2 习近平：《在文艺工作座谈会上的讲话》，人民出版社2015年版，第1页。
3 习近平：《在纪念红军长征胜利80周年大会上的讲话》，《人民日报》2016年10月22日。

不仅是物质文明的胜利,同样是一种全民族的精神成长。电视纪录片《落地生根》讲述的是云南怒江"直过"民族脱贫致富的故事,通过修路致富摆脱的不仅是物质上的贫穷,还是一个民族尊严的养成和在精神上立起来,这种自强不息的精神力量成长才能筑牢中华民族伟大复兴的根基。说到底,我们要建设的社会主义现代化强国,不仅要在物质上强,更要在精神上强。精神上强,才是更持久、更深沉、更有力量的。

伟大建党精神对中国新文艺的价值感召及其内在的亲缘性,主要源自中国共产党的理想信念有效回应了苦难深重的中华民族与积贫积弱的中国社会的历史性要求,从而把一盘散沙的中国社会凝聚为具有向心力的理想共同体,并率领中华民族为着共产主义远大理想和社会主义共同理想奋斗不止。百年来中国共产党的奋斗史证明:"中国共产党人的初心和使命,就是为中国人民谋幸福,为中华民族谋复兴。这个初心和使命是激励中国共产党人不断前进的根本动力。"[1]全心全意为人民服务的宗旨,使得中国共产党人的理想信念与中华民族的愿望和追求有着高度的契合。什么是共产党?共产党就是自己只有一条被子,也要剪下半条给老百姓的人。这是一群有着坚定理想信念的人,心里装着整个民族和人民的人。习近平总书记指出:"革命理想高于天。正是因为红军是一支有理想信念的革命军队,才能视死如归、向死而生、一往无前、绝境重生,迸发出不被一切敌人压倒而是压倒一切敌人的英雄气概。为什么中国革命在别人看来是不可能成功的情况下居然成功了?成功的奥秘就在这里。"[2]正是这种伟大实践中孕育的革命精神增

---

[1] 习近平:《决胜全面建成小康社会 夺取新时代中国特色社会主义伟大胜利——在中国共产党第十九次全国代表大会上的报告》,人民出版社2017年版,第1页。
[2] 张晓松、朱基钗、杜尚泽:《"加油、努力,再长征!"——习近平总书记考察广西纪实》,《人民日报》2021年4月29日。

强了新文艺的精气神，开出了中华文化的经典之花。新文艺特别是红色文艺中的主人公大多是为了正义牺牲自己，而有着强大的思想启迪和道德感召力，犹如暗夜中的指路明灯，照亮了黑夜中的民族奋力前行之路。伟大建党精神的根基和土壤是人民，中国新文艺的蓬勃生命力同样是深入生活、扎根人民的结果。回顾中国共产党百年来的风雨征程，所创造的伟大建党精神深刻影响甚至决定了中国新文艺发展道路及其艺术表现形态。同样，新文艺也在高扬革命理想中参与了伟大建党精神的养成，点燃了中国先进分子的精神灯火，丰富了中国共产党人的精神谱系，成为中国共产党领导的革命、建设、改革事业的重要组成部分。"七一"讲话在大历史逻辑中，首次明晰了党史的四个阶段，即新民主主义革命时期、社会主义革命和建设时期、改革开放和社会主义现代化建设新时期、中国特色社会主义新时代。在这几个阶段中，新文艺与伟大建党精神的锻造都有着紧密的内在互动与相互成全，并在文艺书写中高扬了正确的党史观。

总体上看，新文艺在百年党史中始终是伟大建党精神的紧密参与者与精神之火的点燃者，在高扬革命理想的激情火炬中记录和雕刻了伟大建党精神，以文学艺术的方式展示了中国共产党的底色和亮色，阐述了中国共产党执政的合法性和中国共产党形象的伟大。一定意义上，伟大建党精神在新文艺发展史上始终以潜移默化的方式渗透在文艺创作的各个环节，甚至影响百年来中国新文艺的内在品质和价值诉求。有学者指出："百年来的中国新文艺虽然并不直接等同于百年党史，但后者所蕴含的改造旧中国、建设新中国的精神力量，通过理论传播和社会实践深刻影响了一大批中国知识分子和文学艺术家，进而影响了整个新文艺的创作。"[1]可以说，新文艺与我们党同呼吸、共命运，与革命同步、与时代同步、与历史同步，在不断发展进步的过程中参与了伟大建党精神的锻造，一系列红色经典充分展示了中国共产党人无私无畏的奉献精神和坚忍不拔的斗争精神，激励着广大党员和先进分子做出无愧于时代的英雄壮举。习近平总书记指出越是伟大的事业，越是充满挑战，越需要知重负重。全党同志都要保持"越是艰险越向前"的英雄气概，保持"敢教日月换新天"的昂扬斗志，埋头苦干、攻坚克难，努力创造无愧于党、无愧于人民、无愧于时代的业绩。事实上，这种精神的激发离不开文艺作品，文艺既是伟大建党精神锻造的积极参与者，更是这种伟大建党精神的激发者和点燃者。

二、新文艺与伟大建党精神的契合缘于高扬人民性

生成于特定历史语境的新文艺，高举文学革命的旗帜，倡导平民文学，在与工农大众的结合中高扬文艺的人民性，并由此积淀为新文艺的基本品格。中国共产党自诞生之日起，就把自己融入人民的汪洋大海，以一叶红船乘风破浪，向着无边的广阔星际披荆斩棘！在对文艺问题的理解中，文艺性质是文艺的根本问题，直接关乎文艺的发展方向和功能发挥。毛泽东同志在《在延安文艺座谈会上的讲话》中指出：文艺"为什么人的问题，是一个根本的问题，原则的问题"[2]。这一论断切中了文艺的本质，是一切文艺创作思想和创作活动的总开关。在党的文艺政策中，文艺历来是为人民的。在和平建设时期，当代文艺要反映人民心声，就要坚持为人民服务、为社会主义服务这个根本

---

[1] 张福贵：《百年党史与中国新文艺的逻辑演进及艺术呈现》，《文艺研究》2021年第7期。

[2] 毛泽东：《毛泽东论文艺》，人民文学出版社1992年版，第45页。

方向。习近平总书记指出:"社会主义文艺,从本质上讲,就是人民的文艺。"[1]由此指明了新文艺发展的方向,进一步坚定了"以人民为中心"的创作导向,从而形成了与伟大建党精神的高度契合。

1949 年第一次文代会上,毛泽东同志到会讲话,对文艺工作者说,"你们是人民的文学家、人民的艺术家,或者是人民的文学艺术工作的组织者","人民需要你们"。"人民"是一个神圣的术语,在中国共产党的执政理念中是可以依靠的力量。"人民是历史的创造者,是真正的英雄。"[2]习近平总书记深情地指出:"江山就是人民、人民就是江山,打江山、守江山,守的是人民的心。"[3]在其心目中,人民是党的工作的"最高裁决者和最终评判者"。检验我们一切工作的成效,最终都要看人民是否真正得到了实惠,人民生活是否真正得到了改善,人民权益是否真正得到了保障。但在文艺发展史上,"人民"的概念从来不是现成的僵化的,而是历史的流动的,是一个在历史演变中不断生成的概念,有着意识形态意味和现实性价值诉求,只有在新文艺特别是社会主义文艺中其内涵和外延才逐渐明晰化。在中国共产党的话语体系中,"人民"的概念始终有着特定的阶级内容,不是指公民意义上的全体国人(民族、国族),也非单纯指某一种社会成分,而是一个集合体、联盟体,主要指那些推动特定历史阶段社会进步的基本阶层与同盟力量。在对"人民"概念的界定中,毛泽东同志赋予了"人民"以积极肯定的正面价值,被其视为推动社会历史进步的主体力量,是一个具有阶级性价值意味的集合概念,主要指称社会主义事业建设的主体力量。

---

[1] 习近平:《在文艺工作座谈会上的讲话》,人民出版社 2015 年版,第 1 页。
[2] 习近平:《在庆祝中国共产党成立 100 周年大会上的讲话》,人民出版社 2021 年版,第 9 页。
[3] 习近平:《在庆祝中国共产党成立 100 周年大会上的讲话》,人民出版社 2021 年版,第 11 页。

伟大建党精神的根基和土壤是人民，中国新文艺的蓬勃生命力同样是深入生活、扎根人民的结果。回顾党的百年奋斗史，可以洞察到伟大建党精神的沃土是人民，其奋斗的出发点和价值诉求是人民，中国共产党为什么能的密码在于充分践行"以人民为中心的价值导向"，时时刻刻把人民的利益放在心中，积极贯彻全心全意为人民服务的宗旨。中国共产党的成功缘于人民的选择，中国共产党根基在人民、血脉在人民、力量在人民。可以说，中国共产党始终代表最广大人民的根本利益，与人民休戚与共、生死相依，没有任何自己特殊的利益，从来不代表任何利益集团、任何权势团体、任何特权阶层的利益。一定意义上，中国共产党的伟大就源自深深扎根在人民的沃土中，在心中把人民高高举起。习近平总书记指出，中国共产党的执政地位不是与生俱来的，是党和人民历经千辛万苦、付出巨大代价换来的。正是人民的小推车，推出了中国共产党的执政地位，中国共产党的执政实现了人民性与党性的高度统一。2020 年，在遭遇突如其来的新冠病毒的抗疫战中，中国之所以能够取得成功并率先控制住疫情，离不开人民的支持和人民对中国共产党的巨大信任。历史充分证明，人心向背关系党的生死存亡。唯有不忘初心，方可赢得民心。赢得人民信任，得到人民支持，我们党就能够克服任何困难，就能够无往而不胜。

中国共产党始终践行"以人民为中心的价值导向"，始终与人民血脉相连，从而凝聚起共创伟业的磅礴力量。党的百年奋斗史表明，伟大建党精神的基石是人民，伟大建党精神是党和人民共同铸造的。100 年来，中国共产党革命、建设和改革始终遵循着以人民为中心的根本逻辑。1954 年 9 月，第一届全国人民代表大会第一次会议全票通过宪法，明确"一切权力属于人民"！在百年奋斗征程中，从"为人民服务"到"坚持以人民为中心"；从满足"人民日益增长的物质文化需要"到满足"人民日益增长的美好生活需要",中国共产党以人民为标尺,持之以恒答好人民考卷,并在伟大实践中诠释了为人民的初心。人民就是江山,为人民守江山守的是人民的心。中国共产党在历史的选择、人民的选择中赢得了民心,彰显了中国人民对中国共产党的强烈认同,这是中国共产党何以能的密码之一。可以说,伟大建党精神是中国共产党和英雄的中国人民共同创造的,其中内蕴了历史逻辑和人民追求的统一,无数的红色文艺经典生动地诠释了党的宗旨和新文艺价值诉求的同构性。"人民是文艺创作的源头活水,一旦离开人民,文艺就会变成无根的浮萍、无病的呻吟、无魂的躯壳。"[1]文艺起源于人的劳动,美肇端于人的生产实践。"人民的需要是文艺存在的根本价值所在。能不能搞出优秀作品,最根本的决定于是否能为人民抒写、为人民抒情、为人民抒怀。"[2]为人民服务是社会主义文艺的根本诉求,是社会主义文艺活动的核心价值观。在文艺实践中,文艺的人民性既关乎文艺创作,即在文艺创作中"为了谁"(艺术的初心)、"依靠谁"(坚持以人民为中心的价值导向);也关乎文艺批评即坚持"人民的"批评观,使"以人民为中心的价值导向"落到文艺实践中,进而在引领社会风尚中推动整个社会文明程度不断提高。"人民是历史的创造者,是时代的雕塑者。"[3]文艺的人民性概念因着整体性的文化观和集体主义的价值观,而有别于西方文艺观对局部利益和个体性价值观的追求,从而为文化共同体的建构提供艺术支撑。

在中国共产党的文艺政策史中,毛泽东同志率先肯定了文化建设中的人民性倾向,推崇人民的文艺,在顶层设计上把文艺发展纳入社

---

[1] 习近平:《在文艺工作座谈会上的讲话》,人民出版社2015年版,第1页。
[2] 习近平:《在文艺工作座谈会上的讲话》,人民出版社2015年版,第1页。
[3] 习近平:《在中国文联十大、中国作协九大开幕式上的讲话》,人民出版社2016年版,第10页。

会主义事业。毛泽东同志指出:"一个革命的文学家艺术家只有联系群众,表现群众,把自己当作群众的忠实的代言人,他们的工作才有意义。只有代表群众才能教育群众,只有做群众的学生才能做群众的先生。"[1]邓小平同志一以贯之地强调文艺的人民性,"我们的文艺属于人民……文艺创作必须充分表现我们人民的优秀品质,赞美人民在革命和建设中、在同各种敌人和各种困难的斗争中所取得的伟大胜利"[2]。"我们的社会主义文艺,要通过有血有肉、生动感人的艺术形象,真实地反映丰富的社会生活,反映人民在各种社会关系中的本质,表现时代前进的要求和历史发展的趋势,并且努力用社会主义思想教育人民,给他们以积极进取、奋发图强的精神。"[3]在习近平总书记看来,社会主义文艺就是人民的文艺,人民的文艺要在新时代担负引导和激励中华民族实现伟大复兴的共同思想基础的使命。这对新时代文艺发展提出了新要求,明确必须在满足人民多样化的文化需求中增强人民的精神力量,增强国家的文化"软实力"。就此而言,新时代的文艺要在书写中华民族新史诗中实现彰显初心与守护理想的统一,从而凝聚起创造实践的伟力,以文艺的审美追求诠释中国共产党为什么能的伟大建党精神的强大价值感召力,从而激励中华民族向着远方的地平线无限前倾。

正是缘于在高扬人民性中实现了文艺工作和党的工作的内在统一,促使新文艺不断参与对伟大建党精神的锻造,并为伟大建党精神所感召,进一步激励文艺爱人民,在满足人民多样化文化需求中守护了中国共产党人的初心。伟大建党精神的不竭的动力是时时为了人民的初

---

[1] 毛泽东:《在延安文艺座谈会上的讲话》,《毛泽东文艺论集》,中央文献出版社2002年版,第67页。
[2] 邓小平:《邓小平文选》(第2卷),人民出版社1983年版,第209页。
[3] 邓小平:《邓小平文选》(第2卷),人民出版社1983年版,第210页。

心，社会主义文艺同样要时时眷顾爱人民的初心，以文艺的方式守护民心。在艰难曲折的百年奋斗中，文艺是引领中华民族站起来的火炬，是引导中华民族富起来的明灯，是激发人民伟力迈入强起来的新时代的旗帜，并以其审美理想的高扬和艺术的卓越性追求回答了中国共产党为什么能。"人心就是力量。""人民立场是中国共产党的根本政治立场，是马克思主义政党区别于其他政党的显著标志。"[1] "全心全意为人民服务，是我们党一切行动的根本出发点和落脚点，是我们党区别于其他一切政党的根本标志。"[2] 社会主义文艺必须站稳人民性的立场，一以贯之地高扬文艺的人民性。"我们的文艺属于人民……文艺创作必须充分表现我们人民的优秀品质，赞美人民在革命和建设中、在同各种敌人和各种困难的斗争中所取得的伟大胜利。"[3] 立足于文艺实践提炼出来的文艺观，在高扬人民性中实现了与伟大建党精神的高度契合。"我们的社会主义文艺，要通过有血有肉、生动感人的艺术形象，真实地反映丰富的社会生活，反映人们在各种社会关系中的本质，表现时代前进的要求和历史发展的趋势，并且努力用社会主义思想教育人民，给他们以积极进取、奋发图强的精神。"[4] 处于新发展方位，社会主义文艺要增强新发展阶段意识，进一步强化人民需要文艺，文艺需要人民，文艺要为人民抒情、为人民放歌，人民是文艺审美的鉴赏家和评判者的观念。通过创作的精品追求，使文艺成为时代的信仰之光，不断弘扬中国共产党人的精神谱系，继续讴歌和描绘时代英雄，雕刻出正在强起来的中华民族的心理状态、精神风采和情感追求，以及对未来的

---

[1] 习近平：《在庆祝中国共产党成立95周年大会上的讲话》，人民出版社2016年版，第18页。
[2] 习近平：《坚持和运用好毛泽东思想活的灵魂》，《论党的宣传思想工作》，中央文献出版社2020年版，第44页。
[3] 邓小平：《邓小平文选》（第2卷），人民出版社1983年版，第181页。
[4] 邓小平：《邓小平文选》（第2卷），人民出版社1983年版，第210页。

憧憬和面向人类文明的思想创造。立足新发展方位，社会主义文艺还要增强今日之中国是"世界的中国"的意识，要有胸怀世界的眼光和情怀，要有以高质量文艺创作赢得世界人民认可、实现民心相通的艺术卓越性追求能力；要有以高尚境界追求为人类文明作更多贡献的文化自觉，从而在世界舞台上为中华民族赢得尊严和敬意。因此，社会主义文艺要在深入生活、扎根人民中书写时代精神，为满足人民差异化的文化需求提供文艺精品，以弘扬理想信仰来增强人民的精神力量；同时，还要有胸怀世界之心，在服务于世界舞台上"人类命运共同体"的持续建构，以及有效拓展中国海外文化利益中培根铸魂，并鲜明地亮出"我是谁"的旗帜。

在参与伟大建党精神铸造中，不仅文艺创作要高扬人民性，文艺评论和文艺理论研究更要凸显鲜明的人民性品格。只有以人民为中心的文艺评论才能在社会主义实践中发挥引导作用，在引领社会风尚中使社会文明程度得到新提高；只有坚持以人民为中心的文艺理论研究，才能做到以中国理论有效阐释中国文艺实践和大众的审美经验。在提炼伟大建党精神中高扬文艺的人民性，就是以站稳人民性立场的文艺讴歌中华民族史诗般的伟大实践，讴歌伟大的党和伟大建党精神，在文艺创作中展示出中华民族思想创造和哲思的魅力，以对世界共同价值的追求和诉求文明共识的理念来征服人心，在与时代同频共振中攀登艺术高峰，以当代文艺的经典化追求在世界舞台上为中国文明型崛起筑牢文化支点。对内新时代的文艺要在举旗帜、兴文化、展形象和育新人中凝聚人心，在以优秀文艺作品增强当代中国人的骨气、底气和志气中鼓舞士气，巩固中华民族伟大复兴的共同奋斗的思想基础；对外新时代的文艺要能在艺术想象和审美创造中感召世界，以中国智慧（如天人合一的生态观、两山理论等）、中国方案（中国减贫实践、中国抗疫实践等）和中华文明的整体性文化观念（如"人类命运共同体"理念）的艺术供给回应人类文明跃升遇到的难题，从而在世界舞台上建构可信可亲可爱的中国形象，不断增强国际社会对中国崛起的认可。文艺发展史表明，能够赢得中外民心的文艺精品，也一定能够赢得国内外市场的检验和世界大众的认同，也一定会进入当代艺术史视野，而有着成为当代艺术经典的潜质。

习近平总书记指出："中国共产党根基在人民、血脉在人民、力量在人民。中国共产党始终代表最广大人民根本利益，与人民休戚与共、生死相依，没有任何自己特殊的利益，从来不代表任何利益集团、任何权势团体、任何特权阶层的利益。任何想把中国共产党同中国人民分割开来、对立起来的企图，都是绝不会得逞的！9500多万中国共产党人不答应！14亿多中国人民也不答应！"[1] 从成立之日起，中国共产党就把有着鲜明人民立场的马克思主义作为指导思想，中国新文艺形象地诠释了历史和人民选择了中国共产党。正如习近平总书记指出的，"中华民族近代以来180多年的历史、中国共产党成立以来100年的历史、中华人民共和国成立以来70多年的历史都充分证明，没有中国共产党，就没有新中国，就没有中华民族伟大复兴"[2]。

三、新时代文艺要在使命担当中拓展伟大建党精神的谱系

党的十九大报告指出，经过长期努力，中国特色社会主义进入了我国日益走近世界舞台中央、不断为人类作出更大贡献的新的历史阶段。伟大的建党精神同样要有新时代内涵，文艺更要在增强新方位意

---

[1] 习近平：《在庆祝中国共产党成立100周年大会上的讲话》，人民出版社2021年版，第11-12页。

[2] 习近平：《在庆祝中国共产党成立100周年大会上的讲话》，人民出版社2021年版，第10-11页。

识中自觉担当文化使命，在世界舞台上弘扬伟大建党精神、为"人类命运共同体"理念在全球的传播鼓与呼，为在文明互鉴视野下增进人类文明共识、增强文明之间的相互通约讲好中国故事，不断拓展伟大建党精神的谱系。新时代中国文艺在用历史映照现实、远观未来的繁荣发展中，要自觉心系"国之大者"，担当起新时代铸就民族伟大复兴的精神根基的使命，发展出在世界舞台上以成熟的民族文学形态引领世界文学方向的能力。这是立足新发展阶段，对伟大建党精神谱系的拓展，也是文艺与伟大建党精神锻造主体间性互动的必然。

在伟大建党精神感召下，社会主义文艺的血脉中始终激荡着红色文化的基因，高扬文艺的人民性，以精神之钙不断增强新时代文艺的骨气、底气和志气，不断纠偏那种"以洋为尊""以洋为美""唯洋是从"、以在国外获奖为最高追求的扭曲文艺观，并以不断攀登艺术高峰的卓越性追求，肩负起新时代的文化使命。习近平总书记指出："100年来，中国共产党始终弘扬伟大建党精神，在长期奋斗中构建起中国共产党人的精神谱系，锤炼出鲜明的政治品格。历史川流不息，精神代代相传。我们要继续弘扬光荣传统、赓续红色血脉，永远把伟大建党精神继承下去、发扬光大！"[1]可以说在世界秩序变动中，文化能够看多高，我们就能够走多远。在中华民族的伟大复兴中，需要扬起文化的风帆，防止民族自信心的消解，防止民族文化发展进步活力的消解。公民之气质，文以化育之；国家之精神，文以铸造之。在满足人民文化多样化需求和增强人民精神力量相统一中，使中华民族精神的伟大成为建成社会主义文化强国的表征。在现实中，只有切实增强人民的精神力量，才能真正从内心里激发出一个民族在崛起中应有的昂扬精神

---

[1] 习近平：《在庆祝中国共产党成立100周年大会上的讲话》，人民出版社2021年版，第8页。

和砥砺奋进的意志，从而展现出中华民族伟大复兴应有的样子。

在伟大建党精神与文艺的使命担当的高度契合中，中国共产党的文艺理论和文艺政策从来没有忽视文艺创作的艺术性价值。毛泽东同志指出，"我们的要求则是政治和艺术的统一，内容和形式的统一，革命的政治内容和尽可能完美的艺术形式的统一，缺乏艺术性的艺术品，无论政治上怎样进步，也是没有力量的"[1]。在延安文艺座谈会后，毛泽东同志曾指出："现在强调革命性，就把文学艺术的革命性所需要的艺术形态也不要了，这又是一种偏向。我们只是强调文学艺术的革命性，而不强调文学艺术的艺术性，够不够呢？那也是不够的，没有艺术性，那就不叫做文学，不叫做艺术。"[2]正是出于对文化艺术的高度重视，毛泽东同志在回顾中国共产党的奋斗历程时，也将政治革命、经济革命和文化革命视为一个有机整体："我们共产党人，多年以来，不但为中国的政治革命和经济革命而奋斗，而且为中国的文化革命而奋斗；一切这些的目的，在于建设一个中华民族的新社会和新国家。在这个新社会和新国家中，不但有新政治、新经济，而且有新文化。这就是说，我们不但要把一个政治上受压迫、经济上受剥削的中国，变为一个政治上自由和经济上繁荣的中国，而且要把一个被旧文化统治因而愚昧落后的中国，变为一个被新文化统治因而文明先进的中国。一句话，我们要建立一个新中国。建立中华民族的新文化，这就是我们在文化领域中的目的。"[3]在毛泽东的思考中，政治与文化从来不是割裂的，它们汇聚在一起，共同为"建设一个中华民族的新社会和新国家"奋斗。

---

[1] 毛泽东：《在延安文艺座谈会上的讲话》，《毛泽东文艺论集》，中央文献出版社2002年版，第74页。

[2] 毛泽东：《文艺工作者要同工农兵相结合》，《毛泽东文集》（第2卷），中共中央文献研究室编，人民出版社1993年版，第428页。

[3] 毛泽东：《新民主主义论》，《毛泽东选集》（第2卷），人民出版社1991年版，第663页。

说到底，中华民族的伟大复兴一定是文化的复兴，一定是对人类文明作更多贡献。习近平总书记指出："中国共产党关注人类前途命运，同世界上一切进步力量携手前进，中国始终是世界和平的建设者、全球发展的贡献者、国际秩序的维护者！"[1]立足新发展阶段，中国当代文艺要有世界眼光和人类情怀，要在中华文化从对世界文明的贡献者向引领者转变中发挥先导作用，要在世界舞台上发展出引领世界文学方向的能力，以中国文艺的卓越性追求积极拓展伟大建党精神的谱系。

究其生成性而言，文学艺术的发生总是地方的和民族的，但就文学艺术成其为文学艺术而言，它原本就有着人类性或世界性的价值诉求。就此而言，"世界文学"作为一种"虚灵的真实"，自然是成熟的"民族文学"的价值祈向，而有着成为"世界文学"的冲动。契合中国发展新方位，中国共产党的伟大建党精神和中华民族的胸怀是为世界作更多贡献，新时代的文学要对此有着自觉的文化担当。诚然，在一些人心目中某些西方"民族文学"如英国文学作品、法国文学作品、德国文学作品以及美国文学作品，是当然的"世界文学"，其中是否有着文学的偏见？毋庸置疑，"世界文学"应是世界各"民族文学"中最优秀的经典作品，但把某些西方国家的文学作品想当然地视为"世界文学"，无疑是西方中心论和某种傲慢的文化权力使然，以及缺乏民族文化自信的后果所致。这种文化不平等现象无意间揭示了民族文化之间存在的某些落差，它警示我们即使在"世界文学"概念提出近200年，甚至这个概念逐渐常识化的今天，汉语言文学创作仍面临如何成为"世界文学"的尴尬。在伟大建党精神的感召下，新时代的文学要有成为"世界文学"甚至引领其发展方向的意识和能力。

---

[1] 习近平：《在庆祝中国共产党成立100周年大会上的讲话》，人民出版社2021年版，第16页。

当下，西方强势文化依旧把持着何谓"世界文学"的文化权力，傲慢地排斥着诸多国家"民族文学"的经典化诉求。世界正在经历百年未有之大变局，这对中国文艺发展是一个机遇，新生代文艺要增强使命担当的自觉意识。只有以"民族文学"的经典化引领"世界文学"的发展方向，在世界舞台上雕刻、传播可信可爱可敬的中国形象，才能有效拆解西方"双标"的虚伪。当下，中华民族正在进行着史诗般的伟大实践，也在召唤着中华民族新史诗的涌现，伟大的时代渴望着史诗的命名和文艺经典的生成，从而为日益走近世界舞台中央的当代中国的文明型崛起提供文化支点。文艺经典不仅丰富着中国人民的精神生活，还架设了民心相通的精神桥梁，使世界人民认同中国的社会性成长。经典化的"民族文学"一定是复数的"世界文学"的一种形态，它在丰富世界文化多样性中参与了世界精神的文化创造，成熟的中国文学就是世界文学，并以其经典化追求增强了当代中国人的骨气和底气。对一个伟大的民族而言，成熟的"民族文学"与"虚灵的真实"的"世界文学"具有同一性，都是对一个民族的艺术想象力、审美创造力和民族精神追求的褒扬。

新时代、新方位，世界秩序在变动中开始呈现"东升西降"的趋势，这既是新时代文学繁荣发展的机遇，也提出了如何引领"世界文学"发展方向的使命担当问题。世界百年未有之大变局当然包括国际文化秩序的变化，也有着国际权力体的结构性变化，中国的文明型崛起本身就是这种变化的积极推动力量，时代语境要求新时代文艺发展要有着自觉成为"世界文学"的眼光和意识，甚至要自觉发展出在世界舞台上引领"世界文学"方向的实力和能力，从而匹配于中国发展迈入的新方位，以及为伟大建党精神拓展的契合所在。当歌德提出"世界文学"时，其目的在于希望通过汲取其他"民族文学"的精华更好地发展德国的"民族文学",使德国的"民族文学"不至于在世界文坛陷入狭隘的圈子。中国经济的崛起和持续向好,要求我们在文化上、政治上更加成熟,尤其不能陷入文化部落主义的泥淖。对于处于现代化进程和全球化力量影响的新时代中国文艺学,"世界文学"的命题是一个不可绕过的话题,需要思考新时代文艺(文化)经典化的到来,如果已经来临,何时完成"民族文学"的经典化?全球化思潮影响下的汉语言写作对世界意味着什么?对复数形式的"世界文学"有什么贡献?如何建构与传播和中国实力相匹配的中国形象?当下,紧要的是繁荣发展"民族文学"、提升汉语言写作能力,要求艺术家要有世界眼光和全球视野,以"民族文学"的成熟和经典化丰富"世界文学"的百花园,在坚定文化自信中推动中华文化成为全球化舞台上的高势能文化。

全心全意为人民服务和坚持人民当家做主的社会主义制度,要求党和国家一切工作的出发点和落脚点是实现好、维护好、发展好最广大人民的根本利益。因此,习近平总书记指出:"文学艺术创造、哲学社会科学研究首先要搞清楚为谁创作、为谁立言的问题,这是一个根本问题。""一切有价值、有意义的文艺创作和学术研究,都应该反映现实、观照现实,都应该有利于解决现实问题、回答现实课题。"[1]在回应时代关切中,旨在通过扎根中国大地、写出接地气的文艺精品和优秀的学术论文,诉求把当代中国发展进步和当代中国人精神生活表现好、展示好的价值实现,是在根本上把中国精神、中国价值、中国力量阐释好的一种文化努力。究其根本,文艺创作和艺术生产既是一个国家和民族发展文化事业的核心基础,是孕育艺术想象力、审美创造

---

[1] 习近平:《一个国家、一个民族不能没有灵魂》,《论党的宣传思想工作》,中央文献出版社2020年版,第368、369页。

和文化创意的基础性力量；同时，艺术创作及其文化经典化追求又是国民精神的灯火、社会变革的先导力量，是促进人民精神力量增长、赢得世界人民敬意、展示国家形象的重要载体。对此，新时代中国文艺要自觉增强担当意识，要描绘出我们党、我们国家大的样子，自信的各族人民风雨兼程、奋力前行的样子，在创造中华民族辉煌的新史诗中，以文化的创新创造赢得世界人民的敬意，在世界舞台上积极拓展伟大建党精神的谱系。立足新发展阶段，以社会主义文艺的繁荣发展与伟大建党精神的高度契合，不断攀登艺术高峰，进而以社会主义文化的伟大夯实中华民族强起来的精神根基。百年党史表明，正是始终高扬文艺的人民性，促使中国文艺发展在守正创新中行进在文艺的正途，从而建构了一条有着中国特色的社会主义文艺发展道路。

（发表于《中国当代文学研究》2021年第6期，第1-10页）

正确理解文艺与市场的关系

——对"习近平在文艺工作座谈会上的讲话"精神的解读

习近平总书记在文艺工作座谈会重要讲话中指出,文艺不能在市场经济大潮中迷失方向,不能在为什么人的问题上发生偏差,否则文艺就没有生命力。文艺创作要坚持正确的价值导向,强调文艺不能做市场的奴隶。这要求我们必须正确处理和深刻领会文艺与市场的关系。随着社会主义市场经济体制的完善,市场不仅成为文化产业发展的基础,还越来越多地介入到艺术创作领域,成为评价文艺活动与作品的一个重要力量和参照系。一定意义上,充分重视和发挥市场机制的作用是新世纪以来文化产业发展取得巨大成就的重要内因,但因对市场的误读和扭曲,也滋生了一系列文化乱象,出现了价格对价值的扭曲。解决好文艺与市场的关系,既离不开形而上的美学批判视野和科学的评价尺度,也离不开市场条件下完善文艺创作的对位性保护机制,由此才能形成中国当代文艺的高峰。

一、文艺的繁荣离不开市场

市场不是先天存在的,而是在人们的经济活动和经济行为中不断建构的,具有自发性和自主选择性,但规则一经约定俗成,就有遵守的强制性。不同于一般的市场,文化市场交换的是思想、情感、精神、审美体验以及信息等非物质产品，究其实作为公共领域的文化市场既是一种地理意义上的空间存在方式，也是一种发挥机制作用的力量。文化市场作为大众参与建构的产物，与公共领域的发育和发展程度密切相关，从中反映出不同的社会生产关系。文化市场作为一种选择机制是由大众需求建构的，在这里交换的是思想精神、文学艺术、学术研究成果、娱乐体验等等产品。在现代化进程中，文化市场越来越成为文化发展的主要场域和思想的交锋地。有学者指出："一切主流的属于思想和文化的东西，在面对非主流的思想和文化的东西的时候，只有在这样一个领域里才能获得和拥有生命与价值。"[1]一定程度上，文化市场直接反映了一个社会的精神生产和精神产品的交换与传播状况，体现出某种最直接的文化生产力水平，从而表征着文学艺术的繁荣程度。在文化建设中，政府与市场是两种不同的力量形态，其在不同历史时期和特定历史阶段对资源配置都可能发挥决定性作用。一定意义上讲，当前的中国文化市场还是一个政策性市场，这是由文化市场发育不成熟、不规范、不统一，还存在某种"梗阻"现象，大多是垄断造成的，这种因缘际遇导致文化市场势必由政府主导强势推动，因而体现了一定的政策意志，这在文化市场的培育期有其合理性和必然性。正是因为市场的不规范和不完全透明，导致文化市场上游因开放度不够，导致原创力不足、创新能力不强，而下游因过度开放导致"三俗"之风蔓延，娱乐至死现象泛滥。可见，市场配置资源的现象背后不仅体现着一定的经济关系和文化关系，更显现出不同的价值理念诉求，包括社会的开放度和大众的文化自主表达空间。基于此，党的十八届三中全会提出建立健全现代文化市场体系，建构全国统一规范竞争有序的市场，进一步完善社会主义市场经济体制。并着重提出健全文

---

[1] 胡惠林：《作为公共领域的文化市场》，《探索与争鸣》2014 年第 8 期。

产品评价体系，改革评奖制度，推出更多文化精品。有学者指出：所谓现代文化市场的建立与转型，不再仅仅局限相对于以农耕文明为基础的"传统文化市场"，而主要指向在工业文明基础上已经形成的文化市场的现代转型，这种转型与公共领域的现代转型一致。在根本点上，市场的目的在于在交换与交往中缔造自由，文化市场的目的是在交往与交换中缔造精神自由，并且在实现自由的过程中建构社会合理的精神秩序。[1]因而，作为一种现代精神的体现，成熟的文化市场既体现文化生产与消费的自觉，也体现了对"盲目生产"的包容。"盲目"在文艺创作上因其与市场保持了一定的距离有时是一种真正的原创，它依托市场但不是迎合市场，在精神价值含量上往往高于大众的文化消费层次而显现出某种为了自我精神追求的"市场盲目性"，就此它有可能触及精神高地甚至成为"高峰"，故而有着"曲高和寡"之感，但它在价值倾向上并不背离现代市场价值。也就是说，理性的大众选择不排斥某种为了自我的精神生产，这恰是文艺生产有时出于"审美的追求"却能够获得市场"大众的认同"的缘由。

文艺与市场的问题核心是理顺文艺创作与市场运作之间的关系，这已是当下文艺发展中一个不可回避的重大问题，其背景是文艺市场的规模越来越大，并且发展十分迅猛。不仅市场化背景下生成运作的网络文学早就占据文坛的三分天下，文学在文化产业发展中日益发挥基础性作用，而且自身已形成由庞大消费群体支撑的千亿规模市场。另外，在市场化程度较高的影视艺术生产领域，2014年中国大陆电影票房达296亿多元，电视剧每年达到1.4万集左右，艺术品市场的总成交额高达4000多亿元，工艺品交易更是超1.2万亿元，再加上网络娱乐消费、教育、新闻出版等文艺市场及其产业链上的营收，文艺市

---

[1] 胡惠林：《作为公共领域的文化市场》，《探索与争鸣》2014年第8期。

场及其延伸产业链的市场规模保守估计已达几万亿规模。就文化消费而言，2013年底，我国人均GDP已达8700多美元，京沪等大城市人均GDP超过1.3万美元，居民消费结构进入快速转型期。与之相应，文艺作品的消费需求会迅猛增长，市场在艺术生产、传播和消费中的作用越来越显著，文艺消费短缺的状况愈发凸显。

因为政策的集中发力，2014年被称为"文化消费的先导年"。文化消费在当下一直与中国经济规模和增幅不相匹配，始终处于低迷状态，对文化产业发展的内生驱动力有限。低迷的原因：一是社会保障体系不健全，在巨大社会负担面前民众不敢消费；二是文化市场中文化产品本身不够丰富多样，不够接地气，缺乏有针对性的分众市场，文化产品缺乏创意导致"结构性矛盾"依旧没有解决；三是社会贫富差距加大，很多民众的收入是"被增长"，缺乏实际购买力，处于"被消费"的状态。中国艺术科技研究所牵头的课题组《中国居民文化消费基础性调研报告》[1]指出，2002年后，中国城镇居民文化消费占可支配收入比重一直处于5%左右的水平。据统计，我国有19个省份年均不到1人次观赏艺术表演或参与公共图书馆的图书借阅。22个省份的城镇居民家庭每人年均文化娱乐消费支出占家庭可支配收入低于5%，上海和北京的数值最高也仅是6.75%和6.45%。可见，一方面市场在文艺发展中的作用越来越显著，一方面文化消费市场还处于培育期。针对当前现状，2014年两办出台《关于加快构建现代公共文化服务体系的意见》，专门提出"培育和促进文化消费"措施，着意强调在公共文化服务体系建设中，要"统筹考虑群众的基本文化需求，推动公共文化服务向优质服务转变，实现标准化和个性化服务的有机统一"。而满足群众多样化的文艺消费需求，不仅公共文化服务要解决低效益和低

---

[1]《国人文化消费心理调研报告出炉》，《光明日报》2015年2月5日。

效率的问题，在产品对路的供给上下功夫，文化产业也要提高差异化的服务供给能力，以体现国家文化政策的价值取向。随着中国经济步入"新常态"，社会消费结构调整进入"拐点"，个性化、多样化消费成为主流，如何释放消费潜能、提振消费信心直接影响着中国经济能否实现新常态。小康社会的实现不仅体现在GDP、居民收入以及各种经济指标的增长上，还体现在大众精神文化生活水平的提高，尤其是文化服务和文化消费的提升中。文化消费离不开现代文化市场中作为核心内容的文艺产品，文艺的繁荣更是离不开市场的消费驱动。

文艺生产方式的变化、大众消费结构的变迁尤其是网络数字化带来的消费群体结构的差异化，包括意识形态工作方式创新的要求及其主流文化价值观传播的现实情形都使文化市场的地位和作用愈加凸显，传统的思想"阵地"已经转化为市场的大众消费。谁拥有了大众，谁就掌握了市场主导权，也就占据了思想观念传播的制高点。市场需求对文艺创作有巨大的召唤和激发作用，在不断满足大众日常需求的同时，对文艺创作产生巨大的推动作用。文艺市场的建构不是抽象的，而是具体的。一方面，文艺生产不断创造消费、引导消费；一方面，文艺消费不断诱导激发创作克服"盲目性"，使文艺生产趋向产业发展的自觉。因此，不要在观念上把市场与文艺视同水火，摒弃把大众文化权益的实现排斥在市场之外的思维，更不能把满足大众多层次、多样态的文艺需求与市场的健康发展相对立，文艺作品接地气、广泛传播，辐射力与影响力的扩大，有力推动了文艺创作的繁荣。在文化产业领域，没有市场竞争就没有文化生产力的提高。近年来国产电影的繁荣，竞争力的提升，与电影市场开放度的提高不无关联。当然在此过程中，市场也带给文艺创作一些负面的东西，特别是不少艺术家，在享用市场利益时，又把创作中的问题推给市场。其中很多问题和乱象不是市场自身造成的，是人为误读和扭曲市场带来的。针对市场失灵现象，需要政府发挥作用，监管部门要为市场竞争营造公平、公正、公开、透明、有序的环境，通过一定的市场准入、限制、规制来保护市场的多样性存在，而不是助长和纵容"丛林规则"的滋生与蔓延。因此，不要把市场机制与市场化追求混为一谈，市场机制的核心是按照一定的规则自由、公平竞争，其本质是一种资源配置的手段或调节工具，市场化虽以发挥市场机制为基础，但其目标是市场利益最大化，以豪华奇观、大制作甚至"另类"包装等博出位来吸引眼球，过度追求高票房、高码洋、高收视率、高点击率。在文艺生产、市场管理上强调市场机制的作用，不意味着追求市场化。现在越来越清楚，文艺市场是文艺繁荣的基础，也是其可持续发展的持久动力之一。当下，市场已成为评价文艺活动与作品的一个重要维度，甚至在很多时候成为一种主导性力量。在当代艺术发展中，市场的建构力量已介入文艺评价与文艺价值生成的全过程。习近平总书记在文艺工作座谈会中指出：优秀的文艺作品，最好是既能在思想上、艺术上取得成功，又能在市场上受欢迎。因此，要花大力气去研究、分析、引导文艺市场，只有认识市场，把握发展规律，才能将其作为建构当代文艺发展的有生力量，而不是视其为规则与规范的破坏者，人为地远离与排斥。正如文艺需要批评，文艺市场更需要批评，通过研究，把握市场力量介入文艺评价与文艺价值生成的机缘、互动机制、发展规律与路径等，为健全文艺与市场的共生生态提供理论与政策支撑。通过健全文艺生态，厘清文艺创作与市场、产业发展的关系，进而用生态的理念把握文艺与市场的关系。

二、文艺不能沦为市场的奴隶

随着文化的地位和作用的全球凸显，文化发展被提升到国家战略高度。一些发达国家如美国率先提出"文化走向国家发展政策的中心"，文化，作为日益强大的产业，已成为发达国家国民经济的重要支柱产业。日、韩等国早已提出"文化立国"的战略主张。契合全球发展趋势，中央政府在"十二五"规划中提出积极推动文化产业成为支柱性产业，党的十七届六中全会提出建设社会主义文化强国，党的十八大和十八届三中全会都对发展文化产业作出战略部署。随着文化产业发展进入国家战略视野，文艺作为文化产业的核心门类愈益离不开市场运作，在泥沙俱下中文艺有可能沦为市场的奴隶。须知，发展文化产业不是把文化推向市场，更不是追求文艺的市场化和产业化。文化产业在现今时代毋宁是文化（动词）的别称，是一种符合现代特点的文化发展的主导方式。就文艺与市场的关系而言，文艺创作是一种创意性活动，文化消费是一种依托市场的自主性选择活动，可以是萝卜白菜，各有所爱。多样性的艺术表现形式和多类型的细分市场才是正常的文化生态，强调文艺不能低俗，不能就此否认通俗文艺的合理性，和大众消费多层次的合法性。北京文艺座谈会后，一些媒体过于机械理解文艺的通俗现象，走到了彻底否定通俗艺术的极端。我们不能因自身缺乏对文艺发展规律的深刻理解，从一个极端走向另一个极端，而误读文艺与市场的关系。文化消费虽是自主性选择，但人的心灵需要用文艺精品来滋养，用"三贴近"的方式去促进，所谓"用真挚的情感打动人，用精良的制作吸引人，用高尚的思想滋养人"。

不可否认，当下的文艺市场和文化产业发展，确实使一部分文艺工作者沦为市场的奴隶，滋生一种只问经济效益、不问社会效益的唯市场化乱象。虽然文艺创作空前繁荣，但存在重数量轻质量，有高原缺高峰的现象，存在抄袭模仿、机械化生产、快餐式消费的问题。有的作品调侃崇高，扭曲经典，颠覆历史；在思想上是非不分，善恶不辨；在内容上搜奇猎艳，低级趣味；在叙述上胡编乱造，粗制滥造；在制作上追求奢华，过度包装，形式大于内容；在传播上自说自话、自娱自乐，脱离大众脱离现实。文艺可以娱乐，但不是单纯娱乐，而是有内容和内涵的娱乐，它承载着民族的文化价值观和审美创造力。因此，习近平总书记指出："低俗不是通俗，欲望不代表希望，单纯感官娱乐不等于精神快乐。"文以化人，艺术养心，重在引领，贵在自觉。一些文艺创作出现过度娱乐化倾向，在文艺创作中一味迎合某些受众的感官欲望需求，在扰乱视听中使大众眼花心乱，使"文以化人"迷失在欲望追逐中。

在此市场导向下，自然会滋生"手撕鬼子"的低俗闹剧，一些抗战神剧脱离历史真实和生活实际，没有边际地胡编乱造，将严肃的抗战和对敌斗争娱乐化。针对将革命历史题材剧、政治事件娱乐化的倾向，有学者呼吁，要正视这股低俗、庸俗和媚俗之风。[1] 一些文艺因过度追逐市场效应而严重背离艺术真实和生活真实，缺乏历史意识、文学深度和思想力量，以娱乐和无厘头搞笑，被视之为"三无"（无文采、无思想、无境界）产品。"三无"与"三俗"之风盛行，使不少作品以展示人性的粗鄙、琐屑，血腥的恐怖、怪异，床笫的狂欢为刺激大众的"卖点"，而对张扬人性的光辉、弘扬思想的力量和凸显灵魂的高尚却缺乏艺术的韧劲。靠浅薄的无厘头戏说、噱头制造"卖点"的产品是没有长久生命力的。以苏联卫国战争为题材的俄罗斯文艺屡出经典，说明只有不臣服于市场才能成就精品力作。文艺创作过分娱乐化，带来的是审美趣味的退化和文化理想的弱化，拿"信仰"开涮影响了革

---

[1] 范玉刚：《娱乐不等于文化》，《瞭望周刊》2011年第26期。

命历史题材的深度创作，还使整个时代的精神追求肤浅化，这种"献媚"式的文艺作品不仅沾染了铜臭气，还沦为了市场的奴隶。一些影视作品从一开始就为赢得收视率、逆袭票房，粗制滥造、剧情简单、台词雷人，让观众直呼"侮辱智商"……文艺作品作为社会的表情，一旦陷入物质主义、拜金主义和消费主义的深渊，必将对社会的精神、信仰和价值涵养带来巨大影响。"大话"、"戏说"乃至网络"神曲"有存在的合理性，但如果低俗文化成了主流产品，流行音乐只剩下疯狂传播的"神曲"，文艺丧失了人格、品格，泯灭了文化价值的底线，这样的娱乐产品和屌丝文化只是加剧着民族精神的下坠。大众沉溺于玩世不恭和自我解嘲的游戏中，到底是谁的悲哀？因为误读或扭曲市场，导致思想性强的文化内容产品因市场开放度低而供应不足，低俗搞笑的产品因市场开放度高而大量同质化泛滥。

这些年，我国艺术品市场呈现迅速发展的态势，各类艺术品投资理财、艺术公募或者私募基金、艺术信托等新型金融产品集中涌现，中国艺术品拍卖不断刷新纪录，艺术产权交易所挂牌上市，艺术品价格总的趋势一直在走高，中国大陆越来越成为全球最大的艺术品交易市场。中国文艺市场一派繁荣，但我们并没有多少在全世界赢得敬重和尊严的当代大师，就连中国当代艺术的话语权也旁落海外。近年来，文化产业领域的重组并购"风起云涌"，资本借势生风、如火如荼，在文化产业的一派繁荣中，处处可见"产业"，唯独少见"文化"，到处是资本的独舞。如果文化产业缺失了最核心的"文化"，即便产业俯拾皆是，这种产业又能为社会赢得多少敬意？为社会进步作多少贡献？为艺术的繁荣搭建多少平台？它又能在多大程度上抚慰现代人心灵的孤寂和焦躁？中国当代文艺能为世界贡献多少价值？不可否认，由于当代艺术过于依附市场、过度商业化炒作，而屡屡为社会所诟病。西方资本的介入是引发中国当代艺术市场狂欢的重要元素，但缺少自主精神追求和自立的价值贞定更是主因。当下中国大陆已成为世界第二大电影市场，一定意义上中国电影进入了自己的"黄金时代"，但中国电影发展似乎仍未摆脱"好莱坞情结"，没有实现真正意义上的"国际化"，也就难以达到真正的文化自觉。片面理解市场，也片面理解了当代艺术，导致主旋律文艺常常带着刻板的说教腔，而某些市场化成功的大众文化产品又远离了主流价值观，不惜把低俗作为吸引公众的噱头，通过去主流化让自己"焕然一新"，在扭曲市场中愈加任性。中国文艺市场的乱象，除了过于重视市场利益，迎合不健康的市场需求及文艺工作者心态浮躁等原因外，还与我们对文艺市场发展趋势、内在规律及相应的管理方法等缺少研究、认识不到位有关。文艺发展离不开市场，但不是依附于市场。当前，在市场经济和不断提高文化开放水平的语境下，需要正确理解文艺与市场的关系。文艺不能做市场的奴隶，但其价值的实现很大程度上离不开健全的市场，从艺术创作到艺术生产越来越是一个不断延伸和拓展的产业链，随着每一环节上专业化水平的提高，艺术产业才能托起文艺发展的高地，有了文艺的繁荣才能使消费者有更多文化消费的自主选择。

在新形势下，复杂、个性化的市场需求，新科技融合，特别是电信技术、互联网技术及信息化的大数据处理与管理技术的融合发展，以及在这一基础上发生的文艺的跨界融合，使文艺与市场的关系及其内在规律、价值取向、标准、导向等愈加扑朔迷离，使很多问题处于相对模糊状态，处在说不清、理还乱的状态，亟须在理论研究及实践总结层面提升，进行系统化研究与创新。也就是说，不仅文艺需要批评，文艺市场更需要批评，通过批评机制，推动文艺市场沿着正确的方向，既规范又充满创造活力地发展。新媒体的横空出世和强势流行，使得人人都是艺术家成了现实，低门槛的现实语境极大地稀释了艺术的专业含量，使得艺术水准的降低成了全球性趋势。对趋势缺少认知，对规律缺乏把握能力，使得文艺与市场关系的研究显得尤为迫切。在健康理性的市场运作中，政府作用的发挥与市场灵验功能相一致。有学者指出："不存在使市场在资源配置中起决定性作用的特殊规律。使市场在文化资源配置中起决定性作用，主体还是政府。就国家而言，它只是一项经济政策，旨在进一步解放社会生产力，把原来管得过多、统得过死的经济行为和经济活动，还给其他市场主体，改善和调节政府作为经济主体和市场主体在整个经济行为和经济活动中和其他经济主体与市场主体的关系，从而进一步实现社会资源配置的效益最大化。因此，必须特别重视政府在对市场行为过程中的巨大干预作用和影响力。"[1]在文艺创作领域，政府干预和对文艺发展的价值引导不能脱离市场和大众，但不能把权力浸入微观的文艺创作领域，而是给予一定的自由创作空间；发挥市场灵验也不是把市场机制渗透进一切文艺创作中唯利是图，而是通过合力在市场条件下建立对文艺创作（高雅艺术）的对位性保护机制。说到底，在文艺与市场之间建立一个缓冲性的，有利于涵润和孵化艺术生产力的健全文艺生态的保护带。

三、在文艺创作和市场运作之间建立隔离带和保护区

习近平总书记文艺座谈会讲话的精神与其治国理政的文化逻辑相一致，体现了总书记对伟大艺术的召唤和期待，从中深刻阐发了在文艺创作与社会化大生产融会互动的市场条件下，文艺应成为市场的主人，也就是自己的主人。市场条件下，文艺不能做市场的奴隶，但也不能成为市场的"敌人"，事实上没有受众的作品很难成为好作品，只

---

[1] 胡惠林：《论政府与文化市场的关系》，《长白学刊》2014年第3期。

是当下的受众更多地是文化市场中的消费者,市场接受度与积极反应已成为艺术价值生成的重要参照系!文艺不能做市场的奴隶,更不能做政治的附庸,文艺只有在独立自主的创作空间和自由想象力的飞翔中才能为中华民族的伟大复兴提供助跑的动力,进而在文艺经典的建构中张扬中华民族的个性和审美底蕴。市场的多样化存在和大众选择的自主性符合文艺发展规律,没有市场的作品很难成为艺术精品,市场给大众提供更多的选择,也使文艺创作者有信心做自己喜欢的事,而不是所有人都做同一件事(必然导致政治依附性)!就资源配置而言,通常有行政化的计划配置和分散化的市场配置两种方式。计划配置资源必然使主体在自由运用其诸认识能力方面产生依附性,而不利于创作的独立性;分散化配置资源因要面对多个主体,就会在有所选择中增强自主性,导致在艺术的专业性上下功夫,从而有利于艺术质量和艺术性追求的提升。因此,谨防艺术创作主体沦为市场的奴隶,就必须健全现代文化市场体系,发挥市场配置资源的积极作用,完善市场条件下高雅艺术的对位性保护机制。所谓市场的好、坏,其实是"市场失灵"问题。主要是转型过程中因有限性开放市场导致价格扭曲,"三俗"产品的出现是市场短缺的反应,反映了市场供需的不平衡。在没有丰富产品和良好产品的有效供给下,短缺必然使有些人选择"三俗"产品,这是很自然的市场反应。只要有更多好产品供消费者选择,市场本身的向好机制就会驱逐坏的"三俗"产品。

市场作为交易(交换、传播)的平台,它本身有着趋利的动力机制,必须有一定数量的批量化生产来满足大众的需求,才能实现盈利的目标诉求。这就必须把艺术创作的成果经孵化转化为市场上的商品,其路径是市场化的产业运作。文化市场的特性必然趋于把艺术个性拉向扁平化，从而在价值上趋向一种"平均"（大众化），这虽然削弱了艺术创作的个性化，但市场的规模化、集中化又使艺术的价值和影响力不断放大，为大多数人所消费，从而实现"以文化人"的教化功能。当前，在深化文艺院团改革中，为了降低艺术创作成本和扩大艺术的社会影响力，正在比照电影院线模式，建构文艺剧场联盟机制，以推动舞台艺术的社会化生产，来满足大众的文艺消费需求，尽力使艺术创作与文化市场保持平衡，就是一种有价值的尝试。同时，市场还追求一种多元性的艺术存在，它允许探索与实验。因此，不能误读扭曲市场的逐利行为，使文艺沦为市场的奴隶。艺术发展要求艺术创作追求个性化，即使如舞台艺术、影视艺术等综合性艺术形式虽是集体创作，也要有审美个性的追求，以体现主创者的艺术理念和艺术追求。

研究文艺与市场的关系的实质是探讨市场条件下如何出伟大艺术家和艺术作品。市场条件下的文艺创作遵循什么样的文化逻辑和体现什么样的价值追求？实现目标诉求的机制是什么？归结到根本点是如何处理好艺术创作的个性化追求与文化市场的社会化大生产之间的矛盾。在文艺与市场关系的框架中，使文艺创作的个性化追求与文化生产的社会化相协调，既保持文艺的艺术水准和卓越性的价值追求，又能生产出为大多数人所接受从而产生社会影响力的产品，就必须尊重文艺发展规律，建构市场条件下对高雅艺术对位性的保护机制。其实，从文艺创作到市场流行之间存在着"断崖式"的中间地带，其中的"惊险一跳"能否成功取决于多方面条件。因此，从高雅艺术追求的小圈子到大众文化的市场消费的中间地带要有保护性隔离带，即建立市场条件下高雅艺术的对位性保护机制。通过建立隔离带和保护区及其对位性保护机制，保护高雅艺术创作的独立性、自主性不受市场侵蚀，在文艺生态健全中孵化和解放文化生产力。

多年来的文化体制改革经验和文化产业发展实践表明，商业价值取向的大众文化与艺术价值取向的高雅文化有着不同的运作方式和发挥作用的领域，二者之间存在一定的界域，对此的忽略或有意忽视，是误读市场滋生文艺乱象的根本原因，也是文化体制改革没有根本理顺关系的明证。商业性的娱乐文化即当下流行的大众文化不仅有其广泛的受众并披着文化普遍性的外衣，因而大众文化要稀释或淡化民族性、地域性特色，追求一种价值的普适性和表达方式的可通约性，以尽可能赢得更多的消费者，可见它有着自身的发展规律和发挥作用的界域，其生产与传播主要体现市场效益的商业价值取向，在经济效益的追求中使主流价值观传播最大化，从而实现经济效益与社会效益的统一；有别于大众文化的高雅文艺的繁荣虽然离不开市场，但其创作不应直接面向市场，它不同于大众文化的普遍性诉求而是张扬个性化审美色彩，"越是民族的越是世界的"是其艺术卓越性的体现，它以追求一种超越性的艺术价值为目标，体现文艺创作的独立性和自主性，从而在其创作中蕴含着一个民族的文化独创性和创造力，这种艺术追求体现了一个国家艺术创造的整体实力，和形成艺术高峰的可能性。针对二者之间存在的"缓冲带"，应建构一个社会性的艺术保护区（文艺生态涵养区），完善市场条件下对高雅艺术创作的保护性机制，是形成全社会文艺繁荣发展的关键。市场条件下保护区和保护机制的建构，不是把高雅艺术创作置于不接地气的真空中，更不是把高雅艺术创作隔离在静态的博物馆中，而是在相互贯通和关系顺畅中实现二者的有机转换和互动。这样既可以满足大众欣赏和消费较高艺术水准的"高原"之作，也能够创造条件和机遇在"高原"之上形成"高峰"之作。

惟此，才能真正抓住习近平总书记期望的何以当前有"高原"没"高峰"的症结点，症结点的破解既迎来文艺市场的繁荣，也会催生艺术创作"高峰"之作的诞生。伟大的艺术当然承载全人类共同价值或体现主流价值观的追求，但在文艺表现形式或者艺术表达上必然有其个性化张扬，从而在艺术价值追求上体现了最大程度的文化包容性。针对有"高原"没"高峰"的现状，那些类似所谓"主流加市场"的建议其实没有真正把准脉，依旧是在问题外面打转转。

市场逻辑使文艺生产有可能沦为市场逐利的奴隶，惟此要建立"保护区"机制，不能把什么都交给商业机构或企业进行市场化运作。因为在市场运作中，资本（投资人）、运营商（发行商、院线经理人）等拥有话语权，艺术家在其中的话语权很少，很难对一个产品运作有自主权。在文艺与市场的平衡机制中，有竞争力的作品（包括有市场号召力的题材）可以直接交给市场进行商业运作和产业发展，塑造成文化产业的拳头产品；而那些创新性、实验性、另类价值追求的精英化创作，要通过"保护区"中的文化非营利组织进行艺术培育和商业孵化，在产品成熟并有一定受众后再交给市场。这样，既杜绝商业机构的市场逐利行为对艺术个性化创作的伤害，又防止因没有市场效益使企业行为难以可持续而中断艺术生产力的培育！所谓两个效益的统一，不是空话和套话，而是要有现实保障机制来落实。个性化的高雅艺术创作不能直接在市场上进行社会化生产，正是对此规律和认知的肤浅理解或误读，使得文艺在当前即使处于文化发展最好的时期，也只有"高原"而没"高峰"。中间的保护带一手托着艺术创作的个性化追求，一手托着文艺生产的社会化及其文化产业发展诉求，这是当前文艺生产要遵循的规律。它自身的机制是否健全？其文化生态是否润泽？整个运行环境是否顺畅？从根本上决定着一个国家和民族的艺术理想及其卓越性价值追求，也关乎一个国家和民族的文化生产力水平。在高雅艺术创作领域，它可以追求创新、实验、多元甚至另类等艺术价值，体现越是民族的越是世界的追求，这是商业化的文化企业不愿也无力持续担当的；而在文化产业领域，商业性的大众娱乐文化追求的是大众化、平面化，为满足大众的消费需求它往往要稀释民族的或地域的特殊性，传播为社会普遍接受的大众价值观，这与艺术的卓越性追求遵循两种逻辑。中间的隔离带通常由文化非营利机构和公益性机构发挥调节功能，旨在健全良好的文化生态系统，既培育文化艺术的创造活力，又实现了文艺的自主性、独立性和民主化追求。因此，保障机制需要理清政府与市场和文艺的边界，维护文艺发展的独立性、公共性、自治性，以激发全民族的文化创造活力，从而夯实伟大艺术"高峰"之作生成的基础！

我们着重提出在文艺发展中建立"隔离带"、"保护区"，和市场条件下高雅艺术创作的对位性保护机制，是针对当前文化体制改革走在途中的现状进行的制度设计，旨在通过大量培育文化非营利组织实现体制机制创新，为伟大艺术"高峰"之作的出现奠定基础。在实践中，为了应对改革的"一刀切"政策和鸿沟式的"分类改革"，很多省市文艺院团（包括一些研究所、期刊社等）为完成改革任务，不得已以"非遗保护"的名义成立非遗传承院，重新纳入事业单位，这是院团改革中的尴尬和无奈。因为在既没有积累（原有的事业体制仅有办公经费）、面临人才断档（老人出不去、新人进不来）、场地和办公设备老化（缺乏好剧本和设备更新技术升级），尤其在没有培育市场的情形下，把它们全部推向市场，只能死路一条。如果以非营利机构来登记，既可以享受政府补贴（公共资金的扶持、国家艺术基金会），又可以享受社会机构、个人的捐赠与企业的赞助，还可以获得减免税政策扶持（这一点对非营利组织发展太重要了）、版权保护的法律支撑和投融资政策的支持，从而使其走上良性发展之路。非营利不是不要市场，而是不能谋私利（用来私人分配），其收益用于文化单位的积累和发展。这样，文艺院团就有一定的预算保障，可以安心生产（打磨剧本、排新戏、实验新剧目、开发周边和衍生产品等）——而不是为生存奔波——甚至为迎合市场上演低俗剧。没有生存之忧，就可以创作生产一些高品质或者高雅文艺产品，去追求文艺的卓越性，在产品成熟并有一定的受众认可度后，再完全转化为商品，由精英文化演变为流行的商业性大众文化，作为文化产业体系中的商品在市场上赚钱，并在市场上提升大众的消费品位；同样，一些市场化的大众文化商品，经过市场不断检验和修改提升，也会成为文化精品甚至积淀为文化经典，如《大河之舞》、《猫》等，作为公共产品进入公共文化服务体系为全民所共享。因此，文化企业不仅可以在经济上反哺文化事业，还可以通过政府购买服务以公共产品服务大众。可见，隔离带和保护区以及保护机制的建构不但激活了文化发展的创造力源泉，即文化非营利组织以其艺术创作、创意创新意识以及消费者的培育，为文化产业提供可持续发展的支撑性基础；还可以把流行的大众文化积淀为公共性的文化资源，使文化市场和文化产业发展成为当今时代文化积累和传承的一种主导方式，在文艺市场的繁荣中夯实伟大艺术高峰形成的基础。

文艺创作保护机制的形成确实需要打破条条框框，这有赖于政府文化管理部门与文艺创作者的积极互动与担当，通过机制的完善共同激发文艺创作的活力,培育市场经济时代代表中国主流文艺作品的竞争力,创造伟大艺术生成的条件。这是一场伟大的攻坚战,需要很多有开创精神、富于担当精神的人参与,形成全社会的合力,以文艺"高峰"之作的诞生吹响中华民族伟大复兴的号角。

(发表于《湖南社会科学》2015年第3期,第161-167页)

文艺精品和艺术生产机制创新

习近平总书记在文艺工作座谈会重要讲话（以下简称《讲话》）中，对中国当代文艺精品发出了深情的召唤并期待艺术高峰的出现，通过优秀文艺作品来高扬中国价值、弘扬中国精神、凝聚中国力量，为中华民族的伟大复兴蓄积力量，提供助跑的精神动力，从而彰显文艺的先导作用和精神感召力。在当代，中国要成为世界大国和文化强国，必须要通过更多有筋骨、有道德、有温度的文艺精品，书写和记录人民的伟大实践、时代的进步要求，以优秀作品来彰显信仰之美、崇高之美，弘扬中国精神、凝聚中国力量，鼓舞全国各族人民朝气蓬勃迈向未来。在《讲话》中习近平总书记还深刻阐发了在文艺创作与社会化大生产融会互动的市场条件下，文艺应成为市场的主人，也就是自己的主人。对此，我们必须在一种深刻性上予以领会，并在实践中通过艺术生产机制创新激发文艺精品不断涌现。

一、对文艺精品创造的深情召唤

在《讲话》中习近平总书记表达了对当代文艺工作者的殷切期望，对文艺精品创造的深切呼唤。伟大事业需要伟大精神，实现这个伟大事业，文艺的作用不可替代，文艺工作者大有可为。习总书记寄望广大文艺工作者要从这样的高度认识文艺的地位和作用，认识自己所担负的历史使命和责任。鲁迅先生说，要改造国人的精神世界，首推文艺。举精神之旗、立精神支柱、建精神家园，都离不开文艺。文艺是时代前进的号角，最能代表一个时代的风貌，最能引领一个时代的风气。从个体的成长和社会风气的养成来看，文艺是铸造灵魂的工程，文艺工作者是灵魂的工程师。好的文艺作品就应该像蓝天上的阳光、春季里的清风一样，能够启迪思想、温润心灵、陶冶人生，能够扫除颓废萎靡之风。今天，中华民族已经迎来了实现伟大历史复兴的"关键时刻"，满足人民精神文化需求已成为文艺和文艺工作的出发点和落脚点，面对人民多样化的精神需求和有效供给不足的问题，更多地是需要有创造性、创新性、创意性的文艺精品，以文艺的"高峰"迎接伟大历史时刻的到来，以文艺的高度繁荣契合世界史的"中国时刻"。

（一）深刻理解《讲话》的时代语境

为什么要高度重视文艺和文艺工作？这个问题，首先要放在国内和国际发展大势中来审视。从全球视野来看，21世纪以来文化的地位和作用全球凸显，各发达国家高度重视文化和文化产业的发展，并以其文化实力占据了全球文化市场的制高点（同时也是全球文化价值传播的制高点）。文化产业已成为许多发达国家的支柱产业。美国、英国、日本、韩国等文化产业发达国家，正引领国际经济贸易、产业结构升级以及文化思潮的流动，占据了国际经济、文化、政治等重要而有利的位置，制约着发展中国家国际地位与作用的提升。与之相应，全球范围内的资源配置出现了前所未有的分化和重组，对文化资源和话语权的争夺成为全球性资源重组的重要内容，越来越多的文化产品进入全球市场，越来越多的区域文化经济融入现代世界市场体系。随着文化的地位和作用的全球凸显，文化领域的扩张和反扩张、渗透和反渗透作为国际政治经济竞争的内容之一，大多是经由文化产业来实现的。文化产业越来越成为全球政治、经济、文化战略格局重组，各种力量博弈的一条中轴线。在发达国家，文化产业是文化的别称，文化产业之间的博弈其实是整个国家文化发展体系的竞争，是文化产品（文艺精品）和版权的竞争，是作品的精神感召力和所传播的价值观的竞争，是市场上流行的文化精品（如《大河之舞》《猫》《云南映象》《战马》等）之间的竞争。

从国内现实境遇来看，随着"五个文明"的统筹发展和"四个全面"战略构想的深入推进，人们对文化的地位和作用的认知越来越深刻，文化越来越成为民族凝聚力和创造力的重要源泉、越来越成为综合国力竞争的重要因素、越来越成为经济社会发展的重要支撑，丰富精神文化生活越来越成为我国人民的热切愿望。当前，文化领域成为我国总供给难以满足总需求的少数几个领域之一。随着文化市场的丰富，文化的有效供给问题凸显，文化市场的结构性矛盾突出，更好地满足人民精神需求、丰富人民精神世界、增强人民精神力量，是摆在执政党面前的一道难题。

其次，实现中华民族伟大复兴，是中华民族迈入现代化进程以来中国人民最伟大的梦想。今天，我们比历史上任何时期都更接近中华民族伟大复兴的目标，比历史上任何时期都更有信心、有能力实现这个目标。而实现这个目标，必须高度重视和充分发挥文艺和文艺工作者的重要作用。时代的历史机遇（中国的全面崛起）和全球文化思潮的相互激荡，迫使我们必须深刻阐释中华民族禀赋、中华民族特点、中华民族精神，以文化的柔性的和平的方式诠释中国崛起的世界意义，以中国精神的感召力获得世界的理解和认可，以对世界共同价值的追求和传播来获得普遍的文化认同，实现以德服人、以文化人的诉求。事实上，对中国精神和中国价值最好的阐释方式就是文艺精品，因此，习近平总书记深情召唤广大艺术家要创作出无愧于时代的优秀作品。可以说，"精品"意识是贯穿《讲话》的最强音。

随着全球文化竞争的加剧，我们看到文化精品不仅占据着价值传播的制高点，更是思想创造的高位，也是处于国际文化产业分工体系的价值链高端，从而主导整个国际文化产业分工布局。从世界文明发展大势来看，哪一种文明来引领人类向更高一层次的文明跃升，不仅关乎文明发展的话语权，更关乎主导文明进程的民族文化的全球位态及其领导地位，从而影响全球政治、经济、文化发展战略格局重组。这是习近平总书记文艺工作座谈会重要讲话的深刻时代背景，我们要对此有所领会和洞察。

（二）如何理解精品和多出精品？

可以说，"精品"意识是贯穿《讲话》的最强音，也是《讲话》的逻辑起点，这是由文艺的时代使命担当所赋予的。"创作无愧于时代的优秀作品"，多出精品，繁荣文艺创作，满足人民群众精神文化需求，推动民族文艺的经典化，是习近平总书记文艺座谈会重要讲话的基本精神和核心内容。

1. 如何理解精品？

习近平总书记在《讲话》中指出："推动文艺发展繁荣，最根本的是要创作生产出无愧于我们这个伟大民族、伟大时代的优秀作品……文艺工作者应该牢记，创作是自己的中心任务，作品是自己的立身之本，要静下心来、精益求精搞创作，把最好的精神食粮奉献给人民……必须把创作生产优秀作品作为文艺工作的中心环节，努力创作生产更多传播当代中国价值观念、体现中华文化精神、反映中国人审美追求，思想性、艺术性、观赏性有机统一的优秀作品。"精品是一个时代的精神高标，它满足的是一个时代民众审美与哲理性的精神和情感需求，代表的是一个国家、一个民族文艺的最高水平，是一个民族能够在世界文艺舞台竞技的能力。对精品的塑造、培育和政策引导与消费时代大众文化的流行并不矛盾，它们共同构成一个国家健全的文化生态系统，共同形构一个国家的文化软实力和整体竞争力，它们的健康良好有序运行符合文化的发展规律。

何为精品？精品首先要有时代的温度和人的温情。所谓"文章合为时而著，歌诗合为事而作"（白居易语）。当今时代正处于中华民族伟大复兴的关键时刻，伟大的时代召唤伟大的作品。时代要求艺术家要创作生产出无愧于我们这个伟大民族、伟大时代的优秀作品。习近平总书记指出：没有优秀作品，其他事情搞得再热闹、再花哨，那也只是表面文章，是不能真正深入人民精神世界的，是不能触及人的灵魂、引起人民思想共鸣的。优秀文艺作品反映着一个国家、一个民族的文化创造能力和创造想象水平。当今世界是开放的世界，艺术要在国际市场上竞争，没有竞争就没有生命力。习近平总书记曾提到在电影领域，经过市场竞争，国外影片并没有把我们的国产影片打垮，反而刺激了国产影片提高质量和水平，在市场竞争中发展起来了，具有了更强的竞争力。同样，电影市场大了，数量和规模扩张了，但更要注重质量和效益，通过内涵式发展多出精品！文艺工作者要讲好中国故事、传播好中国声音、阐发中国精神、展现中国风貌，让外国民众通过欣赏中国作家艺术家的作品来深化对中国的认识、增进对中国的了解。

2. 如何多出精品？

如何出文艺精品、出文艺大师和文艺大家？其根本是要牢固树立以人民为中心的工作导向和创作导向，增强文艺创作主体的使命感。

首先，要在全社会营造理解文艺和尊重文化发展规律的氛围。

所谓文化发展规律是指：文化及其艺术表现形式的多样性和大众文化消费的多层次性，以及文艺既有门类（如文学、戏曲、音乐、美术、电影等）的分别，也有趣味的区分，不能笼统一概而论价值高低的特性。今天，"随着人民生活水平不断提高，人民对包括文艺作品在内的文化产品的质量、品位、风格等的要求也更高了"。从消费的多层次性来看，诚如习近平总书记指出的："优秀作品并不拘于一格、不形于一态、不定于一尊，既要有阳春白雪、也要有下里巴人，既要顶天立地、也要铺天盖地。只要有正能量、有感染力，能够温润心灵、启迪心智，传得开、留得下，为人民群众所喜爱，这就是优秀作品。"从创作主体的多元化来看更是如此，不能总是一个模子来创作，现实中不仅有大量国有文艺单位，还有民营文化工作室、民营文化经纪机构、网络文艺社群等新的文艺组织大量涌现，网络作家、签约作家、自由撰稿人、独立制片人、独立演员歌手、自由美术工作者等新的文艺群体（文化产业视野中的创意阶层）十分活跃，主体多元化必然带来创作及其表现形式的多样化，这样才能满足大众消费的多层次性。培育文艺精品就要从创作、生产和传播与消费上都尊重文化的发展规律，通过长期积累、打磨慢慢养成，不可急功近利。其实，文艺可以通俗、可以流行，但不可过度商业化和娱乐化，更不可以粗鄙来迎合市场口味。那类无聊的戏说、无内涵的无厘头、自我复制的调侃是不会成为优秀作品的。人类文艺发展史表明，急功近利、竭泽而渔、粗制滥造，不仅是对文艺的伤害，也是对社会精神生活的伤害。因而，习近平总书记指出：低俗不是通俗，欲望不代表希望，单纯感官娱乐不等于精神快乐。

其次，对文艺创作（生产）主体来讲，其自身要力戒浮躁，耐得住寂寞，心中要有定力。

精品之所以"精"，就在于其思想精深、艺术精湛、制作精良。"充实之谓美，充实而有光辉之谓大。"（《孟子·尽心下》）从历史上看，文艺巨制无不是厚积薄发的结晶，这已成为古今中外伟大艺术生成的一条铁律。其实，无论是创作还是做学问，都要耐得住寂寞、坐得住冷板凳，只有孜孜以求、精益求精，才能创作出好作品。因此，文艺工作者要志存高远，要有"望尽天涯路"的追求，耐得住"昨夜西风凋碧树"的清冷和"独上高楼"的寂寞，即便是"衣带渐宽"也"终不悔"，即便是"人憔悴"也心甘情愿，最后达到"众里寻他千百度"，"蓦然回首，那人却在，灯火阑珊处"的领悟。同时，文艺工作者还要自觉坚守艺术理想，不断提高自身的学养、涵养、修养，加强思想积累、知识储备、文化修养、艺术训练，努力做到"笼天地于形内，挫万物于笔端"（出自晋陆机《文赋》）。除了要有好的专业素养之外，更要有高尚的人格修为，有"铁肩担道义"的社会责任感。有这样淡然的心态、超越的境界追求，文艺精品才会不断涌现。

再次，在创作方法上要扎根人民、扎根生活，牢牢把握文艺创作的源头活水。

习总书记指出：能不能搞出优秀作品，最根本的决定于是否能为人民抒写、为人民抒情、为人民抒怀。人类文艺发展史表明，惟有人民是文艺创作的源头活水。一旦离开人民，文艺就会变成无根的浮萍、无病的呻吟、无魂的躯壳。历史上任何一部伟大的作品，无不体现着人民性的情怀。创作出人民的文艺，最根本、最关键、最牢靠的办法就是扎根人民、扎根生活。只有走进生活深处，在人民中体悟生活本质、吃透生活底蕴，才能创造出深刻的情节和动人的形象，其作品才能激荡人心。也就是说，人民生活是一切文学艺术取之不尽、用之不竭的创作源泉，这已成为文艺发展的一条规律。

何谓文艺创作的源头活水？生生不息的中华文明传承、中国人民争取民族解放斗争和奋起抵抗外辱的历程、改革开放的伟大实践，这些人民的生活实践不仅是文艺创作的源头活水，也是中国精神得以形成和传扬的永恒滋养。具体地说，中华民族5000多年的文明进步，近代以来中国人民争取民族独立、人民解放的浴血斗争，中国共产党领导人民进行的革命、建设、改革的伟大历程，古老中国的深刻变化和14亿中国人民极为丰富的生产生活，都是当代民族文艺创作的土壤、素材和优秀文艺生长的环境，其中流淌着的就是以爱国主义为核心的民族精神，就是人民性的文艺精神。这种精神要求文艺工作者不仅要在创作上追求卓越，而且要在思想道德上追求卓越，要身体力行地践行社会主义核心价值观。文艺精品必然能反映出时代要求和人民心声。文艺只有植根现实生活、紧随时代潮流，才能发展繁荣；只有顺应人民意愿、反映人民关切，才能充满活力。只要中华民族一代接着一代追求真善美的道德境界，中国就永远健康向上、永远充满希望。

最后，创造文艺精品、铸就文艺高峰要不断创新。

创造文艺精品、铸就文艺高峰需要不断创新，只有把创新精神贯穿文艺创作生产全过程，才能增强文艺原创能力。因此，在文艺发展中要坚持百花齐放、百家争鸣的方针，发扬学术民主、艺术民主，营造积极健康、宽松和谐的氛围，提倡不同观点和学派充分讨论，提倡体裁、题材、形式、手段充分发展，推动观念、内容、风格、流派切磋互鉴。作家、诗人、艺术家要随着时代生活创新（对时代变化和艺术形式要有敏感性），以自己的艺术个性进行创新。唐代书法家李邕说："似我者俗，学我者死。"只有在艺术交流中不断克服盲目跟风、模仿、山寨之风，加强对文化创新创意的保护，才能推动文艺的创新。

当前阻碍艺术创新最大的问题就是艺术创作中的浮躁情绪，不仅文艺院团内部，整个社会都弥漫着浮躁的氛围。名利欲望主导下的社会价值取向如何使艺术创作者沉下来？从艺术生产的最基本规范来讲，作为文艺工作者要有最基本的艺术职业态度和操守，即使不追求艺术上的精益求精和卓越性，也要有一个基本的爱岗敬业的价值规范，艺术生产需要完善科学化的评价标准，文化产品应有基本的品格和品质，但这起码的一点都被当下急功近利的浮躁氛围淹没了。传统艺术的发展固然要适应新的消费者，但在传承中要坚持"移步不换形"的特点，惟此才能守住文艺的根和神韵。如果单纯为"获奖"而排戏是不会有生命力的，即便是艺术实验其在理论预设中也要有市场受众的考量，其成果经过孵化要有经济效益。在根本点上，市场是最好的检验石，能获得大众普遍认可的作品才是人民真正需要的，只有被大众消费才能产生文化影响力，才有成为艺术精品的可能性。

二、精品不断涌现是一个时代文艺繁荣的标志

基于当下全球文化思潮相互激荡的现实，推动中华文化"走出去"必须有好的作品。事实上，只有文艺精品才能在全球文艺交流、竞争中形成走出去的"高标"。因此，习近平总书记在《讲话》中指出必须把创作生产优秀作品作为文艺工作的中心环节，努力创作生产更多传播当代中国价值观念、体现中华文化精神、反映中国人审美追求，思想性、艺术性、观赏性有机统一的优秀作品，形成"龙文百斛鼎，笔力可独扛"之势。《讲话》一再告诫我们：中华优秀传统文化是中华民族的精神命脉，是涵养社会主义核心价值观的重要源泉，也是我们在世界文化激荡中站稳脚跟的坚实根基。因此，精品之作一定要立足中

华优秀传统文化，立足中华民族伟大复兴的探索进程，只有精品不断涌现才能增强民族的文化自觉和文化自信。在文艺发展中，如果"以洋为尊"、"以洋为美"、"唯洋是从"，把作品在国外获奖作为最高追求，跟在别人后面亦步亦趋、东施效颦，热衷于"去思想化"、"去价值化"、"去历史化"、"去中国化"、"去主流化"那一套，绝对是没有前途的！在全球化日益深入的今天，我们必须有文艺精品参与世界文明的互鉴、为世界文明提升做贡献的能力，而不是单纯跟在后面"借光"，更不是依附于强势文化充当其"爬虫"。事实上，中华文化在历史上一直既坚守本根又不断与时俱进，从而使中华民族保持了坚定的民族自信和强大的修复能力，培育了共同的情感和价值、共同的理想和精神。其中依靠的正是文化经典的传承和创造——无数的文艺精品力作，可谓一代有一代的文艺。

就当前文艺发展现状而言，习近平总书记指出："我国文艺园地百花竞放、硕果累累，呈现出繁荣发展的生动景象。"正是这些丰富的文艺产品极大地满足了人民群众的精神文化消费需求，有效地缓解了文化市场的结构性矛盾，但文艺精品之作太少、文艺质量整体不够高，是当前文艺发展中的结构性矛盾的症结点。事实上，真正代表一个国家和民族参与世界文化交流和竞争的恰恰是精品，它不仅标志着一个民族所达到的文艺生产的时代高度，更是表征着一个国家文艺经典化的程度，它以涌现诸多艺术大师和高峰之作为标识，是衡量一个国家文艺是否真正繁荣的尺度，由此这个民族才能比肩世界民族之林。正是在这个意义上，我们才会对那些有创造力的民族投以敬佩的目光。

文艺的发展繁荣不能闭门造车——历史和现实都表明，人类文明是由世界各国各民族共同创造的。习近平总书记指出："古希腊产生了对人类文明影响深远的神话、寓言、雕塑、建筑艺术，埃斯库罗斯、索福克勒斯、欧里庇得斯、阿里斯托芬的悲剧和喜剧是希腊艺术的经典之作。俄罗斯有普希金、果戈理、莱蒙托夫、屠格涅夫、陀思妥耶夫斯基、涅克拉索夫、车尔尼雪夫斯基、托尔斯泰、契诃夫、高尔基、肖洛霍夫、柴可夫斯基、里姆斯基-科萨科夫、拉赫玛尼诺夫、列宾等大师。法国有拉伯雷、拉封丹、莫里哀、司汤达、巴尔扎克、雨果、大仲马、小仲马、莫泊桑、罗曼·罗兰、萨特、加缪、米勒、马奈、德加、塞尚、莫奈、罗丹、柏辽兹、比才、德彪西等大师。英国有乔叟、弥尔顿、拜伦、雪莱、济慈、狄更斯、哈代、萧伯纳、透纳等大师。德国有莱辛、歌德、席勒、海涅、巴赫、贝多芬、舒曼、瓦格纳、勃拉姆斯等大师。美国有霍桑、朗费罗、斯托夫人、惠特曼、马克·吐温、德莱赛、杰克·伦敦、海明威等大师。我最近访问了印度，印度人民也是具有非凡文艺创造活力的，大约公元前1000年前后就形成了《梨俱吠陀》、《阿达婆吠陀》、《娑摩吠陀》、《夜柔吠陀》四种本集，法显、玄奘取经时，印度的诗歌、舞蹈、绘画、宗教建筑和雕塑就达到了很高的水平，泰戈尔更是产生了世界性的影响。我国就更多了，从老子、孔子、庄子、孟子、屈原、王羲之、李白、杜甫、苏轼、辛弃疾、关汉卿、曹雪芹，到"鲁郭茅巴老曹"（鲁迅、郭沫若、茅盾、巴金、老舍、曹禺），到聂耳、冼星海、梅兰芳、齐白石、徐悲鸿，从诗经、楚辞到汉赋、唐诗、宋词、元曲以及明清小说，从《格萨尔王传》《玛纳斯》到《江格尔》史诗，从五四时期新文化运动、新中国成立到改革开放的今天，产生了灿若星辰的文艺大师，留下了浩如烟海的文艺精品，不仅为中华民族提供了丰厚滋养，而且为世界文明贡献了华彩篇章。"

社会主义文艺的繁荣发展，必须认真学习借鉴世界各国人民创造的优秀文艺。只有坚持洋为中用、开拓创新，做到中西合璧、融会贯通，文艺才能更好发展起来。其实，自现代以来，我国文艺创作和世界文艺的交流互鉴就一直在进行着。白话文、芭蕾舞、管弦乐、油画、电影、话剧、现代小说、现代诗歌等都是借鉴国外又进行民族创造的成果。鲁迅等进步作家当年就大量翻译介绍国外进步文学作品。新中国成立后，我们学习借鉴苏联文艺，如普列汉诺夫的艺术理论、斯坦尼斯拉夫斯基表演体系，苏联的芭蕾舞、电影等，苏联著名舞蹈家乌兰诺娃以及一些苏联著名演员、导演当年都来过中国访问。这种学习借鉴对建国初期我国社会主义文艺发展起到了促进作用，为"十七年"文艺的繁荣奠定了基础。事实上，中华民族能够跻身世界民族之林不正是靠着这些优秀文艺作品吗？正是优秀文艺作品架起了沟通世界的桥梁，充当了心灵倾诉的大使。

一定意义上说，没有文化精品作为多元文化竞争中的"压舱石"就没有正确的价值导向，精品是一个国家、一个时代精神文化水平的集中反映，对精神产品生产具有重要的影响和示范作用。同时，作为一个国家文化软实力的基础，要培育能够欣赏文艺精品的大众，注重对文化产品品味的提高和大众鉴赏能力的引导，使文化发展规律、市场经济发展规律和"两个效益"统一于文化产品的质量，实现于文化的市场价值。正如习近平总书记所说，一部好的作品，应该是经得起人民评价、专家评价、市场检验的作品，应该是把社会效益放在首位，同时也应该是社会效益和经济效益相统一的作品。优秀的文艺作品，最好是既能在思想上、艺术上取得成功，又能在市场上受到欢迎。可以说，精品是意识形态性、文化性（艺术性）和市场性的有机统一。市场经济条件下，对文化产品（产业）的意识形态性（导向性）、经济性（商业性、娱乐性）应统一于文化性（新闻性、艺术性）的实现（欣赏性）要有辩证理解：三者的统一程度影响到文化精品的生产、文化产业发展和文化的宏观管理（总量和结构的调控）。对此认知的深化有助于对文化和文化产业特殊性的深刻理解，有利于在实践中尊重文化的发展规律和遵循市场经济规律。三者相互辩证统一的一个重要变量是社会的参与度和对高雅艺术创造的保护性程度，一定程度上社会担负着文艺发展中除了政府调节、市场调节外的道德调节功能，因此社会组织的发育度影响着一个国家的文化发展态势。

就现实性而言，在全球化文化竞争的舞台上，对文化精品的塑造、培育和政策引导与消费时代大众文化的流行并不矛盾，它们共同构成一个国家健全的文化生态系统，共同形构一个国家的文化软实力和整体竞争力，它们的健康良好有序运行符合文化的发展规律。

三、完善市场条件下对高雅艺术创作的保护机制

习近平总书记在文艺工作座谈会重要讲话中指出，文艺不能在市场经济大潮中迷失方向，不能在为什么人的问题上发生偏差，否则文艺就没有生命力。对此，我们必须深刻予以领会。

（一）文艺不能做市场的奴隶

不可否认，当下的文艺市场和文化产业发展，确实使一部分文艺工作者沦为市场的奴隶，从而滋生一种只问经济效益、不问社会效益的唯市场化乱象。一些文艺创作出现过度娱乐化倾向，在文艺创作中一味迎合某些受众的感官欲望需求，在扰乱视听中使大众眼花心乱，使"文以化人"迷失在欲望追逐中。对此，习近平总书记告诫我们，艺术不能做市场的奴隶，不要沾满了铜臭气，过度娱乐化和商业化。事实上，一些有名望的艺术家之所以取得斐然的成就，就是在思想上分得清艺术和纯粹娱乐之别。如著名戏曲艺术家裴艳玲曾拒绝与张国荣同台演出《霸王别姬》、老艺术家盖叫天断腿后依然坚持在舞台上表

演，正是老艺术家们懂得艺术归艺术，娱乐归娱乐，心有敬畏，坚守戏比天大的艺术表演理念，才成就了他们的艺术声誉。可见，只有敬畏舞台，敬畏艺术，注重内心的修行，才能有艺术精品的生成。

市场经济条件下，文艺发展离不开市场，但不是依附于市场。当前，在市场经济不断完善和不断提高文化开放水平的语境下，需要正确理解文艺与市场的关系。文艺不能做市场的奴隶，但其价值的实现主要是通过消费者的市场购买，这在很大程度上离不开健全的现代文化市场，其实从艺术创作到艺术生产越来越是一个不断延伸和拓展的产业链，随着每一环节上专业化水平的提高，艺术产业的大发展才能托起文艺繁荣的高地，有了文艺的繁荣才能使消费者有更多文化消费的自主选择，这一切都离不开现代文化市场这一基本性前提。

（二）文艺不能与市场对立

现代市场条件下，文艺首先不能成为市场的"敌人"，事实上没有受众的作品很难成为好作品，只是当下的受众更多地是文化市场的消费者，市场接受度与积极反应已成为艺术价值生成的重要参照系！文艺的繁荣离不开文艺市场，市场需求对文艺创作有巨大的召唤和激发作用，在不断满足大众日常需求的同时，对文艺创作产生巨大的推动作用。现在越来越清楚，文艺市场是文艺繁荣的基础，也是其可持续发展的持久动力之一。当下，市场已成为评价文艺活动与作品的一个重要维度，甚至在很多时候成为一种主导性力量，市场的建构力量已介入文艺评价与文艺价值生成的全过程。因此，文艺不能与市场对立，完全忽视市场需求，而是既要坚守文艺的审美理想、保持文艺的独立价值，又要合理设置反映市场接受程度的发行量、收视率、点击率、票房收入等量化指标，既不能忽视和否定这些指标，又不能把这些指标绝对化，被市场牵着鼻子走。前提是建立健全现代文化市场体系，不能使市场成为一个被人为地扭曲的市场。要明白文艺不能做市场的奴隶，更不能做政治的附庸。文艺只有在独立自主的创作空间和自由想象力的飞翔中才能为中华民族的伟大复兴提供助跑的动力，进而在文艺经典的建构中张扬中华民族的审美个性和美学底蕴。

当下，文艺发展的环境、业态、格局深刻调整，创作、传播、消费深刻变化，新的文艺组织和文艺群体大量出现，引导、管理、服务的体制机制、手段方法亟须改革创新。文艺工作的对象、方式、手段、机制出现了许多新情况、新特点，文艺创作生产的格局、人民群众的审美要求发生了很大变化，文艺产品传播方式和群众接受欣赏习惯发生了很大变化。这些变化确实向执政党对文艺的领导提出了挑战。其实，不仅艺术创作要创新，文艺的组织方式和管理方式更要创新，尤其是引导文艺生产与消费的政策要创新。

（三）建构市场条件下对高雅艺术创作的保护机制

市场经济条件下，某些"思想精深、艺术精湛、制作精良"的文艺作品不一定马上就会受到消费者的热捧，有时甚至会遭致市场的冷遇，这是在任何国家都会遇到的一道难题，是文艺发展中的正常现象。问题是作为国家和政府或者社会来讲，要鼓励艺术创作对卓越性的追求，要有对艺术实验、艺术创新的激励，要保护艺术经典的传承和高雅艺术的创作，就必须完善市场条件下对高雅艺术的对位性保护机制，不断健全文艺生态。现实中，在艺术创作（包括经典传承）和市场的流行商品之间存在一个"隔离带"，市场作为交易（交换、传播）的平台，它本身有着趋利的动力机制，必须有一定数量的批量化生产来满足大众的需求，才能实现盈利的目标诉求。这就是说在艺术创作与市场上的流行文化之间存在一个"隔离带"，这个"隔离带"就是一个市场价值实现的"鸿沟"，也许很多艺术创作始终难以完成那断崖式的

"惊险的一跳",而永远留在彼岸,有的则可能合乎机缘地完成了"惊险的一跳",实现了"华丽转身"成为流行的文化商品。无论是留在彼岸还是"华丽转身",对一个国家和民族的文艺发展来讲都是至关重要的,它们共同托起了一个民族文艺发展的高度,但只有完成了那"惊险的一跳",才能真正转化为文化生产力,为文化市场提供高质量的文艺商品。决定其成败的恰是中间的"隔离带",这个"隔离带"是原有的文化事业单位无力担当,也做不好和低效率的,更是商业企业不愿做的(无利可图就没有动力和可持续性),因此,必须把这个"隔离带"建成艺术"保护区",由社会合力通过完善相应机制来保护文艺生产力(文化非营利组织——培育大量的社会组织),实际上保护的是一个民族的文化创造力,健全的是一个社会的文化生态。也就是说个性化(追求艺术风格)的高雅艺术创作(包括艺术经典的传承)并不直接面向市场,其创作的产品只有经过"保护区"的孵化和培育之后才能转化为市场上的商品,成为大众消费的对象。通过保护性机制就保护了艺术家对艺术卓越性的追求,就保护了民族艺术经典的传承,也保护了艺术实验及其多元化创新的冲动。这样看,一个国家文化实力的构成不仅有商业娱乐文化,更有艺术精品力作的提升引航,这样的保护性机制才能在文艺"高原"的基础上催生艺术"高峰"之作。只有从机制上理顺了艺术创作的个性化与文化产业的社会化之间的关系,才能使整个文艺生产朝着有利于精品生成的方向转化。鲁迅先生说,从喷泉里出来的都是水,从血管里出来的都是血。无论水还是血对文艺生态健康的机体都是必需的,但要有所区分,尤其要有"保护区"意识,不能笼统地一概而论。

完善对高雅艺术的保护机制旨在探索市场条件下如何出伟大艺术家和艺术精品。在文艺与市场关系中,如何使文艺创作的个性化追求与文化生产的社会化相协调，既保持文艺的艺术水准和卓越性的价值追求，又能生产出为大多数人所接受从而产生社会影响力的产品，就必须尊重文艺发展规律。从高雅艺术追求的小圈子到大众文化的市场消费的中间地带要有保护性隔离带，即建立市场条件下高雅艺术的对位性保护机制。通过建立隔离带和保护区及其对位性保护机制，维护高雅艺术创作的独立性、自主性不受市场侵蚀，在文艺生态健全中孵化和解放文化生产力。伟大的艺术当然承载全人类共同价值或体现主流价值观的追求，但在文艺表现形式或者艺术表达上必然有其个性化张扬，从而在艺术价值追求上体现了最大程度的文化包容性。市场逻辑使文艺生产有可能沦为市场逐利的奴隶，为此要建立"保护区"机制，不能把什么都交给商业机构或企业进行市场化运作。因为在市场运作中，资本（投资人）、运营商（发行商、院线经理人）等拥有话语权，艺术家在其中的话语权很少，很难对一个产品运作有自主权。在文艺与市场的平衡机制中，有竞争力的作品（包括有市场号召力的题材）可以直接交给市场进行商业运作和产业发展，塑造成文化产业的拳头产品；而那些创新性、实验性、另类价值追求的精英化创作，要通过"保护区"中的文化非营利组织进行艺术培育和商业孵化，在产品成熟有一定受众后再交给市场。这样，既杜绝商业机构的市场逐利行为对艺术个性化创作的伤害，又防止因没有市场效益使企业行为难以可持续而中断艺术生产力的培育！所谓"两个效益"的统一，不是空话和套话，而是要有现实保障机制来落实。个性化的高雅艺术创作不能直接在市场上进行社会化生产，正是对此规律和认知的肤浅理解或误读，使得文艺在当前即使处于文化发展最好的时期，也只有"高原"而没"高峰"。中间的保护带一手托着艺术创作的个性化追求，一手托着文艺生产的社会化及其文化产业发展诉求，这是当前文艺生产要遵循的规律。它从根本上决定着一个国家和民族的艺术理想及其卓越性价值追求，也关乎一个国家和民族的文化生产力水平。在高雅艺术创作领域，它可以追求创新、实验、多元甚至另类等艺术价值，体现着越是民族的越是世界的追求，这是商业化的文化企业不愿也无力持续担当的；而在文化产业领域，商业性的大众娱乐文化追求的是大众化、平面化，为满足大众的消费需求它往往要稀释民族的或地域的特殊性，传播为社会普遍接受的大众价值观，这与艺术的卓越性追求遵循两种逻辑。本文提出在文艺与市场之间设置"隔离带"、"保护区"和完善保护机制，旨在通过文化制度创新——大量培育文化非营利组织，来保护全民族文化创造活力和文艺创新的动力。国际经验表明，中间的"隔离带"通常由文化非营利机构和公益性机构发挥调节功能，旨在健全良好的文化生态系统，既培育文化艺术的创造活力，又实现了文艺的自主性、独立性和民主化追求。因此，保障机制的完善需要理清政府与市场和文艺的边界，维护文艺发展的独立性、公共性、自治性，以激发全民族的文化创造活力，从而夯实伟大艺术"高峰"之作生成的基础！

我们提出对市场条件下高雅艺术创作的对位性保护机制，是针对当前文化体制改革走在途中的现状进行的制度设计，旨在通过体制机制创新为伟大艺术高峰的出现奠定基础。从现实性来看，"隔离带"、"保护区"以及保护机制的形成确实需要打破现有政策的条条框框，这有赖于政府文艺管理部门与文艺创作者的积极互动与使命担当，在政策创新中激发文艺创作的活力，培育市场经济时代体现中国主流文艺作品的竞争力和高雅艺术对卓越性的追求。若此，习近平总书记在文艺工作座谈会重要讲话中所深情召唤的文艺精品以及所期待的艺术"高峰",也就指日可待了!

（发表于《百家评论》2016年第1期,第17-25页）

贰 文艺评论向经典致敬

在双重视野融合中洞察《讲话》的问题性

——纪念毛泽东《在延安文艺座谈会上的讲话》发表 80 周年

2022 年是《在延安文艺座谈会上的讲话》（以下简称《讲话》）发表 80 周年，作为一部"活着的历史文献"，《讲话》对中国新文艺发展的深刻影响，是任何一部文艺理论著作难以望其项背的，其产生的世界性影响，也是任何一部中国文艺理论著作难以相提并论的。周扬 1944 年在选编《马克思主义与文艺》并作序时指出，"毛泽东同志的《在延安文艺座谈会上的讲话》给革命文艺指示了新方向，这个讲话是中国革命文学史、思想史上的一个划时代的文献，是马克思主义文艺科学与文艺政策的最通俗化、具体化的一个概括，因此又是马克思主义文艺科学与文艺政策的最好的课本"。[1] 正是《讲话》确立了文艺的人民性价值导向，此后成为中国新文艺发展的主流价值追求，高扬文艺的人民性也成为中国马克思主义文论的鲜明特点。历史地看，《讲话》是构成毛泽东文艺思想的核心文本，甚至是思想底蕴所在，产生了一种影响深远的文化力量。《讲话》是正确理解和阐释中国新文艺发展道路的路标，在中国共产党领导文艺工作的百年奋斗史中处于思想奠基的枢纽性地位，是读懂中国共产党和中国新文艺发展道路的重要理论文献。多年来对《讲话》的研究可谓汗牛充栋，如果仅着眼于文本自

---

[1] 周扬编《马克思主义与文艺》，作家出版社 1984 年版，第 1 页。

身或文艺理论视角,很难获得突破性洞见。本文在双重视野融合中发掘其在今天仍激荡着我们的问题性,在历史的赓续和问题性的接续中思考如何以中国理论有效阐释中国文艺实践,从而推动新时代中国文艺理论体系建构研究走向深入。所谓双重视野融合是指党的百年奋斗史的长时段和新民主主义革命战争语境当下性的叠加,立足中国发展的新时代新方位与中国文明型崛起的现实指向,可以使我们更加从容地从中华民族伟大复兴的大历史视野中审视《讲话》深远的社会影响与价值诉求,及其话语表达逻辑的强大力量与方法论启示,从而为建构新时代文艺理论体系研究提供思想与学术资源。在《讲话》双重视野的融合中,《讲话》的问题性(关于文艺为什么人的问题、文艺与政治的关系、文艺发展道路与党的文艺领导权等)依然激荡着今天的我们,启示着我们新时代文艺发展的守正创新与使命担当。在一种大历史视野中才能深刻领会《讲话》如何立足"中国问题",在促使马克思主义与中国实际相结合中提炼出中国新文艺发展的问题性的根本性价值。同样,也只有回到特定历史时空(抗战)语境的当下性,才能深刻领会《讲话》把文艺工作纳入革命事业总体进程的政治诉求,旨在要求文艺工作者必须经过"无产阶级意识"改造与立场情感的转变使自己融入革命大熔炉,在文艺大众化中牢牢掌握对"文化的军队"的领导权,是如何在历经时代语境转换中依然指导着我们。

一、何谓《讲话》提炼的问题性?

习近平总书记在《在庆祝中国共产党成立 100 周年大会上的讲话》和《中共中央关于党的百年奋斗重大成就和历史经验的决议》中,把党的百年奋斗史划分为:新民主主义革命时期、社会主义革命和建设时期、改革开放和社会主义现代化建设新时期以及中国特色社会主新时代。习近平指出:"中国共产党和中国人民以英勇顽强的奋斗向世界庄严宣告,中华民族迎来了从站起来、富起来到强起来的伟大飞跃,实现中华民族伟大复兴进入了不可逆转的历史进程!"[1]在党的百年奋斗的新民主主义革命时期,"以毛泽东同志为主要代表的中国共产党人,把马克思列宁主义基本原理同中国具体实际相结合,对经过艰苦探索、付出巨大牺牲积累的一系列独创性经验作了理论概括,开辟了农村包围城市、武装夺取政权的正确革命道路,创立了毛泽东思想,为夺取新民主主义革命胜利指明了正确方向"[2]。洞察中国共产党百年奋斗史,《讲话》是毛泽东思想特别是毛泽东文艺思想的一颗明珠,它不仅是新民主主义革命时期马克思主义文艺理论中国化的重要文献,成功探索了中国新文艺发展的"延安道路",收获了《讲话》精神鼓舞指导下的一系列红色文艺经典,甚至深刻影响了新中国成立初期文艺发展的"一体化"组织体系与话语体系;还以其扎根时代语境中对问题性的提炼及其话语表达逻辑的政治诉求,为深刻理解文艺与政治的关系建构了一种超越具体时空条件的学术范式,为新时代推进中国马克思主义文论、21世纪马克思主义文论研究提供了思想与理论的血脉根源,其中的问题性依然紧紧地攫住我们,为梳理和提炼中国新文艺发展道路提供了独特的思想资源与方法论启示。一定意义上,《讲话》上承经典作家的文艺思想,下启习近平关于文艺工作的重要论述,是20世纪最有影响力的马克思主义经典文献之一。

  《讲话》是如何立足文艺发展的"中国问题"提炼问题性的?这些问题性是如何表述的?可以说,这些问题依然在激荡着我们对新时代

---

[1] 习近平:《在庆祝中国共产党成立100周年大会上的讲话》,人民出版社2021年版,第7页。
[2] 《中国共产党第十九届中央委员会第六次全体会议文件汇编》,人民出版社2021年版,第26页。

中国文艺发展方向的思考,影响着我们对建构新时代中国文艺理论体系研究的运思。《讲话》在逻辑起点和价值落脚点上可归结为对"中国问题"的回应,即全民抗战所面临的最大问题与文艺作用的发挥。"今天邀集大家来开座谈会,目的是要和大家交换意见,研究文艺工作和一般革命工作的关系,求得革命文艺的正确发展,求得革命文艺对其他革命工作的更好的协助,借以打倒我们民族的敌人,完成民族解放的任务。"[1] 历史地看,正是"文艺工作和一般革命工作的关系及其文艺功能的发挥"构成了马克思主义文论中国化的问题性,其成果自然不是教条式的马克思主义,而是在直面"中国问题"中形成了有中国气派和民族话语特征的马克思主义文化中国化成果。今天,当我们说《讲话》的问题性仍在激荡我们时,意在表明建构新时代中国文艺理论体系一定要立足文艺发展的"中国问题",提炼具有时代特征的问题性,推动中国马克思主义文论研究的深入,在坚定文化自信的诉求中以中国理论有效阐释中国文艺实践和大众审美经验,建构越来越成为"世界的中国"应有的既有民族话语特点与理论主张又彰显理论一般性和相互通约的中国文艺理论体系。

吹去历史的浮尘,脱出强烈的战争硝烟的时代语境,《讲话》仍然闪耀着关乎文艺发展的"中国问题"的一般性价值诉求的强大生命力,一些学者口中所谓的时代局限性并未遮蔽这种一般性价值诉求所应有的理论价值。新时代文艺仍然要回答为什么人的问题、文艺与人民结合的问题,及其对文艺人民性的高扬以及在世界舞台上高举社会主义旗帜的问题。新时代的文艺、作家和艺术家仍然要深入生活与扎根人民,"源于人民、为了人民、属于人民,是社会主义文艺的根本立场,

---

[1] 毛泽东:《在延安文艺座谈会上的讲话》,《毛泽东文艺论集》,中央文献出版社2002年版,第48页。

也是社会主义文艺繁荣发展的动力所在"。[1]文艺的人民性揭示了文艺创作为谁创作、为谁立言这一个根本问题。习近平总书记指出："希望大家立足中国现实，植根中国大地，把当代中国发展进步和当代中国人精彩生活表现好展示好，把中国精神、中国价值、中国力量阐释好。"[2]不同于新民主主义革命时期，大多数工农兵不识字、无文化的现实境遇，迫切要求把文艺如何为群众服务诉诸文艺的普及，新时代文艺发展要以文艺精品的有效供给和勇攀艺术高峰的努力在追求当代文艺经典化中着眼于文艺的提高。同时，文艺还是文明互鉴视野下诉求民心相通的最好交流方式，在讲好中国故事、增强国际社会对中国的了解和文明互鉴中发挥着不可替代的作用。在国际文化交流中，"一部小说，一篇散文，一首诗，一幅画，一张照片，一部电影，一部电视剧，一首音乐，都能给外国人了解中国提供一个独特的视角，都能以各自的魅力去吸引人、感染人、打动人。京剧、民乐、书法、国画等都是我国文化瑰宝，都是外国人了解中国的重要途径。"[3]立足百年未有之大变局下世界秩序的变化，习近平指出："中国人民历来具有深厚的天下情怀，当代中国文艺要把目光投向世界、投向人类。广大文艺工作者要有信心和抱负，承百代之流，会当今之变，创作更多彰显中国审美旨趣、传播当代中国价值观念、反映全人类共同价值追求的优秀作品。"[4]可以说，这是新时代中国文艺发展亟须解决的"中国问题"，也是提炼中国马克思主义文论关于文艺发展的问题性的现实语境，直接关乎新时代我们要发展出什么样的文艺和文艺理论。新时代，习近平总书记

---

[1] 习近平：《在中国文联十一大、中国作协十大开幕式上的讲话》，人民出版社2021年版，第7页。
[2] 习近平：《一个国家、一个民族不能没有灵魂》，《求是》2019年第8期。
[3] 习近平：《在文艺工作座谈会上的讲话》，人民出版社2015年版，第15页。
[4] 习近平：《在中国文联十一大、中国作协十大开幕式上的讲话》，人民出版社2021年版，第12页。

关于文艺工作的重要论述依然凸显"中国问题"意识,强调新时代中国文艺发展的问题性与价值指向。随着时代语境的转换和社会主要矛盾的变化,"人民"的内涵进一步丰富、外延也随之扩大,一定意义上,《讲话》的阶级分析法基本上失去了发挥作用的场域,"如何为群众"的问题转化为在文艺繁荣发展中满足人民的多样化精神文化需求与增强人民精神力量的统一,以及实现人民精神生活共同富裕,凸显在全球化舞台上以文艺精品的不断涌现为世界文学贡献中国力量、中国价值、中国精神的迫切性,从而为中华民族迈入强起来的新时代提供精神支撑。因而,新时代中国文艺和中国文化要着力于增强文化软实力,为中国文明型崛起的社会性成长和在世界舞台上构建"人类命运共同体"提供文化支点,为中国崛起赢得广泛的国际认同提供强大的价值感召力。国际交往表明,在世界舞台上,"以文化人,更能凝结心灵;以艺通心,更易沟通世界"。[1]正在经历的世界百年未有之大变局表明,全球治理的善治和人类文明的跃升需要中国智慧和中国方案,中国文艺和中国文艺理论要有为世界进步作更大贡献的强烈使命感。

历史表明,立足"中国问题"所提炼的问题性必然随着时代语境发生历史的具体的变化而有其时代特点,但其中问题性所彰显的一般价值指向有其超越性,从而能时时攫住当下的我们。文艺发展实践表明,作家艺术家只有抓住时代、真正深入人民的生活,才能与时代同频共振,也才能最大限度地彰显问题性的普遍价值,也才能使中国理论有世界眼光和诉求人类文明的一般性价值指向。洞察《讲话》立足"中国问题"所提炼的问题性:"为什么人的问题,是一个根本的问

---

[1] 习近平:《在中国文联十一大、中国作协十大开幕式上的讲话》,人民出版社2021年版,第13页。

题,原则的问题。"[1]可谓一针见血、切中肯綮,不仅解决了新文艺发展中缠绕许久的大众化问题,还直接亮出了马克思主义文论的人民性旗帜,其产生的影响是世界性的。日本文艺理论家藏原惟人指出,《讲话》"不仅是中国的,而应当说是一切国家的革命文学家、有出息的文学家的座右铭和工作指针"。[2]在其主导问题性统摄下的次问题,如文艺与生活的关系、歌颂与暴露的问题,等等,也无不有其超越时代的一般性价值指向。可见,《讲话》所提炼的问题性达到了创造性理论应有的普遍性价值高度而彰显出某种超越性。诚如日本学者竹内好所言:"这篇论文……从内容上说,接触的都是文学艺术的根本问题,并且它不是纸上的空谈,而是在实际工作中,通过具体问题的解决,而达到相当高度的抽象理论。乍一看来好像不成体系,这是因为运用'不是从定义出发'的独特方法,但实际上这篇论文的结构是非常严整的,既具有强烈的民族特点,同时又具有普遍意义。"[3]立足当前,理解《讲话》的问题性的一般价值指向依然需要回到其文本语境展开跨时空的历史性对话,在一种开放中阐发其意义,而不是固守其中某些现成性结论,更不能陷入"左"的强制阐释中迷失自己。《讲话》的问题性是攫住我们的引力。为什么要提出文艺与政治的关系问题?什么是最大的政治?为什么要强化对"文化的军队"的领导?对党外的文艺工作者如何在统一战线中既有团结又有斗争?对这些仍然闪耀着生命力的问题性的把握要回到烽火岁月的抗战语境,特别是要关联中国共产党从1942年开始的全党范围的整风运动进行深刻领会。延安文艺座谈会本

---

[1] 毛泽东:《在延安文艺座谈会上的讲话》,《毛泽东文艺论集》,中央文献出版社2002年版,第60页。
[2] [日]藏原惟人:《学习〈在延安文艺座谈会上的讲话〉》,《文艺报》1957年第7期。
[3] 转引自刘振瀛等《毛泽东文艺思想在日本》,《文学评论》1960年第3期。

身就是整风运动的一部分,《讲话》是延安整风运动的文献之一，强化文艺工作者与人民的结合是整风运动的重要任务。"党从1942年开始在全党进行整风，这场马克思主义思想教育运动收到巨大成效"。[1]《讲话》使很多文艺工作者的思想豁然开朗，许多作家艺术家真正感受到了时代之"新"。会后，延安广大文艺工作者一扫过去那种脱离实际、脱离群众的不良风气，深入群众、深入基层、深入敌后抗日根据地，在延安革命工作者的带动下，革命根据地及中国的文艺运动走向一个崭新的阶段，在斗争实践中创造出一大批深受工农兵欢迎的文艺作品。如在戏剧戏曲方面有新歌剧《兄妹开荒》《白毛女》《夫妻识字》，中央党校京剧俱乐部出品的《逼上梁山》，延安平剧院的《三打祝家庄》；在新文学创作方面有赵树理的《李有才板话》，组诗《黄河大合唱》、李季的《王贵与李香香》等。在此期间，在看了京剧《逼上梁山》的当晚，毛泽东还在给编剧杨绍萱和齐燕铭的信中写道："历史是人民创造的，但在旧戏舞台上（在一切离开人民的旧文学旧艺术上），人民却成了渣滓，由老爷太太少爷小姐们统治着舞台，这种历史的颠倒，现在由你们再颠倒过来，恢复了历史的面目，从此旧剧开了新生面，所以值得庆贺。"[2]

受《讲话》思想的影响和精神鼓舞，陕甘宁边区和各抗日根据地当时迅即掀起了文化创作的热潮，涌现了一系列广受欢迎的作品。在国统区，郭沫若、茅盾、巴金、老舍、曹禺等人的文化创作也不同程度地受到《讲话》的影响。胡乔木同志当时曾亲耳聆听毛泽东在延安文艺座谈会上的讲话，后来在晚年撰写的回忆录中高度评价其重要价值和深远影响："（从延安到新中国成立后）的半个多世纪以来，中国

---

[1]《中国共产党第十九届中央委员会第六次全体会议文件汇编》，人民出版社2021年版，第27页。
[2] 中共中央文献研究室编《毛泽东书信选集》，人民出版社1983年版，第222页。

文学艺术的整个历程与毛主席的讲话密切相关。"[1]从今天的历史回望，整风运动赋予新文艺以政治的革命伦理指向，《讲话》自身也是马克思主义文论中国化的坚实一环。"如果说'五四'运动促进了马克思主义在中国的传播，那么延安整风运动就在思想上真正解决了马克思主义的普遍真理和中国革命的具体实践相结合的问题，它标志着马克思主义已经在中国的大地上生根成长，并且越来越成熟了。"[2]不仅中国新文艺发展明确了服务工农兵的方向，而且形成了有中国话语特色的文艺研究新范式。可以说，延安文艺座谈会的召开与《讲话》的发表，在一个较长时段始终规制着文艺为工农兵的发展方向，受《讲话》的规约与影响，延安文艺创作与批评沿着服务人民大众的方向发展，其影响渗入当代文艺各领域，甚至占据着当代文艺直接发展源头的重要地位。周扬认为《讲话》规定了中国文艺的全新发展方向，并且认定其为唯一正确的中国无产阶级文艺发展方向。[3]针对《讲话》，《解放日报》第二天即发布了一则来自中央的通知。该通知做出重要指示，对于毛泽东的这篇讲话给予高度评价。该通知强调，这一讲话具有重要的理论价值，为中国共产党的思想文明建设提供了又一个具有历史意义的范本。

伴随《讲话》在1943年10月19日于《解放日报》的发表，针对知识分子、作家、艺术家的整风运动走向深入，新文艺的创作和批评出现了方向性转变，作家个人出现了思想认知和创作风格的转变，涌现出一系列值得研究的现象，如"赵树理现象""周立波现象""丁玲现象"等。贺桂梅在《转折的时代——40~50年代作家研究》中以丁

---

1 胡乔木：《胡乔木回忆毛泽东》，人民出版社2020年版，第152页。
2 周扬：《周扬集》，中国社会科学出版社2000年版，第196页。
3 周扬：《新的人民的文艺》，《文学运动史料选》（第5册），上海教育出版社1979年版，第684页。

玲为例，分析了她在延安文艺整风前后创作风格的转变，以此对延安文艺整风改造进行研究，特别是对作家与政治权力之间发生的矛盾与问题的解决作了学术阐释。[1]《讲话》发表后，文艺工作逐渐被纳入革命事业的总体实践中，文艺作为一种政治实践参与到革命战争中，为民族解放作出了重要贡献。

二、作为《讲话》背景的整风运动的核心诉求——无产阶级意识的培育和强化

深刻理解《讲话》必须关联时代语境下真实的中国问题，以及中国共产党当时正在做的事情——思想整风运动，在这样的历史视野中才能领会其总体性意味。延安文艺座谈会是整风运动的一部分，《讲话》是整风运动的重要文献之一，必然体现整风运动的诉求——培育和增强无产阶级意识，借以团结人民打击敌人抵御外侮。通过整风运动使延安文艺界的很多突出问题充分暴露出来，甚至有些问题已经到了触目惊心的严重程度。延安文艺界的很多人士是在抗战爆发后从上海等大城市过来的，他们在心理上满怀救国热情，但在现实中却对同工农兵结合的思想准备不够充分。他们习惯了在国统区那里，政府把工农兵和革命文艺完全隔绝的现状，却忽视了在革命根据地出现的新情况，在中国共产党领导下的根据地鼓励文艺与人民大众的结合。问题是这些革命文艺工作者到了根据地，"并不是说就已经和根据地的人民群众完全结合了"[2]。他们还没有从思想上认识到延安根据地的"新时代"意识。如周扬指出的，"他们没感觉到是进入了一个新时代，没感觉到有一个要熟悉面前这些新对象的问题。他们还是上海时代的思想，觉得

---

[1] 贺桂梅：《转折的时代——40~50年代作家研究》，山东教育出版社2003年版。
[2] 毛泽东：《在延安文艺座谈会上的讲话》，《毛泽东文艺论集》，中央文献出版社2002年版，第49页。

工农兵头脑简单,所以老是想着要发表东西,要在重庆在全国发表,要和文艺界来往,还是要过那种生活。身在延安,心在上海,心在大城市,这怎么成呢?"[1]在文艺界内部,相互之间也因着历史的现实的原因,出现一些包括宗派主义等长期积累下来的问题。

《讲话》最切近的背景是中国共产党从1942年春天开始在全党范围内发动的长达三年的整风运动。中国共产党为什么要以这样大的力量和这样长的时间开展整风运动?毛泽东在多次讲话中一再指出,整风运动的目的是从根本上解决党内指导思想的分歧问题,即是一切从实际出发、按具体情况办事,还是想当然地凭主观主义或照着某些"本本"办事?这个问题如果不能得到很好的解决,就谈不上党内思想上政治上的统一和行动上的一致,如何去同心同德地夺取胜利?"凡此主观主义与宗派主义的思想与行动,如不来一个彻底的认真的深刻的斗争,便不能加以克服,便不能争取革命的胜利。而要进行斗争,加以克服,非有一个全党的动员是不会有多大效力的。"[2]就整风运动的诉求而言,毛泽东指出整顿三风"就是一个无产阶级的思想同小资产阶级思想的斗争",全党干部和党员要结合学习检查自己的非无产阶级思想。[3]在此背景下,1942年5月2日,中共中央召开延安文艺座谈会,毛泽东主持座谈会并首先发言。5月16日,党中央又举行第二次文艺座谈会。5月23日,文艺座谈会举行闭幕会,毛泽东作最后结论。延安文艺座谈会是延安整风运动的一部分,其指导思想和指导方针与整风运动基本一致。指导思想上都是针对不正之风,目的是使党更好地负担起领导责任,使革命文艺更好地服务革命;指导方针上都是惩

---

[1] 周扬:《与赵浩生谈历史功过》,《延安文艺回忆录》,中国社会科学出版社1992年版,第36页。
[2] 毛泽东:《毛泽东文集》(第2卷),人民出版社1993年版,第390-391页。
[3] 中共中央文献研究室编《毛泽东传》(二),中央文献出版社2011年版,第649页。

前惩后，治病救人，查找并纠正党和政府自身存在的各种缺点和错误。正是基于政党领袖的立场决定了《讲话》的话语表达逻辑与方法论运用的有效性，出于对革命任务和"文化的军队"的高度重视，《讲话》切中肯綮地提出文艺的根本问题是文艺与群众的结合以及文艺如何为群众的问题。因此《讲话》要求作家艺术家强化无产阶级意识，这是由时代境况与当时的革命任务决定的，有其合乎逻辑的必然性。毛泽东指出："由于现实中国革命不能离开中国无产阶级的领导，因而现实的中国新文化也不能离开中国无产阶级思想的领导，即不能离开共产主义思想的领导。"[1]现实境遇要求文艺工作者必须向工农兵学习，把情感立场转到人民大众，"只有代表群众才能教育群众，只有做群众的学生才能做群众的先生"[2]，大众化才能使文艺真正发挥教育民众、鼓动人民的作用。"什么叫做大众化呢？就是我们的文艺工作者的思想感情和工农兵大众的思想感情打成一片。"[3]毛泽东以其亲身经历讲了思想情感转变的过程，认为工人农民是最干净的，知识分子必须加强思想感情的改造。究其根本，必须在思想上认识到："无产阶级的文学艺术是无产阶级整个革命事业的一部分，如同列宁所说，是整个革命机器中的'齿轮和螺丝钉'。因此，党的文艺工作，在党的整个革命工作中的位置，是确定了的，摆好了的；是服从党在一定革命时期内所规定的革命任务的。"[4]在毛泽东看来，只有经由立场和情感的转变，正确处理文

---

[1] 毛泽东：《新民主主义的文化》，《毛泽东文艺论集》，中央文献出版社2002年版，第36页。

[2] 毛泽东：《在延安文艺座谈会上的讲话》，《毛泽东文艺论集》，中央文献出版社2002年版，第67页。

[3] 毛泽东：《在延安文艺座谈会上的讲话》，《毛泽东文艺论集》，中央文献出版社2002年版，第52页。

[4] 毛泽东：《在延安文艺座谈会上的讲话》，《毛泽东文艺论集》，中央文献出版社2002年版，第69页。

艺工作与革命工作的关系,才能使我们党实实在在地掌握"文化的军队"和在统一战线中巩固党的文化领导权,这是《讲话》对作家艺术家的期望,也是全党整风运动的价值诉求之一。

现实地看,《讲话》是新民主主义革命语境的产物,必然高度契合其总体性战略诉求和目标指向。诚如毛泽东指出的,"这个革命,资产阶级已经无力完成,必须靠无产阶级和广大人民的努力才能完成"[1]。因此,《讲话》高度重视作家艺术家的思想改造,要求他们站到无产阶级立场,转变情感态度,和人民大众结合。"判断一个党,一个医生,要看实践,要看效果;判断一个作家,也是这样。"《讲话》以其话语表达逻辑的政治诉求强化作家艺术家无产阶级意识的养成,以及革命文艺是无产阶级事业的重要组成部分,这表明毛泽东充分意识到阶级意识的养成对人民解放和民族解放的根本性意义。从党的百年奋斗的大历史视野来看,中华民族能够站起来离不开精神的独立,对工农兵大众和中国共产党而言,对无产阶级意识的自我认同和强化是精神独立的表征。精神面貌的焕然一新,"结束了旧中国一盘散沙的局面"。对无产阶级意识的强化,旨在掌握中国革命的领导权,这是延安整风运动的核心诉求之一。"所谓新民主主义的革命,就是在无产阶级领导下的人民大众的反帝反封建的革命。"[2] 在中国共产党领导下实现人民的解放和民族的解放,"文化的军队"在其中发挥着不可替代的作用。可以说,共产党领导下的文化战线在中国革命事业中一直可圈可点,强有力地配合了中国革命事业的伟大探索。毛泽东指出:"共产党在国民党统治区域内的一切文化机关中处于毫无抵抗力的地位,为什么文化'围剿'也一败涂地了?这还不可以深长思之吗?而共产主义者的鲁

---

[1] 中共中央文献研究室编《毛泽东传》(二),中央文献出版社2011年版,第567页。
[2] 中共中央文献研究室编《毛泽东传》(二),中央文献出版社2011年版,第568页。

迅，却正在这一'围剿'中成了中国文化革命的伟人。"[1]觉醒的中国人和为着新文化运动所启蒙的人，必然会选择和追随中国共产党，历史无可辩驳地表明中国共产党的成功是人民的选择。在新民主主义革命时期，毛泽东以其胸怀和眼界成功处理了文艺与政治的关系，把文艺摆在了革命事业的正确位置上。因此，《讲话》话语表达逻辑的政治诉求是顺理成章的事情，以理服人、层层推进的说理方式使话语产生了强大力量，它与在文艺发展中强调艺术创作自由和激励作品对艺术性的追求毫无扞格。

为着团结抗战抵御外侮，一方面，在文艺界统一战线广泛动员起来的各种力量中，小资产阶级艺术家是其中的一个重要进步力量；一方面，在革命文艺阵营内部，小资产阶级思想对于无产阶级思想来说又是有害的，需要在整风运动中加以纠正和纯化。毛泽东指出："小资产阶级出身的人们总是经过种种方法，也经过文学艺术的方法，顽强地表现他们自己，宣传他们自己的主张，要求人们按照小资产阶级知识分子的面貌来改造党，改造世界。"[2]这种思想意识如果不加以改造甚至任其蔓延，必然会危及党在统一战线中的领导权。因此，毛泽东指出："首先需要在思想上整顿，需要展开一个无产阶级对非无产阶级的思想斗争。"[3]解决问题的路径是文艺工作者与工农兵大众的结合，真正实现文艺的大众化。问题的关键是革命的文艺工作者必须有革命的无产阶级的感情，立场即世界观和价值观是根本。只有引导文艺为人民大众服务，才有可能处理好"两个关系"：一是"党内关系"，即如何

---

[1] 毛泽东：《新民主主义的文化》，《毛泽东文艺论集》，中央文献出版社2002年版，第36页。

[2] 毛泽东：《在延安文艺座谈会上的讲话》，《毛泽东文艺论集》，中央文献出版社2002年版，第78页。

[3] 毛泽东：《在延安文艺座谈会上的讲话》，《毛泽东文艺论集》，中央文献出版社2002年版，第80-81页。

处理好党的文艺工作和党的全部工作大局之间的关系，如何在党的工作中发挥文艺工作的独特优势；一是"党外关系"，即如何处理好党内文艺工作和党外文艺工作的关系，如何广泛联合起来建立文艺界抗日民族统一战线。经过整风，文艺工作者的感情大大改变了，"小资产阶级的王国"受到了空前的冲击。

总体上看，《讲话》的话语表达逻辑始终抓住"中国问题"和强化"中国意识"，在理论研究中积极倡导"古今中外法"。"所谓'古今'就是历史的发展，所谓'中外'就是中国和外国，就是己方和彼方。"毛泽东强调，"研究中国党史，应该以中国做中心"，"不研究中国的特点，而去搬外国的东西，就不能解决中国的问题"。"我们要把马、恩、列、斯的方法用到中国来，在中国创造出一些新的东西。"[1]正是通过"古今中外法"，《讲话》立足时代语境提炼了关于文艺发展的问题性，以其高超的话语表达能力与方法论运用，焕发出超越时代的普遍性价值。

三、历史的回响与问题性的激荡

回望历史，无论是带领中华民族追求站起来的民族解放和人民解放的革命斗争，还是在改革开放中追求富起来与新时代迈入强起来的新发展阶段，始终都有着中国精神的凝聚和焕发的问题，《讲话》无疑是其中最具有真理性力量的闪光点之一，它启发并点燃了中国精神。

就《讲话》话语表达逻辑的政治诉求而言，有学者认为："毛泽东主要是从政治领袖的视角谈文艺的，他首先是一位政治家，他在不同时空范围内表达的文艺观点、制定的文艺方针与政策与当时特定的政

---

[1] 毛泽东：《毛泽东文集》（第2卷），人民出版社1993年版，第407页。

治需求有千丝万缕的联系，毛泽东文艺思想体系主要侧重于文艺的方向、方针、原则等文艺政策思想和艺术哲学理论，有些文艺问题则很少涉及。"[1]如若仅就《讲话》而言，固然毛泽东谈的是文艺问题，洞察《讲话》的话语表达逻辑，可谓是关乎革命事业成败的政治问题，是"文化的军队"的领导权问题和革命文艺发展原则与方向问题，其话语表达逻辑的政治诉求与问题导向高度契合。一定意义上，《讲话》不是关于文艺的理论务虚，而是实实在在地解决文艺发展的根本问题。

对于这一点，李泽厚从思想史视角有过分析，但其分析对《讲话》的巨大理论张力和积极性评价不足。"《在延安文艺座谈会上的讲话》终于出来了，于是有《王贵与李香香》《李有才板话》《李家庄的变迁》，有《太阳照在桑干河上》《暴风骤雨》……毛泽东算了此夙愿，中国文艺中终于出现了真实的农民群众、真实的农村生活及其苦难和斗争。知识者的个性（以及个性解放）、知识给他们带来的高贵气派、多愁善感、纤细复杂、优雅恬静……在这里都没有地位以致消失了。头缠羊肚肚手巾、身穿自制土布衣裳、'脚上有着牛屎'的朴素、粗犷、单纯的美取代了一切。'思想情感方式'连同它的生活视野变得既单纯又狭窄，既朴实又单调；国际的、都市的、中上层社会的生活、文化、心理，都不见了。如果以这些作品对比一下路翎以至艾青和五四以来的新文学，这距离已是多么之大。为工农写兵，为工农兵写，工农兵是文学描写的主角……这便是延安整风运动后所带来的近现代中国文艺历史的转折点的变革。这变革所造成的创作上和理论上的统治局面，

---

[1] 黄曼君主编《毛泽东文艺思想与中国文艺实践》，华中师范大学出版社2002年，第519页。

一直到八十年代初才有所变化。"[1]新人新话语新国家，这是毛泽东对中华民族创造出新文化的一种艺术想象，所着眼的是一种真正的人民的文艺，有着人民精神上站起来的意味，固然其中的理想主义为"左倾化"解读提供了某种依据。作为一种新的范式和话语体系因其政治逻辑的强势和巨大理论惯性而生成某种统摄性力量，甚至影响到1949年新中国建立初期文艺发展的"一体化"话语和组织体系的建构。其中有着时代性局限下"左倾化"的某种强制解读和不顾及语境变化的机械运用，当然也与《讲话》自身话语表达逻辑的政治诉求不无关联，但无疑存在着把《讲话》的政治关切下降为一般性文艺问题或简单化地视为文化政治问题，并将其具体应用于文艺发展的微观领域，从而造成对《讲话》深刻意蕴的某种误读。

通过引导作家艺术家转变情感和立场，不仅在和人民大众结合中使自身获得无产阶级意识，还使普通大众在增强阶级认同中实现精神上的团结。对于旧中国民众一盘散沙的状况，青年毛泽东有着切身的感受和深刻洞察，因此，从青年时代毛泽东就深刻意识到民众团结和联合的重要性。他在《湘江评论》上发表的连载于第二、三、四期的长篇论文《民众的大联合》中提出，"历史上的运动不论是哪一种，无不是出于一些人的联合。较大的运动，必有较大的联合"[2]。毛泽东开始号召民众的联合，文章中作为主词使用的，不再是"我"如何，而是"我们"，在相当程度上这反映了青年毛泽东思想的深刻变化。"从这以后，他再也不是只看重单纯个人的力量，而总是把自己置身于民众之

---

[1] 李泽厚：《中国现代思想史论》，生活·读书·新知三联书店2008年版，第258-260页。
[2] 毛泽东：《民众的大联合（一）》，《湘江评论》第2号，1919年7月21日。

内，依靠民众的大联合，来实现救国救民的理想。"[1]民众的团结和联合实际上是一种阶级的认同和阶级意识的强化，这是人民解放和民族解放的必要前提。因此，在毛泽东看来，军队除了打仗还是革命事业的组织员和宣传员，需要在革命斗争中最广泛地发动群众使之投身革命事业。1929年的古田会议，通过了毛泽东起草的《中国共产党红军第四军第九次代表大会决议案》。决议指出，红军是一个执行革命的政治任务的武装集团。红军决不是单纯地打仗的，必须同时担负打仗、做群众工作和筹款三大任务。必须反对单纯军事观点和不重视根据地的流寇思想，把宣传工作当成"第一个重大任务"。部队的文艺演出要服务于"纠正党内非无产阶级意识的不正确倾向"。古田会议决议"系统地解决了以农民为主要成分的军队如何建成无产阶级领导的新型人民军队这个根本性问题。这样的军队是中国历史上不曾有过的"。[2]对红军的要求如此，革命文艺更要自觉成为整个革命机器的"齿轮和螺丝钉"，在唤醒人民大众的无产阶级意识中发挥独特作用。毛泽东尽管是农民出身，但他对农民力量的真正认识有一个过程。在1926年1月召开的国民党二大上，毛泽东受主席团指定，参加修改《农民运动决议案》。他在《决议案》中指出："中国之国民革命，质言之即为农民革命。为要巩固国民革命之基础，亦唯有首在解放农民。"从此，毛泽东对国民革命和农民问题的认识，站到了新的起点上。国民党二大后，毛泽东参加了新成立的国民党中央农民运动委员会。同时，毛泽东在1926年开始担任中共中央农民运动委员会书记。1926年12月13日至18日，毛泽东以中央农委书记身份在汉口参加中共中央特别会议。

---

[1] 中共中央文献研究室编《毛泽东传》（一），中央文献出版社2011年版，第52页。
[2] 毛泽东：《在延安文艺座谈会上的讲话》，《毛泽东文艺论集》，中央文献出版社2002年版，第80页。

在《讲话》中毛泽东讲了自身情感的转变过程，正是立场情感的转变使他成为一个马克思主义者和坚定的无产阶级革命家。

在马克思主义和中国实际相结合中毛泽东之所以能够做出突出性贡献，与毛泽东坚持实事求是、理论联系实际的工作作风密切相关。"毛泽东在对待理论工作上有一个突出的特点，就是强调理论对于实践的依赖关系：理论的基础是实践，又转过来为实践服务。在他看来，有了正确的理论，才能使人们对事物的认识不停留在初级的感性阶段，而能通观客观过程的全体，认清事物的本质和它的内部规律性，用来自觉地指导行动；而这种正确的理论，一点也不能离开实践，只能从实践中来，再到实践中去接受检验和继续发展。"[1]这种以实践为主要源泉、充满实事求是的创造精神和方法论创新的思想论述，形成了具有浓厚中国气派和中国特色的马克思主义中国化成果，具有鲜明的"毛氏风格"的毛泽东思想，体现了毛泽东对辩证唯物主义的成熟运用。毛泽东指出："一切大的政治错误没有不是离开辩证唯物论的。"[2]何为辩证唯物论？毛泽东指出：人的认识过程有感性认识和理性认识两个阶段。"理性认识依赖于感性认识，感性认识有待于发展到理性认识。""认识开始于经验——这就是认识论的唯物论。""认识的感性阶段有待于发展到理性阶段——这就是认识论的辩证法。"[3]其实，理论与实践是相互促进的互动关系。在《实践论》中毛泽东提出：由感性认识进到理性认识，并不意味着认识过程的完结，它只是说到问题的一半，而且

---

[1] 中共中央文献研究室编《毛泽东传》（一），中央文献出版社2011年版，第213页。
[2] 中共中央文献研究室编《毛泽东传》（一），中央文献出版社2011年版，第437页。
[3] 中共中央文献研究室编《毛泽东传》（一），中央文献出版社2011年版，第444页。

是非十分重要的那一半。理论是否正确，是否符合客观世界的规律性，不能由主观感觉判断来决定，而是要应用理论于实践，看其是否能达到预想的结果，在实践中检验其真理性。"实践、认识、再实践、再认识，这种形式，循环往复以致无穷，而实践和认识之每一循环的内容，都比较地进到了高一级的程度。这就是辩证唯物论的全部认识论，这就是辩证唯物论的知行统一观。"[1]

马克思主义与中国实际的结合是在血与火的斗争实践中炼成的，是历经大风大浪检验的。毛泽东说："在抗日战争前夜和抗日战争时期，我写了一些论文，例如《中国革命战争的战略问题》、《论持久战》、《新民主主义论》、《〈共产党人〉发刊词》，替中央起草过一些关于政策、策略的文件，都是革命经验的总结。那些论文和文件，只有在那个时候才能产生，在以前不可能，因为没有经过大风大浪，没有经过两次胜利和两次失败的比较，还没有充分的经验，还不能充分认识中国革命的规律。"他说，只有经过两次胜利和两次失败，在抗日时期，"中国民主革命这个必然王国才被我们认识，我们才有了自由"[2]。毛泽东思想的有效性、前瞻性和战略性，一方面源于他在长期革命实践中积累的丰富经验和认识的升华；一方面得益于他从不放松读书和理论研究，注重理论与实践的结合，从实践经验中作出新的理论概括。他多次为抗大讲课，非常强调要"提高战略空气"。毛泽东高度重视战略问题研究，始终保持一种战略思维。他在《中国革命战争的战略问题》中指出："战争是有规律的。战略问题是研究战争全局规律的东西。战争的

---

[1] 中共中央文献研究室编《毛泽东哲学批注集》，中央文献出版社1988年版，第312页。
[2] 中共中央文献研究室编《毛泽东选集》（第1卷），人民出版社1991年版，第290-291、297页。

胜负不仅取决于作战双方的军事、政治、经济、自然诸条件，而且还取决于双方的主观指导能力。因此，任何指导战争的人不能不研究和不能不解决这个问题。"指导战争是如此，领导党的文艺工作同样要尊重规律和需要战略思维，从而使文艺工作在民族复兴伟业中担当重要使命。

在我看来，得《讲话》个中真味的是李书磊的解读。他认为："精神文化尤其是文学作为广义的社会文化的直接体现，它也不得不受制于现代化或称为现代性在中国的实现过程。1942年毛泽东主持的文艺整风的两个主要目标——实用化与集中化——都体现了这一过程的要求：实用化指向文化的普及，集中化指向社会的统一，这都是社会整合的基本内容。同时，也可以把文化的实用化与集中化要求看做一个有能力实现社会整合的政党在其革命过程中必然具有的严厉本性的一种体现。"[1]从革命发展的政治视角看，在特定历史语境下文艺作为"齿轮和螺丝钉"被纳入革命机器的总体运转中，是文艺工作服从革命事业需求的逻辑必然，既是政党意志的体现，也是时代对文艺工作者的要求使然。

结语

时至今日，《讲话》仍以其对中国发展的问题性的提炼与阐发给予我们诸多启示，是新时代尊重文艺发展规律和建构文艺理论体系的重要思想与理论资源。问题导向（文艺大众化）和目标导向（团结工农兵打击敌人）决定了《讲话》话语表达的政治诉求，这种话语表达逻辑会随着时代语境的变化，具有新的价值指向。新时代文艺人民性

---

[1] 李书磊：《1942：走向民间》，山东教育出版社1998年，序言第2-3页。

的彰显，指向的是在世界舞台上中华民族的强起来，话语表达逻辑的政治诉求与文艺的人民情怀没有发生根本性改变。《讲话》中强烈的政治目的和政治功利，在今天看来可能存在不同程度的缺陷和不足，这在当时条件下是难以避免的。胡乔木在晚年曾评价说："《讲话》是一定历史条件的产物，也必然带有其历史局限性的一面。"[1]他还特别举出郭沫若的例子："《讲话》正式发表后不久，郭说'凡事有经有权'。毛主席很欣赏这个说法，认为是得到了一个知音。"[2]作为一部马克思主义中国化的经典文献，我们既需要传承和弘扬其"经"的方面，也要与时俱进地阐释其"权"的有效性及其界域，不能机械地将之教条化。对我们党的文艺道路而言，《讲话》对问题性的提炼具有经的特点，在一脉相承中体现了党的初心和使命！至于方法论的启示，它本身就是鲜活的，时时起作用的，不断促使党的文艺路线方针政策走向文化善治。《讲话》高举文艺人民性的旗帜，确立了文艺和人民大众结合的方针政策，开辟了中国新文艺发展的"延安道路"，为中国新文艺指明了发展方向，是新民主主义革命时期的重要文艺成就，为中国文艺道路的成功探索奠定了理论上和方向上的基础。习近平指出："一百年来，党领导文艺战线不断探索、实践，走出了一条以马克思主义为指导、符合中国国情和文化传统、高扬人民性的文艺发展道路，为我国文艺繁荣发展指明了前进方向。"[3]新时代新方位，在统筹中华民族伟大复兴的战略全局和正在经历百年未有之大变局下，新时代文艺如何担当时代使命和加强党对文艺工作的领导，仍需

---

[1] 胡乔木：《胡乔木回忆毛泽东》，人民出版社2020年版，第342页。
[2] 胡乔木：《胡乔木回忆毛泽东》，人民出版社2020年版，第343页。
[3] 习近平：《在中国文联十一大、中国作协十大开幕式上的讲话》，人民出版社2021年版，第3-4页。

要立足文艺发展的"中国问题"提炼具有时代特点的问题性。

(发表于《中国当代文学研究》2022年第4期,第17-26页)

《讲话》的话语表达逻辑与方法论启示

——纪念毛泽东《在延安文艺座谈会上的讲话》发表 80 周年

2022 年是毛泽东《在延安文艺座谈会上的讲话》(以下简称《讲话》)发表 80 周年,作为一部"活着的历史文献",《讲话》对中国新文艺发展的深刻影响,是任何一部文艺理论著作难以望其项背的,其产生的世界性影响,也是任何一部中国文艺理论著作难以相提并论的。周扬在《马克思主义与文艺》的"序言"中指出,毛泽东同志的《讲话》给革命文艺指示了新方向,这个讲话是中国革命文学史、思想史上的一个划时代的文献,是马克思主义文艺科学与文艺政策的最通俗化、具体化的一个概括,因此又是马克思主义文艺科学与文艺政策的最好的课本。[1]是《讲话》确立了文艺的人民性价值导向,此后成为中国新文艺发展的主流价值追求,高扬文艺的人民性也成为中国马克思主义文论的鲜明特点。历史地看,《讲话》是构成毛泽东文艺思想的核心文本,甚至是思想底蕴所在,深沉的文化力量在中国新文艺发展史上产生了深远影响。多年来对《讲话》的研究可谓汗牛充栋,如果仅着眼于文本自身或文艺理论视角,很难获得突破性洞见。本文在双重视野融合中洞悉《讲话》的话语表达逻辑,发掘其在今天仍激荡着我们的问题性,试图在历史的赓续和问题性的接续中思考如何以中国理论

---

[1] 周扬编:《马克思主义与文艺》,作家出版社 1984 年版,第 1 页。

有效阐释中国文艺实践，从而推动新时代中国文艺理论体系建构研究走向深入。所谓双重视野融合是指党的百年奋斗史的长时段和新民主主义革命战争语境当下性的叠加，立足中国发展的新时代新方位与中国文明型崛起的现实指向，可以使我们更加从容地从中华民族伟大复兴的大历史视野中审视《讲话》深远的社会影响与价值诉求，及其话语表达逻辑的强大力量与方法论启示，从而为建构新时代文艺理论体系研究提供思想与学术资源。在《讲话》双重视野的融合中，《讲话》的问题性（关于文艺为什么人的问题、文艺与政治的关系、文艺发展道路与党的文艺领导权等）依然激荡着今天的我们，启示着我们新时代文艺发展的守正创新与使命担当。拂去历史的尘埃，双重视野的叠加有助于洞察《讲话》话语表达逻辑的政治诉求与方法论启示，或许会为领会《讲话》的深刻意蕴打开一个新的视域。

一、《讲话》的问题导向与话语表达逻辑

《讲话》不是通常意义上的文艺理论著作。政党领袖的视角、政治家的身份与深厚的民族文化情怀和鲜明的无产阶级立场，使得《讲话》的话语和西方主流文学艺术理论、西方左翼文学艺术理论，以及中国传统文论话语呈现出迥异的形态，并形成其逻辑自洽的政治关切。直面革命文艺发展的"中国问题"决定了《讲话》话语表达逻辑的政治诉求的特点，这是作为革命家和政党领袖的毛泽东对作家艺术家关于中国革命和文艺发展关切的回应，其话语表达形成了有别于单纯文艺理论和文艺美学的逻辑关联与方法论特征。也就是说，《讲话》不是立足于通常的文艺理论话语和思维方式，而是着眼于全民抗战语境下革命工作的有效性，即革命文艺要在完成民族解放的任务中发挥效用。惟此，《讲话》主要着力于解决"文艺工作和一般革命的关系"，这是

非常明确地在革命政治话语中定位文艺发展，其话语表达体现了政党领袖的高屋建瓴和方法论运用的有效性。毛泽东是站在革命家、政治家和政党领袖的立场看待文艺问题，确立革命文艺的发展方向，着重解决文艺为群众和如何为群众这一根本性问题，这决定了《讲话》既不同于"五四"以来流行的新文艺运动的小资产阶级知识分子话语，也不同于西方文艺理论话语，而有着自身革命诉求的独特话语表达，并形成了立足革命立场有着逻辑自洽性和鲜明价值指向的政党话语特点，其强大的逻辑力量深刻影响了中华人民共和国成立初期"一体化"文艺话语的形成。

坚持问题导向是毛泽东话语表达逻辑的一贯特点。在《中国社会各阶级的分析》一文开篇，毛泽东指出："谁是我们的敌人？谁是我们的朋友？这个问题是革命的首要问题。"[1]《讲话》同样具有强烈的问题导向，话语表达逻辑所指乃是经由实现大众化最大限度地发挥文艺的社会功能。为着打击敌人，"文化的军队"不可缺失，而且要有力量；为着民族解放，革命文艺要成为整个革命机器的"齿轮和螺丝钉"，文艺工作必须高度契合革命的目的，这使得文艺工作与革命事业是部分与整体的关系一目了然。可见，《讲话》谈论的虽是文艺工作，但其话语表达逻辑却是政治关切，甚至可以说是政治动员。在这里，文艺工作不仅关乎文艺发展和大众的精神娱乐，还担当着教育民众和服务人民的功能，其意义不惟是文艺工作自身的，更被上升到民族命运和国家前途的高度，从而使《讲话》在战时状态下焕发出振奋民族精神、鼓动人民的强大力量，其成效显而易见。彼时，民族独立和人民解放需要最大程度地唤醒人民的主体意识，使人民群众成为自觉的人民、革命的人民，文艺是唤醒人民、团结人民、教育人民的有效方式，这是

---

[1] 《毛泽东选集》第1卷，人民出版社1991年版，第3页。

作为中国共产党领袖和政治家的毛泽东之所以高度重视文艺的内在原因，这也决定了《讲话》的话语表达逻辑所具有的政治关切。

（一）《讲话》鲜明的问题导向源自对新文艺发展"问题性"的准确把握

对新文艺发展的"问题性"的深刻把握，在错综复杂的问题丛中高屋建瓴直指问题的核心，彰显了毛泽东高超的战略思维能力，"我以为，我们的问题基本上是一个为群众的问题和一个如何为群众的问题。"[1]对此，萧军回忆道："毛泽东看问题深刻，文艺界那么多问题，他一抓就抓住了。"[2]在周扬看来，《讲话》"最正确、最深刻、最完全地从根本上解决了文艺为群众和如何为群众的问题"。[3]周扬指出，《讲话》的中心思想是：文艺从群众中来，必须到群众中去。他认为毛泽东的贡献是解决了文艺如何到群众中去的问题。[4]之所以提出"文艺为什么人"的问题，恰恰在于过去革命作家对这个问题的疏忽和不理解，这个问题被所谓的革命激情淹没了，以至于在文学革命和革命文学的倡导与实践中都没有解决这个问题。"大众化"看似追求创作出大众能看懂的作品，其要害似乎是语言文字的形式问题，其实不然，其关键在于创作者的情感与立场问题，也就是能否养成无产阶级意识。恰恰是《讲话》以其鲜明的"文艺为什么人"的问题导向确立了文艺为工农兵的发展方向，真正解决了新文化运动以来未曾解决的文艺大众化问题。

"五四"新文化运动以来，新文艺如何与大众相结合的问题始终横亘其中。所谓中国新文艺是指经由五四运动后中国文艺发展格局中的

---

[1] 毛泽东：《在延安文艺座谈会上的讲话》，《毛泽东文艺论集》，中央文献出版社2002年版，第55页。
[2] 萧军：《难忘的延安岁月》，《延安文艺回忆录》，中国社会科学出版社1992年版，第114页。
[3] 周扬编：《马克思主义与文艺》，作家出版社1984年版，第7页。
[4] 周扬编：《马克思主义与文艺》，作家出版社1984年版，第1-2页。

一种主导文艺形态，其中的关键在于中国共产党的领导。"五四运动以后的新文艺已经不是过时的旧民主主义的文艺，而是无产阶级领导的人民大众反帝反封建的新民主主义的文艺。这就是五四以来的新文艺的新的地方。这就是五四以来的新文艺和以前的文艺在性质上的区别。"[1]在救亡与启蒙的双重变奏中，"五四"新文化运动通过对个人主义的倡导，深刻影响了"为人生"的文艺实践，也推动了无产阶级革命文学运动应时而生。相应地文艺思潮由单纯注重艺术表达、知识传播转向思想启蒙，进而探寻救国救民的思想主题，社会救亡成为新文艺探讨的中心话题。随着中国革命形势的变化，文艺与时代脱节的状态日益凸显。革命思想的传播和阶级意识的唤醒迫切需要文艺走向大众，从而争取更多的人参加到革命队伍中。新文化运动提倡的使文艺走向大众的"平民文学"，只是将文学的影响范围圈定在城市小资产阶级市民中间，无法真正使文艺走进人民大众。左翼文学只是在观念上提出"创造普洛的革命的大众文艺"，依然走在文艺大众化的途中。对于其中问题的关键，正如鲁迅在1927年发表的《革命时代的文学》中所阐发的，真正的革命文艺需经历真实的革命实践活动，没有真正的革命实践即"和革命共同着生命，或深切地感受着革命的脉搏"，难以产生真正的革命作家。同时，大众迫切需要革命思想的洗礼和启蒙，革命文艺是唤醒大众参加革命的强有力手段。尽管无产阶级革命文艺具有鲜明的大众意识，以人民大众为启蒙对象，但并没有在实践中真正实现文艺和大众结合，只是提出了文艺大众化问题，专注于文艺的民族形式特别是语言问题。无产阶级革命文艺提倡文艺注重革命现实的属性和无产阶级的阶级认同属性，因始终未对大众的阶级范畴做出清晰

---

[1] 郭沫若：《为建设新中国的人民文艺而奋斗》，《中华全国文学艺术工作者代表大会纪念文集》，新华书店1950年版，第35-36页。

划分和清楚说明而未能落到实处。可见,"五四"新文化运动以来新文艺没有真正解决与人民大众结合的问题,其间的"大众化"运动只是提出和正视了这个问题,有一些收获,也取得一些成绩。就此周扬评述道:"要完全彻底地解决大众化问题,在当时是不可能的,因为当时缺乏这样解决的政治条件。"[1]中国新文艺发展实践和发展道路表明,文艺大众化问题的解决不是单纯文艺自身能胜任的,必须依赖一定政治条件的保障,《讲话》对这个问题的解决是最好的明证。

新文艺实践中这种思想上的模糊普遍存在,在延安革命根据地也不例外。尽管很多作家艺术家投身革命,从"亭子间"来到延安等根据地,但他们各方面都表现出小资产阶级的思想情感,并错误地把这些思想情感视为无产阶级的。对此,毛泽东一针见血地指出:"他们的灵魂深处还是一个小资产阶级知识分子的王国。"[2]正是站在小资产阶级立场和对工农兵的不熟悉,导致很多作家艺术家在情感上疏离了人民大众,没有从根本上明白文艺是为什么人,使得在文艺实践中出现普及与提高的完全分离问题,甚至完全忽视文艺对大众的普及。彼时,延安文艺界有的艺术创作"专门讲究技术,脱离现实内容","失去了政治上的责任感",[3]甚至鲁艺也一度热衷于搞"关门提高";文艺工作者和群众结合、文艺和群众结合这一根本问题"一直不曾得到过彻底解决",这导致了一些作品"内容与形式的贫乏","发生了文艺和现实的不协调,和人民的不协调,某些知识分子的阴郁的自我表现和他们所谓'暴露黑暗'的作品,曾经成为一种严重的风气。"[4]在毛泽东看来,

---

1 周扬编:《马克思主义与文艺》,作家出版社1984年版,第7页。
2 毛泽东:《在延安文艺座谈会上的讲话》,《毛泽东文艺论集》,中央文献出版社2002年版,第59页。
3 张庚:《论边区剧运和戏剧的技术教育》,《解放日报》1942年9月11日。
4 陈涌:《三年来文艺运动的新收获》,《解放日报》1946年10月19日。

决定立场的是思想意识和情感变化,也就是说如何对待劳苦大众的态度,归根结底是如何在思想上转化为无产阶级意识。基于政党领袖的立场,毛泽东一针见血地指出,"我们的问题基本上是一个为群众的问题和一个如何为群众的问题。"[1]正是在根本问题上的迷失使不少作家艺术家丧失了为人民大众的意识。如1942年《解放日报》上发表的某些作品在社会上引发很大的争议。同时,其他报刊也发表了一些引起读者议论的杂文。于是,有人主张对抗战与革命也应该"暴露黑暗",认为写光明就是公式主义(所谓歌功颂德);有人提出"还是杂文时代,还要鲁迅笔法"(即采取鲁迅对敌人的方式用杂文来讽刺革命)。"歌颂呢,还是暴露呢?这就是态度问题。"[2]一个时期以来,延安文艺界暗流涌动,许多问题经过长时间的发酵,慢慢浮出水面,恶化成了尖锐的问题,这一思潮给共产党领导的革命与抗战产生了不良影响,造成了不利局面。同时,随着延安文艺家在中国政治舞台的话语权和影响力日益壮大,对延安文艺界的政治领导提上日程。作为革命领袖,毛泽东认为要正确引导文艺界人士用文艺为抗战服务,为广大工农兵服务,歌颂革命和人民,暴露黑暗和打击敌人。正是毛泽东和党中央对问题的正视和积极应对,直接促成了延安文艺座谈会的召开。

大量的调研和对新文艺实践的深刻洞察,使得《讲话》明确指出新文艺普遍存在的问题是未能很好地与人民大众相结合。"革命的文学艺术运动,在十年内战时期有了大的发展。这个运动和当时的革命战争,在总的方向上是一致的,但在实际工作上却没有互相结合起来,

---

1 毛泽东:《在延安文艺座谈会上的讲话》,《毛泽东文艺论集》,中央文献出版社2002年版,第55页。
2 毛泽东:《在延安文艺座谈会上的讲话》,《毛泽东文艺论集》,中央文献出版社2002年版,第50页。

这是因为当时的反动派把这两支兄弟军队从中隔断了的缘故。"[1] 问题是延安的"新天地"已经为这种结合提供了很好的政治条件，但很多作家艺术家并未从思想上认识到产生这个问题的内在根源——没有从观念和实践相统一中明白"文艺为什么人"的问题是一个根本问题，没有转变情感和立场。何为正确的立场？就是作家艺术家要站到无产阶级和人民大众的立场上。对于共产党员来说，就是要站在党的立场，站在党性和党的政策的立场。"我们的问题基本上是一个为群众的问题和一个如何为群众的问题。"[2]《讲话》体现了鲜明的问题导向。毛泽东在座谈会上指出："我们今天开会，就是要使文艺很好地成为整个革命机器的一个组成部分，作为团结人民、教育人民、打击敌人、消灭敌人的有力的武器，帮助人民同心同德地和敌人作斗争。为了这个目的，有些什么问题应该解决的呢？我以为有这样一些问题，即文艺工作者的立场问题，态度问题，工作对象问题，工作问题和学习问题。"[3]《讲话》从民族命运的政治高度阐述了作家艺术家必须转变立场和人生观的紧迫性和现实性，以此作为解决全部文艺问题的出发点。

当时许多文化人从国统区和敌占区来到延安后，他们的生活环境发生了极大变化。毛泽东曾指出，延安等革命根据地与国统区不仅是空间地域之别，还有着不同时代的差异，相对于国统区的旧时代特征，延安有着新时代的气质。对此有些知识分子是深刻感觉到的，摄影家吴印咸回忆道："深厚坚实的黄土，傍城东流的延河，嘉陵山上高耸入云的古宝塔，以及那一层层，一排排错落有序的窑洞，这一切都使我

---

1 毛泽东:《在延安文艺座谈会上的讲话》,《毛泽东文艺论集》, 中央文献出版社 2002 年版, 第 49 页。
2 毛泽东:《在延安文艺座谈会上的讲话》,《毛泽东文艺论集》, 中央文献出版社 2002 年版, 第 55 页。
3 毛泽东:《在延安文艺座谈会上的讲话》,《毛泽东文艺论集》, 中央文献出版社 2002 年版, 第 49 页。

感到新鲜。特别是这里的人们个个显得十分愉快,质朴,人们之间的关系又是那么融洽。我看到毛泽东主席、朱德总司令等人身穿粗布制服出现在延安街头,和战士、老乡唠家常,谈笑风生。""我被深深地感动了。我觉得我已经到了另一个世界,这正是我梦寐以求的理想所在。"[1]有些知识分子则未能达到思想的自觉,还没有从思想上认识到延安革命根据地的"新时代"气质,身在根据地,心仍在大城市。正如周扬指出的,"他们没感觉到是进入了一个新时代,没感觉到有一个要熟悉面前这些新对象的问题。他们还是上海时代的思想,觉得工农兵头脑简单,所以老是想着要发表东西,要在重庆在全国发表,要和文艺界来往,还是要过那种生活。身在延安,心在上海,心在大城市,这怎么成呢?"[2]在毛泽东看来,"这些同志的立足点还是在小资产阶级知识分子方面,或者换句文雅的话说,他们的灵魂深处还是一个小资产阶级知识分子的王国。这样,为什么人的问题他们就还是没有解决,或者没有明确地解决。"[3]毛泽东非常理解他们,为了让他们尽快适应环境,要求在当时物质极端匮乏的条件下努力提高知识分子的待遇。大量知识分子涌进延安,许多人立即看到一个充满生气和活力的新天地,看到一种真挚而平等的新的人际关系,觉得自己的选择是正确的。

为了开好文艺座谈会准备《讲话》,毛泽东专门到延安的知识分子中进行广泛而深入的调查研究,广泛听取意见建议。还特意花很多时间同萧军、欧阳山、草明、艾青、舒群、刘白羽、何其芳、丁玲、罗烽等交换意见,请他们帮助收集文艺界提出的各种意见,还与萧军进

---

1 吴印咸:《延安影艺生活录》,《延安文艺回忆录》,中国社会科学出版社1992年版,第267、268页。
2 周扬:《与赵浩生谈历史功过》,《延安文艺回忆录》,中国社会科学出版社1992年版,第36页。
3 毛泽东:《在延安文艺座谈会上的讲话》,《毛泽东文艺论集》,中央文献出版社2002年版,第59-60页。

行通信交流。在《讲话》的"引言"中，毛泽东所列举的一系列文艺界存在的问题，其实都有其现实针对性，目的是促使文艺工作者站在无产阶级和人民大众的立场上。毛泽东指出："我们知识分子出身的文艺工作者，要使自己的作品为群众所欢迎，就得把自己的思想感情来一个变化，来一番改造。没有这个变化，没有这个改造，什么事情都是做不好的，都是格格不入的。"[1]这个"引言"给与会者一种全新的感受，引发大家热烈讨论。与会的欧阳山说："大家都各抒己见，畅所欲言，不管对的、错的都可以无拘无束地讲出来。讲完之后，也没有向任何人追究责任，真正做到文艺方面的事情由文艺界来讨论解决，不带一点强迫的性质，发扬了艺术民主，使大家非常心情舒畅。"[2]在《讲话》中毛泽东剖析了延安文艺界的各种问题，指出延安文艺界还存在作风不正的东西，"在实际上，在行动上，他们是否对小资产阶级知识分子比对工农兵还更看得重要些呢？我以为是这样。"[3]并进一步指出："延安文艺界中存在着上述种种问题，这是说明一个什么事实呢？说明这样一个事实，就是文艺界中还严重地存在着作风不正的东西，同志们中间还有很多的唯心论、教条主义、空想、空谈、轻视实践、脱离群众等等的缺点，需要有一个切实的严肃的整风运动。""展开一个无产阶级对非无产阶级的思想斗争"。[4]正是对文艺发展中问题性的高度提炼，凸显了《讲话》鲜明的问题导向，也使其话语表达逻辑有着确切

---

1 毛泽东：《在延安文艺座谈会上的讲话》，《毛泽东文艺论集》，中央文献出版社2002年版，第53页。
2 欧阳山：《我的文学生活》，《延安文艺回忆录》，中国社会科学出版社1992年版，第68页。
3 毛泽东：《在延安文艺座谈会上的讲话》，《毛泽东文艺论集》，中央文献出版社2002年版，第58页。
4 毛泽东：《在延安文艺座谈会上的讲话》，《毛泽东文艺论集》，中央文献出版社2002年版，第80页。

的所指。

（二）《讲话》的问题导向决定了话语表达逻辑的政治诉求

《讲话》在抗战语境下，提炼了基于新文艺发展的"中国问题"的问题性：文艺为群众和如何为群众？其问题性所指是正确处理文艺与政治的关系即在战时状态下摆正革命文艺和革命事业的关系，这使其话语表达逻辑有着鲜明的政治指向和社会整合意味。立足政党领袖的视野和革命事业要求文艺必须与人民相结合的现实指向，《讲话》话语表达逻辑的政治诉求要求文艺成为革命机器的"齿轮和螺丝钉"，对战时状态下的文艺工作而言，这样的要求对文艺发展并不扞格，反而是合乎逻辑的顺其自然，进而实现了文艺在广泛动员民众中打击敌人的目的。此前，文艺大众化运动之所以不能完全成功，就在于它仅注重文艺自身的内在要求，忽视或没有意识到它不纯然是文艺自身的事情，还必须有着外在政治条件的保障。《讲话》使这个问题得到真正解决，与各根据地在中国共产党领导下倡导和引导革命文艺与人民大众的结合分不开，政治力量的保障是解决这个问题的必要条件。因此，不同于一般的文艺理论范式，《讲话》的话语表达逻辑的政治诉求形构了一种文艺研究新范式，是对单纯的文艺内部研究和外部研究的超越，是马克思主义文论中国化的重要收获，彰显了马克思主义文论巨大的理论张力。这使得《讲话》既是延安整风运动的一个文献和必要环节，也实现了整风的目的，整个根据地特别是中共党员的面貌焕然一新。事实上，会后大批作家和艺术家广泛深入敌后、深入群众，在与人民群众结合中服务革命事业大局，从而真正彻底解决了"文艺为什么人"这一根本性问题。毛泽东希望文艺"使人民群众惊醒起来，感奋起来"，希望"闹秧歌"闹出一个新世界，希望文学在培养更多时代新人上下功夫。

悉心领会《讲话》的问题导向，可以充分感受到贯穿《讲话》文字肌理的是一种着眼于广泛动员民众抗战的文化政治逻辑，是对文艺如何为群众的方向性提撕，而不是规定文艺具体如何发展的现成性结论。在文艺的问题性提炼中，话语表达逻辑的政治诉求并没有压抑或遮蔽文艺的审美追求，只是强调具体的文艺创作和文艺批评要服务于革命目标，即如何有效打击敌人。"一切进步的文化工作者，在抗日战争中，应有自己的文化军队，这个军队就是人民大众。革命的文化人而不接近民众，就是'无兵司令'，他的火力就打不倒敌人。"[1]革命文艺不能与人民大众结合就不会有力量，为着完成民族解放的目标必须最大限度地发挥文艺教育民众和服务人民的社会功能，在此框架下提出关于文艺创作和文艺批评诸问题有其特定的目标指向，而不是制定文艺微观领域的金科玉律。所谓的文艺结论或文艺批评标准也就不存在过时之说，需要转变的是时代语境与理解文化发展的视野。对于这一点有学者的分析一语中的，"恰恰因为《讲话》严格而精准地厘定了文艺在政治本体论和'革命机器'内部的位置和功能，它在政治范畴里的客观真理性，也就客观上触及文艺审美范畴自身的客观真理性，但后者不应在文艺审美范畴的内部关系当中去找，而是应该在其外部关系中，即它同政治本体论和'革命机器'的关系——严格讲，在它作为政治范畴和'革命机器'内部的从属性、局部性功能（'齿轮和螺丝钉'）——里面去找。"[2]可见，《讲话》对剥削阶级、小资产阶级文艺家的抽象艺术标准的批评，本身就是战争语境下政治斗争的一部分，且

---

[1] 毛泽东：《新民主主义的文化》，《毛泽东文艺论集》，中央文献出版社 2002 年版，第 43 页。
[2] 张旭东：《"革命机器"与"普遍的启蒙"——〈在延安文艺座谈会上的讲话〉的历史语境及政治哲学内涵再思考》，《中国现代文学研究丛刊》2018 年第 4 期。

因话语表达逻辑诉求的政治的有效性，其在文艺批评、文艺理论的方法论上是有战斗力和说服力的。在毛泽东看来，因着眼于话语表达逻辑的政治诉求，"缺乏艺术性的艺术品，无论政治上怎样进步，也是没有力量的。因此，我们既反对政治观点错误的艺术品，也反对只有正确的政治观点而没有艺术力量的所谓'标语口号式'的倾向。"[1] 同时，为着在文艺界统一战线上积极争取小资产阶级的文艺家，《讲话》还要求帮助他们克服缺点，争取他们加入到为劳动人民服务的战线上来，认为这是一个特别重要的任务。在此过程中，文艺批评是文艺界的主要斗争方法之一，要正确把握文艺批评的标准。"我们的批评，也应该容许各种各色艺术品的自由竞争。"[2] 打击敌人需要有力量的文艺作品，"虽然《讲话》自始至终仅仅从政治出发谈文艺，但因为它遵从丰富的革命历史经验及其严格的政治逻辑，客观上为'新人'的文化世界和审美世界厘定了终极性的历史内容：它就是人类追求普遍的（而非特权性质的）平等、自由、解放的集体斗争经验的史诗性自我表达。"[3] 这是《讲话》得以超越特定历史语境而具有创造性理论所应有的普遍性价值之所在。事实上，"《讲话》因其严格从政治逻辑出发，在'革命机器'结构内部去谈文艺，所以并没有侵犯或损害文艺和审美范畴自身的自律性和自主性。……《讲话》所遵循的严格的政治概念，客观上为审美和文艺活动提供了充分的空间，甚至主观上期待着活跃的、

---

1 毛泽东：《在延安文艺座谈会上的讲话》，《毛泽东文艺论集》，中央文献出版社 2002 年版，第 69 页。
2 毛泽东：《在延安文艺座谈会上的讲话》，《毛泽东文艺论集》，中央文献出版社 2002 年版，第 69 页。
3 张旭东：《"革命机器"与"普遍的启蒙"——〈在延安文艺座谈会上的讲话〉的历史语境及政治哲学内涵再思考》，《中国现代文学研究丛刊》2018 年第 4 期。

自由的、积极的、富有个性和创造力的文艺和批评。"[1]就当时延安文艺界现状而言，成问题的是在政治方面。"有些同志缺乏基本的政治常识，所以发生了各种糊涂观念（如'人性论'、抽象的'人类之爱'、光明和黑暗并重、暴露、鲁迅笔法等）。"[2]战时语境的现实要求决定《讲话》的话语表达逻辑关切的重心必然落在文艺的政治维度上，始终高扬文艺的政治性而有着鲜明的政治诉求，因为"只有经过政治，阶级和群众的需要才能集中地表现出来"。[3]因为毛泽东所谓的政治"是指阶级的政治、群众的政治，不是所谓少数政治家的政治"。[4]作为文艺内在终极性政治逻辑的理论表述，它在理论上阐发了文艺应有的政治指向和力量的迸发。因而，《讲话》把重心落在"文化的军队"以及文化战线的斗争及其力量的有效焕发上，这是一个政治家的高屋建瓴和政党领袖的战略思维的必然。

（三）《讲话》在理论与实践的互动中彰显了一种超越性的普遍价值

理论来源于实践并用来指导实践，这是毛泽东的鲜明主张。毛泽东指出："真正的理论在世界上只有一种，就是从客观实际抽出来又在客观实际中得到了证明的理论，没有任何别的东西可以称得起我们所讲的理论。"[5]《讲话》彰显了一种超越性的普遍价值，与其实践与理论互

---

[1] 张旭东：《"革命机器"与"普遍的启蒙"——〈在延安文艺座谈会上的讲话〉的历史语境及政治哲学内涵再思考》，《中国现代文学研究丛刊》2018年第4期。
[2] 毛泽东：《在延安文艺座谈会上的讲话》，《毛泽东文艺论集》，中央文献出版社2002年版，第74页。
[3] 毛泽东：《在延安文艺座谈会上的讲话》，《毛泽东文艺论集》，中央文献出版社2002年版，第70页。
[4] 毛泽东：《在延安文艺座谈会上的讲话》，《毛泽东文艺论集》，中央文献出版社2002年版，第70页。
[5] 《毛泽东选集》第3卷，人民出版社1991年第2版，第817页。

动的有效性有着密切关联。周扬在《马克思主义与文艺》中针对《讲话》指出,"贯彻全书的一个中心思想是:文艺从群众中来,必须到群众中去。这同时也就是毛泽东同志讲话的中心思想,而他的更大贡献是在最正确最完全地解决了文艺如何到群众中去的问题。"[1]文艺只有同人民大众结合才有力量,那么谁是人民大众呢?毛泽东指出:"什么是人民大众呢?最广大的人民,占全人口百分之九十以上的人民,是工人、农民、兵士和城市小资产阶级。所以我们的文艺,第一是为工人的,这是领导革命的阶级。第二是为农民的,他们是革命中最广大最坚决的同盟军。第三是为武装起来了的工人农民即八路军、新四军和其他人民武装队伍的,这是革命战争的主力。第四是为城市小资产阶级劳动群众和知识分子的,他们也是革命的同盟者,他们是能够长期地和我们合作的。这四种人,就是中华民族的最大部分,就是最广大的人民大众。"[2]彼时的问题是,"文艺工作者同自己的描写对象和作品接受者不熟,或者简直生疏得很。我们的文艺工作者不熟悉工人,不熟悉农民,不熟悉士兵,也不熟悉他们的干部。什么是不懂?语言不懂,就是说,对于人民群众的丰富的生动的语言,缺乏充分的知识。许多文艺工作者由于自己脱离群众、生活空虚,当然也就不熟悉人民的语言,因此他们的作品不但显得语言无味,而且里面常常夹着一些生造出来的和人民的语言相对立的不三不四的词句。"[3]针对这样的现状,毛泽东在《讲话》中明确提出"人民的生活是艺术的唯一源泉"的重大论断。作家艺术家要向工农兵学习,也就是说教育者必须自觉地接受

---

[1] 周扬编:《马克思主义与文艺》,作家出版社1984年版,第1-2页。

[2] 毛泽东:《在延安文艺座谈会上的讲话》,《毛泽东文艺论集》,中央文献出版社2002年版,第58页。

[3] 毛泽东:《在延安文艺座谈会上的讲话》,《毛泽东文艺论集》,中央文献出版社2002年版,第52页。

被教育者的教育，以便把被教育者的道德情感、价值和政治强度转化为教育者的观念、形象和方法，最终才能创作出被大众接受的作品。即便到了新时代，习近平依然指出："要深深懂得人民是历史创造者的道理，深入群众、深入生活，诚心诚意做人民的小学生。"[1]据周扬回忆，他在主编《马克思主义与文艺》时为其作序，毛泽东对于他所作的序言评价颇高，回信表示，周扬梳理了长期困扰文艺界的几大核心问题，借文艺的力量，将那些分布于中国各处、社会各行各业的劳动人民联合起来。他认为，这样才是真正的普及。在《讲话》中毛泽东认为，经过整风大家"一定能够创作出许多为人民大众所热烈欢迎的优秀的作品，一定能够把革命根据地的文艺运动和全中国的文艺运动推进到一个光辉的新阶段"。[2]艾思奇发出"文艺工作者到前方去"的强烈呼吁，并指出：延安文艺工作者走出延安去前方，其重要意义在于"我们文艺工作者已经经过几年来的整风并已实际上找到了自己的方向"，这个方向就是"文艺为工农兵、文艺工作者和工农兵结合的方向"。[3]

诚然，《讲话》的话语表达逻辑体现了鲜明的政治诉求，因为在毛泽东看来："在现在世界上，一切文化或文艺都是属于一定的阶级，一定的党，即一定的政治路线的，为艺术的艺术，超阶级超党的艺术，与政治并行或互相独立的艺术，实际上是不存在的。"[4]究其根本，毛泽东的论断所强调的是文艺的阶级属性或者政治属性，是一种特定语境下的政治判断，而不是关于艺术发展规律的审美判断。事实上，"你是资产阶级文艺家，你就不歌颂无产阶级而歌颂资产阶级。你是无产阶

---

[1] 习近平：《在文艺工作座谈会上的讲话》，人民出版社2015年版，第18页。
[2] 毛泽东：《在延安文艺座谈会上的讲话》，《毛泽东文艺论集》，中央文献出版社2002年版，第83页。
[3] 参见《艾思奇全书》第3卷，人民出版社2006年版，第521页。
[4] 毛泽东：《在延安文艺座谈会上的讲话》，《毛泽东文艺论集》，中央文献出版社2002年版，第69页。

级文艺家,你就不歌颂资产阶级而歌颂无产阶级与劳动人民,二者必居其一。"[1]毛泽东是一个革命家,他更多地是从阶级政治和意识形态的视角考察文学艺术,显然也更关注文本中体现出来的政治意识形态属性。《在鲁迅艺术学院的讲话》中毛泽东指出:"艺术上的政治独立性仍是必要的,艺术上的政治立场是不能放弃的,我们这个艺术学院便是要有自己的政治立场的。我们在艺术论上是马克思主义者,不是艺术至上主义者。"[2]毛泽东继承了列宁的文学党性原则,强调文学是革命事业的一部分,是为工农兵服务的,需要在革命事业的总体框架中摆正文艺的位置,惟此文艺才能发挥最大效用。这一重要论断一直为我们党的文化政策所传承,"文艺事业是党和人民的重要事业,文艺战线是党和人民的重要战线。"[3]即使在新时代更多地诉求文艺的精品化和勇攀艺术高峰,文艺在中华民族的伟大复兴中依然担当重要使命。习近平总书记强调:"今天,我们比历史上任何时期都更接近中华民族伟大复兴的目标,比历史上任何时期都更有信心、有能力实现这个目标。而实现这个目标必须高度重视和充分发挥文艺和文艺工作者的重要作用。"[4]

一个时期以来,对《讲话》的解读因缺乏深刻的文化政治思维而扭曲了关于"文艺和政治关系"的论述,甚至僵化地理解某些论断导致"左倾化"解读而伤害了文艺发展。其中《讲话》的权威性和话语表达逻辑的政治诉求,对中华人民共和国成立初期的文艺发展形成一种强势规制。有学者指出,在 20 世纪中国文学史中,"左翼文学"("革

---

[1] 毛泽东:《在延安文艺座谈会上的讲话》,《毛泽东文艺论集》,中央文献出版社 2002 年版,第 77 页。
[2] 毛泽东:《在鲁迅艺术学院的讲话》,《毛泽东文艺论集》,中央文献出版社 2002 年版,第 15—16 页。
[3] 习近平:《在文艺工作座谈会上的讲话》,人民出版社 2015 年版,第 1 页。
[4] 习近平:《在文艺工作座谈会上的讲话》,人民出版社 2015 年版,第 2 页。

命文学")如何经过 1942 年延安文艺整风的"改造",成为 20 世纪 50—70 年代中国大陆唯一的文学现象,是考察 20 世纪中国文学发展史要着重关注的问题之一。从 20 年代后期开始的左翼文学,发展到 40 年代的时候,主要在根据地,在延安,演变成为一种"工农兵文学"的形态。这种形态虽然在 40 年代初期就已经确立,但是它在全国性的范围内成为具支配地位的文学规范,要到中国共产党成为执政党之后。[1] 这一格局的形成固然与《讲话》自身的政治诉求相关,更与对《讲话》脱离语境下的强制解读以及政策性运用不无关联。所谓中华人民共和国成立初期文艺的"一体化"话语是对当时整个文艺发展格局的风格与价值表达的一种总体性概括,它并不是"单一化",而是有"多层次"特点,带有政党和国家政策主导下的强制性规范和意识形态规训的意味,体现了政党和国家组织、管理文艺生产与传播和消费的特点,形成了某种总体性话语形态的特征。"一体化"作为一个历史性概念,在不同时期有着价值诉求重心的差异。在延安时期主要偏于对作家和艺术家做无产阶级意识的培育和引导;在中华人民共和国成立初期主要偏于对作家和艺术家进行社会主义意识形态的教化和纯化。对当代文学"一体化"话语体系的理解,洪子诚教授指出:首先,它指的是文学的演化过程,一种文学形态如何"演化"为居绝对支配地位,甚至几乎是惟一的文学形态。其次,"一体化"指的是这一时期文学组织方式、生产方式的特征。包括文学机构、文学报刊,写作、出版、传播、阅读、评价等环节的高度"一体化"的组织方式,和因此建立的高度组织化的文学世界。第三,"一体化"又是这个时期文学形态的主要特征。这个特征,表现为题材、主题、艺术风格、方法等的趋同倾

---

[1] 洪子诚:《问题与方法》,生活·读书·新知三联书店 2002 年版,第 187 页。

向。[1]对于中华人民共和国成立初期"一体化"的文艺发展态势,学界已经有了很丰富的研究成果,本文不在此赘述。理想的文艺格局应是"平民化的向日葵和贵族化的芝兰可以并肩而立"(萧乾语),既有顶天立地的经典大作,也有铺天盖地的草根创作。"一体化"话语处于正统地位,是否对其他类型文艺话语形成压抑?洪子诚教授同时也指出:"一体化"并不意味着文学文本和作家加以划分的工作的结束。在"一体化"的总体格局下面,文化领域的"分层"现象,不同力量的矛盾与冲突并没有消失。[2]这是一个复杂的文化现象,既有着文艺发展的外部性力量的政策规制,也有着文艺内部的自觉追求。历史地看,优秀作品、文艺精品从不隐匿或缺乏价值倾向,真正打动人心的依然是作品的价值诉求及其与受众形成的某种共情性。事实上,那些在艺术上、审美上失败的作品决不是因为张扬了对某种价值的鲜明诉求,恰恰是缺乏深刻的哲思与政治判断力导致了作品的肤浅和无聊。如果缺失对《讲话》话语表达逻辑诉求的政治关切的深刻领会,将其抽象化地视为对艺术发展的某种压制性、强迫性的政治教条,抑或某种绝对化的批评标准、文艺政策或者文艺理论的现成性结论,必然扭曲《讲话》文艺政治逻辑的自洽性,而陷入《讲话》所批评的对艺术标准的抽象理解。随着文艺发展的"中国问题"价值指向的时代语境变化,所谓问题性的提炼不可能一成不变,必然随着时代语境转换而带有时代的色彩。因此,对中国文艺发展的问题性的把捉,必须立足"中国问题"的时代要求与话语表达,其结论才是真实可靠而非本本主义的教条。

---

1 洪子诚:《问题与方法》,生活·读书·新知三联书店2002年版,第188页。
2 洪子诚:《问题与方法》,生活·读书·新知三联书店2002年版,第189页。

二、《讲话》的目标导向与《讲话》作为方法

毛泽东在《讲话》中深刻把握了时代之势与战略之需，体现了一位政治家和大党领袖的人民情怀，彰显了中国共产党人的文艺追求，为探索中国新文艺发展道路进行了卓越思考，其鲜明的目标导向与方法论运用的有效性对当下指导新时代文艺发展不无启示。

（一）鲜明的目标导向使《讲话》话语表达逻辑的政治诉求有了明确指向

纵观毛泽东的一生，可谓高度强调目标和对目标的共识。毛泽东说："旗子立起来了，大家有所指望，才知所趋赴。"事实上，毛泽东一生都非常注重"举旗帜"的问题。即使在大革命失败后的低潮时期，毛泽东说："边界红旗子始终不倒，不但表示了共产党的力量，而且表示了统治阶级的破产，在全国政治上有重大的意义。"[1]树立目标导向离不开对现实国情的洞察，这也是毛泽东思想的方法论有效性的基础。毛泽东指出："认清中国社会的性质，就是说，认清中国的国情，乃是认清一切革命问题的基本的根据。"[2]就彼时的现实境遇而言，必须强化中国共产党对新民主主义革命的领导，在各领域普遍强化无产阶级意识。"现阶段的中国新文化，是无产阶级领导的人民大众的反帝反封建的文化。真正人民大众的东西，现在一定是无产阶级领导的。资产阶级领导的东西，不可能属于人民大众。新文化中的新文学新艺术，自然也是这样。"[3]坚持目标导向可以说是毛泽东话语表达逻辑的一贯特点。

---

[1] 中央文献研究室编：《毛泽东传》（一），中央文献出版社2011年版，第190页。

[2] 中央文献研究室编：《毛泽东传》（一），中央文献出版社2011年版，第568页。

[3] 毛泽东：《在延安文艺座谈会上的讲话》，《毛泽东文艺论集》，中央文献出版社2002年版，第57页。

在《新民主主义论》中毛泽东开宗明义地提出"中国向何处去",并十分明确地回答:"我们要建立一个新中国。"同样,《讲话》体现了鲜明的目标导向。在《讲话》的"篇首"即开宗明义:"今天邀集大家来开座谈会,目的是要和大家交换意见,研究文艺工作和一般革命工作的关系,求得革命文艺的正确发展,求得革命文艺对其他革命工作的更好的协助,借以打倒我们民族的敌人,完成民族解放的任务。"[1]毛泽东在《讲话》中充分肯定了中国革命的文化战线、"文化的军队"的功绩,系统阐发了中国共产党人的文艺思想和文艺主张,指明了文艺和人民群众相结合,文艺工作者到群众中去、到人民生活中去的发展方向,即文艺为工农兵服务的方向,迄今为人民服务仍是社会主义文艺的基本遵循。郭沫若认为,《讲话》"在理论上和实践上都解决了五四以来所未曾解决的问题,文学艺术开始作到真正和广大的人民群众结合,开始作到真正首先为工农兵服务,从内容到形式都起了极大的变化。"[2]正是鲜明的目标导向,使得《讲话》的话语表达逻辑的政治诉求有了明确指向,推动了新文艺实践中文艺发展方向这一根本问题的解决。

问题导向是《讲话》的鲜明特点,问题决定了目标导向的靶心。"第一个问题:我们的文艺是为什么人的?"[3]这一问题直接关乎文艺社会功能的发挥,其背后是文艺工作者的立场与作品发挥作用的场域。"工作对象问题,就是文艺作品给谁看的问题。在陕甘宁边区,在华北华中各抗日根据地,这个问题和在国民党统治区不同,和在抗战以前

---

1 毛泽东:《在延安文艺座谈会上的讲话》,《毛泽东文艺论集》,中央文献出版社2002年版,第48页。
2 郭沫若:《为建设新中国的人民文艺而奋斗》,《中华全国文学艺术工作者代表大会纪念文集》,新华书店1950年版,第38页。
3 毛泽东:《在延安文艺座谈会上的讲话》,《毛泽东文艺论集》,中央文献出版社2002年版,第56页。

的上海更不同。"[1]"文艺作品在根据地的接受者,是工农兵以及革命的干部。"[2]正是工作对象和目标导向决定了,"我们的要求则是政治和艺术的统一,内容和形式的统一,革命的政治内容和尽可能完美的艺术形式的统一。缺乏艺术性的艺术品,无论政治上怎样进步,也是没有力量的。"[3]《讲话》探讨的是文艺发展方向与社会功能的发挥,是对文艺发展的政治关切,之所以提出政治标准第一,是因为政治标准代表着多数人的文艺利益。因为毛泽东所谓的政治"是指阶级的政治、群众的政治,不是所谓少数政治家的政治"。[4]彼时,动员人民起来抗战就是最大的政治。"战争的伟力之最深厚的根源,存在于民众之中。"[5]"兵民是胜利之本",[6]要求"把战争的政治动员,变成经常的运动"。[7]在毛泽东看来,抗战的胜利取决于最广泛地动员人民,"只要真能组织千百万群众进入抗日民族统一战线,抗日战争的胜利是无疑义的。"[8]文艺大众化是动员民众的最好方式,《讲话》就是通过促使文艺工作者转变立场和情感解决这个问题。在毛泽东看来,思想改造和情感转变是实现文艺大众化的关键。有学者指出:"在《讲话》的具体历史语境下,这种立场转移和认同转变客观上划出了'革命机器'的内部空间与外部空间的界限。相对于外部空间,这是通过教育和自我教育、改造和自我改造

---

[1] 毛泽东:《在延安文艺座谈会上的讲话》,《毛泽东文艺论集》,中央文献出版社2002年版,第51页。
[2] 毛泽东:《在延安文艺座谈会上的讲话》,《毛泽东文艺论集》,中央文献出版社2002年版,第51页。
[3] 毛泽东:《在延安文艺座谈会上的讲话》,《毛泽东文艺论集》,中央文献出版社2002年版,第74页。
[4] 毛泽东:《在延安文艺座谈会上的讲话》,《毛泽东文艺论集》,中央文献出版社2002年版,第70页。
[5]《毛泽东选集》第2卷,人民出版社1991年版,第511页。
[6]《毛泽东选集》第2卷,人民出版社1991年版,第509页。
[7]《毛泽东选集》第2卷,人民出版社1991年版,第481页。
[8]《毛泽东选集》第2卷,人民出版社1991年版,第376页。

同'敌人'以及其他非革命性因素争夺人;相对于内部空间,则是完成其观念和组织上的纯化和一体化。"[1]只有从人民群众视角考虑,真正代表人民群众利益发言,才能赢得人民的支持。在充分的群众宣传与广泛动员中,中国共产党掌握了"文化的军队"的领导权,就掌握了统一战线的领导权,同时也就取得领导中国革命的话语权。真正让人民群众懂得中国共产党的话语就是人民群众的话语,在"普遍的启蒙"中积极谱写人民歌曲和人民戏剧,如《黄河大合唱》《白毛女》《兄妹开荒》《南泥湾》等,使得"全国人民信任共产党的言行,实高出于信任国内任何党派的言行"[2]。毛泽东高度重视群众话语,指出"我们是革命党,是为群众办事的,如果也不学群众的语言,那就办不好"[3]。他号召党员干部要学习群众话语,走群众路线。党的话语与人民群众话语实现了统一,人民群众就成了中国共产党的力量源泉。延安时期"政治宣传的普及乡村……一些标语、图画和讲演,使得农民如同每个都进过一下子政治学校一样,收效非常之广而速"[4]。《讲话》的目标就是使文艺工作者的思想与农民的思想打成一片,真正实现情感融合,用群众话语表达群众心声。只有让群众听懂、听进去、接受、认同、赞成,才能实现引领群众、教育群众、指导群众的目的。"革命的文化人而不接近民众,就是'无兵司令',他的火力就打不倒敌人……文字必须在一定条件下加以改革,言语必须接近民众,须知民众就是革命文化的无限丰富的源泉。"[5]惟此,《讲话》要求文学家和艺术家,必须到

---

1 张旭东:《"革命机器"与"普遍的启蒙"——〈在延安文艺座谈会上的讲话〉的历史语境及政治哲学内涵再思考》,《中国现代文学研究丛刊》2018年第4期。
2 《毛泽东选集》第1卷,人民出版社1991年版,第247页。
3 《毛泽东选集》第3卷,人民出版社1991年第2版,第837页。
4 《毛泽东选集》第1卷,人民出版社1991年版,第35页。
5 《毛泽东选集》第2卷,人民出版社1991年版,第708页。

群众中去，必须长时间地无条件地到群众生活中去，只有充分了解他们的生活，感悟他们的心理，体味他们的意义，学习他们的语言，才能讲出大众化话语，引起群众共鸣，和群众打成一片，这样的作品才有力量。正是有着广泛动员人民的目标指向，《讲话》的话语表达逻辑体现了鲜明的政治诉求。可见，《讲话》的目标导向决定其无关乎文艺微观领域的审美自律，而是在文艺政治向度上形成逻辑自洽，使其把重心落在为着文艺社会功能的发挥，要以"齿轮和螺丝钉"的局部性与"革命机器"的整体性关系来规制文艺发展，要求革命文艺来源于群众再回到群众中去。"它是对于整个机器不可缺少的齿轮和螺丝钉，对于整个革命事业不可缺少的一部分。"[1] 惟此，"我们的文艺的政治性和真实性才能够完全一致"[2]，这样的文艺才有力量。《讲话》的目标导向是增强文艺的革命力量和掌握"文化的军队"的领导权，在此目标下作为文艺政治逻辑的理论表述，它提醒我们文艺的政治诉求关乎力量的迸发，同时还要注重去研究文艺自身的规律，以及在创作自由中个体的思想探索和审美创造最终要契合于文艺的政治诉求，从而使文艺发展始终处在同集体性普遍历史运动的关系之中。

（二）以《讲话》为方法对我们的启示

如同过河一定要架桥一样，方法论的有效是达到《讲话》目的的"桥梁"，这个"桥梁"既具有一般性特点，又带有鲜明的毛泽东色彩。有学者认为，"研究毛泽东的文艺思想及其观点体系，首要的是方法论问题。只有从世界观和方法论上把握毛泽东及其文艺思想，才能找到解决一切问题的钥匙。同样重要的是，只有从实际出发而不是从概念

---

[1] 毛泽东：《在延安文艺座谈会上的讲话》，《毛泽东文艺论集》，中央文献出版社 2002 年版，第 70 页。
[2] 毛泽东：《在延安文艺座谈会上的讲话》，《毛泽东文艺论集》，中央文献出版社 2002 年版，第 70 页。

出发，详细地占有材料，才能从中发现解决问题的线索。材料占有得越充分，问题的面貌也就越清楚。"[1]1943年11月7日，为贯彻执行毛泽东关于构建中国新文化的指示，中共中央宣传部发出《关于执行党的文艺政策的决定》，指出毛泽东的《讲话》指明了党对于现阶段中国文艺运动的基本方针，要求全党同志加强对"讲话"内容和精神的研究，以便获得对中国文艺理论与实际问题的正确认识，从而解决文化发展中具有"普遍原则性"的问题，培养和造就真正属于人民群众的文艺与文艺家。并进一步强调：《讲话》尽管是针对文艺政策的，但其"全部精神，同样适用于一切文化部门"，换言之，"讲话"不仅是一份"解决文艺观文化观问题的教育材料"，还是一份"解决人生观与方法论问题的教育材料"。[2]可见，《讲话》强烈的目标导向使其具有超越某一具体问题的一种普遍的方法论意义。一定意义上，正是方法论的有效确保了《讲话》目标导向的实现，也使其话语表达逻辑有了确切的所指，也为我们在今天如何更好地实现党对文艺工作的领导提供了方法论启示。

《讲话》作为方法启示我们，解决问题必须坚持实事求是回到现实本身。马克思指出："不是人们的意识决定人们的存在，相反，是人们的社会存在决定人们的意识。"[3]因此，毛泽东指出，"我们讨论问题，应当从实际出发，不是从定义出发。……我们是马克思主义者，马克思主义叫我们看问题不要从抽象的定义出发，而要从客观存在的事实出

---

[1] 董学文：《论毛泽东在文艺理论方面的贡献——纪念毛泽东诞辰一百周年》，《文学评论》1993年第6期。
[2] 参见《建党以来重要文献选编（1921-1949）》第20册，中央文献出版社2011年版，第632-634页。
[3] 《马克思恩格斯文集》第二卷，人民出版社，2009年版，第591页。

发，从分析这些事实中找出方针、政策、办法来。"[1]当时抗日根据地的老百姓90%以上是文盲，而且教育条件非常简陋，短期内迅速提高是不现实和不可能的。以通俗易懂的方式因时因地向群众普及革命道理，启发他们参加革命行动，在短期内是能够做到的，而且很容易卓有成效。《讲话》中提出的文艺宣传形式问题在抗战军民中引起广泛共鸣。在中国共产党领导下，陕甘宁边区和其他抗日根据地掀起声势浩大的识字运动，不少党员、干部、士兵和农民利用冬学、夜学掌握了基本文字，大大降低了成年文盲的数量。同时，文艺工作者向陕北民歌学习而创作的新信天游形式，以及田间等创作的墙头诗形式，受到了边区群众的热烈欢迎。革命根据地的地情和艰苦卓绝的战争环境，要求文艺工作要把重心偏向普及，最大限度地发挥了文艺教育、鼓动民众的功能。惟此，《讲话》在方法上把文艺如何为群众诉求"普及与提高"的统一，并把重心落在普及上，普及被放在了第一位，真正解决了如何为群众的问题，在正确把握普及与提高的辩证关系中为文艺指明了发展方向，并提出了一系列重要论断。"我们的文艺，既然基本上是为工农兵，那末所谓普及，也就是向工农兵普及，所谓提高，也就是从工农兵提高。"[2]"我们的提高，是在普及基础上的提高；我们的普及，是在提高指导下的普及。"[3]在新文艺实践中，提高与普及被完全分离，因着普及的问题被忽略，文艺也就脱离了人民群众。《讲话》真正解决了这个问题，实现了中国新文艺孜孜以求的大众化目标。周扬认为："关于普及与提高问题的解决，是马克思主义方法论在文艺理论上的最杰

---

[1] 毛泽东：《在延安文艺座谈会上的讲话》，《毛泽东文艺论集》，中央文献出版社2002年版，第55页。
[2] 毛泽东：《在延安文艺座谈会上的讲话》，《毛泽东文艺论集》，中央文献出版社2002年版，第62页。
[3] 毛泽东：《在延安文艺座谈会上的讲话》，《毛泽东文艺论集》，中央文献出版社2002年版，第66页。

出的应用。"[1]作为一对原创性文艺理论范畴，普及与提高是沿着民族文化的方向提升，伴随人民艺术素养的提升不断提高其艺术性，其中既有传承更要有创新，而且还有对象性差别。立足于对普及和人民群众的深刻把握，毛泽东高度重视文艺的民族形式问题，始终强调民族形式的历史连续性。毛泽东指出："艺术有形式问题，有民族形式问题。艺术离不了人民的习惯、感情以至语言，离不了民族的历史发展。"[2]在马克思主义文论中国化过程中，毛泽东始终注重中国风格、中国气派的维护。"中国文化应有自己的形式，这就是民族形式。民族的形式，新民主主义的内容——这就是我们今天的新文化。"[3]同时，毛泽东指出："继承和借鉴决不可以变成替代自己的创造，这是决不能替代的。"[4]在正确处理普及与提高的辩证关系中，毛泽东指出："要把教育革命干部的知识和教育革命大众的知识在程度上互相区别又互相联结起来，把提高和普及互相区别又互相联结起来。"[5]以《讲话》为方法彰显了一种普遍性价值，文艺大众化的解决早已越出文艺领域而有新民主主义革命价值诉求的普遍性，从而广泛影响到其他领域甚至上升到党的文化方针政策高度。事实上，为了准备《讲话》，毛泽东专门到延安的知识分子和文艺家中进行广泛而深入的调查研究，广泛听取各种意见建议，还专门邀请作家萧军进行长谈，从而使《讲话》以问题导向切中靶心，这是其能够产生深远影响的魅力之一。韩启农在抗战时期编写的《中

---

1 周扬编：《马克思主义与文艺》，作家出版社1984年版，第15页。
2 毛泽东：《同音乐工作者的谈话》，《毛泽东论文艺》，人民文学出版社1992年版，第91页。
3 《毛泽东选集》第2卷，人民出版社1991年版，第707页。
4 毛泽东：《在延安文艺座谈会上的讲话》，《毛泽东文艺论集》，中央文献出版社2002年版，第63页。
5 毛泽东：《新民主主义的文化》，《毛泽东文艺论集》，中央文献出版社2002年版，第43页。

国近代史讲话》以及范文澜创作的《中国通史简编》，可以说都是学习毛泽东《讲话》后进行大众化探索的代表作。这种把马克思主义和中国实际相结合的方法论运用，一直影响党的文艺政策的制定和文艺工作的健康发展。

作为方法论有效性的直接运用，"普及和提高"是一对如何理解文艺和生活的关系及其文艺社会功能的原创性概念范畴，是以毛泽东同志为代表的中国共产党人将马克思列宁主义文论基本原理和中国文艺具体情况相结合的产物，是以马克思主义方法论解决文艺如何为人民群众服务的典范。迄今，这一范畴在开放性中仍闪现出理论的生命力。"我们的提高，是在普及基础上的提高；我们的普及，是在提高指导下的普及。正因为这样，我们所说的普及工作不但不是妨碍提高，而且是给目前的范围有限的提高工作以基础，也是给将来的范围大为广阔的提高工作准备必要的条件。"[1]作为方法论的"普及与提高"正是遵循《讲话》话语表达逻辑的政治诉求，经由普及焕发了民众斗争的热情和胜利的信心，团结起来同心同德地去和敌人作斗争。这个普及实际上也是对"五四"新文化运动未曾完成的思想启蒙的再出发，是对那些不识字、无文化的工农兵大众思想意识的启蒙，使之增强无产阶级意识和身份认同感，在培育新文化和新人中使人民大众不再是一盘散沙，从而为新的国家的建立提供基础。在契合历史发展潮流中，毛泽东在战争年代以"普及与提高"的方法论诉诸文艺的普及服务于"普遍的启蒙"的人民大众；同时，在社会主义建设时期以"百花齐放，百家争鸣"诉诸文艺繁荣发展追求文艺的提高，这一扎根"中国问题"的文艺思想构成了新时代习近平关于文艺工作的一系列重要论述的理论

---

[1] 毛泽东：《在延安文艺座谈会上的讲话》，《毛泽东文艺论集》，中央文献出版社 2002 年版，第 66 页。

根脉，体现了中国共产党文艺思想的一脉相承，以及中国共产党在文艺路线、文艺政策和文艺发展道路上的艰辛探索。

《讲话》作为方法的有效性还在于其与时代语境的紧密结合。毛泽东指出："现在工农兵面前的问题，是他们正在和敌人作残酷的流血斗争，而他们由于长时期的封建阶级和资产阶级的统治，不识字，无文化，所以他们迫切要求一个普遍的启蒙运动，迫切要求得到他们所急需的和容易接受的文化知识和文艺作品，去提高他们的斗争热情和胜利信心，加强他们的团结，便于他们同心同德地去和敌人作斗争。对于他们，第一步需要还不是'锦上添花'，而是'雪中送炭'。所以在目前条件下，普及工作的任务更为迫切。轻视和忽视普及工作的态度是错误的。"[1]通过作家艺术家情感和立场的转变与人民大众"普遍的启蒙"，使他们获得无产阶级意识，能够面对残暴的敌人团结起来去和敌人作斗争，文艺才能最大程度地焕发革命力量。毛泽东指出："一切革命的文学家艺术家只有联系群众，表现群众，把自己当作群众的忠实的代言人，他们的工作才有意义。只有代表群众才能教育群众，只有做群众的学生才能做群众的先生。如果把自己看作群众的主人，看作高踞于'下等人'头上的贵族，那末，不管他们有多大的才能，也是群众所不需要的，他们的工作是没有前途的。"[2]正是《讲话》方法论的有效，使党的主张作为目标顺理成章地被广泛接受和认同。毛泽东指出："在为工农兵和怎样为工农兵的基本方针问题解决之后，其他的问题，例如，写光明和写黑暗的问题，团结问题等，便都一齐解决

---

1 毛泽东：《在延安文艺座谈会上的讲话》，《毛泽东文艺论集》，中央文献出版社2002年版，第65页。
2 毛泽东：《在延安文艺座谈会上的讲话》，《毛泽东文艺论集》，中央文献出版社2002年版，第67-68页。

了。"[1]"我们的文艺,既然基本上是为工农兵,那末所谓普及,也就是向工农兵普及,所谓提高,也就是从工农兵提高。"[2]作为方法,毛泽东在新民主主义论下的"普及与提高"不是观念、思想、理论的抽象演绎。他指出文艺的作用从来都不是空谈,现实生活到处体现其作用。"沿着工农兵自己前进的方向去提高,沿着无产阶级前进的方向去提高。而这里也就提出了学习工农兵的任务。只有从工农兵出发,我们对于普及和提高才能有正确的了解,也才能找到普及和提高的正确关系。"[3]工农兵对于启蒙的需求越来越明确,越来越强烈。他们迫切要求得到相应的文化知识和文艺作品,来满足他们的需求。无产阶级思想和文艺价值导向的作品有助于维持和提高他们的斗争热情和胜利信心,使他们更加团结一致,更好地去与敌人作战。在毛泽东文艺思想中,革命的文艺者是一个"无产阶级功利主义"的文艺者,革命的文艺作品是一种体现最广大人民群众目前和将来利益的文艺作品。

结语

今天看来,《讲话》中强烈的政治目的和话语表达的政治诉求,可能存在不同程度的缺陷和不足,这在当时条件下是难以避免的。胡乔木在晚年曾评价说:"《讲话》是一定历史条件的产物,也必然带有其历史局限性的一面"。[4]他还特别举出郭沫若的例子:"《讲话》正式发表后不久,郭说'凡事有经有权'。毛主席很欣赏这个说法,认为是得到

---

1 毛泽东:《在延安文艺座谈会上的讲话》,《毛泽东文艺论集》,中央文献出版社 2002 年版,第 58 页。
2 毛泽东:《在延安文艺座谈会上的讲话》,《毛泽东文艺论集》,中央文献出版社 2002 年版,第 51 页。
3 毛泽东:《在延安文艺座谈会上的讲话》,《毛泽东文艺论集》,中央文献出版社 2002 年版,第 62-63 页。
4 胡乔木:《胡乔木回忆毛泽东》,人民出版社 2020 年版,第 342 页。

了一个知音。"[1] 中国古人有着关于事物变化的"经"与"权"的思考："常之谓经，变之谓权。"也就是说，"经"就是道之常。"常"就是不变。"权者何？权者反于经，然后有善者也。""权"看起来同"经"不同，"经"是重心的中点，权是什么？是动态的平衡。可见，在实践中达到一种平衡的状态是很难的，没有"权"是不行的，可是"权"的执行却很难把握。作为一部马克思主义中国化的经典文献，我们既需要传承和弘扬其"经"的方面，也要与时俱进地阐释其"权"的有效性及其界域，不能机械地将之教条化。

时至今日，《讲话》仍以其巨大的理论力量给予我们诸多启示，是新时代尊重文艺发展规律和建构文艺理论体系的重要思想与理论资源。鲜明的问题导向（文艺大众化）和目标导向（团结工农兵打击敌人）的有机统一与相互促进，决定了《讲话》话语表达的政治诉求，这种话语表达逻辑会随着时代语境的变化，具有新的价值指向。新时代文艺人民性（个人出彩的机会，守江山就是守民心）的彰显，指向的是在世界舞台上中华民族的强起来，话语表达逻辑的政治诉求与文艺的人民情怀没有发生根本性改变。对我们党的文艺道路而言，具有"经"的特点，在一脉相承中体现了党的初心和使命。至于方法论的启示，它本身就是鲜活的，时时起作用的，不断促使党的文艺路线方针政策走向文化善治。《讲话》高举文艺人民性的旗帜，确立了文艺和人民大众结合的方针政策，开辟了中国新文艺发展的"延安道路"，为中国新文艺指明了发展方向，是新民主主义革命时期的重要文艺成就。为中国文艺道路的成功探索奠定了理论上和方向上的基础。习近平指出："一百年来，党领导文艺战线不断探索、实践，走出了一条以马克思主义为指导、符合中国国情和文化传统、高扬人民性的文艺发展道路，

---

[1] 胡乔木：《胡乔木回忆毛泽东》，人民出版社2020年版，第343页。

为我国文艺繁荣发展指明了前进方向。"[1]

毛泽东"如何为人民大众服务"的文艺创作方法影响非常深远，影响所及不止于文艺领域，对学术界的其他领域也很有启迪；不仅活跃了各根据地和解放区的文艺发展，还推动了国统区进步文化的繁荣，为夺取新民主主义革命的胜利作出巨大贡献。1949年7月，周扬在全国文艺工作者代表大会上指出："'文艺座谈会'以后，在解放区，文艺的面貌、文艺工作者的面貌，有了根本的改变。这是真正新的人民的文艺。文艺与广大群众的关系也根本改变了。文艺已成为教育群众、教育干部的有效工具之一，文艺工作已成为一个对人民十分负责的工作。"[2]时代语境的变化要求对《讲话》结论的理解，不能采取超时空的本本主义、教条主义的态度，更不能将之绝对化，而是要回到与之密切关联的历史语境。"因为毛泽东作为革命领袖，对革命根据地的文艺工作者提出期待、建议和要求，本质上同对军事战线人员提出要求没有区别，当然也没有'越界'，他在且只在革命事业这架机器内部的结构、功能和目的的层面上考虑问题。如果简单地将《讲话》当作常态下文艺事业内部评价和管理机制的绝对标准，就会对革命文艺，尤其是共和国文艺生产和文艺批评带来不必要的束缚、限制和干扰，在根本上也并不符合《讲话》的精神。"[3]新时代，在掌握党的文化领导权和加强党对文艺工作的领导上，《讲话》依旧可以给予我们诸多启示。在新民主主义革命和社会主义建设初期，马克思主义基本原理和中国实

---

[1] 习近平：《在中国文联十一大、中国作协十大开幕式上的讲话》，人民出版社2021年版，第3-4页。
[2] 周扬：《新的人民的文艺》，《中华全国文学艺术工作者代表大会纪念文集》，新华书店1950年版，第69页。
[3] 张旭东：《"革命机器"与"普遍的启蒙"——〈在延安文艺座谈会上的讲话〉的历史语境及政治哲学内涵再思考》，《中国现代文学研究丛刊》2018年第4期。

际相结合所形成的毛泽东思想，体现出高度的战略思维能力（全局性的眼光和敏锐的预见性），从而能够对历史进程作出具有前瞻性的重大判断，显现出一种充满自信的高屋建瓴、大气磅礴、势如破竹的气象。这一特点同样体现在毛泽东关于中国文艺发展和文化建设的论述中，在如何领导文艺工作和推动文艺发展上，同样体现了毛泽东高超的战略眼光和全局思维。他讲到正确的领导，在于能有预见。在党的七大的结论中毛泽东生动地说过："坐在主席台上，如果什么也看不见，就不能叫领导。坐在指挥台上，只看见地平线上已经出现的大量的普遍的东西，那是平平常常的，也不能算领导。只有当着还没有出现大量的明显的东西的时候，当桅杆顶刚刚露出的时候，就能看出这是要发展成为大量的普遍的东西，并能掌握住它，这才叫领导。"[1] 所谓领导关键在于有预见、预判、决策，由此显现出毛泽东卓越的领导才能。新时代新方位，在统筹中华民族伟大复兴的战略全局和正在经历百年未有之大变局下，新时代文艺如何担当时代使命和加强党对文艺工作的领导，仍需要立足文艺发展的"中国问题"提炼具有时代特点的问题性。

（发表于《粤海风》2022年第2期，第25-42页）

---

[1]《毛泽东在七大的报告和讲话集》，中央文献出版社1995年版，第200页。

试析"红色经典"再生产对公民的询唤

伴随着一系列历史节点的到来,银屏上多次掀起"红色经典"热潮,如何在复杂的时代语境中思考"红色经典"的再生产,是学界不可绕过的话题。本文试图对其中的复杂力量和价值担当进行探讨。

一、"红色经典"出场的历史语境及其意味

尽管学界并非全然认同"红色经典"这个概念,对何谓"红色经典"也缺乏严格学术意义上的界定,但这种现象的持续存在,早已受到官方、大众阶层、批评界和市场的广泛关注,其影响力不可小觑。

"红色经典"引起广泛关注主要源自上世纪90年代中后期的"经典"改编或革命历史题材的文艺创作。主要是对"十七年"间的某些作品进行重述和切合时代意识的改写,改编者的诉求大多着眼于商业目标,以"借用"作为吸引眼球的广告策略,从而获得可赢利的市场份额。实际上,"红色经典"再生产主要是被当作文化资源和文化资本开发的,这些作品多为消费主义语境中大众文化的商业化运作,是流行的大众文化和主流意识形态"合谋"与抗争的产物。进入新世纪,"红色经典"开始成为影视生产与消费的一个类型,其内涵逐渐明晰,按照国家广电总局的界定,"红色经典"指"曾在全国引起较大反响的革命历史题材的文学名著",其所指不限于单纯的改编,而泛指以革命历史题材为主的文艺创作,既包括对"十七年"作品的改编,也包括新的革命史题材的文艺创作。

对"红色经典"的改编热,显然不能从单纯的学理角度分析,其出场伊始就与文化产业的创意、市场运作、产品营销策略相关,遵循的是商业逻辑。在新的历史语境下,它首先是大众文化的一个类型产品,继而在融入各方力量特别是主流意识形态的强烈关注后,开始变得复杂而具有多重意味,其中有着不可忽略的新崛起"大众"(新中产阶级)的微观政治学诉求。改编中由"红色"到"杂色"的流行体现了大众文化对主流文化的侵蚀和渗透,一种新崛起的文化力量的生成和话语权的争夺,因此出现价值冲突不足为奇。[1]在遭遇现实"抗争"(大众的颠覆性阅读)、"规训"(主流意识形态的教化)后"红色经典"的改编逐渐开始矫正方向,不断调整姿态后获得各方力量认可,开始与主旋律作品相互交融,并与原初的意味有了较大差异。从生成性来说,这既是主流意识形态在自我调适中对旧有资源的开发,商业娱乐文化对"红色"资源的借用、挪用,也是主流文化与大众文化在消费语境下相互趋近的一个表征。当下,主旋律产品在艺术元素和运作模式上向大众文化趋近,在技巧和商业"卖点"上迎合消费者的快感,在市场营销上和大众文化彼此呼应,无可否认这种"娱乐化"倾向俘获了一部分大众重新回到影院,重新坐到银幕前,但这种"政治娱乐化和偶像政治化的策略"[2]凸显娱乐化同时,带来的是政治教化功能的弱化,在文本的编码解码中,主流叙事的权威和革命神圣性及其价值认同有可能在消费中被消解或置换,使原本聚焦的价值观被散点化,一度助长了大众文化"娱乐至死"的蔓延。

---

[1] 范玉刚:《欲望修辞与文化守夜》,中国文联出版社2008年版,第160-170页。
[2] 倪震:《大众文化心理的满足和扩展——中国主流商业片的回顾》,《当代电影》2010年第2期。

不可否认"红色经典"作为被消费的对象，其改编背后有着非文学权力的博弈，并契合了"文化研究"思潮中政治向度的凸显。"在这样一个时代，对于政治向度的强调，恐怕多数是出于不同方面的动机或指向：或维护传统政治利益，或反对权力政治，或抨击世俗化堕落，等等。显然，文学与现实的关系，主要不是抽象言说的理论，而是实在、具体的利益维系着的复杂政治立场的表达。"[1]在转型期的文化发展中既可以看到威廉斯分析的主导文化、剩余文化、创生文化之间的流变，也可以洞察到布迪厄所谓的文化权力之间的博弈。在社会结构中经济资本、文化资本和社会资本并非同构性关系，拥有经济资本意味着控制了生产的经济方式，但不意味着对品味的意义，也就是说对何谓文化拥有发言权。相反，拥有文化资本并不必然暗含对经济资本的意义，也未必拥有重要关系网成员的资格。各阶级拥有的权力不是固定的，而是流动的。因文化资本比经济资本享有更高的声望，所以经济上占主导地位的阶级会千方百计地获取文化资本。所以拥有经济合法性的新中产阶级必然想在文化上获得话语权，在"红色经典"改编上与主流意识形态"合谋"，就是一条最有效最安全的路径。因而，"红色经典"改编中的一系列冲突、困惑，就不单纯是文化事件，而是不同利益阶层的权力博弈。

文化研究思潮中凸显的政治，是广义的政治，它不是指政权机构及其政策，更不是指权力的压抑，而是对权力极端化的反思、批判，和对公民权利的合理诉求及其现实关怀，它遍及公民的社会生活。犹如伊格尔顿的理解，政治是指"把社会生活整个组织起来的方式，以及这种方式所包含的权力关系"。[2]作为一种文化现象，"红色经典"改

---

[1] 吴俊：《以政治为核心：现实与文学的关系》，《当代作家评论》2010年第3期。
[2] ［英］特里·伊格尔顿：《当代西方文学理论》，王逢振译，中国社会科学出版社1988年版，第281页。

编充满了各种权力的交织,已成为一个权力场,这注定任何单一视角的阐释都是不全面的,对它的否定和赞扬都是不完全的,不论是"阵地战"还是"游击战",都有其有效性界域和时段。法国哲学家福柯曾经指出,如果把话语看作一种知识的权力,那么"权力无所不在,这不是因为它有着把一切都整合到自己万能的统一体之中的特权,而是因为它在每一时刻,在一切地点,或者在不同地点的相互关系之中都会生产出来。权力到处都有,这不是说它囊括一切,而是指它来自各处"。[1]事实上,现实中各种权力的交织,决定了文化发展中包容、对话、互动应是一种常态,既要推动大众文化、各种亚文化的发展,也要给"红色经典"再生产一定的文化空间,使之辐射和涵盖更多的消费群体。

走过初始阶段的"红色经典"再生产已转化为大众文化与主流文化的相互融合和切近,进而成为以弘扬主旋律为主的一种主流文化产品,尽管它依旧坚持市场化运作,依旧应用大众文化的配方和程式及其营销策略,同样注重市场效益,但其价值意味和主导力量已有所改变。作为对中国革命史的"正说",它以文学的叙事和想象书写了共产党的伟大。再生产已不限于"改编",多为一种新的创作,通过弘扬理想和信仰重新焕发对大众的精神感召力,在赓续革命传统的正当性中融入社会核心价值观,为主流意识形态的创新进行话语生产和话语权的竞争,从而担当了主流意识形态对公民的询唤功能,成为新的历史语境下重构文化领导权的一条有效路径。对此,必须用历史的眼光,既要审视它当初复杂的文化境遇,也要有效解读它当下的文化担当,在回顾中把握其意味的转变。

---

1 [法]米歇尔·福柯:《认知的意志》,《性经验史》第一卷,佘碧平译,上海人民出版社2000年版,第67页。

二、"红色经典"对主流意识形态询唤的担当

阿尔杜塞认为,"人本质上是一种意识形态的生物",[1]此表述把人与意识形态之间的关系提到前所未有的高度。而人恰恰是意识形态的载体。一方面,没有作为主体行动着的个人对意识形态的认同和践行,就不可能有意识形态存在,即使存在也落不到实处;另一方面,个人不可能以超越意识形态的方式来生活,个人只有隶属于、居留于意识形态之中,才可能作为主体来言说和行动,并为他人所理解和认可。意识形态通过对个体的"质询"和"召唤"使他归属于某文化共同体。而作为国家主流意识形态,则通过询唤使个体对意识形态工具运作形成的种种"幻象"产生认同感,经由否定性介入使某种意识形态"幻象"建构为主体自身的"幻象",想当然地将"幻象"当作自己的欲望目标,并为这个目标所吸引,在个人的主体意识中自觉产生认同,从而放弃主体自身,这样由意识形态建构的"幻象"自然而然地成为社会个体普遍的思想意识,最终作为一种集体无意识为全社会所接受。作为个体的人不仅难以觉察出这种无形的"意识形态之网",反而会将真实的现实经验当作生活"表象",告诫自己要看清"日常生活表象",不断强化意识形态对自己的询唤,要始终与意识形态规训自己的"幻象"保持一致,久之自然会形成心理认同和心理定势。

在文化思潮的激荡中,经典重构和"红色经典"的改编是主流意识形态对公民询唤的方式之一。"改编"固然拓展了文化空间和市场影响力,但起初因蕴含其中的历史意识和政治意识较弱、内涵单薄,没能突破原有的社会、政治结构以及文化心理结构,也就是说未能在新的历史情境中真正俘获人心。作为文化市场的一种分类产品可能经济上成功了,但随着对这类产品的消费,主流意识形态对公民的询唤却

---

[1] L.Althusser, Essays on Ideology, London: Verso, 1976, p.45.

落空，使其教化功能陷入尴尬和不适的状态。本应在政治维度上形成新的历史聚焦，但诸多改编存在价值观混乱、价值取向不明晰，而对"革命合法性"缺乏有效阐释。"革命"不是一个名词、口号，必须有理想和价值引导才能形成感召力，但当下出场的"革命"所指往往不明，而成为虚无缥缈的能指滑落。如何把握革命史的复杂内涵，对当下的文艺生产仍是难题，需要大智慧和大突破，而不是在低层次上踏步和重复。革命的合法性不纯然是批判和破坏，更不是"一揽子改天换地"的空想，还有传承和建构，在对历史的反思中，要回归文化母土，不断纠偏、修正其局限性，把对革命史的文学叙述置入复杂的文化情境中，不再是自说自话的喃喃自语，而是在开放体系中拓展自身的思想资源和认同基础，并从各种话语中汲取力量巩固执政基础。

文学与政治之间的关系不可能严丝合缝地契入到现实生活，文学也不是传声筒和政策或政治主张图解的工具，而如水中盐是融合的、分散的，又是整体的，它以总体性方式观照社会生活，杂糅了各种力量和多种诉求，从而具有广泛的受众基础，这应是"红色经典"改编的方向，也是"红色经典"葆有生命力的基础和前提。"红色经典"要想成为有市场影响力的主流文化产品，除了通过讲好"红色"故事在主流意识形态的教化与市场效益之间保持适度的张力，最关键的是要反思和深刻解读"故事"中内蕴的"知识结构"，这种"知识结构"作为制约文本的潜结构决定着文本深层的价值取向：是开放的、现代性价值取向还是封闭僵化的一体性话语指向？说到底，"红色经典"仍然是文学作品，仍要关注现代文学观念和叙事方式及其技巧，它的"红色"是指特定的题材和审美意味，但作为中国现代化进程中的文化产品，不能有悖于现代性的价值取向，而自我指涉趋向保守、封闭和压抑。因此，"红色经典"再生产就要打开特定历史语境下尘封的"知识结构"，经由生产者和消费者在新的历史语境下重新建构，赋予其现代性内涵，在不同的文化权力博弈中建构一个包容性的文化空间，这样才能融合更多利益群体的诉求，也才能在现代性视野中拓展主流意识形态的认同基础，在编码／解码的文化域中担当对公民的询唤功能。

在新的历史语境下，主流意识形态的自我调适需要一套符合时代的话语体系，新话语体系的建构自然无法割断与"革命话语"的联系，也不能抛弃这份承载自身历史的文化遗产，而是在与多元文化对话互动中进行话语转换。"红色经典"在当代文化生产机制中有一个筛选和再生产的过程，走过当初的"戏说"、"大话"和"桃色"事件，还要脱出文化工业打造文化快餐的新材料"窘境"，需要在艺术自律和"政治向度"上凸显自身的质地和价值诉求。当下，文学、思想、政治、历史各种因素相互交织，盘根错节，文化越来越呈现马赛克、碎片化特征，"红色经典"中交织着各种权力，它的影响力既离不开强势的主流意识形态，又借助了市场的力量，其中涌现出一些思想深刻性的作品，在规训中为国家主流话语生产提供资源，成为主流文化生产与消费的一个类型。在此境遇中如何实现主流文化与大众文化之间的缝合，以娱乐和教化的同构性来获得自身的合法性地位？大众文化不排斥类型化生产和程式配方，但不是拙劣的重复和跟风，而是越来越精致和细腻，越来越切近大众的心理欲求。从现实来看，中央文件多次强调注重文化产品的社会效益，加强对文化生产的引导绝非空洞之语，而是有着强烈的现实针对性。类型化是大众文化发展的一个方向，但要深化内涵和提升文化含量，而不是将各种元素"混搭"以赚取消费者的眼球。过多过滥的"改编"和题材开发使"红色经典"成了无所不装的"筐"，无边无沿，既浪费了有限的"红色"资源，也使主流意识形态的教化沦空。实践表明主流意识形态的规训要借助主流文化的引导,"红色经典"的再生产要体现主流文化的影响力。如电视剧《解放》全方位诠释了人民解放战争的丰厚历史内涵,不仅展示了人民领袖和将帅的风采,还以文学方式论证了中国共产党执政的合法性。《解放大西南》以主旋律的基调和大写意手法,深刻地诠释了"历史抛弃国民党、人民选择共产党"这一历史趋势。这对弘扬中国共产党的革命精神、巩固执政合法性、促进社会主义核心价值体系建设具有重要意义。《五星红旗迎风飘扬》以文学的笔墨书写了新中国的崛起,展示了新中国人民群众的精神风貌,反映党在新中国成立头20年的执政建树,是共产党领导人民创建共和国的形象展示。《东方》则以史诗般的艺术再现了以毛泽东同志为核心的第一代党和国家领导人为国家、为人民日理万机、运筹帷幄、激浊扬清、呕心沥血的伟人风采,描摹出新中国朝气蓬勃、日出东方的历史胜景。这些作品都突破了原有的创作模式和人物塑造的羁绊,在一种大视野的中华民族复兴的制高点上来诠释红色历史,从而彰显出一种文化的创新力和大气魄。

"红色经典"再生产是对理想信仰的高扬,是对英雄主义、集体主义和爱国精神的弘扬,虽然文学分化、市场化的现实使得非文学的力量侵蚀着文学的发展,文学的现代性不断遭受质疑,空洞华丽的文化景观遮蔽了文学的色彩,一些操着"后"式武器的先锋批评家在为"青春文学"的架空式写作,和打着"日常生活审美化"旗号的中产阶级张目,迷失于大众文化新的"神话"膜拜中,不断颠覆文学理想,叫嚣"终结"文学的现代性。结果导致价值观的混乱和价值诉求的模糊,文化的教化和提升功能日益弱化。文化不仅体现一个民族或国家的整体能力,更要有一种弥合与平衡力——兼顾理想性与现实性,为当下找到最佳平衡点。同时要关注文化理想的相对性、阶段性与方位性,并随着时代的发展不断作自我调适,既要防止出现历史的断裂,又要谨防现实的错位。在意识形态创新中，对公民的教化不仅在于对共产党执政合法性的认同，更要在"以人为本"的诉求中指向民族复兴，不仅要有全人类共同价值诉求，还要有一种大国心态和大党情怀。

三、在新文学史中解读"红色经典"再生产

回望文学史，新文学以张扬个性解放的"人的文学"的面目出场，承载了"五四"的启蒙精神。对"五四"启蒙精神学界有一个基本共识：是一个整体性的解放规划，包括个体的解放和社会的解放，当然也包括政治、经济、文化各方面的解放。这种解放的核心是自由和民主，是从专制主义和极权主义中解脱出来。[1] 作为这种精神"另类"显现的"红色经典"及其再生产，其价值重心落在民族解放和文化理想及其信仰的弘扬上。

原初意义上被改编的"红色经典"作品，主要是十七年文学的一部分。"十七年文学"是特定历史时期对革命史和共和国想象的文学书写，是对中国独特现代性的文学诉求。"十七年文学"尽管有着种种不足，存在着简单化、程式化、大话语的一体化的弊端，但它的出场有着时代的机缘，以再现革命历史（如梁斌的《红旗谱》、曲波的《林海雪原》、杨沫的《青春之歌》、欧阳山的《三家巷》等）、讴歌革命建设（艾芜的《百炼成钢》、杜鹏程的《在和平的日子里》、柳青的《创业史》、赵树理的《三里湾》等）、反思历史社会问题（如吴晗的《海瑞罢官》、老舍的《茶馆》等）等担当了时代的文学使命，它以文学的方式参与了中国现代性的建构。这些作品以饱含激情的革命话语和人民话语，以文学力量可能的外向度指向，以能指的夸张和所指的内在膨胀，完成了对革命事业的规划和新生共和国的想像；同时作为一种文

---

[1] 陶东风：《新文学"终结"了吗》，《花城》2007年第1期。

学话语，又担当了对共和国"新人"的人生启悟，及其新时代的意识形态教化，有力地配合了新中国初期历史进程中的"思想期待"，在当时多种力量的交织和冲突中，它以超越自身力量的担当给人以心灵的震撼和情感的呼唤，而发出了革命建设中的主流声音。作为特定时期的产物，它聚焦了特定的历史观念、时代精神、审美风尚以及个人经验和记忆，塑造了朱老忠、杨子荣、江姐、林道静、洪长青、刘胡兰、董存瑞、王成、雷锋等革命英雄群像，对这些作品的评价不能脱离其生成的语境，说到底，是特定历史时期革命话语的一体化特征造就了它的"神圣化"模式。

在新文学史中解读"红色经典"，可以看出"人民"是这些作品的主导词。"人民"作为文学中的"新人"，与毛泽东的《在延安文艺座谈会上的讲话》（以下称《讲话》）所发挥的文化规训密不可分，从而有别于五四新文化运动——启蒙现代性视野中的个体的"人"。"人民"作为革命史叙述的主体——人民大众，主要偏于民族解放，虽在特定历史时期可以与承载思想启蒙的个体的人相吻合，如在"救亡"思潮成为时代强音时。但在多数时期特别是和平建设年代，二者分属不同的价值向度因而不能相互遮蔽或替代，这是横亘在新文学史上一个比较难处理的问题。无论是革命文学对"大众"的号召，还是《讲话》对"人民"的凸显，都体现了中国共产党对文艺教化功能的重视。作为党的早期领导人瞿秋白非常注重"大众"的力量，他倡导革命知识分子沉入底层，融入民众，自下而上地夺取文化领导权，"现在的主要工作，因此应当是创造普洛的大众文艺，——应当向那些反动的大众文艺宣战。"[1] 通过普罗文学的大众化，向旧的通俗文艺争夺人民大众，

---

[1] 瞿秋白：《普洛大众文艺的现实问题》，《瞿秋白文集》文学编第1卷，人民文学出版社1985年版，第464页。

争夺文化领导权就有了具体内容。瞿秋白甚至设想在向民众学习的过程中，要组织文学青年——工人青年去熟悉进而争夺街头文艺的阵地。

在抗战期间，中国共产党向文化界发出号召，提出文章下乡、文章入伍，知识分子参与到抗战的文化运动中，以文学的方式创造了一种全新的"人民"形象。这种思潮影响到毛泽东的文艺观——"人民"作为历史的现实的文学主体的确立，昭示了一种新的"人民性"得以可能张扬的新空间。在《讲话》精神影响下，解放区的文艺在"规训"后逐渐融入建立新中国、创造新历史的崇高感中，在一个更加宏阔和富有历史感的视野中，使文艺以一种特殊的方式参与了新历史的建构，成为革命事业中的一个积极组成部分，作家、艺术家以文艺的方式展开了"理想中国"的想象性书写。在毛泽东的视野中，人民是一个阶级概念，一个正面的概念，它有着信仰的精神维度，是革命文学价值担当的主体。毛泽东强调文艺是为人民大众的，首先是为工农兵的。"革命的文艺，应当根据实际生活创造出各种各样的人物来，帮助群众推动历史的前进。"[1] 早在1944年12月16日《解放日报》上发表的《一九四五年的任务》中，他反复强调"我们一切工作干部，不论职位高低，都是人民的勤务员，我们所做的一切，都是为人民服务。"及至建国后对新中国的想象和设计，一种脱胎换骨的"新人"自然成为共和国领袖对文艺的期望。在新中国的文化设计中，"人民"成为社会主义文化的"信仰"，"人民"获得了前所未有的崇高地位。"人民，只有人民，才是创造世界历史的动力。""对于人民，这个人类世界历史的创造者，为什么不应该歌颂呢？"[2] 这种文化理念以文艺政策、文艺制度的方式固定下来，以制度化确立了人民文学的主导和权威地位——它

---

1 《毛泽东选集》第三卷，人民出版社1991年版，第859页。
2 《毛泽东选集》第三卷，人民出版社1991年版，第869页。

的确立与其说是文学的不如说是意识形态建构的需要,旨在掌握文化领导权。

从新文学史来看,人民文学的出场应是人的文学的发展和进步,是对人的文学的一种积极扬弃而非完全否定和拒斥。"人民"概念及其主体地位的确立与中国革命史进程相一致,人民文学的光大催生了"红色经典",作为革命史进程的艺术反映,它的起点应早于《讲话》的发表,这体现在赵树理的一些文学创作。[1]日本学者竹内好指出:"我认为,把现代文学的完成和人民文学机械地对立起来,承认二者的绝对隔阂;同把人民文学与现代文学机械地结合起来,认为后者是前者单纯的延长,这两种观点都是错误的。因为现代文学和人民文学之间有一种媒介关系。"[2]这种"媒介关系"说明现代文学内部的复杂性,或者表征了文学发展的某种转型,在"超越者"与"被超越者"之间,主要表现为一种相互矛盾又相互影响、互为表里的张力关系,这种复杂性也成为文学史书写中的一个难点。因为囿于特定时代战争的峻急和紧迫,当时文学并没有提供丰富的生动感人的感性主体形象,未能在审美自主性的向度上完成文学的诉求,作为未竟的事业它在"十七年文学"中以尽可能的思想高度得到了发扬。

新世纪以来,随着社会主义市场经济的不断完善,大众文化的流行,新富阶层的崛起,曾经所指清晰的"人民"的内涵开始变得模糊,走向前台的是个性张扬的"个体"——所谓的"成功人士",文学中

---

1 《讲话》发表前,赵树理就发表了一些具有"人民性"的作品,他自诩他的"地摊文学"不同于知识分子的"文坛文学",在当时也没有引起文艺界领导人的重视。甚至他的《李有才板话》还是在彭德怀一再关注下出版发行的。在各解放区贯彻《讲话》精神后,才逐渐确立了赵树理在解放区的文学地位。

2 [日]竹内好:《新颖的赵树理文学》,转引自黄修己编《中国现代作家作品研究资料丛书·赵树理研究资料》,北岳文艺出版社1985年版,第488页。

出现的是旖旎的城市空间、跨国场景、香车美人豪宅等景观，甚至在消费主义语境中出现了"红色经典"改编热，消费而不是生产作为新中产阶级寻求自我认同的一种主要方式，经由消费开始生产一种与其经济合法性相吻合的新的意识形态，其中就包括对"红色经典"的消费，其以"粉色化"的策略消解了其中的"人民"概念，代之以"个人"的隆重出场，甚至以个人的生理欲望、情感、观念来改写"人民"的崇高性和整体性内涵，直接回应了崛起的新富阶层——新中产阶级——大众文化是这一阶级的欲望修辞和文化守夜人。拥有经济合法性的新阶级试图以巨型想象和欲望修辞来获得文化合法性，它通过对"人民"概念的消解和嘲弄，使"个人"获得一种至上性。如果说"人民文学"因凸显人民性曾忽略个体性，而当下在欲望基础上凸显的"个人"同样是对人的本性的扭曲和片面化，是对人的应当的维度的消解。伴随后现代对崇高理想的消解，流行的是欲望张扬和娱乐化，在正义、美、善的维度上偏离了"人民"的初衷，这种现象凸显了文化的多元化、发散化和无序化，显现了各种权力之间的复杂纠结。

从"红色经典"再生产实践看，与"红色经典"的原初内涵和价值取向并非一致。原初作品中的"人民"至高无上，其内涵是明确的；而在某些"红色经典"再生产中，"人民"是弱化的，内涵是模糊的，凸显的是一种"粉色"意味，结合语境可以看出"人民"成为"新大众"（新中产阶级）俯视的对象，视点的移易表征着权力的变更和价值观的差异。这种差异既表征着主流意识形态的宽容，彰显出历史的进步性，也显现了主流文化与大众文化之间价值的抵牾，甚至某些领域文化领导权的动摇。但在裂隙中涌现出一种新的文化意识——公共空间中公民意识的建构，这契合了当下多元化的文化自主表达。从理想的角度看，被囊括进主流话语中的文学在价值取向上应是"人民"和"人"的统一，二者统一的新基点就是公民意识的建构，这恰好对应了执政党提出的"以人为本"的科学发展观思想，"以人为本"体现了抽象和具体的统一，它既包含了普遍抽象的人性尺度，又指涉了具体的人，二者统一或落实于对"民生"问题的关注和公民权利的实践。"红色经典"再生产的语境转换显示出内涵和价值观变化的踪迹，惟有把"红色经典"置于文化现代化视野中，才能深刻理解它在话语层面、文学形象建构层面对中国现代性想象的积极意义。"红色经典"再生产虽"借势"意识形态和市场经济及其新崛起阶层的力量，但并非简单的依附或注解，而是在发展中展示出积极价值。其对"人民性"维度的凸显不是简单地来自意识形态的指令，而是民众强大意愿的自动转换和创作者发自内心的对时代拥抱，是激情时代、民众生活经验与权力话语相互交织生成的文化空间；在一体化体制松动后对"个体"维度的高扬，也非对市场经济逻辑的简单切近，而是对个性张扬和新生阶层力量的价值守护，有着后现代境遇中建构的维度，是大众日常生活经验、多元文化诉求及文化权力交织的公共空间的建构。无论对"人民"的高扬还是"个人"的倚重，"红色经典"再生产都没有简单到宣传状态，而有着多方面的功能和多维价值，其生产遵循着一定的美学原则和艺术真实，展示出理想、信仰的价值和对新世界的憧憬，应被视为一种独特的文艺现象和美学现象。

"红色经典"作为新文学史的一部分，虽偏于"红色"而非"经典"，红色体现在革命历史题材上，从文学内涵和创新性来看，尚不足以成为文学"经典"，但仍具有一种书写历史的现代"诗史"结构。如黑格尔所言："它是一件与民族和一个时代的本身的完整的世界密切相关的意义深远的事迹。所以一种民族精神的全部世界和客观存在，经过由它本身所对象化成为具体形象，即实际发生的事迹，就形成了正式史诗的内容和形式。"[1]"红色经典"展示了对国家的想象和公民的询唤，体现了作家对社会发展前景的召唤，承担着以文学想象和叙事方式的"具体的事实来显示"这一"完整的世界"的功能。虽然在审美自主性上对文学性有所偏离，但在文学的价值取向上仍指涉现代性。有学者认为："红色经典无疑是中国向现代民族国家转型过程中的重要文化遗产和符号资本。国家机器自然会努力把这部分符号资本纳入民族国家的新文化传统，并予以博物馆化。"[2]我们的看法恰是将之纳入到新的文化历史结构作为主流意识形态的思想资源，而不是将之"博物馆化"仅仅作为过去了的"历史或学术资源"，才能真正增强文化认同和发挥教化功能。

就是说，"红色经典"再生产既关乎大众文化生产逻辑的世俗化和去魅化，也显现了主流意识形态在自我调适中对曾经具有感召力的文化资源的再开发，但这种"经典化"的努力既不应该过于迎合市场，也不应简单地回到尘封的历史，而是在一种开放结构中实现精神的再聚焦，这需要增加它的艺术审美含量、文化价值含量和历史的厚重感，而不是"注水"和消解崇高，这应是"红色经典"再生产的方向。事实上，随着一系列历史节点的到来，如建国60周年、建党90周年、迎接党的十八大的召开等，"红色经典"再生产在艺术向度和市场维度上都有很大的提升，它以明快的基调、正面形象、积极向上的意蕴震撼着当下身心疲惫、精神空虚、无聊的大众，而超越了原初单纯的

---

[1] ［德］黑格尔：《美学》（第三卷下册），朱光潜译，商务印书馆1979年版，第107页。
[2] 刘康：《在全球化时代"再造红色经典"》，《中国比较文学》2003年第1期。

"政治正确性"的"保护措施",[1]就文化影响力和辐射的消费群体而言,已成为文化市场上强有力的艺术品牌。

四、"红色经典"再生产能走多远?

在大众文化时代,文学想象力普遍匮乏,细节刻画的功夫弱化,作品中引人向上的精神力量和激发情感的意志力不断萎缩。文化生产普遍存在粗糙、肤浅、过滥、题材重复、跟风、缺乏精品和有序性,忘却了文化产品本有的提升和引导功能。说到底是被急功近利的市场牵着鼻子走,缺乏对文化的耐心和敬畏感,缺乏文学理想和审美表达,必然遭致消费者的反感和抛弃,恶性竞争和倒胃口的跟风愈加败坏好不容易培育起来的市场,思想的僵化、空洞、浮躁和无聊之风蔓延。

昔日激情的"红色"题材是执政党的文化资源,是论证革命合法性、凝聚人心、增强感召力的思想资源之一,那种献身理想和信仰的革命精神和英雄主义情怀,仍是打动今天观众的质点。作为相当长时期内要讲述的文学故事,它的叙述总要自觉不自觉地参照革命尺度为自己定位,而革命也需要借助文学力量来塑造、表述自己的形象。革命话语和文学话语之间的互动、文艺与政治之间的关系成为评价"红色经典"再生产的一个重要尺度。随着语境的转换,一些文化空间、文学裂隙的生成,一些新的力量进入,就会形成新的权力场,各种力量粉墨登场相互竞争博弈。从革命话语中的红色经典到大众文化语境中的"红色经典"再生产,可以洞察出不同利益群体文化权力的运作轨迹。

"红色经典"的吸引力是其中的文化底蕴——革命文化传统,今天

---

[1] 陈冲:《恶搞与红色经典》,《文学自由谈》2006 年第 4 期。

回望这个传统不是回到一体化的革命话语时代，而是对这份文化遗产进行分析，将内蕴"革命"中的政治内涵和文化内涵进行适当剥离，并在今天的文化心理结构中进行补充、丰富，为当下"缺钙"的时代提供思想力量，为富有时代精神的主流核心价值的建构提供资源，其思想指向不是回味而是前倾，并脱出极端性的肯定/否定的简单化思路，更不是搭建空中楼阁，而是对"左翼文学"传统、革命文化传统富有时代精神的传承，对"暴力革命"话语重新认知和改写。"革命"话语应从文学中保持自己适当的位置，对"红色经典"来说，革命的合法性和人民在观念上的期许与"革命"本身的现代性认识有关，革命的追求与反思必须放在现代性框架中才有合理定位。当下，精神家园的重构和民族精神的弘扬，离不开对理想信仰的高扬。"红色经典"再生产的得失表明，文化产品的生命力离不开创造和创新，对影视剧而言，编剧是第一生产力的理念亟待加强，内容产品是文化创意产业的上游和核心，是产业链中最具创意和文化含量的部分，文化产品的现实内涵、人文关怀、美学品格都取决于编剧的创意和创造。

如何把昔日"封闭式"的情节结构及合理性内核置入开放式文化结构中？这对"红色经典"再生产是一个挑战，就是尊重革命理想和激情同时，在回归常识、常情、常理中融入更多的人文情怀，及对理想和信仰的执著追求，但不是琐碎的无聊和乏味的情欲。面对消费时代感官欲望的凸显，青春写作的吸引眼球和"偶像派作家"的恣意妄为，"红色经典"的再生产不仅要张扬理想信仰的当代价值，还要追求有深度的意义生产。"意义的深度"是衡量作品高下的一个尺度，也是有可能成为"经典"的价值基础。"深度"意味着一种生产性的意义，它全然不同于意义消费，或只具有消费性意义，尤其在平面化价值观流行、精神矮化、俗化的"缺钙"时代,"红色经典"要以文学的力量为大众的精神消费注入阳刚因素,使大众在精神蕴含和精神力量上能有新的拓展与成长。在文学被"去魅"的边缘化当下,"红色经典"再生产无疑为文坛注入一支强心剂,一定意义上承接了点燃"国民精神的火光"的使命,它应将重心转向强健国民精神、教化公民意识和宣扬大国心态和大党胸怀上。"红色经典"在中国现代化进程中的巨大作用,成为其当下再度出场的合理性,随着一系列历史节点的凸显,它还有很大的提升空间和市场潜力,如何把它锻造成主流意识形态进行公民教化的强有力"武器",使之成为文化市场上"永不消逝的电波",在当下"文化研究"凸显政治维度的语境下更需要一种创新意识和开阔的胸襟,更需要对历史、政治、文学有深刻的理解,既要尊重历史真实和生活真实,也要遵循艺术真实的美学原则,在生产导向上要有一种大文化观和大国心态,在文化理想的感召下,使社会、民间与国家力量形成互动和包容,重塑一种伟大民族复兴的整合性力量。

讲好一个故事,不仅在于"讲什么",更取决于"如何讲",即讲故事的方式以及精神核心和价值导向是否切合时代需求。"红色经典"再生产作为分类市场的主要类型之一,只有把故事讲出彩才会长期存在。如何在既有模式基础上寻找新的命题和时代契合点,用新的人文价值在融入生活中引导和推动剧情发展。既要尊重历史,又要关怀现实;既要赢得人心又要担负教化功能,就要努力走出"乱局",走出短视和粗糙,走出消费者审美疲劳的困境。当下,一些受到普遍好评的"红色"题材作品如《亮剑》、《历史的天空》、《激情燃烧的岁月》、《集结号》等,通过现实行为与精神内在之间的多重悖论性修正了过去对英雄人物的"单纯"理解,而以人物的复杂性、多面性及对历史"真实性"的有意凸显激发了受众的消费热情,拓展了"红色经典"的美学内涵和文化意味。《东方》、《五星红旗迎风飘扬》等"史诗般"作品,在还原历史真实的情景下,更以艺术真实展示了主人公的人格魅力,从而唤起观众信仰的激情和使命的崇高感,在剧情跌宕起伏的推动中实现了主流意识形态对公民的询唤。

在全球化语境下,这种"询唤"要想获得更多的文化资源和思想支援,就不能在思想上封闭自己,要在多元化的合力中凸显对全人类共同价值的诉求。想在多元文化的交流、对话和互动中建构与经济发展、政治稳定、社会和谐匹配的新型"文化领导权",就必须占据道德舆论的优势地位,要尽可能多地关注百姓民生,弘扬公平正义,实现公共服务均等化,提高公民的文化生活,通过对话、交往、协商,进一步扩大主流文化认同的基础,增强主流意识形态的感召力和辐射力,这是执政党建构文化领导权的基础。

昔日残酷、艰难、充满激情又不乏理想情怀的革命史题材,仍是文学不断书写的对象,战争、人性、男人、女人、军人、爱情、生死、时间、空间这些都是文学性的要素,只是随着语境和视野的变化,人们会有新的期待,因此不是"炒冷饭"、"改编",或是停留在简单图解或既有思维框架内抑或过分凸显超越历史真实的传奇,这些都不是"红色经典"再生产的方向。尽管有《激情燃烧的岁月》、《历史的天空》和《亮剑》等不错的作品,但很难称优秀,更难称伟大。因为这几部作品的基调仍然是《青年近卫军》式的、《红日》式的,最多是苏联作品《夏伯阳》式的。它们虽然各有特点,但都未能超越歌颂这单一的维度,读者从中看不到战争的复杂性、多维性和历史真相。……它们离伟大的作品还有相当大的距离。[1]"红色经典"再生产的深刻挖掘既要在纵向上展开历史、现在、未来三个向度的对话，也要在横向上拥有世界眼光和现实关怀，如同苏联时期某些伟大作家创作出的不朽的关于苏联红军和卫国战争题材的作品，不论是肖洛霍夫的《静静的顿河》、《一个人的遭遇》，还是邦达列夫的《最后的炮轰》、巴克拉诺夫的《一寸土》、西蒙诺夫的《生者与死者》以及瓦西里耶夫的《这里的黎明静悄悄》，都给全世界的人以艺术的震惊和心灵的震撼，成为无愧于伟大民族和历史的文学。作为特定思想类型的文学生产，"红色经典"既要有时代的强音和历史的正义性、革命的合理性描写，也要写出战争状态下人物的真实体验和复杂的心理感受，以及对战争的反思和人性的思考（扭曲、摧残与呵护和弘扬），而不是以所谓的"个人性"特征作点缀以演绎人物的"复杂"。就是说，既要把握好历史理性与人文关怀之间的张力，更要注重文艺的审美表达，和作品的审美品质，尤其是作者以文学精神及其文学叙述和想象所能达到的审美升华。就题材而言，对战争的反思、人性的质疑和自我灵魂的拷问，其中的复杂和深刻无论是广度还是深度，都完全有可能构成文学"经典"的潜质和基础。具有力度和高度作品的生成和不断涌现，才无愧于火热的革命斗争，无愧于共产党的伟大，无愧于中华民族的伟大复兴。这样的作品才会在历史的沉浮和大浪淘沙中为民族留下"经典"，而不是现在依托各方力量吸引眼球的"红色"。"红色经典"再生产有其时代价值和历史价值，它不单是文化产业价值链中的上游产品——有教化意味的内容产品，是商家在文化市场上逐利的类型产品，作为一种文艺类型，它对深化文艺学研究，推动文艺学范式转型具有重要意义，对丰

---

[1] 童庆炳：《寻找文学理想的灯火》，《文艺报》2010年10月15日。

富文艺学的知识结构、文学类型研究及领会文学与政治的关系都有积极价值。

(发表于《人文杂志》2012第4期,第95-103页)

新时代"红色经典"的创作及使命

党的十九大报告作出了中国特色社会主义发展进入新时代的重大判断，新时代并非简单的历史判断及时代变迁，而是政治判断和价值判断，它指向"强起来"的历史新纪元的肇端。在中国走近世界舞台中央的新时代"强起来"的诉求中，一定离不开文艺的繁荣兴盛和"软实力"的强力支撑。"软实力"对于一个国家和民族而言，一定是体现国家主流价值导向的精神力量，正是这种主导性的精神力量（意识形态的凝聚力）决定着文化的强盛。迈入风起云涌的新时代，在各种文化思潮的相互激荡中，如何确保中国特色社会主义文化的前进方向和发展道路？最根本的是要促进社会主义文艺繁荣兴盛，社会主义文艺精品不断涌现，当代文艺在攀登艺术高峰中不断经典化，以此才能夯实中华文化自信的基础。"红色经典"及其再生产是一座文化的富矿，它浸染着革命文化的基调、高扬着理想信念的乐观主义精神，在讴歌时代英雄中询唤着社会主义核心价值观的教化指向，从而传达出时代的最强音。在后现代解构崇高、资本狂舞、技术狂欢的语境下，"红色经典"成为各种力量特别是资本围猎、发掘的对象，被视为可以带来无数商业利润的"IP"，由此滋生了一系列由"红色"变"粉色"的文艺乱象，某些"红色经典"再生产在臣服于资本力量中调侃英雄、消解精神、追逐感官娱乐化，有意识遮蔽"红色经典"原初的价值导向和精神的钙质，下坠为商业资本捞金的单纯"资源"。对此，有必要在多元文艺发展格局下，进一步彰显"红色经典"再生产的文化使命意识。

一、"红色经典"及其再生产的历史机缘

党的十九大报告指出，要坚持中国特色社会主义文化发展道路，激发全民族文化创新创造活力，建设社会主义文化强国。没有文化的繁荣兴盛，就没有中华民族的伟大复兴。党的十九大报告首次明晰了中国特色社会主义文化的内涵，即中国特色社会主义文化，源自于中华民族五千多年文明历史所孕育的中华优秀传统文化，熔铸于党领导人民在革命、建设、改革中创造的革命文化和社会主义先进文化，植根于中国特色社会主义伟大实践。就现实性而言，中国特色社会主义文化不是无中生有的"天外来客"，而是有其传统根脉和现实来源，它传承了中华民族矢志不渝的精神追求，高度契合于中国人民史诗般的奋斗实践，而凝结于坚守中华文化立场、立足当代中国现实的一种理想。这种理想追求在新时代指征着中国"强起来"的历史逻辑，意味着中国特色社会主义发展进入新的历史方位。中国文明型崛起诉诸的"强起来"的表征不仅是硬实力（经济、科技、军事）的坚实，更是"软实力"的吸引力和辐射力，即精神的强大、文化的自信、道德的感召（社会主义本身就是一种道德观），而显现于文化的繁荣兴盛。以此为新时代的肇端，意味着今天的中国正站在一个全新的起点上，表征着我们比任何时期都更接近、更有信心和能力实现中华民族伟大复兴的目标。文艺是时代的先声，文化兴国运兴，当代文艺的经典化是文化兴盛的表征，"红色经典"再生产是实现文艺经典化的途径之一。

"红色经典"作为 20 世纪中国文学史进程中一个类型，其生成和评价都离不开特定历史语境。"红色经典"的说法主要源自 20 世纪 90 年代中后期，是指那些引起广泛关注的经由革命文学"经典"改编，或者基于革命历史题材的文艺创作。市场经济条件下，"红色经典"再生产在文化产业视野下既指切合时代特征的改编及再创作，也包括 IP 授权基础上的衍生品开发等文化再生产。随着大众文化的流行，一些商业资本为了规避意识形态风险，在市场上赚取商业利润，纷纷把目光投向了为各方力量所瞩目的"红色文化资源"。经由大众文化配方和文化创意发掘，其文化生产如影视剧制作等主要借用或挪用 20 世纪五六十年代出版发行的革命历史题材作品，对其进行某种情趣的重述和切合时代意识的改写。事实上，原初的"红色经典"再生产是被当作文化资源和文化资本开发的，在此意义上，它不仅包括像《红色娘子军》《林海雪原》《烈火金刚》《红旗谱》《小兵张嘎》《东方红》《铁道游击队》《平原游击队》等作品的改编，还包括某些革命历史题材作品的当代创作，如《激情燃烧的岁月》《亮剑》《雪豹》《恰同学少年》等，其中很多再生产因尊重历史真实和艺术真实达到了经典化水准，也有些则为大众和社会所诟病，甚至遭到主流意识形态规训。究其出场机缘，"红色经典"再生产多为消费主义文化语境下大众文化的商业化运作，一定意义上是消费主义意识形态与主流意识形态有意与无意的"合谋"与"抗争"的产物。在社会转型期，"拥有经济合法性的新中产阶级必然想在文化上获得话语权，在'红色经典'改编上与主流意识形态'合谋'，就是一条最有效最安全的路径。因而，'红色经典'改编中的一系列冲突、困惑，就不单是文化事件，而是不同利益阶层的权力博弈"。[1]作为一种文化现象,"红色经典"再生产充满了各种权力的交织,已然形成一个权力场,这注定任何单一视角的阐释都是不完全的,对它的单纯肯定和否定都有其片面性,不论是"阵地战"还是"游击战"的策略,都有其有效性的界域和限度。经由各种力量博弈并走过初始阶段的"红色经典"再生产,已然在市场经济条件下旧貌换新颜。21世纪以来,"红色经典"成为影视产业中的一个类型,其内涵逐渐清晰,已成为以弘扬主旋律为主的一种主流文化产品。按照国家新闻出版广电总局的界定,"红色经典"是指"曾在全国引起较大反响的革命历史题材的文学名著",其所指不限于单纯的改编,而泛指以革命历史题材为主的文艺创作,既包括对"十七年"期间那一批政治倾向鲜明、社会影响巨大的长篇小说、舞台剧、电影的改编,也包括当下具有鲜明主旋律特征的革命历史题材的文艺生产。

在审美品位上,"红色经典"再生产既契合了新崛起的"大众"(新中产阶层)的审美品位诉求,也张扬了主流意识形态对大众教化的价值观形塑,是多元主体力量的合力之作。因其"红色精神"的底色,而有着对理想信仰的高扬,对英雄主义、集体主义和爱国主义精神的礼赞,凸显和弘扬了"人民性"的美学追求,故而"人民""祖国""社会主义"是这些作品的主导词,崇高是这些作品追求的美学风格,因此对其评判要放在社会主义文化事业中"人民的文艺"来定位。它不仅关联于"十七年"时期社会主义意识形态的纯化,对广大人民群众的思想教化,发挥着巩固文化领导权的功能;更是关乎当下多元文化格局中,如何牢牢掌握意识形态工作领导权和话语权问题。因其广泛的涵摄性和辐射范围的广阔,它已成为市场条件下高扬理想信念、增

---

[1] 范玉刚:《消费文化语境下的文艺学美学话语重构》,中国社会科学出版社2012年版,第170页。

强社会主流价值感召力的有效方式。"作为对中国革命史的'正说',它以文学的叙事和想象书写了共产党的伟大。再生产已不限于'改编',多是一种新的创作,通过弘扬理想和信仰重新焕发对大众的精神感召力,在赓续革命传统的正当性中融入社会主义核心价值观,为主流意识形态的创新进行话语生产和话语权的竞争,从而担当主流意识形态对公民的询唤功能,成为新的历史语境下重构文化领导权的一条有效路径。"[1] 对此,必须用历史的眼光,既要审视其出场的历史机缘及其复杂的文化境遇,在当下则更要正视其合法性的使命担当,把握其审美品位的流变。究其历史性叙述和价值指向而言,它既贯通于毛泽东同志开辟的当代文艺发展的"延安文艺道路",也深化了习近平总书记在一系列文艺问题讲话中倡导的中国特色社会主义文艺发展道路,进而有助于激发广大文艺家不断攀登文艺高峰,推动中国当代文艺经典化。就此而言,"红色经典"再生产的价值,不单是文化产业价值链的内容资源,更是具有时代特点的社会主流价值观有效传播和培育的主导方式,是市场经济条件下党的意识形态工作方式创新的一种有益探索。

二、"红色经典"再生产要坚持"人民性"价值导向

"人民性"是马克思主义文论的基本价值取向,是社会主义文艺的本质属性,社会主义文艺就是人民的文艺,"以人民为中心"是新时代文艺工作的指南。进入新时代,社会矛盾发生了变化,文化是人民美好生活需求的重要内容,引导人民对美好生活的期盼,需要中国特色社会主义文化的积极引领。就其社会性而言,以社会主流文化价值观

---

[1] 范玉刚:《消费文化语境下的文艺学美学话语重构》,中国社会科学出版社2012年版,第171页。

来凝聚人心、弥合社会转型期的某些裂痕、形成最广泛的社会共识，激发全民族共同奋斗的意志，在赓续优秀传统文化、传承红色基因、契合人类文明发展方向中实现文化创造，是当代中国共产党人和中国人民所担负的历史文化使命。文艺在中国特色社会主义文化发展中发挥着基础性作用。因此，习近平总书记一再强调，社会主义文艺是人民的文艺，必须坚持以人民为中心的创作导向，在深入生活、扎根人民中进行无愧于时代的文艺创造。作为血染的风采和理想信念的高扬，"红色经典"再生产一定要坚持以人民为中心的创作导向，要有利于增强社会的凝聚力，有利于鼓舞人民为中华民族伟大复兴的斗志，有利于在文艺精品追求中提升中华文化的国际话语权。昔日辉煌的"红色经典"是一座文艺再生产的富矿，其中蕴蓄了一系列的革命精神，如"红船精神"、井冈山精神、长征精神、延安精神、西柏坡精神、沂蒙精神、大别山精神、"两弹一星"精神，等等。这些革命精神的传承和展示需要熔铸到大众的日常生活中，成为当代现实文化的重要构成部分，这正是"红色经典"再生产的现实基础和发挥作用的场域，是革命文化熔铸于当代现实的重要依据，这种精神和理想信念的追求甚至成为中国特色社会主义文化的主基调，是社会主义文化的本质性力量展示。作为红色精神集中展示的"红色经典"有着鲜明的意识形态属性，其再生产是新时代我们党牢牢掌握意识形态领导权的文化工作方式之一，是建设具有强大凝聚力和引领力的社会主义意识形态，以及使全体人民在理想信念、价值理念、道德观念上紧紧团结在一起的现实支撑点。

"红色经典"感染力的基础之一是历史逻辑的充分显现，它在文学叙事中遵循了历史发展逻辑，生动诠释了"中国人民为何选择共产党"和"共产党何以救中国"的历史信念，其高扬的共产主义信仰既是共产党人的自觉追求，也是中国人民认同的一种历史逻辑的展开。因此，凸显历史维度、尊重历史真实是"红色经典"再生产遵循的基本原则。原本生成于特定历史语境的"红色经典"再生产，既要尊重历史逻辑真实，再现特定历史环境的残酷性、严肃性，在生存底线一再退守中奋起抗争和义无反顾，从而成就革命大义的合理性；也要立足现实条件，在时代精神中展示真实的人性，生动诠释革命党人并非不食人间烟火，恰恰是在火热激情中闪现出人性的光辉，在眷顾和留恋"小我"中来成就"大我"的徘徊、不舍，而又毅然决然地坚定执着，由此触及时代的精神巅峰，才能合理地阐释中国共产党人的现实选择，这才是真实的人性、人情和舍生取义，是在深沉中国精神的传承中成就真实的自我，这是"红色经典"的精神底蕴，在真实人性和人情的普遍生成和传达中实现党性和人民性的有机统一。为着最大多数民众的自由解放和幸福追求，这不仅是文艺的人民性彰显，也是中国共产党人"不忘初心"的矢志不渝，这在"红色经典"中实现了完美的艺术再现，这种大爱的情怀和历史担当经得起历史和人民检验。"红色经典"再生产不能背离这一基本价值取向，打着迎合市场的幌子，沉溺于所谓的"情色消费"，更不能玩弄戏谑"手撕鬼子""裤裆藏雷"这种侮辱观众智商的把戏，尤其要警惕历史虚无主义及其新变种的伪装。说到底，尊重历史真实就是尊重新时代人民对美好生活向往的精神追求，这是"红色经典"再生产的伦理底线；反之，一旦缺失文艺的严肃性就不足以彰显出历史的真实性，"红色经典"再生产就会陷入历史虚无主义的泥淖。

马克思主义文论历来重视文艺的历史维度，注重文艺作品所展示的总体历史倾向，强调以"美学的和历史的观点"来评判文艺的价值，尤其是凸显文艺的历史属性（政治属性），推崇在总体上能够反映社思想倾向的文艺作品。基于对文艺作品历史维度的强调，在特定历史时期和较为封闭的环境下，一些党内的文论家如周扬强调作家"不应当夸大人民的缺点……应当更多地在人民身上看到新的光明"，[1]甚至认为在塑造英雄人物时，"许多英雄的不重要的缺点在作品中是完全可以忽略或应当忽略的"。[2]要求作品能够很好地显现出总体的历史倾向，以至于在很多"红色经典"中出现党性与艺术卓越性追求的某种脱节，降低了一些原本就很优秀的作品的艺术价值。事实上，只要尊重历史真实，尊重文艺创作规律，就完全可以做到党性和艺术性的统一，而受到大众的普遍欢迎。在新时代，文化产业成为文艺生产和文化积累与价值传承的主导方式，艺术生产也越来越离不开市场，优秀的作品必然会受到市场的欢迎。只有经得起专家检验、人民检验和市场检验的作品，才是真正优秀的作品。文艺创作的党性和人民性的统一，在文化产业发展中就显现为社会效益优先、双效统一的原则，那些能够充分体现人民性价值取向的作品，一定会在市场上有良好的口碑，从而在市场竞争中占据足够多的市场份额，在获得市场效益的同时也提升了产品的社会效益。须知，文化产品只有在市场上被实实在在地消费了，才能真正产生文化影响力，其所传播的价值观才能发挥社会作用，实现教化人心、引领社会风俗的价值。在这一点上，原本"红色经典"的"50后"、"60后"拥趸自然会成为其再生产的铁杆粉丝，甚至会带动下一代追捧某些再生产的"红色经典"，如3D电影《智取威虎山》、芭蕾舞剧《红色娘子军》、复排歌剧《白毛女》等都实现了票房和口碑的双丰收。其红色内容和一度沉寂的红色记忆，在市场化运作中被激活，点燃了大众的热情，再加上高科技的"炫酷"，完全可以

---

1 《周扬文集（第一卷）》，人民文学出版社1984年版，第518页。
2 《周扬文集（第二卷）》，人民文学出版社1985年版，第252页。

赢得年轻一代消费者。在融媒体语境下,"红色经典"再生产可以依托数字化技术和新媒体,化身为超萌的"表情包"赢得90后、00后大众。在数字时代,"红色经典"再生产可以有多样化表现形态和传播方式,包括动画、短视频、VR/AR等的应用,但一定要在衍生品开发及其产业运作中传播"红色精神"及主流社会价值观,塑造正向的历史观、民族观和国家观,有利于增强对革命史的深刻感知,自觉成为培育和践行社会主义核心价值观、守护社会主义意识形态阵地的卫士,使之活态化于大众的日常生活,使其守护的理想和价值在举手投足中入脑入心,在人生的历练和搏击长空中留下持久的"红色精神"烙印。

现实经验表明,历史真实是"红色经典"再生产流露党性倾向、彰显人民性价值取向的基石,任何背离历史真实的标签式和口号式的宣传、戏谑、调侃,都是对"红色精神"的嘲弄,是在价值上抽离"红色文化"的钙质,是对社会主义文化根基的破坏和威胁。一定意义上,"红色经典"再生产是对中国特色社会主义文化内核的阐释和再创造,是应对那些侵蚀民族文化内核的消费主义文化、历史虚无主义文化、后现代主义文化等思潮的有力武器,以其红色精神的高扬在文艺竞争中维护主流文化安全,成为中国特色社会主义文化百花园中的丰盛水草。

三、"红色经典"再生产要有艺术的卓越性追求

新时代需要新文化的引领,需要以文艺塑造新人,需要发挥文艺引导社会风向的作用。"红色经典"再生产要实现经典化,就要立足当代艺术高原追求艺术的卓越性,尤其要塑造具有时代特征的英雄人物。英雄人物是时代精神的凝练和艺术表现的对象,"红色经典"塑造的一系列英雄形象曾经给人留下深刻印象,也有不少经验和教训可为

新时代文艺创作所借鉴。党的十九大报告指出，繁荣发展社会主义文艺，必须加强现实题材创作，不断推出讴歌党、讴歌祖国、讴歌人民、讴歌英雄的精品力作。"红色经典"塑造的英雄群像，充分彰显了马克思主义"人民群众是真正的英雄"的观点，其把目光投射到普通人身上的创作理念，在新时代仍有现实意义。在日益开放和文化自信的新时代，"红色经典"再生产要避免英雄形象的扁平化、人物性格的定型化，既要尊重历史真实，更要倾听时代的声音，要写出一个"真实的人"以及英雄的成长史。也就是说，塑造英雄人物要在一定长度内展开，需要展示社会环境和心理的变化，在足够的容量内刻画人物的"七情六欲"和家庭生活，恰恰是在此处见出真正的文艺功力和艺术表达能力的高低，因而成为再生产能否实现经典化的关键。

红色文化是中国共产党在争取民族解放和社会主义实践中的文化创造，它不仅是中国共产党人的诗意栖居地，作为中国现代文化的重要组成部分同样是全社会和全国人民的精神家园。作为契合时代特征的文化创造，它在价值诉求上沟通了人类普遍的精神追求，蕴蓄了追求自由解放的世界共同价值观，它早已成为世界文化的组成部分，也是今日构建"人类命运共同体"意识的重要文化资源。如果说，优秀传统文化是中国特色社会主义文化的底色，那么"红色经典"所彰显的红色文化就是中国特色社会主义文化斑斓色彩的主色调，是社会主义文化理想和价值追求的文化力量显现。"红色经典"是中国共产党文化创造的深厚资源，是论证革命合法性、凝聚人心、增强感召力的思想资源之一，那种献身理想和信仰的革命精神与英雄主义情怀，仍是打动新时代文化消费者的质点。作为相当长时期内要讲述的文艺故事，它的叙述总要自觉不自觉地参照革命尺度为自己定位，而革命也需要借助文艺力量来塑造、表述自己的形象。新时代中国特色社会主义发展进入新的历史方位,更需要新文化的引领,需要中国特色社会主义文化的旗帜飘扬在世界舞台中央,彰显"红色"的价值追求,这自然离不开"红色经典"的助力与推动。文化事关国运兴衰、事关民族精神独立性,一个国家、一个民族只有对自身文化理想、文化价值充满信心,对自身文化生命力、创造力充满信心,才能有坚守的定力、奋发的勇气、创新的活力;一个抛弃或者背叛了自己历史文化的民族,不仅难以发展起来,而且很可能上演一幕幕历史悲剧。

在文化生产中,"红色经典"再生产固然应偏于精神的"红色",拥有了市场传播的合法性,但要真正成为经典,必然要在艺术的卓越性追求上下功夫,向民族史诗无限趋近。因此,追求艺术真实、注重审美创造和艺术表达能力,是"红色经典"再生产塑造英雄人物的价值尺度。特定历史环境及其封闭式的评价体系,使"红色经典"可能忽略或者不写英雄人物的缺点,但新时代文化观念的变化及其文化视野的开放性,要求再生产一定要写出鲜活真实生动的具体的人,而非某种抽象的符号。即使在特定历史时期,党内文论家周扬认为作家从自己的思想出发,也可以写正面人物的缺点:"正面人物不一定要去写他们的缺点,但从来没有说不可以写缺点,也可以写群众落后。"[1]在思想解放、文化观念开放的新时代,我们更要清楚所谓党的文化领导权、意识形态的"阵地"意识,是在作品人物形象的塑造中、在英雄人物的成长中、在丰富性格的刻画中、在作品自然流露的主导价值诉求中实现的,是在大众对文艺作品实实在在的消费中,在人心的赢得中实现的,这就是文艺的影响力,文艺的社会功能的发挥,新时代"红色经典"再生产的文化使命。

基于历史真实,追求艺术真实,"红色经典"再生产一定要明白英

---

[1] 《周扬文集(第三卷)》,人民文学出版社 1990 年版,第 195 页。

雄人物首先是"人",但更要明白英雄人物之为英雄的超越性和特殊性,因此对其"烟火气"的刻画特别是情欲的展示要有"度",在丰富人物形象和刻画英雄成长史中不能过分展览"情欲",更不能过度稀释崇高精神的"钙质",再生产要基于现实主义原则,以英雄主义为轴心展开,要回到社会生活的常识、常情、常理,使再生产无限趋近文艺的"诗史"结构(形成文艺经典化的内核),以增强新时代人民的归属感、认同感,树立正确的历史观、国家观。在历史的长河中,就精神内核而言,"红色经典"通常具有一种现代文学的"诗史"结构,其再生产完全具备艺术经典化的可能。所谓文学叙述的"诗史"结构,如黑格尔所言:"它是一件与民族和一个时代的本身的完整的世界密切相关的意义深远的事迹。所以一种民族精神的全部世界和客观存在,经过由它本身所对象化成为具体形象,即实际发生的事迹,就形成了正式史诗的内容和形式。"[1] 革命实践是 20 世纪上半叶中华民族的伟大事迹,是历史进程的主旋律,"红色经典"因对这一"具体的事实来显示"而展现了"完整的世界",其历史的厚重和民族精神的凝聚足以支撑起民族文学史诗的经典化。"红色经典"再生产若能创造出革命史叙述的"诗史"结构,以其价值诉求担负起社会主义文化引领新时代的使命,不断满足人民对美好文化生活的新期待,在文艺竞争中增强社会的凝聚力和主流价值观的文化认同感,"红色经典"再生产就已经迈上了艺术经典化之途。

四、在审美创造中续写红色传奇

"红色经典"再生产能否实现艺术的经典化?既取决于对经典内容

---

[1] [德]黑格尔:《美学(第 3 卷下册)》,朱光潜译,商务印书馆 1979 年版,第 107 页。

的文化阐释能力，也取决于艺术再创造的美学追求。"红色经典"孕育红色基因、传承红色价值，其可持续的影响离不开对消费者心灵的赢得，只有在市场消费中才能实现社会主流意识形态的教化。虽然"红色经典"再生产有着鲜明的市场效益吁求，但其底色和价值基调注定不能将其降低为规避意识形态审查的"挡箭牌"，其蕴含的强大基因和精神力量注定因戏谑笔法的"矮化、丑化"遭受市场抛弃。在健全市场体系下，文化产品的社会效益和市场效益相互促进，它显现于大众的文化认同与市场追捧的一致性，在大众的情感共鸣和市场的认同中实现口碑和票房的统一。复排歌剧《白毛女》、3D电影《智取威虎山》，是近年来"红色经典"再生产中引人瞩目的文化产品，成为在审美创造中续写红色传奇的成功范例。

其成功经验表明，再生产必须立足当下、回归特定历史语境，在带着时代体温中深刻阐发革命文化的"红色精神"，在悄无声息中体现主流意识形态的价值询唤，实现历史真实的再创造；同时，又要借助数字化技术应用和时尚化艺术表达方式，以精深的思想内涵、精湛的舞台演艺、精良的电影制作，赢得年轻大众的心灵，在艺术的卓越性追求中塑造喜儿、少剑波、杨子荣等人物形象。复排歌剧《白毛女》，不仅延续了当年创作集体精益求精的艺术精神，还以其用心和深刻领会使复排歌剧的舞台表演更精练。尤其注重在音乐、动作、舞台布景等方面开掘民族情感，特别是极具民俗韵味的红头绳、贴门神等，给年轻的大众留下深刻印象，震撼了他们的心灵，深化了"旧社会把人变成鬼，新社会把鬼变成人"的价值理念，在深刻诠释社会矛盾中拉近了大众与特定时代的距离，增强了他们对革命意识的美学理解。3D电影《智取威虎山》重塑了记忆时光，使现实的视觉冲击与记忆中的感觉相互映衬，因是商业制作，而有着"林海雪原"的宏大场景展示、

3D 技术炫酷的视觉奇观、让子弹定格的特效画面等，更以 203 小分队穿梭林间的灵动滑雪，及其战士们的吃苦耐劳、艰苦卓绝的战斗意志来传承红色精神。在艺术审美表达上，以穿越来讲述故事契合了英雄传奇的现代再现，直指受众的心灵，因而再生产圆了年轻大众的梦，也悄然地传播了"解放军就是好"的价值观。一定意义上讲，审美是润滑政治领导权之轮，更是牢牢掌握意识形态领导权的话语策略。审美以其非功利性包含着主体的极端的非中心化，使自我关注让位于感性的交流，在大众的情感共鸣和身心愉悦中悄然实现价值观的教化。有学者指出，"美学是道德意识形态通过情感和理智为了达到以自发的社会实践的面目重新出现所走的迂回道路。"[1]也就是说，只有在新时代与历史语境的视界融合中，"红色经典"再生产经由审美创造才能真正实现艺术经典化，成为当代艺术讴歌时代英雄、攀登艺术高峰的典范之作。

就现实主义题材创作而言，中华民族伟大复兴的史诗般实践，是当代文艺创作的不竭源泉，是"红色经典"塑造英雄群像的鲜活原型，是涂染中国特色社会主义文化红色基调的现实基础。进入新时代，迈向"人类命运共同体"的这块热土不乏时代英雄，关键在于艺术发现和审美呈现，在于如何塑造具有时代高度的英雄人物和新时代文学。同样，面对革命史叙述，俄罗斯产生了《静静的顿河》等文学经典，至今仍在激励着俄罗斯人民的英雄气概。2018 年 2 月 3 日，俄罗斯空天军一架苏-25 对地攻击机在叙利亚执行打击极端组织任务时，不幸被便携式防空导弹击中，飞行员在成功跳伞后落入敌占区，勇敢地用自动手枪向敌人开火，高呼着"为了战友！"而壮烈殉国。中国的大地

---

[1]［英］特里·伊格尔顿：《美学意识形态（修订版）》，王杰等译，中央编译出版社 2013 年版，第 28 页。

上同样不乏英雄人物、英雄壮举，并渴望史诗般的文艺经典创造。经典之为经典，就是以其价值诉求不自觉地沁入心田滋生勇气和校正人生航向，使人不自觉地生出大无畏的勇气和革命乐观主义精神，如同暗夜的明灯指引着一个民族的心灵向着远方的地平线不断前行。新时代英雄辈出的中华民族，一定要在文艺创作上，特别是在红色文化富矿基础上的"红色经典"再生产中，攀登新时代的艺术高峰！

（发表于《中国文艺评论》2018年第4期，第41-50页）

"红色文艺经典"的现代性内涵阐释

"红色文艺经典"(以下简称"红色经典")是历史的,不仅在中国革命史也在世界社会主义运动史中有其定位,在中国文艺发展史中不断建构;同时,它也是现实的,以其审美理想和审美追求时时回到人民性立场,在艺术本体卓越性的追求中高扬了人民性的文艺观,在不断阐释和价值积累中逐步迈向当代文艺经典化。对"红色经典"的深刻理解和阐释,需要将其嵌入中国新文艺史、社会主义文艺发展史和世界文艺史中来定位,才可以深刻洞察其内涵的丰富性和思想的伟大性。在开启第二个百年奋斗目标和实现社会主义文化强国建设新征程中,"红色经典"是中华民族"强起来"的重要精神源泉,是中国共产党创造的伟大精神的出发地和思想理论的策源地之一。正是立足于中国发展的新方位,在新的历史语境下,本文提出对"红色经典"现代性内涵理解和阐释的四个维度,即历史的、美学的、人民的和艺术的,这也是新时代马克思主义文艺批评应遵循的基本原则。

一、习近平总书记关于红色文化的重要论述

"经典"的命名是一种文化权力,有其正当性与合法性诉求,通常

是多方力量博弈形成共识的结果。作为经典类型之一的"红色经典",它首先是艺术的,要在艺术性的追求上有其高格和审美品位,这是其能够成为经典的根本条件之一;其次它生成和发展与价值建构的语境是红色文化,红色是其价值底蕴和艺术色彩的主基调,是构成中国特色社会主义文化的重要组成部分,是弘扬中国特色社会主义文化的力量之一,这是其成为经典的另一根本条件。对"红色经典"的理解要置身于红色文化的深厚土壤中。一寸山河一寸血,一抔热土一抔魂。这是中国神州大地上红色文化的精神映照,是支撑当代中国人挺直脊梁的精神之钙。人无精神则不立,国无精神则不强。习近平总书记指出:"精神是一个民族赖以长久生存的灵魂,唯有精神上达到一定的高度,这个民族才能在历史的洪流中屹立不倒、奋勇向前。"[1]在中国共产党领导中华民族实现伟大复兴的奋斗中,形成了红船精神、长征精神、延安精神、井冈山精神、西柏坡精神、沂蒙精神等红色文化的精神图谱,成为中国共产党人红色基因和精神谱系的重要组成部分。这些精神已经深深融入中华民族的血脉和灵魂,是"红色经典"生成的土壤和重要资源,是社会主义核心价值观的丰富滋养,并凝结为"红色经典",以丰富多彩的艺术形式鼓舞和激励中国人民不断攻坚克难、从胜利走向胜利。

"红色经典"作为红色文化精神最集中的艺术表达,是建构新时代民族精神的重要表现形式和存在形态。"红色经典"艺术地阐释了红色政权来之不易,新中国来之不易,中国特色社会主义来之不易;深刻诠释了"共和国是红色的,不能淡化这个颜色。无数的先烈鲜血染红了我们的旗帜,我们不建设好他们所盼望向往、为之奋斗、为之牺牲

---

[1] 习近平:《在纪念红军长征胜利80周年大会上的讲话》,人民出版社2016年版,第9页。

的共和国，是绝对不行的。不能被轻歌曼舞所误，不能'隔江犹唱后庭花'"[1]，从而为当代文艺繁荣启示了应当的发展方向。正如习近平总书记一再指出的，当代文艺和文化工作要紧紧围绕举旗帜、聚民心、育新人、兴文化、展形象的使命任务，在正本清源上展现新担当，在守正与创新上实现新作为，使马克思主义指导地位更加巩固，为人民创作的导向更加鲜明。习近平总书记指出："正本清源、守正创新，一个国家、一个民族不能没有灵魂，作为精神事业，文化文艺、哲学社会科学当然就是一个灵魂的创作，一是不能没有，一是不能混乱。"[2]一定意义上，这也是我们理解和阐释"红色经典"的思想指南。新时代中国特色社会主义发展进入新的历史方位，需要新文化的引领，需要在世界舞台上飘扬中国特色社会主义文化旗帜，彰显"红色"的价值追求，自然离不开"红色经典"的助力与推动。一个国家、一个民族只有对自身文化理想、文化价值充满信心，对自身文化生命力、创造力充满信心，才能有坚守的定力、奋发的勇气、创新的活力。人类历史发展表明，一个抛弃或背叛了自己历史文化的民族，不仅难以发展起来，而且很可能上演一幕幕历史悲剧。时时重温"红色经典"，就是在艺术的激励和精神的昂扬中坚守中国共产党人的初心和使命。

二、"红色经典"的现代性内涵阐释

现实境遇中，"红色经典"的内涵不是现成的固定的，而是一个在不同语境下语义内涵流变和不断完善确立的过程，呈现出不同意味的时代特征。因此，对它的理解也不应该是固定不变的，对其内涵的阐

---

1 杜尚泽：《习近平总书记看望文艺界社科界委员的微镜头"共和国是红色的""心里要透亮透亮的"》，《人民日报》2019年3月5日，第1版。
2 习近平：《论党的宣传思想工作》，中央文献出版社2020年版，第366页。

发更要回到具体语境来理解。但无论如何，决不能将"红色经典"所蕴含的爱国主义和英雄主义戏谑化、肤浅化、庸俗化、无聊化、虚无化、空洞化，而是要将其置于现代性视野和"诗史结构"的艺术表达中，以此才能深刻洞悉其人民性内涵、道德理想主义、革命乐观主义、视死如归的英雄主义及其人生观、世界观的艺术表达。"红色经典"以文学艺术的方式记录了中国共产党带领人民大众创造的丰功伟业和做出的巨大牺牲，是书写中华民族站起来的伟大壮举的载体，是讴歌中国人民在党的领导下挺直了脊梁的情感历练和精神记忆，是以文艺的形式为国家作了精神文化的奠基。它同样彰显了中国共产党矢志不渝的现代性追求，是中国文化现代性的有机构成部分，并形成了富有现代性意味的"诗史结构"。在一定程度上，它蕴含了人民大众的"集体记忆"和"集体无意识"，在艺术表达中国共产党执政合法性的同时，也展示了中华民族在世界社会主义运动中对现代性的诉求。

究其历史性而言，"红色经典"作为一种现象引起学界和社会广泛关注，主要源自20世纪90年代中后期大众文化中流行的"经典"改编热和取材于革命历史题材的文艺再创作。其中主要是对新中国初期某些作品进行重述和切合时代意识的改写，改编者的诉求大多着眼于商业目标，以所谓的"借用"作为吸引眼球的策略，旨在获取丰厚的市场效益。当时，"红色经典"再生产主要被当作文化资源和文化资本开发，这些作品多为消费主义语境中大众文化的商业化运作，是流行的大众文化和主流意识形态"合谋"与抗争的产物。进入21世纪，"红色经典"逐渐演化为影视生产与消费的一个类型，其内涵逐渐明晰，按照国家广电总局的界定，"红色经典"指"曾在全国引起较大反响的革命历史题材的文学名著"，其所指不限于单纯的改编，而泛指以革命历史题材为主的文艺创作，既包括对新中国初期某些作品的改编，也包括新的革命历史题材的文艺再创作，其艺术门类不断扩大，成为大众文化语境下以弘扬主旋律为主的一种流行文化现象，进而引起高度关注。作为对中国革命史的一种"正说"，它以文学的叙事和想象书写了中国共产党的伟大，通过弘扬理想和信仰重新焕发对大众的精神感召力，在赓续革命传统的正当性中融入对社会主义核心价值观的诉求，为主流意识形态的创新进行话语生产和话语权的竞争，从而发挥了主流意识形态对公民的询唤功能，这是在新的历史语境下重构党的文化领导权的一条有效路径。

在实现第二个百年奋斗目标的新发展阶段，对"红色经典"的评判要超越作为类型化的艺术生产，回到中共党史、中国新文艺史的题域中作出正面的阐释，将其视为主流文艺学的一个核心概念，一个富有文艺现代性"诗史结构"的文艺理论术语。在对其现代性内涵阐释上，既要把握好历史理性与人文关怀之间的张力，更要注重文艺的审美表达和作品的审美品质，尤其是创作者以艺术精神及其叙述和想象所能达到的审美境界。随着中国特色社会主义发展进入新的历史方位，中国越来越走近世界舞台中央，越来越成为"世界的中国"，中国文艺的发展不应再满足于"民族的就是世界的"，更应该在为世界进步和人类文明跃升贡献更多特殊的声响和色彩中，强化"世界的就是中国的"理论自信和文化自信，这是新时代中国文艺应有的勇气和新气象。因此，对于伴随中国共产党百年奋斗历程、以艺术形式诠释中国共产党执政合法性、弘扬革命精神和共产主义理想与深沉的爱国主义情感的"红色经典"，应该立足当下的现实境遇——新时代新方位，以发展着的马克思主义文艺批评观，以一种高远的境界和全新的视野对其作出有引领性、示范性和前瞻性的价值评判，从而使其以经典的不断累积和生长助力中华民族迈入"强起来"的新时代。

"红色经典"作为一种价值铸造和艺术符号创新，早已经深深地积淀为中国当代文艺基因、文化基因，甚至是张扬中国特色社会主义文艺的根本点之一，是为世界贡献中国特殊声响和色彩的底蕴（主基调的重要支撑）。其宏大叙事需要"小切口"，在接地气、通人气、扬正气中摒弃思想灌输，激励从内心生成长出一种精神的力量，这是在大众的内心中植根——为共产主义理想奋斗的红色种子，是一种鼓舞人心的精神力量的生长。如电影《上甘岭》及其主题曲《我的祖国》，新歌剧诗《黄河大合唱》中蕴含的强烈的价值取向和厚重的思想内涵，是对民族抗争精神和人民不屈意志的弘扬，有着永不过时的直抵人心的艺术冲击力，是弘扬革命理想和乡愁乌托邦保持审美张力平衡的艺术典范，内蕴了现代性审美价值取向的"诗史结构"，是新时代中国人以艺增信、坚定文化自信的根本力量之一。同时，"红色经典"有着同一题材的多种艺术表达形式，从而呈现出"红色经典"丛现象，这同样是一种对现代性审美追求的显现。如新时代根据真实历史改编的赣南采茶戏《八子参军》和电影《八子》，讲述了当年（1934年中央苏区第五次反围剿时期）瑞金下肖区七堡乡农民杨荣显一家八兄弟争当红军，并全部壮烈牺牲的真实故事。作品的内核是杨大妈连夜缝了八个肚兜，分别装进一把红土，毅然把八个亲子送上战场，最后全部阵亡，艺术地揭示了人民对革命的支持和做出的巨大牺牲，阐明了红色政权的来之不易，从而激发出大众特别是青少年对革命事业的无比崇敬之情，使价值观形塑烙上了鲜明的红色印记。

　　在一定意义上，"红色经典"始终葆有指向现代性的"当下性"审美意味，体现了现实主义精神与浪漫主义情怀的有机统一，在党的历史上和共和国历史上发挥着鞭笞黑暗、启迪光明、鼓舞人心的作用，昭示着不屈的人民"梦想就在前方"，勇敢地向着远方的地平线前倾。

惟此，在我们看来对"红色经典"的理解不是对过去的回味，而是一种面向当下年轻大众的向前姿态。所谓"向前"是与当下年轻接受者相对接，与青年人的审美心理相通，从而走入大众的内心深处、俘获青少年的心灵，激励他们为人生、为理想的奋斗意志。可见，"红色经典"究其色彩而言，乃是"青春"的红色、"青春"的中国、"青春"的中国共产党，建党百年，恰是风华正茂。

三、评判"红色经典"的四个维度

究其现实性而言，"红色经典"的生命力在于讲好党的故事、革命的故事、英雄和烈士的故事以及中国特色社会主义建设的故事，以艺术性和人民性的高扬彰显中国共产党人的初心和使命。在广泛开展的革命传统教育、爱国主义教育、青少年思想道德教育和大众理想信念教育的实践中，应传承好红色基因，确保红色江山永不变色。"红色经典"对革命与建设的反思、人性的质疑和自我灵魂的拷问，其中的复杂和深刻无论是广度还是深度，都有着构成文艺"经典"的潜质和基础。恩格斯在评论拉萨尔的剧本《弗兰茨·冯·济金根》时讲道："我是从美学观点和历史观点，以非常高的、即最高的标准来衡量您的作品的，而且我必须这样做才能提出一些反对意见。"[1]恩格斯倡导的"美学的历史的观点"成为马克思主义文艺批评观的基本原则，强调尊重文艺的审美属性，关注文艺的历史内容，把文艺作品放到一定的历史语境下审视和评价。可以说，这一标准既坚持了艺术本体维度，又凸显了历史人文维度，实现了"较大的思想深度和意识到的历史内容的艺术性统一"。新时代，习近平总书记指出，阐释和评价文艺作品

---

1 [德]恩格斯：《致斐迪南·拉萨尔》，《马克思恩格斯全集》第29卷，人民出版社1972年版，第586页。

要打磨好批评这把"利器",把好文艺批评的方向盘,运用历史的、人民的、艺术的、美学的观点评判和鉴赏作品。新时代、新方位,以历史的、人民的、艺术的、美学的标准批评文艺作品,才能揭示出文本的多重意义和价值。"红色经典"是文艺作品在其生成中通常内蕴了现代文艺观念和叙事方式及其艺术表达。所谓"红色"是指题材和审美追求(审美理念、文化理想),这是其有别于一般性艺术作品的立场和价值取向所在。同样,作为中国现代化进程中的文化产品,"红色经典"也必然有着现代性的价值取向,其在艺术表达和审美追求上有着"诗史结构",这是"经典"之谓也。

  从历史的维度看,"红色经典"一定要在遵循文学叙事的历史逻辑中生动诠释"中国人民为何选择共产党"和"共产党何以救中国"的历史信念,阐明共产主义信仰既是共产党人的自觉追求,也是中国人民认同的一种历史逻辑的展开。因此,凸显历史维度、尊重历史真实是评价"红色经典"的重要维度。原本生成于特定历史语境的"红色经典",既要尊重历史逻辑真实,再现特定历史环境的残酷性、严肃性,在生存底线一再退守中奋起抗争和义无反顾,从而成就革命大义的合理性;也要立足现实条件,在时代精神中展示真实的人性,生动诠释革命党人并非不食人间烟火,恰恰是在火热激情中闪现出人性的光辉,在眷顾和留恋"小我"中来成就"大我"的徘徊、不舍,而毅然决然地坚定执着,由此触及时代的精神巅峰,才能合理地阐释中国共产党人的现实选择。这才是真实的人性、人情和舍生取义,是在深沉中国精神的传承中成就真实的自我,这是"红色经典"的精神底蕴,在真实人性和人情的普遍生成和传达中实现党性和人民性的有机统一。为着最大多数民众的自由解放和幸福追求,这不仅是文艺的人民性彰显,也是中国共产党人"不忘初心"的矢志不渝,这是"红色经典"

的历史性底蕴所在，这种大爱的情怀和历史担当经得起历史和人民检验。经验表明，历史真实是"红色经典"展示党性倾向、彰显人民性价值取向的基石。

今天，评价"红色经典"应打开特定历史语境下尘封的"知识结构"，在新的历史语境下重新建构，赋予其现代性内涵，在不同的文化权力博弈中建构一个包容性的文化空间，在开放性文本和现代性视野中拓展主流意识形态的认同基础，担当对公民的询唤功能。如电视剧《解放》全方位诠释了人民解放战争的丰厚历史内涵，不仅展示了人民领袖和将帅的风采，还以文学方式论证了中国共产党执政的合法性。《解放大西南》以主旋律的基调和大写意手法，深刻地诠释了"历史抛弃国民党、人民选择共产党"这一历史趋势。这对弘扬中国共产党的革命精神、巩固执政合法性、促进社会主义核心价值体系建设具有重要意义。《五星红旗迎风飘扬》以文学的笔墨书写了新中国的崛起，展示了新中国人民群众的精神风貌，反映党在新中国成立头20年的执政建树，是共产党领导人民创建共和国的形象展示。近年来拍摄的《解放》《外交风云》《东方》等影视剧以史诗般的艺术再现了以毛泽东同志为核心的第一代党和国家领导人为国家、为人民日理万机、运筹帷幄、激浊扬清、呕心沥血的伟人风采，描摹出新中国朝气蓬勃、日出东方的历史胜景。这些作品突破了原有的创作模式和人物塑造的羁绊，以一种大视野的中华民族复兴的高度诠释红色历史，彰显出一种文化的创新力和大气魄。

此外，从历史的维度评价"红色经典"还要有世界史的参照维度。如苏联时期某些伟大作家创作出的不朽的关于苏联红军和卫国战争题材的作品，不论是肖洛霍夫的《静静的顿河》《一个人的遭遇》，还是邦达列夫的《最后的炮轰》、巴克拉诺夫的《一寸土》、西蒙诺夫的

《生者与死者》以及瓦西里耶夫的《这里的黎明静悄悄》，都给人以艺术的震惊和心灵的震撼，成为无愧于伟大民族和历史的文学。

从美学的维度看，"红色经典"深刻诠释的那种献身理想和信仰的革命精神和英雄主义情怀，仍然感动今天的受众。"红色经典"彰显了革命文化的魅力，今天回望这个传统不是回到一体化的革命话语时代，而是立足时代语境对这份文化遗产进行阐释，将内蕴"革命"中的政治内涵和文化内涵相互鉴照，在今天的文化心理结构中进行补充、丰富，从而为当下"缺钙"的时代提供思想力量，为富有时代精神的主流核心价值的建构提供资源，其思想指向不是回味而是前倾。因而，评价"红色经典"应改变极端性的肯定/否定的简单化思路，着力在对"左翼文学"传统、革命文化传统富有时代精神的传承中，对"暴力革命"话语重新认知。"革命"话语应在文学中保持自己适当的位置。对"红色经典"来说，革命的合法性和人民在观念上的期许与"革命"本身的现代性认识有关，革命的追求与反思必须放在现代性框架中进行合理定位。如何把昔日"封闭式"的情节结构及合理性内核置入开放式文化结构中？这对"红色经典"的评价是一个挑战，要在尊重革命理想和激情的同时，在回归常识、常情、常理中融入更多的人文情怀，及对理想和信仰的执著追求，追求有深度的意义生产。"意义的深度"是衡量作品美学价值高下的一个尺度，也是有可能成为"经典"的价值基础。"深度"意味着一种生产性的意义，它全然不同于意义消费，或只有消费性意义，尤其在平面化价值观流行、精神矮化、俗化的"缺钙"时代，"红色经典"要以文艺力量为大众的精神消费注入阳刚因素，使大众在精神蕴含和精神力量上有新的拓展与成长。在美学追求上如何形成革命话语和文学话语之间的互动，审美把握文艺与政治之间的关系是评价"红色经典"的一个重要维度。

从人民的维度看，"人民"是"红色经典"的主导词。习近平总书记指出，人民是历史的创造者，人民是真正的英雄。波澜壮阔的中华民族发展史是中国人民书写的！博大精深的中华文明是中国人民创造的！历久弥新的中华民族精神是中国人民培育的！中华民族迎来了从站起来、富起来到强起来的伟大飞跃是中国人民奋斗出来的！"红色经典"是对理想信仰的高扬，是对英雄主义、集体主义和爱国主义精神的弘扬，是对文艺人民性的张扬。习近平总书记指出："为什么人的问题，是检验一个政党、一个政权性质的试金石"[1]。在中国共产党领导的社会主义中国，党性和人民性是一致的、统一的。我们党以全心全意为人民服务为根本宗旨，没有自己的特殊利益，体现党的意志就是体现人民的意志，宣传党的主张就是宣传人民的主张，坚持党性就是坚持人民性。党性寓于人民性之中，没有脱离人民性的党性，也没有脱离党性的人民性。究其根本，"社会主义文艺，从本质上讲，就是人民的文艺"[2]。因而，人民性是社会主义文艺的根本属性。作为以艺术方式对血染的风采和理想信念的高扬的"红色经典"，对其评价不可缺失的是人民的维度。

从艺术的维度看，"红色经典"要有艺术的卓越性追求，不断向着民族史诗无限趋近。"红色经典"通常有一种现代性的"诗史"结构，这种叙述的"诗史"结构决定了"红色经典"的艺术性追求的高度。从艺术本体论视角看，"红色经典"文本要有一种现代意味的"诗史"结构，才能承担以文艺想象和叙事方式的"具体的事实来显示"这一"完整的世界"的功能。追求艺术真实、注重审美创造和艺术表达能力，是"红色经典"塑造英雄人物的价值尺度。英雄形象是时代精神

---

[1] 习近平：《决胜全面建成小康社会 夺取新时代中国特色社会主义伟大胜利》，人民出版社2017年版，第44-45页。
[2] 习近平：《在文艺工作座谈会上的讲话》，人民出版社2015年版，第13页。

的凝练，"红色经典"塑造的英雄群像，要充分彰显马克思主义"人民群众是真正的英雄"的观点，要有把目光投射到普通人身上的创作理念，才能塑造一个"真实的人"以及英雄的成长史。在新时代与历史语境的视域融合中，充分阐释"红色经典"的艺术卓越性价值，才能成为讴歌时代英雄、攀登艺术高峰的典范之作。

总体上看，"红色经典"发挥了点燃"国民精神的火光"的功能，担当了强健国民精神、教化公民意识和宣扬大国心态、大党胸怀的使命。对"红色经典"的理解和阐释，既要尊重历史真实和生活真实，也要遵循艺术真实的美学原则，更要有一种大文化观和大国心态。可以说，"红色经典"是中国共产党在争取民族解放和社会主义实践中的文化创造，它不仅是中国共产党人的诗意栖居地，作为中国文化现代性的重要组成部分同样是全社会和全国人民共有的精神家园。

（发表于《中国文艺评论》2021年第4期，第38-45页）

叁 文艺评论要倾听时代的声音

以"一个人的计划"讲述新时代之新的故事

——对老藤《北爱》的一种倾听与解读

东北作家老藤新近创作的《北爱》以如椽之笔讲述了新时代之新的故事,读罢令人掩卷长思,油然而生一种精神振奋之情和怆然的历史沧桑感。党的十八大以来,中国特色社会主义发展进入了新时代和新的历史方位,何谓新时代之新?新时代"是中国人民在新的考验和挑战中创造光明未来的时代,也是中国人民拼搏奋斗创造美好生活的时代"。[1]如何把这种时代的新质特点艺术地揭示或展示出来,是对当代作家艺术家能否创作出中华民族新史诗能力的考验,是对文学艺术把握时代、彰显当代性能力的一种考验。《北爱》在党的二十大召开后合乎机缘的出场,是作家交出的一份高水平答卷。党的二十大提出了繁荣发展文化事业,坚持以人民为中心的创作导向,推出更多增强人民精神力量的优秀作品的要求,在此召唤下《北爱》不仅激荡出一种振奋精神的力量,还以其对艺术的卓越性追求为时代画像,映衬出其底色是民心和民族精神风貌的内蕴,在文运与国运相牵的文脉赓续中,使"一个人的计划"以人物群像的塑造成为东北振兴乃至国家崛起进程中精神交响乐的序曲。

---

[1] 习近平:《在中国文联十一大、中国作协十大开幕式上的讲话》,人民出版社2021年版,第7页。

一、时代与机缘

任何事情都不是凭空或者无缘无故出现，都有其出场的机缘。2022 年 9 月 26 日，在山东济宁邹城的择邻山庄，为着参加山东省第八届"尼山论坛"，我和辽宁省作协主席老藤在餐厅不期而遇，并聊起了他最近创作完成、即将在《中国作家》刊发的一部作品，老藤兴致盎然地讲着，我意犹未尽地听着，并不时地插话附和或一同共情共鸣着，把话题引向当代文坛关注的热点以及某种创作导向，聊至尽兴处，便约定由我为这部新作写一篇评论。在不期然中我就应承下来了，回京后不久便收到了老藤发过来的长达 22 万字电子版的《北爱》——亲爱的东北，这是老藤对故土的深情告白，也是一种深沉的眷注和悠然的期冀，作家以文学之笔吹响了新时代东北振兴的序曲，经济振兴离不开精神的鼓动与激发，尤其需要艺术焕发出东北这黑土地的能量和人的无穷尽的潜能。昔日曾经的繁盛之地要在历经沧桑和失落中重新赢得荣光和尊严，要以"不死鸟"的涅槃精神书写新时代的故事；为着东北振兴和中国崛起的历史新纪元，文学需要在时代的价值坐标系上留下浓彩重墨的一笔。从《北地》《北障》到《北爱》，其滚烫的文字依旧有着对东北黑土地的眷恋，所不同的是其身姿不再是对自反式的返回，而是砥砺奋进的踔厉前行，在天干地支的纪年中其姿态是向前向前！

何谓好的艺术？好的艺术是美的艺术，是卓越的艺术表达形式与社会主流价值观的有机融合。在康德看来，艺术创作当然不是全然无意，但康德认为如果意图仅与感官快乐相偕则只能是"快适的艺术"，其目的是与被视为单纯感觉的表象相伴的愉快——享乐的艺术，取悦感官的"快适的艺术"除开供人们一时的欢娱和消遣外别无深趣。如果意图"在于产生出某一确定的客体（概念）"，那这"只能通过概念来令人愉快满意"的"客体"只能把人引向某种认识的或说教的目的，于是便有了那种不是艺术的艺术即"机械的艺术"。"快适的艺术"和"机械的艺术"当然都不是美的艺术，美的艺术中的"意图"别有所图，"有意图"却"像似无意图"意味着艺术品的"合目的性"，即"主观合目的性而无任何目的"。不过，艺术创造毕竟不是无命意，其玄机在于"像似"无任何目的而已。美的艺术之要义在于它有"精神"或"灵魂"。所谓"精神，在审美的意义上，就是指内心的鼓舞生动的原则"。[1]这个原则不是别的，正是一个艺术家应把审美理念以可能尽致的方式表现出来的能力。诚然，现实主义要求作家必须关注生活、深入生活、扎根人民，以一种深刻的历史眼光从生活的芜杂和琐碎中，在各种生活场域和人物命运的展开或人物性格演变中显现出某种普遍性规律或本质性价值，并借助各种细节或场景显现内在的意义。文学史表明，那些显现为能指的多义性与所指的清晰性的有机统一，有着内在的意义或灵魂的作品往往是好的艺术。习近平总书记指出："只有把美的价值注入美的艺术之中，作品才有灵魂，思想和艺术才能相得益彰，作品才能传之久远。"[2]

从文本的艺术性塑造来看，《北爱》的故事内核与诉求是清晰的，故事的叙述是有趣的，有着好故事叙事的技巧——多线索交织的复线结构，以事业为经，以爱情为纬，《北爱》为我们编制了一幅色彩缤纷的新时代画卷。在文本中"一个人的计划"是题眼，也是整部作品的神韵和灵魂所在，是"国之大者"的起航地和归宿地。老藤是一位坚守现实主义精神的严肃创作者，他以如椽之笔感受着时代的脉搏和生活的律动，创作了多部有影响的文学作品，为当代文坛贡献了多个有

---

[1] 康德：《判断力批判》，邓晓芒译，人民出版社2002年版，第158页。
[2] 习近平：《在中国文联十一大、中国作协十大开幕式上的讲话》，人民出版社2021年版，第10页。

着鲜活灵魂的人物形象。

"如果你爱一个女人，不要忘记送她礼物，因为礼物能起到宣示主权的作用。"小说起笔不凡，埋下了故事的伏笔。这话出自高兰男友之口，然而故事的主角却是苗青，高兰是苗青闺蜜、同学兼室友。《北爱》不仅起笔不凡，小说结构也颇具匠心。就表层结构而言，以天干地支的诗意引领篇章形成小说的圆环结构，其中的明线是大仙每年一画（每年为苗青作一幅粉色画），暗线是贯穿文本始终的"一个人的计划"，明线和暗线的经纬交织构成了文本的复线结构，如果经线是"一个人的计划"，大仙作画和农历纪年则是纬线；从深层结构的寓意来看，伴随一个人的成长（苗青从博士研究生毕业到入职鲲鹏集团909所再到研制无人机的飞鹰公司，历经诸多人生挫折和事业上的历练，在收获爱情中重回大型国企鲲鹏集团成为国家重大项目组的负责人），是社会环境的改变和一个群体的崛起，是东北振兴的精神觉醒，东北特别是辽宁这个共和国曾经的重工业长子，在一度的低迷、徘徊、挣扎于生存（造冰激凌机）的不堪中，终于一飞冲天（第五代隐形机），彰显国之重器的担当和实力。

"舞台，属于每一个人，关键看你有没有登台演出的自信。"使命的召唤与现实的应答成全了苗青的事业与人生机缘。所谓抓住时代，一定意义上是与时代同频共振。"我真切地感觉到了你们对我的好，其实，苗青有自知之明，之所以获得你们这些大咖的青睐，是我们追求的目标与你们产生了共振。"导师说："画是大仙的武器，他想用画把你留住，他对我说过，你要是走了，是东北的窝囊，也是东北人的不讲究，广袤的东北不但要容下你这棵月桂树，并且要这棵树长势喜人。大仙受西方文化影响所致，月桂树的枝叶在古希腊被用来编制国王和奥林匹克冠军的头冠，寓意是胜利和骄傲，给你的每一幅画，大仙都是走心的。""难怪大仙为我画了一幅《月桂树的冬天》，画面非常唯美。"在当下资讯发达的时代语境下，主题创作是对作家艺术家更高的要求，是在凸显政治向度中追求艺术的卓越性。"文者，贯道之器也。"文艺从来不是花里胡哨的能指的漂浮，而是在与时代同频共振中为时代画像、为时代立传、为时代明德，从而体现出鲜明的价值导向。事实上，文艺只有向上向善才能成为时代的号角。

严格意义上讲，老藤的《北爱》在人物形象塑造和情节结构上有一种设计感，作家自觉地为作品注入了新时代的灵魂和所应有的审美理念。也就是说，当代作家不仅是时代的书记官，更是一个有思想的铸魂者、一个时代价值的发现者和弘扬者，这使得文艺的政治向度凸显。所谓政治向度乃是作家真正直面现实、扎根生活的必然，从而表现为作品对时代精神的高度契合和对时代风尚的引领，是作家艺术家紧紧抓住时代、彰显"当代性"的表征。在此需要深刻领会的是，"小说艺术不是在作者表达政治观点的时候才具有政治性，而是在我们努力理解某个与我们在文化、阶级和性别上不同的人之时才具有政治性。"[1]剧中穿汉服戴礼帽的大仙："说实话，我的艺术理念从来不模糊，就是想用画来托起那些坠落的灵魂，让它们不至于沾染灰尘。我说的是坠落，不是堕落，坠落的灵魂可以牵引，堕落的灵魂则无可救药。"这何尝不是老藤的创作理念？优秀文艺作品不仅艺术精湛，还要有着鲜明的主流价值诉求。对于美的艺术而言，政治向度的凸显不是弱化而是强化了作品的精神力量，政治倾向性与艺术性的追求构成文本的一种相互促进的审美张力结构。毛泽东同志指出："缺乏艺术性的艺术品，无论政治上怎样进步，也是没有力量的。因此，我们既反对政治

---

[1] ［土耳其］奥尔罕·帕慕克：《天真的和感伤的小说家》，彭发胜译，上海人民出版社2012年版，第64页。

观点错误的艺术品，也反对只有正确的政治观点而没有艺术力量的所谓'标语口号式'的倾向。"[1]新时代需要艺术展示大国崛起的新气象，党的二十大报告指出，社会主义核心价值观是凝聚人心、汇聚民力的强大力量，要着力培养担当民族复兴大任的时代新人。[2]面对14亿人民的伟大磅礴实践，如何书写中华民族新史诗？习近平总书记一再强调："广大文艺工作者要紧跟时代步伐，从时代的脉搏中感悟艺术的脉动，把艺术创造向着亿万人民的伟大奋斗敞开，向着丰富多彩的社会生活敞开，从时代之变、中国之进、人民之呼中提炼主题、萃取题材，展现中华历史之美、山河之美、文化之美，书写中国人民奋斗之志、创造之力、发展之果，全方位全景式展现新时代的精神气象。"[3]《北爱》以文学之笔渲染着时代之变、中国之进和人民之呼，倾听了东北振兴的呐喊，鼓舞了为时代感召而躁动的灵魂，塑造了新时代广阔舞台上的新人——以苗青为代表的奋进者群体，以如椽之笔讲述了新时代之新的故事。

二、从"一个人的计划"到国家需求

文学是一种艺术的存在形态，它以其创作理念和对价值的诉求使当代性彰显，从而使人感受到一种时代感扑面而来。《北爱》中苗青2012年从上海交大博士毕业入职国之重器的沈阳鲲鹏集团，怀揣"一个人的计划"踏上了北上的新征程，作为一个逆行者倾听了新时代和

---

[1] 毛泽东：《在延安文艺座谈会上的讲话》，《毛泽东文艺论集》，中央文献出版社2002年版，第74页。
[2] 习近平：《高举中国特色社会主义伟大旗帜 为全面建设社会主义现代化国家而团结奋斗》，人民出版社2022年版，第44页。
[3] 习近平：《在中国文联十一大、中国作协十大开幕式上的讲话》，人民出版社2021年版，第7页。

黑土地的召唤，在时代舞台上演绎了新人成长的故事。时代是人生的舞台，"逆行者"是苗青人生定格的新坐标。"一个人的计划"是故事的谜底，谜面是时代的缤纷。父亲一个人的计划像庙后的旗杆一样，在她脑海里慢慢竖了起来。江峰惊愕地问："怎么，你真的要做逆行者？""是的，家里那十九个飞机模型，真的变成了十九只乳燕，它们需要我的哺育。"苗青收到最多的礼物来自父亲。从小学开始，每年生日当天她都会收到父亲的礼物——一个别致的飞机模型。这些模型有客机、战斗机、直升机和航天飞机等，大都用合金材料制作，精致逼真，比例得当。在导师影响下，她慢慢理解了父亲一个人计划的执念，再看博古架里那十九个飞机模型，总觉得是十九只叽叽喳喳的乳燕。工程师出身的父亲是个飞机迷，他自嘲是个半途而废的诗人，当年因为考上北京航空学院，写诗的兴趣便被设计飞行器的爱好所替代。苗青觉得父亲之所以经常语出惊人，与他作诗的天赋有关，父亲把许多生活感悟转化成诗句并记在日记本上，不时还会拿出来自我欣赏一番。父亲说正像一个缺乏想象力的诗人一定是蹩脚诗人一样，一个在地上爬行的国家一定难逃弱国命运。父亲的毕业论文是《大型飞行器设计的问题及对策》，他私下和要好的同学讲，这篇论文实际上是他"一个人的计划"，毕业后他要锚定这个计划，设计一款具有国际先进水平的大飞机。

历史并不遥远，新时代之新的故事，不仅源自中国发展方位的历史变化，更是世界秩序变化中的中国之进的显现。它体现在苗青"一个人的计划"对国家需求中战略提升的设计创新、材料创新、政策制度创新，更是中国发展理念创新和思想价值创新，正是在创新实践中苗青和马歌收获了爱情，成长为彰显当代性的时代新人。10年也许弹指一挥间，却使苗青从背负"一个人的计划"成长为国之重器的重大项目组负责人，艺术地诠释了何谓时代之新。苗青近乎完美的人格（性格的成熟和健全）、超强的意志力（几乎每晚静默）和卓越的专业化能力（飞机设计上的天赋）、开阔的胸襟与世界眼光和全球视野，使之在契合中国发展方位的历史性变化中成为在世界舞台上站起来的时代新人，为东北振兴吹响了精神自觉的序曲，这是老藤为他所深爱的东北特别是辽宁奉献的一首心曲。今天我们正处在一个关键时期，一个民族的复兴需要强大的物质力量，也需要强大的精神支撑，"举精神之旗、立精神支柱、建精神家园，都离不开文艺"。[1]对此，新时代文艺创作要自觉胸怀"国之大者"。国家需求就是"国之大者"，"东北振兴"亦是"国之大者"；同样，人民的需求——为多数人做事的立场，也是"国之大者"。江峰对苗青说："'一个人的计划'确实能提升人生价值，何况这又是伯父交给你的接力棒。""不论有多大的不适应，我都拿定主意，听从导师的建议，去东北！"苗青又重复了一句。"放下，才能提升。"这是苗青克服爱情危机的智慧，更是对自我的人生定力"一个人的计划"的考验。

"新时代的舞台是壮阔的。"苗青记住了壮阔一词，这种描述很令人激动，是啊，东北本来就天辽地宁，是一片广阔的天地。作为大国重器生产基地，鲲鹏集团以及东北许多装备制造企业都处于国内领军地位，这一点毋庸置疑。紧紧抓住时代的苗青注定要成长为一棵大树。小说中的大仙一语道破天机："这么说吧，如果说其它女生心里多是轻歌曼舞、小桥流水，那么你的内心却是金戈铁马、蓝天白云，这让你与众不同。"同样，鲲鹏集团的鲍总见证了苗青的成长。"蓬生麻中，不扶自直，这个比喻很自谦，"鲍总说，"从你身上我也学到了许多，你身上有种至纯至真的高洁，像一汪清泉，不像我们这些人，都被生

---

[1] 习近平：《在文艺工作座谈会上的讲话》，人民出版社2015年版，第6页。

活浸染成了调色板。"江峰带着悔意说，多年以后他才明白，苗青"一个人的计划"才是人生境界的拓展，自己征服高山大海，只能证明生命的力量，而苗青征服蓝天苍穹，那是证明生命的价值。总部的夏总道："G31的价值无法估量，标志着国防现代化的又一个质变与飞跃。"参加工作第五个年头，苗青"一个人的计划"不再单一，已变成三个板块。第一个板块依然是商用大型飞行器，这是"一个人的计划"的发轫点。第二个板块是隐形特种飞行器，也就是俗称的隐形飞机，这是导师斟酌再三后给她出的课题。第三个板块是新型无人机系列，这是她到飞鹰公司后自加压力制定的计划。五代机就是"国之大者"！苗青说："发达国家已经有了五代机，并着手研制六代机，五代机一定是隐形、高度人工智能化、超音速的飞机，在这个领域我们不能再忍耐了，必须抓紧赶上去。"大仙说："隐形超音速飞机是二爷爷的夙愿，他说五代机不飞上蓝天，他死不瞑目。二爷爷已经年过八旬，时间不等人，苗老师天天夜里七点半开始进入静默模式，就是争分夺秒做这件大事。"当G31被牵引至机场褪去机衣，观礼台上的贵宾集体起立鼓掌。G31魔幻般的机型以及符合目视隐身概念的铅灰色涂装，让G31颜值爆表。

小说的结尾，苗青要找马歌，一直走到迎接队伍的尽头，发现三个人站成一排等着她。是马武、大仙，另一个人她做梦也没有想到，竟然是十年未曾见面的江峰！"马歌走了，所有的治疗方案都试过，包括换血，但还是没有挽留住他的生命，"马武说，"考虑到你有重要任务在身，大家商量暂时对你隐瞒了这个不幸的消息。""我会去龙凤山献花，献上我最爱的凌霄花。"苗青从病床上坐起来说，"我和马歌早就达成共识，一个人计划是我们两个人的计划，也是一群人的计划。""MG？"苗青复述了一遍，忽然她再次破防，泪水喷涌而出。

MG-22，该不是马歌的转世吧？如果说画家以"通过不同女生的眼神来勘察时代地理"的话，那么作家就要用有鲜明时代特点和底色的人物形象为时代画像，苗青——无疑是老藤为新时代之"新"雕刻的画像。苗青既是一个鲜活的个体，一个在新时代成长起来的新人，又是新时代民族精神自觉和砥砺前行的"隐喻"，是群体精神昂扬的象征。

作为文本潜结构的"一个人的计划"，不是为着某种使命所召唤吗？寄予了父女两代人的心血以及导师吴教授和诸多朋友如大仙、白院士、文剑、马歌、鲍总等的厚望，苗青每晚的静默和计划经由集团上报（1+3协作共建）被提升为国家战略，不是对这种使命召唤的应答吗？不仅小说主人公苗青的性格是丰满的，大仙、小宋、文剑、鲍总和江峰与高兰都有鲜明的个性，其人物性格都不是单向度的，都有着自己的人生追求和与时代的共振点，有着高尚的人格与人生修养，是新时代之新的一般性显现。时代是人生和艺术发展的舞台，这个舞台不是现成的，也不是高高在上的，而是在自己的践履中形成的，哪里能施展人生抱负哪里就是舞台。无人机、隐身机、大飞机都是时代的舞台，苗青是时代舞台的剧中人，是时代的弄潮者——谁持彩练当空舞，赤橙黄绿青蓝紫。对此，小说没有回避现实中的矛盾冲突和人性的复杂以及诸多无奈，正是在扎根生活、熟练驾驭专业性科技知识、对大国企运行机制的反思以及不良营商环境批评的文学书写，营造出"社会情境"的复杂与人生舞台的波折，使苗青在十年历练中站起来了，成为新时代的新人典型。

三、一枝独秀不是春，姹紫嫣红春满园

地域的振兴需要精神的先觉，文艺是点燃精神的灯火。鲁迅指出：

"文艺是国民精神所发的火光，同时也是引导国民精神的前途的灯火。"[1]近年来，东北书写、东北作家出圈，已是当下文坛的一个瞩目现象，老藤无疑是其中的领军者，《北爱》高扬的新时代旗帜是这一现象的风向标。从文本中走来的苗青，是新时代故事之新的生动诠释者，她不是单个人作战，一同站立的是黑土地的人物群体，他们都是时代舞台的剧中人，更是英雄造时势的剧作者。事实上，只有一个群体（民族）都胸怀"国之大者"，才能真正实现一个民族的伟大复兴和国家崛起。近年来，喊了许久的东北振兴出现了觉醒的迹象，区域振兴必先显现于精神的崛起与精神力量的破茧而出，东北的文学书写特别是文学辽军的表现可圈可点，在蓄势中出现了飞跃的姿态。老藤是其中的引领者和佼佼者，更是一位有着多年厚重生活经历和文学创作经验的时代敏感者，在文艺发时代之先声中以对"当代性"的彰显紧紧抓住了时代，在以典型人物形象塑造的时代神经牵系中与时代同频共振。

"您了解我，一个执拗的逆行者，可是我不想当孤独者，我希望逆行路上有一个师长来提携我，在东北，我有幸遇到了大仙和您两位师长，大仙在精神上常给我指点，您在科学上给我力量，因为有你们，逆行之路尽管充满酸甜苦辣，但我还是信心满满。这一次，我多么希望您能伸出有力的双臂托起我，让我实现一个人的计划啊。"苗青迎面站在白院士面前停下脚步。"一个人的计划"实际上已经成了一群人的计划。苗青说，"我已经想好了，G31 结项后就将飞鹰公司和九成公司合并，组建新的企业集团，由马歌挂帅，而我在完成家庭小计划后，将全力实施一个人计划的第三步——大型飞行器设计。"

起初，一直担心"设计感"会破坏小说的文气，但随着阅读的深

---

[1] 鲁迅：《论睁了眼看》，《鲁迅全集》第 1 卷，人民文学出版社 2005 年版，第 254 页。

入这种担心消退了。老藤丰富的创作经验和驾驭现实题材的超强审美想象力与作品对哲思境界的追求，形成了小说文本巨大的审美张力和丰富性的意蕴，成全了《北爱》作为一部好小说应有的审美蕴藉性。同时，也揭示了小说对文学性的追求，不仅显现于艺术表达能力的强弱和水平的高低，还有着思想境界的价值诉求，甚至说价值诉求主导着文学艺术性的表达，这使得优秀的小说家也成了思想者，文本是诗与思的对话。事实上，马克思主义文论从不讳言艺术创作要鲜明地表达文学的倾向性和政治立场，社会主义文艺是人民的文艺，高扬文艺的人民性、讴歌新时代的英雄和勇毅前行者，是人民的文艺的本质要求。大连是老藤的精神家园和诗意的栖居之地，他热爱着这片黑土地和黑土地上的人们，因此他笔下的人物是灵动的，语言是清新的，甚至不乏"海蛎子味"，纪年是天干地支的，文本结构是环形的。尽管小说创作在总体上有明显的"设计感"，但在文本呈现特别是能指的丰富性上，地域语言的独特性（"海蛎子味"）、小说叙事特有的节奏感，以及文本结构的独特性（以天干地支来结构篇章）和主要人物性格的饱满，使其在文本阅读中焕发出一种文学力量，许多细节甚至不乏传奇性（如苗青一个时断时续的电话拯救了江峰的生命），都会令人在唏嘘中感动不已。能够令人感动的文字，一定是好的艺术、美的艺术。

沉浸在阅读《北爱》的文字里，读完小说的最后一句话，难掩一丝沉重和悲情，起身倒水来到窗前，望着窗外深秋萧瑟的柏树、银杏树，枯黄的叶子竟然在晚霞映照下泛着金色的光芒，隐约中的生机和活力在冉冉升起，沉重中的慰藉——之于苗青是"一个人的计划"终于成为国家战略而且正式上马了，"总部已经正式下达了研制 MG-22 计划，是大型多用途远程运输机"。之于读者的我，在掩卷沉思中依然回荡着"一个人的计划"……社会主义新人的成长、新成就的取得都不是一帆风顺的，甚至付出生命的代价和历经克服各种挑战的伟大斗争，苗青、马歌、大仙、鲍总、白院士、吴教授、江峰等，在倾听时代的召唤中回应了国家需求，升华了作品的主题。《北爱》是爱东北的振兴之歌，更是中国崛起的复调奏鸣曲。在东北振兴昭显出如旭日东升般的愿景中"我国发展具备了更为坚实的物质基础、更为完善的制度保证，实现中华民族伟大复兴进入了不可逆转的历史进程"。[1]

（发表于《中国作家》2023年第1期）

---

[1] 习近平：《高举中国特色社会主义伟大旗帜为全面建设社会主义现代化国家而团结奋斗》，人民出版社2022年版，第16页。

文学可以为脱贫攻坚贡献什么？
——对长篇小说《战国红》的一种解读

脱贫攻坚、精准脱贫，在全面建成小康社会的路上一个也不能少，是我们党对全国人民的庄严承诺，是中国共产党全心全意为人民服务宗旨的践行。习近平总书记一再强调要坚决打赢脱贫攻坚战，动员全党全国全社会力量，坚持精准扶贫、精准脱贫，注重扶贫同扶志、扶智相结合，做到脱真贫、真脱贫。在党的号召下，全国有上百万干部投身到这一世纪性的伟大实践中，甚至有多名扶贫干部献出了自己的生命，以汗水和鲜血践行了"永远把人民对美好生活的向往作为奋斗目标"的党的承诺，实现了贫困村的"旧貌换新颜"，使千百万脱贫群众走上了小康之路。作为一场举全社会之力的伟大实践，始终与人民心连心、与火热生活紧密关联的文学，自然不能做时代的旁观者。如何书写这一伟大实践的精彩？被时代壮举所激动的文艺家纷纷以艺术的形式投身其中，塑造了一系列鲜活的扶贫干部形象，展示出宏阔的时代画卷和新时代人民的精神追求，以文艺精品实现艺术与时代的结合，以艺术的卓越性追求使"主题创作"为时代定格，以文艺的人民性的彰显回应脱贫攻坚的时代之问。在此，我们通过对《战国红》的解读，探究其为新时代文学创作提供哪些文学经验，它为"主题创作"

树立了什么样的标杆,为扶贫事业贡献了什么,从根本上回答"主题创作"如何成为文学。

一、"主题创作"要以"人民性"的彰显为着力点

在当代文学画卷中,"主题创作"是一个很重要的板块,它带有很鲜明的中国文学特点,但也同样收获了属于时代的文艺精品。对于艺术家而言,写出优秀的文艺作品是艺术家的立身之本。一定意义上,"人民性"的价值导向是衡量一个作品优秀与否的尺度之一。"人民性"的价值导向之于文学创作不是抽象的,它显现于文学的精品追求。

文学能为当下的扶贫事业贡献什么?滕贞甫的《战国红》(《中国作家》2019年第5期;春风文艺出版社,2019)给予了我们多方面启示,特别是作品所彰显的以人民为中心的创作导向,使其成为书写扶贫伟大实践的精品力作。

"人民性"之于优秀作品不仅是一种价值导向,还是作品的逻辑骨架和情感的共鸣点。"人民性"的高扬使文学不耽于做生活的旁观者,而是火热生活的记录者、书写者,是新时代中国共产党人不辱使命的塑造者,是时代记忆的保留者,更是对未来的展望者。近年来,不少"主题创作"的文学作品如《十八洞村》《中国有个藤头村》《高腔》《迎风山上的告别》《经山海》等,都从各自的视角参与到波澜壮阔的扶贫实践中,见证了中国共产党人的承诺,筑起了中华民族伟大复兴的坚实根基和人心基础。以文学来展现上百万扶贫干部的群像,需要通过一个个具体的鲜活的人物形象的成长,需要以人物自身的行动和精神的历练来表现,需要诸多的陈放、海奇、李东、彭非这样的扶贫干部的"身入""情入"和"心入",在沉下心来真正与人民在水乳交融中共绘壮丽的脱贫画卷。正如鹅冠山上那数万株即将盛开的杏花、陈放

呕心沥血的生命栖息地里"战国红"的横空出世,亦如对300年来柳城村"喇嘛咒"的破解,"柳城双璧"的靓丽成长。在文学世界里,这是一片有希望的土地,它不仅有着扶贫脱贫的产业——糖蒜社、四色谷社、大扁杏种植合作社、红色旅游景区的开发、民宿、农家乐、文创产品、纪念品售卖、引资办厂,以"天一广场"为代表的村容村貌的改造;更有着村民精神的成长,一个经济落后村精神风貌的改写,这就是"四大立棍"的重新"做人",这是新时代的新气象,是新时代"强起来"的精神写照。

以什么样的文学经验书写扶贫,是对文学参与扶贫能力的一种考验,是对作品践行"人民性"创作导向的检验。一棵树,一眼古井,五只白鹅,把我们带进了辽西这具有浓郁地方文化韵味的贫困村。作为一个有着丰富能指的文本,作品围绕"喇嘛咒的破解"以几条线索来结构全篇,既有驻村干部的奉献与牺牲,特别是57岁的扶贫干部陈放形象的塑造,可谓独具匠心;也有着少女的爱情,如杏儿与海奇的精神之恋、激情奔放的李青与精明干练思维缜密的刘秀的爱情;更有表征着精神成长的杏儿的诗人之路及其《杏儿心语》的出版等。线索的杂多支撑了意蕴丰富的画卷以及精神的图谱,而成就了文学之为文学的意味。也许是描写对象的朴实无华,作品的叙事和风格也是素朴的,甚至是简单的。有时候简单反倒是一种豪华落尽的真醇,一种文学大手笔的从容。扶贫是党的承诺,是新时代党群关系、干群关系的重构,能否回到曾经的水乳交融、鱼水情深,这是一种情感的转变、态度的改变,它不复杂,是这么多年社会的复杂使某些干部脱离了人民、破坏了党群关系,损害了党的形象。对象的质朴、文学形式的素朴,成全了《战国红》的独特性,给了我们诸多反思和启示。

文学是对生活的描写,扶贫是一种生活方式、生活状态的改善,

《战国红》写出了扶贫实践中的日常生活，以及生活的波澜与起伏，这是小说文学性及其质量的保障。交叉闪回的复调叙事结构，使《战国红》在平淡中又有着地方性的某种传奇意味，如扶贫干部海奇的失踪和突然现身，"喇嘛眼泛红"的征兆与牧鹅少女"观井"的经典画面，还有着新时代网络话语的运用及代际的命运改写。小说中扶贫干部陈放发出"糖蒜社解决不了柳城脱贫问题，但它能使这个村的妇女组织起来，让她们找到自身价值，从而跳出喇嘛咒中关于柳城女人走不远的怪圈"的呼声。可见"糖蒜社"的成立与杏儿写诗一样，是一种精神火炬的点燃，这是文学对扶贫的意义和价值，是对人的精神的塑造和人生激情的点燃，是一种理想的感召和精神的动员，因此扶贫要扶志——需要从中生长出自身的力量，这才是乡村振兴的根本，这才是乡村文明的振兴，这才是"柳城双璧"的时代价值，这也是文学对扶贫的贡献，是文学以艺术的形式参与并传播了时代精神。

二、文学要以现实主义精神紧紧抓住时代

文艺要想与时代同频共振就必须紧紧抓住时代。何谓紧紧抓住时代？歌德基于当时德国民族文化的经典化进程，提出德国文学的自觉，要求艺术家必须坚持自己的独立自主性，要有对时代的深刻思考和艺术卓越性的追求。他认为艺术家的思想受制于他所处的时代，他所做的一切都在时代允许的范围内，如何把握时代至为关键。既然作家无法摆脱时代，要想取得成就就必须与时代融为一体。无论是一个作家，还是一个国家和民族的文艺发展，要想抓住时代，就不能任凭文艺随波逐流，而要在深刻理解时代中保持思想和艺术的定力，追求文艺的独立自主，敢于直视时代的问题，发出时代的声音。

文章合为时而著。在资讯发达的全媒体时代，文学以现实主义精

神书写时代对一个作家的艺术化能力是极大的考验。作家很容易落入媒体资讯的"窠臼"中,很容易屈从于传媒的"引导",甚至滑入生活的世俗表象。文学如何在细节的描摹中抽象出"思想与哲思",如何在价值的传达中丰富对生活的体验及其"艺术性"?无疑,《战国红》为我们提供了如何书写扶贫伟业的文学经验,同时,也丰富了新时代的人物形象画廊。正是出于对扶贫干部的由衷敬意和心底焕发出的爱,感召于扶贫干部付出的生命代价,滕贞甫倾听了时代的召唤,他以其创作表明文学和作家不能对这种伟大实践无动于衷,更不能漠然处之。惟此,《战国红》以浓彩重抹书写了新时代的扶贫壮举,它不是喊口号和贴标语,而是写出了日常——扶贫生活的艰难、组织动员的艰辛、精神引导之乏力,以及各种思想与人性本能的相互碰撞,不回避矛盾,敢于暴露人性的"小",还张扬了文学的独特意味,以此使其在众多的"主题创作"中独树一帜,收获了读者和评论家的口碑。

　　文学"主题创作"之为文学,只有在文学上立得住,才是一部好的扶贫小说。《战国红》立意之妙在于"结"——双重结构的复调叙事——一是"喇嘛咒"的嵌入,"河水断,井水枯,壮丁鬼打墙,女眷行不远",如何被箍,如何破解,成为小说建构文本世界的钥匙,这是小说叙述的表层结构;一是更深层次的文本的潜在结构玛瑙精品"战国红"的审美意象,它是精品的象征,高尚情操和扶贫丹心的表征,是贫困村"小康梦"的象征。双重结构相互支撑和叠加,丰富了文本的能指和审美意味,也深化了作品的所指内涵。这个"结"是颇有意味和传奇性的,在结构中有着地方传统文化底蕴的展示,如"村落就像玉石翡翠老坑,值得善待";也有着革命红色文化的传承,如鹅冠山上抗日遗址的开发,"记忆不打捞,就会被尘封;红色不彰显,恶紫便夺朱";更有着当代社会主义先进文化的指引,从而成就了柳城的真脱贫。如陈放书记所言，柳城是一块福地，脱贫了的柳城有生态、有物产、有精神信仰，柳城一定会站起来，对柳城来说就是一部正在创作的史诗。而对中国来讲，扶贫实践就是一部新时代的中华民族新史诗，新时代的文学就要书写中国实践的精彩和新时代人民的精神追求。

《战国红》不回避生活的矛盾和艰辛，而以文学的力量激发出脱贫的意志，这是文学对扶贫的贡献。其最成功之处是对"喇嘛咒"的审美提炼。一定意义上，"喇嘛咒"是一种恶劣条件下的贫困之疾、生态破坏之病，更是贫穷村民的精神之困，"破咒"需要多方施策，更需要文学力量的化解。这才有了陈放的植树造林对生态的恢复，以医生态之病；有了各种"合作社"的经济基础及其组织化，以治愈贫苦之疾；更有作为精神力量的《杏儿心语》的出版，及新人杏儿、李青等人的成长，这是以精神之力往外拔穷根。玛瑙石"战国红"是一种审美意象，它不仅是一种宝石之精品，更是喻示了扶贫干部的高尚情操，同时还积淀着革命年代的军民情深，以及新时代脱贫的意志。所谓现实主义精神考量的是作家如何紧紧抓住时代。"文艺创作如果只是单纯记述现状、原始展示丑恶，而没有对光明的歌颂、对理想的抒发、对道德的引导，就不能鼓舞人民前进。应该用现实主义精神和浪漫主义情怀观照现实生活，用光明驱散黑暗，用美善战胜丑恶，让人们看到美好、看到希望、看到梦想就在前方。"[1]抓住时代何尝不是对时代发展方向的引导。"小康梦"的实现寄托了柳城人太多的期盼，小说结尾契合于陈放的牺牲的"战国红平安扣"谜底的揭开，革命时期的军民鱼水情与扶贫实践的叠合，以及陈放的骨灰盒上覆盖着老县长的那条灰色的毛围脖，以多重叠加的意象喻示了干群关系的重新建构，在文学中使主流价值观得到弘扬。

---

1 习近平：《在文艺工作座谈会上的讲话》，人民出版社2015年版，第20页。

文学实践中，"主题创作"很容易沦为概念和政策图解，也就是成为康德曾经批判的那种全然不能唤起鉴赏者审美观念的"机械的艺术"。而《战国红》以其艺术性的卓越追求脱出了概念化叙述，在细节的生动和日常的诗意中写出了真实，尤其是塑造了典型的扶贫干部——陈放——一位57岁处于临近退休点的人物形象，他独特的精神心理状态令人印象深刻。一定意义上，陈放也是"新人"，是时代之"新"、价值之"新"。他是扶贫英雄或众多扶贫英雄的代表，一个能够淋漓尽致地展现扶贫实践精彩的英雄形象。作家滕贞甫在"创作谈"中说，"在描绘柳城两批驻村扶贫干部时，我没有图解英雄，也没有刻意拔高，他们首先是普普通通的人，然后才是有情怀的干部，像邻家大哥一样亲切自然。"有着丰富创作实践的"老藤"始终认为，小说不管写什么，首先应该是文学，然后才是其他，如果脱离了文学的轨道，写得再详实、再逼真也会受到质疑。只有达到艺术的真实才能真正抓住时代，从而超越"机械的艺术"，迈向美的艺术。

三、"主题创作"要以精品为时代定格

习近平总书记高度重视文艺工作，寄望于文艺为国家和民族铸魂，以文艺的黄钟大吕传播社会的主流声音，以明德引领社会风尚，使文艺担负起时代的使命。一方面，要求艺术家要有深刻认识现实生活的能力，能够把握时代前进的要求和历史发展的趋势，从而对时代精神有真正的理解感悟；一方面，要求艺术家有深厚的艺术功力，能够按照艺术规律创造生动感人的艺术形象。这样的文艺才能有蓬勃的生命力，才能产生巨大的感召力和影响力。对"主题创作"来讲，就是要为时代定格，写出扶贫事业的精彩。

对于扶贫事业来讲，文学的价值是独特的，它所焕发的力量是不

可估量的。正如恩格斯针对德国风俗画家卡尔·许布纳尔的画作《西里西亚织工》(1844)所指出的,"从宣传社会主义这个角度来看,这幅画所起的作用要比一百本小册子大得多。"[1]扶贫先扶志,文学所焕发的就是"扶志"的功能。不仅理论家要倾听时代的声音,扎根现实生活的文艺家同样要倾听时代的声音,进而以艺术的形式表现时代精神。文艺精品就在于它以特有的艺术方式,反映时代生活和表现时代精神,使其成为一个时代的精神标志,并在反映时代的发展要求中引领一个时代的风气,在时代变革和进步中起到应有的作用。扶贫和脱真贫是世纪性的中国壮举,今日之文艺有责任记录和书写中国伟大实践的精彩,书写这种精彩是文学对扶贫事业的贡献。习近平总书记一再期望艺术家立足中国现实,植根中国大地,把当代中国的发展进步和当代中国人的精彩生活表现好展示好,把中国精神、中国价值、中国力量阐释好。艺术家只有眼睛向下,对多彩的现实生活有丰富的积累、深切的体验,领悟生活的本质、吃透生活的底蕴,才能创造出深刻的情节和动人的形象,其作品才能激荡人心。无疑,《战国红》是响应习近平总书记号召的一次尝试。

文艺发展史表明,任何一部伟大作品,无不体现着人民的情怀,彰显着人民性。而要创作出人民的文艺,最根本、最关键、最牢靠的办法就是深入生活、扎根人民。如同当代文学史上经典之作的《创业史》,其成功的奥秘正是作家柳青"深入生活、扎根人民",14年的生活体验成就了当代文学史上的不朽丰碑。一定意义上讲,有过扶贫经历、深扎经历的滕贞甫创作的《战国红》使人们对新时代文艺高峰有

---

[1] [德]恩格斯:《共产主义在德国的迅速进展》,《马克思恩格斯全集》第2卷,人民出版社1957年版,第589页。

着更多的期待，它通过"深入生活、扎根人民"彰显了新时代的精神特质与理想追求，赓续了当代文学的精神谱系和人民性的价值导向，为新时代文艺高峰的出现作出了思想上和艺术上的储备。

（发表于《当代作家评论》2019年第4期，第111—114页、第119页）

现实的人性与精神的涅槃

——长篇小说《天乳》的新现实主义解读

尽管当下传统型文学创作式微，但近年来文学界依然收获了一批有影响的现实主义作品，如《秦腔》、《泥鳅》、《受活》、《麦河》、《天乳》、《日头》等一批呈现出当代鲜活生活经验和现实主义精神的作品。"21世纪以来我国最重要的文学现象之一，就是现实主义创作又重新回到了主流文学当中，它产生于文学创作与当下生活血肉相连的关系之中，发挥出新的良知的批判力量。"[1]此言不谬。置身时代潮流，当下虽处于积极奋进的改革大时代，但社会转型期的文化思想领域却充斥着虚实不符、阴阳失调、奇幻玄幻戏说盛行、肤浅媚俗搞笑、"快餐"当道的虚无主义氛围，文艺书写的褊狭格局与波澜壮阔的时代形成鲜明落差，在此境遇下一些作家敢于直面现实、以发展的现实主义精神穿透生活表象，显现出作家强烈的社会责任感和使命意识，以及对现实生活的艺术表达能力和思想高度，就显得难能可贵。在人人都是艺术家的大众文化流行时代，新闻资讯的发达使得作家的文学艺术表达面临越来越多挑战，能指的漂浮、文化与社会的互文化、日常生活文学化、文学日益碎片化、审美日益泛化，使得文学创作愈加艰难。到

---

[1] 陈思和：《面对现实农村巨变的痛苦思考——论关仁山的创作兼论一种新现实主义文学的诞生》，《中国文学批评》2016年第1期。

底什么是文学？如何理解现实主义文学？当代文学的使命和担当是什么？如何实现民族文学的经典化？这些问题是有良知的作家不可绕过的，也是当代文学史不可回避的。以此为尺度，一些作家境界格局的高下立见分晓，那些能够创新艺术表达方式、"致良知"、为天地立心、为生民立命、铁肩担道义、直面现实又给人以希望和憧憬的作品，便显得格外珍贵和受人瞩目。"毋庸讳言，在当代社会生活发生巨大变化的历史进程中，当代作家对于其中所产生的鲜活的生活经验表达是不够的。现实主义的创作精神就是要求作家以清醒的理性精神，把握当代生活的变化并具有拓展生活经验、深度呈现生活的能力和思想的能力。"[1]面对时代巨变，特别是全媒体和大众文化的流行，当代一些作家、艺术家所拥有的超越性思想的能力明显不足，艺术地理解和表达本土生活经验的能力尚待提高，紧握时代的文化意识亟须提升。在处理题材虚实的关系上，一些所谓的现实主义作品因基于生活积累大多能写得很实，却因缺乏艺术想象力和哲思抽象能力而显得滞重不够轻灵，缺失放飞艺术想象的维度。正是在时代大潮和文学书写的错落中，《天乳》[2]生成了一些现实主义新质，使"天乳寨"在多重视角下成为一个意蕴丰富的审美意象，实现双重超越：一是对传统现实主义内涵的超越，深入到复杂人性中揭示个体性感悟，在"大我"与"小我"统一中拓展了现实主义的新空间、新境界；二是对地震文学的艺术超越，以个体性的挺立升华出悲剧审美意识，提升了文本的文学性和审美意味。这种双重超越丰富了新现实主义的精神意蕴和艺术想象力，使其走在文学经典化途中，以思想的容量展示了生活的广度和历史的深度。

---

1 王光东：《〈日头〉的现实主义精神力量》，《中国文学批评》2016 年第 1 期。
2 邹瑾：《天乳》，作家出版社 2014 年版。本文所引《天乳》，均出自此版。

一、以现实主义创作紧紧抓住时代

文学如何以自身力量展示作家的人文情怀和对民族精神的追求与建构，不仅是对作家艺术表达能力的考验，对民族文学经典化的促进，对文学审美新境界的开掘，也是文明互鉴视野下提升民族文学话语权的尝试。就人类的创伤记忆和灾难文学书写而言，伟大的作品不应是简单粗糙地记录灾难现场和宣泄情感，也非一味地去恶扬善，而是真实地洞察"事件"中人性的复杂变化，并在此基础上超越外在性灾难本身，把自然灾难融入人类的苦难体验中，表达对人和社会的某种终极关怀。事实上，当代文学中某些地震文学忽略了文学表达的距离感和悲剧精神，使文学在悲剧审美意识生成中出现缺失。这个距离感，本质上是文学的艺术表达和审美能力。何为艺术表达？歌德正确地指出："艺术的真正生命正在于对个别特殊事物的掌握和描述。"[1] 也就是说艺术表达的起点是个别——个体的人和事，关注个别和特殊是艺术表达的审美原则。"通常，审美无法正面阐述各种宏大的观念或者巨型景观，例如何谓神圣、正义、善，或者复述阶级、民族、革命、战争的定义；审美的工作往往是，考察这些大观念、大事件如何与每一个有血有肉的具体人物相遇，如何改变他们的命运，重塑他们的内心。"[2] 从个别具体的人出发，是文学艺术直面现实的特殊方式，是衡量艺术作品价值高低的尺度之一，更是现实主义文艺创作的着力点之一。习近平总书记指出："艺术可以放飞想象的翅膀，但一定要脚踩坚实的大地。文艺创作方法有一百条、一千条，但最根本、最关键、最牢靠的办法是扎根人民、扎根生活。"[3] 对当下现实主义创作，陈思和分析过两

---

[1] 《歌德谈话录》，朱光潜译，人民文学出版社1982年版，第10页。
[2] 南帆：《审美的重启》，《中国文学批评》2016年第1期。
[3] 习近平：《在文艺工作座谈会上的讲话》，《人民日报》2015年10月15日，第2版。

种流行倾向。一种是"法自然"的现实主义，其特点是"把社会现象还原为自然状态，通过大量非典型化的、繁复的生活细节和日常生活场景来构筑长篇小说的艺术世界，揭示出社会变化的大趋势和人物无法避免的命运"。[1]另一种为怪诞现实主义，这一创作思路倾向于汲取更多的民间文化传统中的狂欢因素，"用戏谑、讽刺的手法刻画现实生活场景，夸张地揭露出现实生活中的丑陋现象，从负面逼近现实"。他认为这两种现实主义创作倾向，虽然都以极端形式出现于现实主义文学体系中，但它们以各自鲜明的艺术特点，与传统现实主义创作方法划清了界限：首先，它们都是以自己的方式揭示社会生活的某些真实，引导人们对生活真实进行深入思考，而不是用抽象理想来掩饰生活；其次，它们都没有刻意回避当下社会矛盾的尖锐性，在表现矛盾冲突的手法上，没有编造强烈的戏剧冲突来诉诸煽情，而是采用不动声色的客观描述，或采用戏谑、讽刺的手法，使作品的倾向性通过具体细节表现出来；最后，两种现实主义都有意回避知识分子的启蒙叙事立场，用民间叙事立场来倾诉社会底层的复杂情绪，显现出一定的民间审美理想。显然，从文学创作旨趣看，邹瑾的《天乳》杂糅了两种流行的现实主义倾向，不仅有对日常生活细节的描摹，表现为诗人肖雨与袁草儿（又叫天虹）的爱情纠葛；还有着传奇性、民间性、乡土性叙事手法的大量运用，细腻而奇异地揭示灾难背后的人性成因，展示了丰富的民间文化意蕴；更有着基于社会主流文化价值立场的思考和现代性价值指向，使叙事既超越民间视角又异于批判性的知识分子启蒙立场，从而彰显了一种超越单纯意识形态话语的政治情怀，不是悲天悯人或者鞭笞现实，而是投身其中以政治视角寄望"天乳寨"在政

---

[1] 陈思和：《面对现实农村巨变的痛苦思考——论关仁山的创作兼论一种新现实主义文学的诞生》，《中国文学批评》2016年第1期。

府和社会力量救助下的新生新变,一种乡村治理中的人性复归和正义追求,张扬着一种新现实主义精神。任何一部优秀作品都会彰显其独特性,也就是说,"一位严肃对待生活的作家,只要他敢于直面现实、深入思考,他就能够突破传统现实主义方法的局限,走到真正的现实中去发现隐蔽在生活深处的矛盾所在"。[1]可以说这一创作不仅激发了传统现实主义活力,还在紧紧抓住时代复杂语境的过程中发展了现实主义。其实,每一场"事件"(地震)都有其独特背景,每个人在"事件"中遭遇的创伤都有独特性,一个作家只要触及"这一个",其艺术表达就是典型化的,正是在紧紧抓住"这一个"的过程中,作品展示了时代的变化与文学新质的生成。

《天乳》以真实而细腻的笔触,通过多视角的现实解剖和充满希望的诗意重塑,给读者营造了一种荡气回肠的超现实氤氲,触及了人性的复苏和人心的重建。作品通篇弥漫着一种生命意识,一种人与自然生灵的生命相通,这种泛生命意识折射的是人性之爱。小说的章前章写水儿的养父"一枪打中了母麝。窝洞中那对小麝崽猛地冲了出来,一黄一白,一头扑在麝身上咩咩哭叫……护林汉子心一软,背起枪抱上女婴就回了林场里的松木屋"。第二章"桃花穴"写大灾后香獐子与狼的怯弱,表现出大山里的生灵们是同宗同源,大灾后更是同灾难,强化了灾后生灵应同命相惜和谐共生的理念。第十一章对"大黄"失魂的描写,第十八章"桃花雪"里对年轻的公母狼骚性十足的场景叙述,第十九章"乳泉"里对雄扭角羚争雄斗殴与发情群交的细节素描,都生动展现了人和动物的自然本性。雄性凶猛原本是香獐子、狼、扭角羚的本性,也是人生物性本能的折射,是完整人性的组成部分。作

---

[1] 陈思和:《面对现实农村巨变的痛苦思考——论关仁山的创作兼论一种新现实主义文学的诞生》,《中国文学批评》2016年第1期。

者以文学比兴手法揭示天地生灵的同构性,及人性的生物性根基,使文学扎根于广袤的自然生态,拓展了现实主义文学内涵。同时,时间的超越还使作家有能力洞穿纷繁的现象,洞察人性的复杂和人心的种种不适。既纷呈了爱情纠葛和人性较量,再现了灾区人心灵的相逢与重构,多角度表现对传承千年的"天乳"根脉的情怀,还在民间历史的爬梳中非常老道又游刃有余地展示人物性格的多重性、变动性和个体性,写出了人性当有的本真面目,给读者留下了丰富的阅读再现空间。体现了新现实主义小说不仅要揭示现实矛盾、困境和人性的复杂性,使人感知天乳寨里各种各样鲜活的生命形象,还将现实放在历史的脉动和个体的感悟中加以追思、反思、沉思,使现实生活图景显示出历史的厚重与思想的深沉的价值追求,弘扬了向善力量和坚强希望。

《天乳》在紧贴时代的同时,以朴素、凝重又充满灵动的笔调,真实刻画了袁水儿、范玉玺、老村长、麻牛、菊芬、肖雨等众多人物形象,生动再现了大灾难给灾区人带来的巨大伤痛,以及灾区人民奋力抗灾自救与灾后重建的人间奇迹。将大山里社会各阶层人士集中在震后一年的时空断面上,深层次地揭示了震后乡村治理中的矛盾纠结与利益冲突,在交集了各种复杂感情矛盾与人性纠葛的故事叙述中,展现着灾区人的顽强精神与人性的生长,体现出强烈的社会主流价值指向。其叙事不漂不浮也不直白,在多义解读的可能性中凸显了作品的思想张力。作者始终坚守关注现实、关切底层、关怀弱势的建设性立场。一方面,在真实反映灾难事实的同时揭露阴暗面,让小说具有强烈的悲壮色彩。无论是大灾难里人性的怯弱、生命在利益面前的蝇营狗苟、特殊环境里的人情冷暖,还是投机商人的奢靡生活、基层官场的权力勾当、灾后重建中的急功近利,抑或是袁水儿的惨痛遭遇、麻牛的性饥渴、蔡仙姑心灵的皈依、程子寒灵魂隐痛的煎焚……这众多情节不仅给读者留下极度想象的空间,而且在对现实生活客观、准确、素朴、哀婉的具体描写中,自然流露出作者关切民众的思想倾向和爱憎情感。一方面,作家打破非好即坏、非善即恶、非此即彼的二元思维模式,将人物性格演变放在救灾、抢险和重建中,以复杂境遇中人性所当有的本真面目,解构了道德评判的"进步"和"落后",使人物遵循生活逻辑而鲜活于文学叙事的莲花瓣结构中,葆有了个体的尊严和无奈,这种新现实主义的平视态度,让读者倍感亲切自然。如怀揣美好梦想的袁草儿为生存四处奔波,人生途中又为情所困,后来为追求纯洁的爱情却陷入婚恋第三者的泥潭。你说这兰花一样的草儿是好人还是坏人?本性善良而绝美的袁水儿,少时为了给母亲治病被迫离开青梅竹马的范玉玺而跟着人贩子下山,命运却将她推进地狱般的"三陪"娱乐场;当袁水儿听到家乡遭大难后毅然回乡参与家园重建,倾其所有建好灾后临时小学,家长却听信谣言拒绝让孩子上学;为了帮助自己的旧相好范村长完成招商引资任务,她最终答应广东商人的性要求……如何评判袁水儿的善恶是非?人性卑劣的麻牛曾三番五次玷污女人,最后却用生命保护了植物人袁水儿;看似幽默精明的乡党委书记张驴儿锒铛入狱;好强而狭隘的小菊与村医马老幺灾后重组家庭生出一对双胞胎……这众多人物性格与命运都是以人性的复杂为底蕴,是人性的真实流露和自然表现,从而生成为最具文学冲击力和善恶解剖力的审美意识。对于文学而言,灾难面对的是命运的挑战。对作家来讲,作品中的人物不能止于"命"的无情轮回,而是要揭示出"运"的不屈抗争及迈向自作"元宰"的境界,这才是文学的超越。在复杂人性结构中,人的自然本能和社会属性使人成为矛盾复合体,人性在特殊境遇中的变化和生长会迸发出奇幻的色彩。

《天乳》将灾后重建集中在一个小山村,将整个中国乡村的诸多矛盾与利益冲突浓缩其中，使其与作为"事件"的地震一起集中爆发：灾难与环保、传统与科技、伦理与宗教、计划生育与农民养老、农村发展与三次产业互动、底层官员的无奈、传统文化与新型农民、农村社会治理与阶层利益分配，等等，同时将各类农民与诗人、企业家、志愿者、三陪女、记者、学生、道士、医生、军人、按摩女等社会各色人物相交融，既塑造了一系列社会群像，又刻画了独具个性的个人。习近平总书记在讲话中突出强调了基于个体意义的人民概念，认为"人民不是抽象的符号，而是一个一个具体的人，有血有肉，有情感，有爱恨，有梦想，也有内心的冲突和挣扎"，[1]这是对"人民"概念的丰富和发展。其中对个体性价值的凸显，是对"人民"概念认知的深化，是对文艺要书写"具体的人"的情感、价值和诉求的内在要求。《天乳》以主流价值叙事的视角，使"人民"的概念扎根于中国现代化历史进程，高度契合于中华民族的伟大复兴，在共建共享中张扬人民主体性。以人民性为诉求的优秀文学作品从来不忽视具体的人，也从来不缺乏人性的温暖，由于人民是社会现实的本质所在，人民性特质的个人才更接近现实的人，现实中的个人从来不是抽象、虚幻的存在。

二、《天乳》的新现实主义精神解读

对于"现实主义"概念，不能以僵化的思维来理解，更不能使其意义固化。在文学批评史上，人们基于19世纪巴尔扎克、托尔斯泰等人的文学创作实践，以"现实主义"命名其创作方法，由此形成其经典性内涵，即文学要在社会整体发展中表现人物命运，以实现人性的完整与人的解放的历史使命。20世纪以降，社会现实日益被撕裂，早

---

[1] 习近平：《在文艺工作座谈会上的讲话》，《人民日报》2015年10月15日，第2版。

已不同于19世纪的生活图景。现实主义创作方法及其文学表现形式必然遵循现实的变化，从塑造人物形象转向表现人的内心及意识的流动，唯此才能更切近"现实"。分裂的世界与内心意识的流动是现实的真实图景，就此而言现代主义的某些形式美学探索同样是现实主义的，意在追求文学对"人"的"整体性"观照，只是艺术表达方式有所分别而已。在卢卡契看来，现实主义文学着重表现人的命运，文学要为人的发展和个性解放服务。他认为文学的主题无论怎样不同，其根本问题还是表现人的问题，脱离人的命运而独立的形式是不存在的。[1] 究其本真性，现实主义的"'真实性'不仅是一个根本要求，同时也是一种价值尺度。现实的变化引起了'真实'这一概念的变化，进而促使作家必须在表现方式上作出相应的调整。从这个意义上来说，形式本身就是内容"。[2] 同样，俄罗斯文学理论家、文学批评家亚·沃朗斯基在《观察世界的艺术——谈新的现实主义》中，基于对艺术真实的理解，以荷马、普希金、托尔斯泰、福楼拜、普鲁斯特等处于不同时代与地理环境、精神气质迥异的作家为例，提出一种尊重艺术感觉的新的现实主义观点。他认为"艺术的奥秘"在于"再现最初和最直接的感觉"，"艺术创作就其源泉来说，是直觉的"，艺术的真实不同于科学的事实。固然，艺术家"并不凭空想出美，他是以自己特别的感觉在现实生活中找到美"，但他基于自己对现实的把握，以其艺术的感知和理性的判断，"应当站在自己时代的政治、道德和科学思想水平上……在我们今天，不确定自己对当代革命斗争的态度，就无法写长篇小说、叙事诗和作画。谁要是在这一点上欺骗自己和读者，到头来受欺骗的

---

[1] 参见《卢卡契文学论文集》第1卷，中国社会科学出版社1980年版，第65-66页。
[2] 格非：《小说叙事研究》，清华大学出版社2002年版，第12页。

是他自己。这里光靠感觉、直觉和本能,是不够的"。[1]唯此,沃朗斯基在文末谈到当时的革命无产阶级文学时,明显不满足于表面、肤浅的政治倾向性和艺术的平铺直叙,要求深入生活深层,充分肯定假定性,在批判革命前各种现代主义流派的个人主义倾向的同时,强调"新的现实主义"对印象主义、象征主义和未来派等在艺术形式、风格、手法等方面的努力不应采取回避态度。因此,新现实主义主要指基于传统现实主义创作原则和精神,以一种开放多元的文学表达来书写现实,其中不乏后现代主义的话语修辞和反讽意味,并融入对时代的沉思和价值的判断。可见,现实主义不是固定或僵化的,而是一个契合时代特征的流动的概念。作家陈忠实指出:"现实主义者应该放开艺术视野,博采各种流派之长,创造出色彩斑斓的现实主义;现实主义者更应该放宽胸襟,容纳各种风貌的现实主义。"[2]这在某种意义上是对新现实主义的一种回应,也为新现实主义发展指明了方向。

究其旨趣,现实主义就是文学如何处理现实问题。当下文艺创作面对日益纷繁复杂的现实,以及中华民族复兴的伟大实践,许多作家失去了揭示真实社会场景及其深刻历史本质的耐心和从容心态,以及把握现实的艺术表达能力,而往往浅尝辄止于生活表象。一些作品尽管创作手法、艺术技巧花样翻新、话语新潮,但难以掩饰现实内容的苍白、情感的艺术表达肤浅、价值的混乱摇摆和精神的贫瘠,从而难以触及现实中真实的人生和人的灵魂。歌德认为现实是一切文学艺术的基础,文学艺术不能也不应脱离现实。他在《论文学艺术》中,曾不止一次地说过"对艺术家提出的最高要求就是:他应依靠自然,研

---

[1] 亚·沃朗斯基:《观察世界的艺术——谈新的现实主义》,靳戈译,中国社会科学院外国文学研究所《世界文论》编辑委员会编:《后现代主义》,社会科学文献出版社1993年版,第24—55页。
[2] 陈忠实:《〈白鹿原〉创作漫谈》,《当代作家评论》1993年第4期。

究自然，模仿自然，并创造出与自然毕肖的作品来"。唯此，他对所有那些依靠现实的作家作品和文学倾向都给予支持，而对一切脱离现实的作家作品和文学倾向都坚决反对，因为依靠现实还是脱离现实是文学家的根本态度问题。所以他特别推崇那些集多种知识于一身的文学家，而且一再劝告青年文学家，一定要学习自然的各种知识，因为只有了解自然、认识自然，"才能塑造出各种力和各种运动的碰撞，才能抓住使作品成为一个整体的作用和反作用"。[1] 由此出发，他没有抛弃"艺术要模仿自然"的经典命题，而是对其作了发展。艺术家所奉献的不是自然的摹本，而是经由创造才能进入的"第二自然"——有感情、有思想、由人创造的自然，这是作家依循审美理念创造的自然。"艺术家一旦把握住自然界的一个对象，这个对象就已经不再属于自然，甚至可以说，艺术家在把握住对象的那一刻就创造出了那个对象，因为他从对象中提取出意义重大的，有典型意义的，引人入胜的东西，或者甚至给它注入了更高的价值。"[2] 选择和修正意味着选择和修正者对某种作为标准的本原现象的期许，并因此而有了艺术家不拘泥于实然之自然现象的创造。正是有了创造，使平时看不见的、合规律的、本质的东西显露出来，使艺术品成为一个完整的独立存在的整体，艺术家正是通过整体同世界对话，而整体在自然中找不到，它是艺术家审美理想的产物。现实主义之所谓"现实"乃是创造的现实——融入创作者的思考和艺术表达及其审美意识的生成，是对艺术家驾驭题材能力和理性思想的检验，进而以艺术形式融入人类的情感结构和人类的文化心理。究其本质，艺术活动传达一种人类情感，具有跨文化的可通约性，因而能感动全世界的读者。海德格尔更是基于现代人文主义的

---

[1] 《歌德文集》第 10 卷，范大灿、安书社、黄燎宇等译，人民文学出版社 1999 年版，"译本序"，第 1、2 页。
[2] 歌德：《〈雅典神殿入口〉发刊词》，《歌德文集》第 10 卷，第 53 页。

时代高度指出：艺术就是真理的生成和发生，是自行设置入作品的真理。[1] 就此而言，文学以生命之体验绽放艺术的审美之维，成为文艺的魅力之核，真正的文学、伟大的艺术必然揭示"真理"。以"真理"为内核的文艺作品，因揭示存在的境遇和个体性感悟，不断生成为经典化的文学作品。

从文坛现状来看，"描写中国现实，需要中国经验，这对作家来说是一个严峻的挑战……作家光有生活积累是不行的，作家对生活的认知、理解、过滤和把握更为重要"。[2] 有学者指出，"放眼中国文学界，尤其是长篇小说写作领域，一个无法回避的问题却是，大多数作家所匮乏欠缺的，正是这种其实特别重要的深刻思想能力。所谓思想能力，其实并不神秘，说到底，也就是强调作家在写作过程中一定要对自己的表现对象有深切独到的理解与发现"。[3] 克服挑战需要作家扎根现实生活，在深入生活又超越现实中展现思想的力量，在这一方面《天乳》表现出难能可贵的探索。所谓"新现实主义"主要立足于时代语境，依循时代变化赋予文艺创作某些新质和特征，它既坚守传统现实主义文艺的社会化特征，把人理解为时代（历史）和社会的产物，展示了时代之"大"，而融入了民族精神和社会主流价值指向，在社会地基上站立着"大写"的人；又在回归现实主义精神中深化人的个体性维度，描摹个体之"小"时不用一些大词如"理想"、"政治"等抽空人性的复杂词语，在人性的丰富中揭示"小我"的成长，展示一种刻骨铭心的体验和内心精微的感受，使人在一种平视中升起敬意。具体

---

[1] 参见海德格尔：《艺术作品的本源》，孙周兴译，孙周兴选编：《海德格尔选集》上，上海三联书店1996年版。
[2] 关仁山：《文学应该给残酷的现实注入浪漫和温暖》，《中国文学批评》2016年第1期。
[3] 王春林：《乡村大地的沉重忧思——评关仁山长篇小说〈日头〉》，《中国文学批评》2016年第1期。

而言,所谓"新"在情感表达上,主要偏于对个体性情感(喜怒哀乐、怨天不尤人)的透彻与尊重,其审美意识的生成基于个体实践,而非集体性或社会性经验;在艺术表达上,对人物的塑造既没有拔得过高,并非高高在上不食人间烟火,也没有低于地平线似的"一地鸡毛"般猥琐;在精神表达上,既宏大(依托题材发掘民族精神)又细小(个体感悟),既洞察人性的幽暗,又展示人性善的力量;此外其实还有一些"空白",留待读者的期待视野一同完成,从而展示出创作者超强的艺术想象能力。

可以说沉甸甸的《天乳》中神奇的想象,让人感受到了新现实主义的力量,正是在思想意蕴的提炼和审美表达上的突破,使《天乳》拓展了现实主义文学的艺术空间,为我们深刻领会新现实主义提供了典型案例。《天乳》巧妙的章节布局,使相对杂乱的时空关系显得清晰有序,莲花瓣式的结构增强了故事的趣味性和审美意蕴。在文本结构上,作品既围绕灾难与重建的主线又以莲花瓣式叙事结构,将诸多矛盾冲突和利益纠葛聚焦于"灾难场景",描绘了一幅现代化进程中流动的现实主义画卷,在切近现实中展示时代之"大",在弘扬现实主义精神中深化对现实的认知和审美再创造;同时又依循现实主义的叙事逻辑,以"小我"的感悟揭示人性恢复与根脉传承的艰难,在人性挣扎中闪耀不息的人性光芒。在艺术表达上,文本结构的妙思与用心,打破了文本空间的封闭性,使文本呈现多元化开放式的立体结构,以时间之轴的绵延打破地域空间的局限,增强了文本的厚度和生动性,扩大了文本的文学容量,使其具有了更多文学性与审美性,增添了文本的可读性与地域文化色彩。

在审美意识生成中,作者运用传奇、魔幻和比兴手法,写出山林中人兽性灵相遇的神秘及人神感应,使现实题材徜徉于文学的氤氲中。马克思认为，人直接地是自然存在物，人作为自然存在物，而且作为有生命的自然存在物，一方面是能动的自然存在物，一方面是受动的自然存在物。[1] 因此，人不仅要发挥能动性，更要自觉承受着受动性。小说不仅基于地域文化使用大量民间俗语，在民间民俗文化的氛围中展示人与自然天人合一的意识，还在万物有灵混沌状态的描绘中赋予人某些传奇色彩（如蔡仙姑、獐子精、县长娃等，袁寡妇与獐子的关系、獐子养活袁草儿、蔡仙姑"死而复生"后疯癫而被地震震飞却恢复正常等），大灾难使香獐、狼、蛇等失去兽性，使大黄狗失去野性，灾后重建也着意展示了生灵的复苏：扭角羚的发情、母狼的骚性等，从而将人的思考引向自然生态。同时，在古老文化意象基础上运用隐喻，既增强了小说内容的厚重感，也增添了文本的幽默感、情趣性等文化韵味。西方文艺创作及研究中也多用比喻，如古希腊哲学家柏拉图的"床喻"和"穴喻"，以及现代诗人艾略特的"荒原"等，在后现代文艺创作中更是充斥大量比喻。《天乳》基于地域文化底色，展示了川北地区的自然生态与文化特色，对獐子、扭角羚等灵兽的生活习性，对石工号子、祭梁的段子以特别描述，弥漫着一种魔幻意味。其中对丧葬的细节描写，不仅增添了小说的悲伤情绪和灾难的悲情氛围，更体现了对逝去生灵的尊重，反映了作者对未来的希望和重生的憧憬。报丧、办夜、坐夜、参灵、唱祭、发丧、送葬、丢买路钱，包括头七、迁坟等，无不构成川北地区一套完整的丧葬习俗与风情画，增添了灾难题材作品的悲郁气氛和悲悯色彩。川北民俗的大量运用是《天乳》营造悲怆情节的需要，也是其传承文化根脉的体现，如石工号子、情歌便体现出这一传承。"根脉传承"展现了作家的文化情怀，这

---

[1] 参见马克思：《1844 年经济学哲学手稿》，《马克思恩格斯文集》第 1 卷，人民出版社 2009 年版。

根脉就是人脉，人脉就需人的再生产，人的再生产离不开精神信仰。哀悼日那天大雨滂沱，村民们还沉浸在悲痛之中久久不愿离去，老村长嘶哑着嗓子在广播里喊："我们的亲人都走了一大群，我们得好好活下来，天乳寨的根脉还要一代一代往下传啊！"

另外，为了给小说注入具有审美气息和文学张力的诗情画意，小说引用了很多凄美的诗歌片段，如表达肖雨与袁草儿之间有缘无分的爱情："不敢企盼窗外的微明／不敢触摸三月的体温／我好怕那灼人的春天／将我这冰冻的腊月温化"，"转眼就到分手的秋季／天地间依旧烟雨蒙蒙／你撑着一把红伞奔走在月台上／我隔着车窗玻璃泪如泉涌／萧瑟的寒风刮过来／枯了一路阳光／也枯了我寸寸柔肠……"流露着忍痛割爱的无奈。诗歌不仅是中华民族的文明标志，也是文化灯塔。小说人物与诗歌有关，诗歌也影响着人物的命运，决定着故事情节的推进。同时，作家对人物的遭际多以诗意般场景加以渲染。肖雨与袁草儿为数不多的几次相遇，总是充满诗意，不仅因为他们是诗人，共同组织了兰心诗社，更主要是他们有真正的诗人情怀与梦想。无论是火车上与香女偶遇、月亮峡诗会逃险，还是兰心诗社幽会与花海里的两情相悦，就连震后的灾区寻亲都充满着灵动和浪漫色彩。袁草儿，最初在迷惘绝望中为诗所鼓舞，燃起生活的希望，组织兰心诗社，到最偏远的村寨小学支教，最后在地震中为保护学生献出生命，她不仅因为诗重塑了生活的希望，也重塑了生命的高尚。

除了借助文学氛围的营造和诗意表达，作品还着力通过文学意象塑造一种审美意识。作者在作品中鲜明地表达一种文学意象：以范玉玺从震前一个能生双胞胎的雄健男人，震后生殖能力艰难复原的叙述，反映了曾经根脉异常兴盛的村寨人在震后的命运多舛，及个体心灵的残缺和人性的复苏。《天乳》对地震伤痛的描写，除了眼见的现实惨状和以范玉玺为代表的心理阴影描写外,还有对"大黄"的描写。在大自然面前,人类何尝不像"大黄"一样;在大地震面前,一切生灵都是那么渺小无助。大自然对一切生灵是平等的,哪怕是主宰世界的人类。神奇的天乳孕育本真的天性,肆虐的灾难考验复杂的人性。大地震使受灾山区的生灵受到灭顶的心灵毁损与精神创伤,通过岁月的医治,慢慢开始有了难得的野性复原,这种文学创作凸显出作家的一种思索:物质层面的救灾相对容易,而精神心灵的重建和人性的复归则是艰难,这种思索饱含着作家对灾后山民命运的忧患和思考。即使如麻牛般的人物,作者也没有戏谑般地嘲讽,而是寄予了深切的人道主义同情。评论家李建军认为:"好小说是具有现实主义精神和底层关怀精神的小说……好小说是致力于发现并揭示生活真相的小说……好小说是那种充满正义感和责任感并致力于向上提高人类精神生活水平的小说。"[1]笔者深以为然。

作为新现实主义作品,《天乳》的新现实主义诉求表现在拷问人性的反思和对人性深度的揭示,展示了现实境遇中人性的复杂和超越性追求。《天乳》以穿透性的笔触于细微处再现震后的悲怆实景,以文学的想象力书写大灾难带来的心灵毁损与人性扭曲。无论是面对难以抗拒的大地震,还是不可逆转的命运,或是纠结不清的爱恨情仇,小说涌流了一股强大的人性抗争力量。这里有山岩夹缝里的呐喊,有死穴与兽场的呻吟,更多是人性本能挣扎的呼喊与开山打石的"号子声"。小说对辈分不同的孬果和豌豆花因偷情而殉情的描写,反映了天乳寨古蜀道驿站上道德传承中的血色悲音;金磊子发誓要为大哥大嫂守孝三日,意外发现金矿后却欣喜若狂地连夜出走,因开矿"噪音搅扰费"

---

[1] 李建军:《何谓好小说——关于第四届"鲁迅文学奖·中篇小说奖"及其他》,《小说评论》2008年第1期。

分配不公而使上下村乡亲又为金矿"涨红了眼",反映出生存在废墟上人的逐利本性;麻牛多次猥亵山乡同胞,连50岁的驼背也不放过,灾后长夜难熬竟然捉住兽圈里的母麝泄欲,这种大灾里的人性本能表露得淋漓尽致。特别是小说叙述一辈子没碰过女人的护林老汉与养女意外赤裸相对时突然跪地,袁草儿为报恩一下投入其怀中"任他捏任他咬",但后来护林老汉却自杀在山洞里,当袁草儿"找到护林老汉时,尸体已开始腐变,两个眼睛都是黑洞,一对眼珠子还死死地抠在护林老汉的手心"。这一乱伦的描写揭示与还原了人性的复杂,引发读者深沉的思考,也许文学对此可以写得更美一些。同时,小说在几条主线交替穿插看似畸恋实则动人的爱情纠葛,以特殊时段里的人性解剖与心灵拷问,彰显了作家对灾后山民凝重的命运忧患和深层的人性思考。

在政府和社会救助下,天乳寨积极进行产业重建,千年圣寨钻出了含氡的温泉,天乳菌业越做越大,竹器厂、地震遗址公园和通往外界的高速公路、地震灾区旅游开始立项建设;月芫在大家的关爱中保住了生命,装上了假肢,读了技校准备回天乳菌业上班;姚小菊和羌族人马老幺重组家庭后孩子出世,这是寨子里灾后第一个新生命,而且是一对双胞胎;在不断的精神激励与水儿的鼓励下,范玉玺终于振作;小说结尾,天乳寨梁"乳泉"再现,袁水儿板房后年轻的母獐顺产三头小崽……这些都展现着灾区新家园重建的丰硕成果,更是对人性再度张扬、生活再度鲜亮、生命再度辉煌的生动表达。历史根脉是一种民族精神和文化本源的传承,它是贯穿文本始终的一条红线。肖雨与班草医颇有禅意的几次对白,是作家对这种根脉情怀的极大注解。班草医说:"有根脉,才有枝叶,根即渊源,脉是流传,人性虽无常,万事皆有因,如果连根脉都丢了,那我们还活个啥?"小说尾声特别点题回应了根脉传承的希望所现:"通阴观桃花洞穴前人工打钻的石泉井出水了，酒杯粗一股泉水直往外冒。慧源（蔡仙姑）陪着女道长立即到道观正殿上了一柱高香。慧源说：'乳房好比是女人的天，要是没有了乳，那这个山寨还能一帆风顺吗？'道长说：'天乳寨神泉再现，我们今后就叫它乳泉吧！'"

三、在超越中迈向文学经典化

四川川北青川县东河口，2008年5月12日下午2时28分遭受灭顶之灾：西北两面的王家山、牛圈包拦腰折断，崩炸下来的两座大山瞬间将东河口村几乎全部掩埋。红石河被阻断，山谷已填平，780位村民被深埋在110米的土石方之下。东河口——汶川大地震中地质破坏形态最丰富、体量最大，造成堰塞湖数量最多、一个点上死亡人数最惨重的小山村，灾后被改造成地震遗址公园。地震遗址公园入口广场上有3块巨石，地质专家说，这是从两三公里外的山体上飞崩下来的，巨石块落插在地上，刚好组成了一个凝重的"川"字。这是大自然留给人类尊重科学、尊重自然的一种警示，更是对四川和北川、汶川、青川"三川"遇难民众的一种无声的祭奠。如今，这个巨大的"川"字已经成为历史的定格，3块石头分别间距5.12米和2.28米。[1]

小说以重灾区川北青川县东河口村为故事发生地，放眼整个汶川地震及其灾后重建。相对于大众日常现实生活的文学书写，现实灾难的文学创作更难，遭遇的挑战更大，也更加考验作家的艺术想象、审美表达能力及超越性思维能力。"正常状态下人的理性或人作为'理性经济人'都是可以理解并应得到同情的，但在地震等特殊境遇下过度的理性使人沦为'冷血的存在'，这不仅使人泯灭苦难意识，也丧失了

---

[1] 参见邹瑾：《〈天乳〉与东河口情结》，《天乳》。

悲剧精神。"[1]作者忧虑的是，即使有了后来凤凰涅槃般的幸福洗礼，但当初那黑色的伤痛却是永远的，住进新居后的心灵还是枯荒的，大山里那传承了千百年的母亲乳汁一样的根脉还在么？面对灾难或苦难，只能经由克服与转化才能实现超越，这需要人类意识的意志克服与精神升华。如学者所言："人的受苦和不幸是一个存在的事实，从自然事实或历史事实的范围来讲，这种受苦的存在是自然而然的。因为它符合自然的或历史的本然构成——天灾人祸难道不是与自然事实相符吗？那些在自然灾害（地震、洪水）、历史事变（日常生活的偶然事件）中遭到不幸的人，在自然事实或历史的范畴上讲不是无辜的，而只是偶然的事实发生在他身上而已。"[2]文学书写与美学升华是克服与超越的方式之一，苦难美学不是停留在对苦难的体验上，而是在体验中有理性的思考和人性的拷问，进入深层的审美沉思。其实灾难文学书写的从来都不是天崩地裂、遭受破坏摧毁的灾难场景本身，而是灾难中的人与命运以及从中升华出的精神。面对苦难或灾难，唯有在抗争中才能实现救赎，才能升华出"人"的意义。其对艺术真实即人物复杂个性及其命运的揭示、人物思想情感的变化与流动性的把捉，是通过一系列情节和事件再现，显现出作者的立场和态度。因为有了时间上的"距离"，小说在反思中超越单纯的歌颂与白描式的纪实，深入到历史与人性的复杂境遇中聚焦艺术真实，深入到生命复苏的本能即人的再生产与人性回归的精神再生产的文本潜结构及其生命意象的营造，既有生殖意象的"命根"、"乳泉"、"猪尾"、"母獐"、"大黄"等的生命复苏，更有信仰的皈依（如蔡仙姑）与精神升华（如水儿、草儿）等，以及肖雨的人性救赎，老村长的奉献与范玉玺的踏实肯干，

---

[1] 向宝云：《灾难文学的审美维度与美学意蕴》，《社会科学研究》2011年第2期。
[2] 刘小枫：《走向十字架上的真》，上海三联书店1995年版，第139页。

把对特定境遇下人性的拷问融入到对地震的反思中，以文学发掘生命的价值和人性的深度，在审美意识生成中传达苦难的声音和苦味，在对"苦难"的体验中实现精神超越。

就灾难题材而言，抗日战争对中华民族的伤害是一场巨大灾难，可谓"一寸山河一寸血"，但迄今还没有出现公认为世界经典的文学作品，充分书写和铭记这段历史与民族心灵的苦难和精神的升华。多难兴邦，这是人生信念，更是文学的信念和使命！中华民族不缺乏灾难的体验与切实的感受，只是缺乏深刻的反思与审美意识的升华，善于遗忘，不能直视"痛点"。虽然有不少反抗"灾难"的文学书写与民族精神的展示，但多是停留在歌颂对苦难的超越上，似乎某种意识形态宣传的意味过于浓厚，而真实的人性嬗变的描写或多或少受到了压抑与遮蔽，没有平衡文学的人性维度与意识形态维度之间的张力，导致灾难文学文本数量巨大，却鲜有经典性作品，这进一步表征了灾难文学整体的不成熟。如果一切纪念都仅是怀想与歌颂，或者浅薄的戏谑，我们就不可能在历史的道路上前行。伤痛可以随着时间和新生儿的诞生而变淡，但个人创伤的记忆却不随时间流逝而刻骨铭心，向死而生是一种生的无畏和死的光荣，是一种生命的积极绽出。正是基于个体情感体验的感悟，作家张翎的《余震》实现了对钱钢《唐山大地震》的某种超越，张翎对个体心灵的关注，使其能够感动更多普通人。文学史表明，只有以"壮士断腕"的决绝和清醒来纪念英雄，敢于正视淋漓的鲜血和人性的幽暗，以文学的方式"纪念"英雄，才能创作出让民族变得厚重、思想变得深刻的经典作品，真正的文学应该穿透灾难，因人性的挖掘而走向人类精神的经典化存在。

"现实有丑恶，但作家不能丑陋；人性有疾患，作家内心不能阴暗。作家要有强大的爱心，要热爱脚下的土地，热爱土地上劳动的农民，因此，作家的内心要不断调整自己，要有激浊扬清的勇气，还要有化丑为美的能力。自己要有强大的精神力量，还要从反思中给人民以情感温暖和精神抚慰……复杂生活要用思想点亮，要想表达明晰、透彻，首先作家自己心里要有光亮，有温暖。"[1]正如作家关仁山反思的，作家到底有没有面对土地的能力？有没有面对当今社会问题的能力？能不能超越事实和问题本身，由政治话题转化为文学话题？超越现实需要想象力打碎现实再加以重塑，在隐喻和象征中书写。真正有价值的不是故事本身，而是故事背后的思想和文化含量。就作家对现实主义题材的艺术把握和思想抽象能力而言，《天乳》充满奇特的想象和令人叹为观止的细节描摹，将新现实主义的真实性与批判性提升到一个新高度，走在了当代文学经典化的途中。《天乳》既借鉴了欧美现代主义的荒诞、反讽的创作方法，更传承了中国古典文学中的比兴手法。作品的叙事策略是莲花瓣式的中心聚焦，采用顺叙、倒叙和插叙，通过浪漫的诗性与民俗的穿插，使叙述借助艺术想象实现了古典文学赋比兴手法的"陌生化"效果。全书的章前章"神泉"篇简叙了村寨的历史渊源、地域特征和民族传统，并以乳、根、穴等意象和现实中的蔡仙姑等营造了古寨的神秘与悠远。文本叙述方式的转换，既使能指形成中心漩涡，又使所指形成一定的间离效果，使得文本充满文学的审美氤氲，促使诸多隐喻意义的生成，增强了文本的神秘感和能指的丰富性，增添其文学意味和审美意象的厚重性，在特定时空内有了人物、景物变化，有了情感的跌宕起伏，使得叙述笼罩在文学性的营造中。小说叙述的复杂性和文化的厚重性，既增强了文本的可读性和趣味性，又拓宽了文本的空间性，使文本结构拉得很开，犹如一个

---

[1] 关仁山：《文学应该给残酷的现实注入浪漫和温暖》，《中国文学批评》2016年第1期。

绵延的大舞台，各种生灵轮番表演，人、兽、物同台竞技，相互依托、共在共生共长，使"天乳"和"根"的内涵不断丰富，彰显了作者的文学功力和包容性的审美构思能力。《天乳》虽以现实主义观照现实，但不是"零度叙述"，而是对灾区的生活有着热切的关注和深切的同情，充溢着一种爱的意识和温暖的精神。"根"与"乳"的意象反复出现，张扬的是生民的求生欲望与抗争灾难的心理基因和精神追求；扎根于厚重悠远的地域民俗文化，使得作品陡然丰满，艺术性地灵动起来，迟滞了人物在地震舞台上的表演而拓展了文本内涵。

人民是文艺创作的源头活水，作为涵养艺术的土壤，文艺只有植根人民、紧随时代潮流，才能繁荣发展；艺术只有顺应人民意愿、反映人民关切，才能充满活力。习近平总书记指出："一切轰动当时、传之后世的文艺作品，反映的都是时代要求和人民心声。我国久传不息的名篇佳作都充满着对人民命运的悲悯、对人民悲欢的关切，以精湛的艺术彰显了深厚的人民情怀。"历史上任何一部伟大作品，无不体现着对人民的情怀。能否创作出人民的文艺，最根本的办法是扎根人民、扎根生活。艺术家只有眼睛向下，真正走进火热生活的深处，"虚心向人民学习、向生活学习，从人民的伟大实践和丰富多彩的生活中汲取营养，不断进行生活和艺术的积累，不断进行美的发现和美的创造"。[1] 在人民中体悟生活的本质、吃透生活的底蕴，把人民的喜怒哀乐倾注在自己的笔端，才能创造出深刻的情节和动人的形象，用文艺讴歌不断奋斗的人生，刻画最美的人物，坚定人民对美好生活的憧憬和信心，其作品才能激荡人心。《天乳》的成功表明，唯有表现人民伟大历史实践的文艺作品才能彰显出时代精神，使文艺发挥最大的正能量，进而

---

[1] 习近平：《在文艺工作座谈会上的讲话》，《人民日报》2015 年 10 月 15 日，第 2 版。

有利于增强读者对社会主流价值观的认同。

艺术成功的关键是在书写中传达某种真实感和审美价值的升华，在尊重艺术真实的逻辑中提炼出精神的标高。所谓"真实"既有地震场景的真实，也包含乡村矛盾与利益分配及其功利性追逐、生态环境破坏的真实，人物之间情感的真实、民俗氤氲的真实，也有肖雨与袁草儿精神之恋的真实，更有水儿与程子寒、赵冬云伦理冲突的真实，因"真实"而摆脱了简单化与脸谱化，在对"人民性"的追寻中升华出精神的意义和审美的价值。正是"真实"使人物形象塑造突破了传统的二元对立思维，消解了对人物好坏善恶的简单道德判断，而被置于广阔的社会历史语境下：大灾里人性的怯弱、生命的脆弱、人性的卑劣、利益的算计、崇高与平凡等，揭示出人性的复杂和生存的无奈，刻画了复杂境遇中"真实的人"、"真实的人性"，不是简单的场景再现及单纯的歌颂与批判，而是在"人性"的揭示中有所思有所悟，既有现实鞭策更有精神追求。如肖雨与袁草儿的爱情在道德天平上是倾斜的，但在文本语境下却如泣如诉、浪漫旖旎、哀婉生动、仓促短暂。究其本真性，流动的现实性离不开艺术家内心的感知和价值判断，这是对生活真实的超越，是作家艺术能力的显现。

只要现实生活中存在社会矛盾，有人与自然生态、社会的冲突，以及人的解放问题，现实主义就有生命力。作为高扬现实主义精神的地震文学，同样要揭示人的"命运"，即真实的个体在灾难中所处的历史、现实、社会等错综复杂关系中的"命运"——现实主义文学的母题。中华大地虽然历经太多的苦难和自然灾害，但精神升华的高度似乎难以触及人类哲思的高度，书写者的哲学意识、审美理想、文艺表达能力、精神信仰与人道主义情怀尚有不小的提升空间。一些作家一方面深受20世纪占主导地位的传统现实主义创作原则以及自我表现的创作理念影响，对地震的文学书写多是再现或模仿地震场景，追逐于表象"真实"，或受制于时代所要求的宏大叙事，以集体性救赎为社会制度优越背书，对"小我"的塑造达不到精神独立的自由高度，"小我"往往被"大我"所规范和询唤，成为"大我"的传声筒，缺乏深刻的个体性反思和情感抒发，使得作品对人性的挖掘深入不够、浅尝辄止。甚至在某些地震文学中仅有"大我"，而无"小我"的细节呈现，舞台之"大"与人物之"小"不成比例。另一影响表现为创作者多受大众传媒引导，往往根据大众媒体所传递的价值观进行创作，因缺乏艺术表达能力，导致写作视阈受限制，难以表现创作主体的审美意识、艺术个性，使得文学书写沦为大众传媒的"注解"。相对于新闻传媒的热烈介入，过近的距离使文学保持沉默，沉默不是怯懦与软弱，而是维护文学的真实与尊严。在作者的叙事中，文学抚慰了灾难中人的心灵，更启示着人性的复苏和精神价值的追求，灾难带走了很多人的生命，使很多家庭支离破碎。重新拾起生活的勇气和信心，需要文学的力量医治创伤。只有把重建的信心融入故事叙述中，让灾区的生命感受到希望所在，他救亦需自救，在个体自救中人性之光熠熠生辉，在他救中展示社会制度的优越性和强力。"抗震救灾中对人的生命的重视，直逼人性的核心价值，是中国当代文学在市场化生产中遭遇的一场价值拷问。"[1]作为新现实主义作品，《天乳》的意义不单是地震文学的人性书写，更是在民族文学经典化旨趣上的努力。

其实，比地震更可怕的是人性的沉沦与道德理性的丧失，人性的卑劣、贪婪会促使自然灾害转化为社会悲剧，中国当代文学在这方面尤其是直视现实矛盾的能力有待加强，亟须反思到人性本身和人类文

---

[1] 冯宪光：《与地震灾害相遇的文学与文学理论》，《西南民族大学学报》2010年第8期。

明的制度化成果高度，才能经由对苦难、灾难的文学书写升华出意义。其重点不再是灾难本身的残酷，而是在苦难升华中站起来的真实的个人，个性丰满、有担当及超越性追求的具体的人，同时又以其精神的超越融入社会主流价值指向成为"大写"的"人"，从而实现"大我"与"小我"的统一；一个以血肉之躯脚踩大地挺立于广阔社会生存图景与现实关系中的人，一个真实的能与我们平等对话和平视的人，一个不再仅仅是被意识形态塑造却又背靠强大社会精神力量的人，才是文学书写的时代英雄，这样的书写才能触及时代高度。只有紧紧抓住时代，才能描绘出复杂境遇中人性的变化与生长。这正如加缪在《鼠疫》中通过对新闻记者朗贝尔的性格与情感变化的描写，揭示出人性真实一样。在灾难情境中，人面临的是恐惧、失序、威胁和资源的短缺，特定境遇下人性中各种力量的相互撕扯，人更会趋于本能，更易显露人性的卑污，而在挣扎中向上的力量才真正展示了人及其文明的光辉，向下的卑污则更可能使人疯狂，这才是真实的人性状态，有思考、有挣扎的善良是人性的真实，这是升华和超越的基础。灾难突然把人置于异常境遇，会使人们更能真切感知世界和自我的本真状态，会促动人的精神世界和现实存在的发展，而有了更多可能性。文学就要表现这种可能性及其发展变化，并试图表现对本我的超越，从而在境界上指向人类生存的超越性价值。"超越性是人类生存和活动的本质属性，反对一切对个人的或人类的精神上、肉体上的束缚，这就是人的本质的全部内涵。"[1] 文学如何表现"真实"？就艺术表达而言，文字和形象背后往往是创作家的主体审美能力和心灵的沉淀与理性的思考，尤其是作者邹瑾个人的特殊身份使他得以历经"灾难现场"并有切身

---

[1] 刘建军：《演进的诗化人学——文化视野中西方文学的人文精神传统》，东北师范大学出版社 1998 年版，第 7 页。

体验，一种非外在的感知与观察，是力透纸背的、沉浸式的投入与反思，使他在创作中对"现场"的感受特别深刻，这是有别于其他文学书写者的独特性所在。在《天乳》中，作者把"地震场景"置于社会背景下来展示，放在地域文化的氛围中来书写，这种直面人性思考，穿透文学书写的"先见"，把视点聚焦在个体性的人生感悟及其生存境遇上，从而打破常规，有利于实现"陌生化"的艺术效果，而把生活真实、新闻资讯转化成为文学场景，自然展示出地震文学创作的"这一个"，使得作品不再是大众传媒的文学注解，呈现了文学话语的新鲜感，在独特性、丰富性上不得不说是对地震文学的一个提升。可见，"真实"是《天乳》生成审美意蕴的根基，是文本艺术真实、作品文学性生成的基础。

文学实现对灾难的超越，取决于创作者的理性思考和艺术表达能力——人性的局限性及其无限的可能性（境界的提升或命运的屈从）。就当代文学而言，无论是《唐山大地震》还是《余震》、《天乳》，都展现了人的生命力与高尚的人格和至善的人性，弘扬了生命的尊严和崇高精神。灾难以其突发性、不确定性打破了人的日常意识链，而惊醒了人之为人的意识，唤醒了有着超越性可能的主体意识。《余震》、《天乳》有着对超越"命"的人之"运"的审视，以及对他们性恶冷峻的洞穿，它们关注心灵的焦灼与不安，这种文学洞察达到了人性悲壮的"艺术真实"，其"痛"可以让人铭记终生。《余震》、《天乳》不只是与"事件"拉开足够的时间距离而有了理性的审美距离，这有利于作家对"事件"从容叙述和冷静审视，更在于它们在艺术表达上的探索，以文学方式深入到个人内心深处。其实，在灾难中考验的是赤裸裸的人性，如《天乳》中老村长般向上还是麻牛般向下，都是有可能的，分别在于文明的教化与积淀。超出道德评判的视域，善恶仅是人性的一部分，事实上在境遇中有着人性的挣扎、卑污的心理冲突，无论是自救者还是拯救者都显现了人性的高贵，这样的文学书写触及了人类文明的母题，迈向了文学经典化的道路。拥有高贵的人性是超越灾难的动力，那种在灾难面前失去尊严和斗志，在灾难中沉沦堕落，其实比灾难更可怕。就此而言，《天乳》中有一系列人性光辉的亮点，这正是中华民族积淀的深沉的民族精神，是中华民族几千年生生不息的遗传密码。依循新现实主义创作，《天乳》推进了对人性复杂性的揭示，其"人性"显得真实可信，不是高不可及的"神"，但人之为人就要积极地生存（如老村长、范玉玺），而非沉沦于世（如麻牛）。唯有直面灾难与其抗争，才能自救，也才能被救，这是对人的精神和肉体救赎的充实，这种超越才能坚定人的心灵，才能充盈人的生命意识。灾难重新给予人们认识生命和生命价值的契机，认识到人生的脆弱和无常（如春甚、云豆）、人性的悲悯、生命的易逝、人的伟大与渺小。生命意识不仅之于"人"，更是万物之灵（如小说中所描写的蛇、蛙、狗等众多生物的生命意识）。人只有真正领悟死亡，才能领会生命的意义，意识到人之大限，从而激发出人的尊严与勇气（如肖雨）。何谓作品之"大"？思想的深度、内容的广度、境界的高度，人只有在困境中历经斗争、现实抉择甚至自我否定，才能成为人——人生启悟是文学永恒的母题。这种揭示无论处于逆境、困境还是顺境，都能保持向上向善的抗争，不屈从、不恶小，守护人之为人的文明根荄的文学，是新现实主义的追求。可以说，走在经典化途中的《天乳》以文学方式为地震灾难刻写了心灵的纪念碑，它不是印在纸上，而是书写在人的心灵感悟上。在文学价值的底蕴上，《天乳》接通了现代中国作家"感时忧国"的人文情怀，以文学的传承弘扬了中国古典文化"家国同构"的伦理意识，张扬了传统现实主义反映重大社会历史政治问题和现实生活的旨趣,体现了作者的责任意识、担当精神,这种基于爱和悲悯的情怀对灾后人的心理重构和人性沉思,不就是特定境遇下的"感时忧国"吗?这何尝不是一种对中国经验的文学书写?当前中华民族正处在伟大复兴的历史拐点,需要文艺传达时代的心声,需要艺术家为人民放歌,需要为国家"软实力"的提升提供力量支撑。在文化思潮相互激荡中,只有那些能为广大人民所认可并产生广泛影响力的优秀作品,才能构成一个国家和民族的文化软实力。牢记习总书记"文艺工作者应该牢记,创作是自己的中心任务,作品是自己的立身之本,要静下心来、精益求精搞创作,把最好的精神食粮奉献给人民"的嘱托。[1]优秀作品不是抽象空洞的,它有着人民的情怀、涌动着民族的家国爱恨和个体性的感悟,既立足现代,又有历史底蕴和文化返乡的眷顾。

(发表于《中国文学批评》2017年第3期,第103—116页、第160页)

---

[1] 习近平:《在文艺工作座谈会上的讲话》,《人民日报》2015年10月15日,第2版。

今天文学仍要以现实主义精神向时代发言

——对谷运龙长篇小说《两江风》的点评

谷运龙的长篇小说《两江风》(《民族文学》2022年第5期)讲述了一个"扫黑除恶"伸张正义、维护社会稳定和发展经济的故事,是反映"扫黑除恶"题材的一部社会问题小说,也是新时代官场小说,有生活有情感有思想,充满智慧和情怀,读来颇有惊心动魄和酣畅淋漓之感。近年来,随着国家治理能力不断提高,扫黑除恶专项斗争取得一系列成果,为中国持续创造"两个奇迹"夯实了社会基础,相应地扫黑除恶与发展经济也成为文艺关注的热点话题。在信息资讯内爆特别是自媒体如短视频、直播和微信发达的今天,文艺创作特别是文学书写不是变得简单而是更难了,在思想提炼和艺术表达等多方面都对艺术创作特别是现实题材创作提出了挑战。在数字化的信息社会现实主义创作如何向我们说话?如何在信息泛滥中吸引眼球俘获读者?《两江风》的阅读经验启示我们,在当下信息化社会一部作品能够发声和为人瞩目,从而实现与时代同频共振,首先要明白:为谁写作?为谁代言?是沉溺于杯水风波的一己悲欢还是融入人民生活的海洋?不仅决定作品的思想境界和审美品格,更是对作家责任和艺术能力的检验。只有把艺术追求与时代主题在相互切近中,向着更高的境界迈进展现出一个民族应有的精神力量,才能写出肩上的道义和胸中的乾坤。

在艺术创作的道义制高点上，《两江风》以其精神境界的开掘揭示了中国共产党没有任何个人的私利，而是代表人民的利益，全心全意为人民服务是中国共产党的宗旨的信念。人民就是江山、江山就是人民，守江山就是守人民的心。社会主义文艺就是人民的文艺，高扬文艺人民性的创作与党的初心高度契合。回到作品本身，小说没有回避现实矛盾，对黑恶势力及其成因有着深刻见识，更有着深厚的家国情怀和为人民的心，使作品洋溢着向往光明的崇高之美。

一、现实题材与作家的艺术审美想象力

何谓现实，看起来似乎不言自明，实际上却不然。严格意义上讲，作家面对的所有东西都是现实，都有其现实性，是一种现实地存在的，但对于有着现实主义眼光的作家而言却又不尽然。显然，现实有着复杂的内涵、多重维度和无限性旨趣，理解现实、把握现实必然要高于现实，这个"高于"就是一种作家与现实互看的对象化能力，一个作家艺术家应有的艺术审美想象力，正是这个"高于"要求作家执着于现实题材创作。所谓"现实题材"不是现实生活现成地摆在那里有待作家去发现和反映，而是以艺术的眼光经由作家艺术家的情感、心理、思想、精神的浸润使现实内化为主观化的"现实经验"，才能作为一种"现实题材"进入文学艺术，这个过程也是思想内容与外在表现形式相互寻求与契合的构思过程。它是作家艺术家的一种自觉选择和文学艺术的自主表达，是作家艺术家介入生活、发现生活、把握生活进入创作过程的结果。因而，现实题材关联着作家的创作态度和对艺术效果的诉求，是现实感的获得和艺术性的张扬。因此，现实题材意味着作家艺术家对待生活和创作的某种态度，它既是一种文艺形态和创作方法，更是一种精神追求。何谓现实主义？秦兆阳先生在 1950 年代曾指

出,"现实主义是指人们在文学艺术实践中对于客观和对于艺术本身的根本态度,不是指人的世界观,而是指人们在艺术创作的整个过程中,以无限广阔的客观现实为对象、为依据、为源泉,并以影响现实为目的"的创作。可见,现实主义文艺创作必须高度介入生活,"欢乐着人民的欢乐,忧患着人民的忧患",作家艺术家和人民大众一同跃动着脉搏,反映着人民的心声和愿望。

今天,作家艺术家关注现实题材要倾听时代的声音,以文学的感悟力和艺术想象力回应时代之问。现实主义从不避讳艺术审美想象力,其可能性立基于现实性之上,从中体现一个作家的审美追求和价值诉求。当下,一些扫黑除恶的影视文学作品风靡市场,都有着良好的口碑与不俗的热度。大多数创作素材都取自现实生活的真实案件,艺术创作如何把一种政治命题(典型案件)转化为一种文学叙事,是对作家哲学思考与艺术表达能力的考验。源于现实生活的真实案件,在技术处理上多采用艺术化细节处理,同时,为增强观赏性和娱乐化色彩,往往在严肃题材中适量加入喜剧元素,展现人性之美。不同于通常意义上的艺术创作,《两江风》带有更多作者生活的历练和真切的人生经历和身边人的故事,因而在艺术表达上更为真切与可信。

两江是码头,也是江湖,自然有着江湖人物的种种传闻。但这传闻在现实的两江县并不虚,那就是黑老大熊天坤和霸道贺胡子密织的蛛网。小说第一章起笔不凡,呈现了一幅20世纪90年代半岛市两江县污浊之气氤氲的时代背景,从而为主人公出场渲染了一层悲壮的色彩。"他们和当地一些官员沆瀣一气,编织出一条条无形而又韧性十足的绳索,有时还会变成美女蛇或蜘蛛精,缚住对抗他们的手足,扼住将发出正义之声的喉咙。"正是在氛围烘托得恰到好处、留下悬念、为高潮埋下伏笔之际,小说的主人公党一民作为两江县委副书记并提名为县长人选,在这种氛围中揭开了时代大幕。在两江县的权力真空被常务副县长白海峰把持半年多后,半岛市委左书记的话又在党一民的耳边响起:"两江的工作重点在于如何还老百姓一个平安的生产生活环境,难点在于如何打击黑恶势力。市委选中你,是权衡了很多利弊的。你年轻,有脾气有血性有胆量,这是你的长处和优点,也是你在两江立住脚的本钱。但同时也是你的缺点。脾气大容易得罪同志,血性盛容易鲁莽行事草率决策。所以,关键时刻一定要冷静下来,遇事多和班子成员沟通研究,多向县委请示。特别要多和郝书记商量,他对两江的情况熟,工作经验丰富,办法多。要多向他请教和学习。"

小说的主人公党一民,寄寓着党一心一意为人民谋幸福的初心和使命,其人物形象充满生命力,真实生动,鲜活有力,不是抽象的概念化素描,是在接地气中成长起来的——一个不忘初心、崇尚使命的党员领导干部形象。尽管党史学习、党史教育在全社会轰轰烈烈展开,但这样值得讴歌、值得学习和尊敬的形象,在当下的文学作品中还是太少了。谷运龙在访谈中说:"我以为文学在为新时代树立共产党员领导干部正面群像上至少还存在不足。"作家的责任担当和使命感使他把目光投向现实题材,关注现实题材是谷运龙创作的特点和优势。相对于知识型作家,作为官员型作家的谷运龙做过县长、县委书记、副州长和州人大主任,有着丰富深厚的生活经验积累和人生历练的旷达。这使得中国共产党执政为民的理念与情怀自然地显现于文学创作中,并成为其坚持现实主义创作的自觉追求。同时,也促使其把目光投向现实题材,其作品透露出强烈的泥土气息和生活的芜杂性,从中生长出扎根"大地性"的致敬光明的人生葳蕤,在把握现实中彰显了一个有良知的作家的责任和担当,这是其作品人民性彰显的源泉所在。令我印象深刻的是此前他关注生态环境危机的小说《几世花红》,该作品不仅文采斐然,还在文字的灿烂中有一颗忧世之心和哀民生之多艰的人文情怀。今日的《两江风》更是在文字的遒劲有力中直面地方黑恶势力的猖獗,以现实主义精神生动诠释了中国共产党人是干什么的,从而以强烈的使命感还人民一片净土。习近平总书记指出:"全党必须牢记,为什么人的问题,是检验一个政党、一个政权性质的试金石。带领人民创造美好生活,是我们党始终不渝的奋斗目标。"[1]文艺赢得人民的认同必须站稳人民的立场,为人民发声,为人民代言,深入生活、扎根人民。习近平总书记指出:"源于人们、为了人民、属于人民,是社会主义文艺的根本立场,也是社会主义文艺繁荣发展的动力所在。"[2]因此,党的十九大报告指出,加强现实题材创作,不断推出讴歌党、讴歌祖国、讴歌人民、讴歌英雄的精品力作。在深入生活、扎根人民中进行无愧于时代的文艺创造。关注现实题材,坚持现实主义创作,谷运龙有着坚定的信念。在访谈中谷运龙说:"观照现实、反映现实以至于批判现实将和自己结伴前行,终其一生。"《两江风》源于生活,自然有着现实生活中泥土的粗糙与野气,但其中的质朴与真诚使其对现实题材的发掘始终葆有艺术性的文心,各种机缘的杂糅共在促使作品实现了中共党员的初心与文学初心的交融,在作者的深刻思考与人生哲理熔铸笔端中实现了小说文心与党性的有机统一,这使《两江风》有着一种卓异的风采。谷运龙在访谈中说:"这个形象还不够丰满,还有不少需要打磨和雕琢的地方。但有时粗砺也会是一种风范。"事实上,党一民形象的塑造尽管略显粗砺,却是鲜活的立体的有尊严有追求的活着的人,他可以和我们交流对话,诉说人生的悲欢离

---

[1] 习近平:《决胜全面建成小康社会 夺取新时代中国特色社会主义伟大胜利》,人民出版社 2017 年版,第 44-45 页。
[2] 习近平:《在中国文联十一大、中国作协十大开幕式上的讲话》,人民出版社 2021 年版,第 7 页。

合与不屈的抗争,向我们传达一种共产党人应有的信念,为官一任就要担起责任,就要把这块土地上的人民装在心中,哪怕自己付出儿子、爱人的生命也绝不向黑恶势力低头。在一定意义上,小说诠释了"党的根基在人民、血脉在人民、力量在人民,人民是党执政兴国的最大底气。民心是最大的政治,正义是最强的力量。党的最大政治优势是密切联系群众,党执政后的最大危险是脱离群众。"[1]揭露黑暗是为了展示光明,生活中不可能没有阴暗面,现实生活中总有不尽如人意的地方,有责任感的作家总是以光明驱逐黑暗,用直面现实的勇气和乐观主义精神对待眼前的不如意,以文学的温情和浸润人心的力量,鼓舞人们在黑暗面前不气馁、在困难面前不低头,用理性之光、正义之光、善良之光照亮生活。因为他们懂得"清泉永远比淤泥更值得拥有,光明永远比黑暗更值得歌颂",只有塑造最美的人物、讴歌奋斗的人生,才能以文艺的力量坚定人们对美好生活的憧憬和信心。小说中党一民对民心的赢得是现实主义创作的胜利。它启示现实题材没有过时,现实主义创作也不会过时。

二、当下现实主义精神应有的价值指向

在各种资讯高度发达的今天,对一个作家而言仅仅满足于做一个时代的"记录官"显然是不够的,如何源于生活高于生活从中彰显现实主义精神是对一个有出息的作家的考验。诚然,现实主义要求作家必须关注生活、深入生活、扎根人民,以一种深刻的历史的眼光从生活的芜杂和琐碎中,在各种生活场域和人物命运的展开或人物性格演变中显现出某种普遍性规律或本质性价值,并借助各种细节或场景显

---

[1]《中国共产党第十九届中央委员会第六次全体会议文件汇编》,人民出版社2021年版,第95页。

现出某种内在的意义。文学史表明，那些有着内在的意义或灵魂的作品才是好的作品。康德认为美的艺术品作为天才作品除了合于鉴赏的尺度外，最重要的还在于它须有"精神"或"灵魂"。所谓"精神，在审美的意义上，就是指内心的鼓舞生动的原则"。[1] 这个原则不是别的，正是一个艺术家应该把审美理念表现出来的能力。在他看来，取悦感官的"快适的艺术"除开供人们一时的欢娱和消遣外别无深趣，以反省的判断力而非以官能感觉为准则的艺术则"促进着心灵诸力的陶冶，以达到社会性的传达作用"。艺术创作当然不是全然无意，但康德认为如果意图仅与感官快乐相偕则只能是"快适的艺术"；如果意图"在于产生出某一确定的客体（概念）"，这"客体"只能把人引向某种认识的或说教的目的，于是便有了那种不是艺术的艺术：机械的艺术。康德心目中的艺术指向的是有灵魂的美的艺术，在坚持现实主义创作中弘扬主旋律，坚持艺术为人民的属性，决不是图解政策，这在今天仍是何谓好的作品的一个尺度。

"文者，贯道之器也。"文艺从来不是花里胡哨的能指的漂浮，而是在与时代同频共振中为时代画像、为时代立传、为时代明德，从而体现出鲜明的价值导向。事实上，文艺只有向上向善才能成为时代的号角。相对于对什么是现实主义的悉心领会，什么不是现实主义则可能更为清晰明确。"图解现实、概念化、机械化、简单化的写作不是现实主义；投机性的迎合政治的功利写作也不是现实主义；高大全、空心化、模式化、生活等级化的写作更不是现实主义。"[2] 毛泽东同志曾指出，"缺乏艺术性的艺术品，无论政治上怎样进步，也是没有力量的。因此，我们既反对政治观点错误的艺术品，也反对只有正确的政治观

---

1 康德：《判断力批判》，邓晓芒译，人民出版社2002年版，第158页。
2 吴义勤：《通向现实主义的路到底有多远？》，付秀莹主编《新时代与现实主义》，作家出版社2019年版，第15页。

点而没有艺术力量的所谓'标语口号式'的倾向。"[1]所谓现实主义精神是作家在作品中对人的命运和生存境遇的一种真切关注和深刻的感同身受，体现出一种基于理想主义的乐观精神的高扬，一种直面现实的批判与抗争而生成不屈的意志，以及在理念上把人民装在心中的俯首甘为孺子牛的谦卑，这使作品的主人公能有尊严地从作品中向我们走来。好的小说一定创造出令人印象深刻鲜活独特的人物形象，所谓鲜活独特一定是带有时代特征和时代气质，从人物形象中解读出时代精神和时代独有的印记，这样的作品才能紧紧抓住时代。就此而言，《两江风》在抓住时代中成为一部直面现实、揭露黑暗、伸张正义展示光明的优秀现实主义作品。

所谓现实主义绝非照镜子式的反映生活，而是以艺术理想、审美理念和价值诉求烛照生活，从中体现出忠于生活基础上应有的价值指向与典型性，这是对作家艺术构思能力、审美表达能力和把握时代的哲思能力的检验。可见，现实主义不是一个标签，而是一种精神追求和价值指向。它既是一种题材的选择，也是一种面对现实生活和坚持文学介入如何表达的态度。对于现实主义，恩格斯在1844年4月《致玛·哈克奈斯》的信中，有一个经典论述，"现实主义的意思是，除细节的真实外，还要真实地再现典型环境中的典型人物"。英雄是民族最闪亮的坐标，浓墨重彩记录英雄、塑造英雄，让英雄在文艺作品中得到传扬，礼赞英雄从来都是文艺创作的永恒主题。扎根脚下的土地，文艺作品才能灌注生气。在访谈中谷运龙说在创作中追求"把一个'人'字写实写大，把一个'情'字写真写浓"，一定意义上这就是文学介入生活张扬现实主义精神应有的价值追求，它必将伴随文艺精

---

[1] 毛泽东：《在延安文艺座谈会上的讲话》，《毛泽东文艺论集》，中央文献出版社2002年版，第69页。

品的涌现定格在中华民族伟大复兴的历史进程中。之所以强调现实主义是一种精神追求,乃是表明作家对待现实的一种态度、勇气和气魄,从而把自己摆到人物命运的起伏中,以平凡表现伟大,以作品赢得读者,而不是肤浅地贴上什么主义的标签。文似看山不喜平,好的小说一定是在情节冲突和一系列事件中刻画人物性格、揭示人物命运。《两江风》有一系列冲突和事件令人印象深刻,如霸道的贺胡子在公安局门口的大街上修房子,就把贺胡子的跋扈形象跃然纸上,也把矛盾冲突推到风口浪尖,成为对党一民执政能力的严峻考验。如何处理矛盾冲突和事件?拆除贺胡子的违建房、惩办菜霸任春光、化解高利贷危机、收回熊天坤的矿山,等等,都是在与黑恶势力的正面较量和主动出击中争夺民心巩固党的执政基础,在维护社会稳定的斗争中党一民越来越讲究策略,其在政治上和性格上越来越成熟;同时,作为县长的角色还要抓经济发展,上水电站项目、引导农民种植经济作物、推动县域国企改革、抗洪救灾、坚持依法治理,等等,是在提高老百姓收入和把人民大众装在心中以经济社会发展赢得民心,同样是对党的执政基础的夯实。在发展中,我们在夹缝中求生存,在稳定民生中,和沙霸、菜霸、矿霸、村霸不懈斗争,不畏恐吓不惧攻击,赢得胜利。在改革中,既把握住方向,坚守住国有资产不流失的底线,又抓住企业做大职工就业的中心实施突围。"他想给两江老百姓一片明朗的天,却连自己头上的天都时时雷声隆隆。"这一系列的情节演进和性格塑造,充分展示了作者的才华和凌云健笔,也使党一民的形象立起来、立得住。《两江风》把扫黑除恶与社会稳定推动经济发展关联起来的叙事,不仅关乎现实中如何体现中国共产党执政为民的理念和治理能力,也关乎文学叙事如何合乎逻辑地展开,从生活真实迈向艺术真实而聚焦于人物形象塑造,在矛盾冲突的情节展开与情感起伏的波澜中使主人公党一民的形象进一步饱满,也显现出作者笔力的遒劲。

大踏步地走在中国式现代化道路上,中华民族伟大复兴不是敲锣打鼓就能实现的,作品也深刻揭示了人民美好生活不是轻易就能实现的,幸福是奋斗出来的,是中国共产党人特别是党的领导干部付出沉重的代价换来的。"全党必须清醒认识到,中华民族伟大复兴绝不是轻轻松松、敲锣打鼓就能实现的,前进道路上仍然存在可以预料和难以预料的各种风险挑战。……全党要牢记中国共产党是什么、要干什么这个根本问题,把握历史发展大势,坚定理想信念,牢记初心使命,始终谦虚谨慎、不骄不躁、艰苦奋斗,从伟大胜利中激发奋进力量,从弯路挫折中吸取历史教训,不为任何风险所惧,不为任何干扰所惑,决不在根本性问题上出现颠覆性错误,以咬定青山不放松的执着奋力实现既定目标,以行百里者半九十的清醒不懈推进中华民族伟大复兴。"[1] 奋斗需要稳定的社会环境和良好的发展条件,稳定与发展是实现人民美好生活的现实基础,党一民为了与黑恶势力作斗争,为两江县的发展创造好的条件,付出了血的代价,内心的沉重打击锤炼了党一民执政为民的坚定决心和理想信念,正是在人物性格刻画和事件冲突中塑造了有着担当意识和责任感的党的领导干部形象,正是无数普通共产党员和党的基层领导干部铸就了中国共产党的伟大,正是他们在实践中践行了伟大建党精神。同样,也正是精神力量使这部作品焕发出一种震撼人心的力量,在文笔的汪洋恣肆中荡开一种艺术的境界,在真切地触动心灵中一同感受着人物命运的起伏和情感变化的波澜不惊。它启示着我们,现实主义文学在今天依然是有力量的,依

---

1 《中国共产党第十九届中央委员会第六次全体会议文件汇编》,人民出版社2021年版,第102-103页。

然受到大众的关注和欢迎，优秀的文艺创作依然需要以现实主义精神向时代发言。

三、《两江风》在彰显文艺的人民性中书写现实主义精神

新时代为什么还要倡导现实主义创作？吴义勤认为，无论我们进入了怎样的新时代，现实主义仍然是无法替代的，仍然是最受欢迎的，仍然是我们最为需要的。"首先，现实主义文学是帮助我们认识自己所处时代的特殊视角和重要工具，是它让我们获得了对于现实生在其中又出乎其外的能力，是它提供了超越'不识庐山真面目，只缘身在此山中'之迷茫的可能。其次，现实主义是最能唤起我们审美共鸣与价值认同的文学形态。现实主义在中国的兴盛既是中国特定的时代需要决定的，同时又是中国主流文学观念和审美心理主动选择的结果。"[1]现实主义是一种时代要求，历史地看，一切轰动当时、传之后世的文艺作品，反映的都是时代要求和人民心声。文艺创作不能徒有其表、花里胡哨，而是要在文字、色彩和线条中注入真诚的为人民的心。"能不能搞出优秀作品，最根本的决定于是否能为人民书写、为人民抒情、为人民抒怀。"[2]新时代文艺要高扬文艺的人民性。"江山就是人民、人民就是江山，打江山、守江山，守的是人民的心。中国共产党根基在人民、血脉在人民、力量在人民。"[3]习近平总书记指出，"人民不是抽象的符号，而是一个一个具体的人，有血有肉，有情感，有爱恨，有梦想，

---

[1] 吴义勤：《通向现实主义的路到底有多远？》，付秀莹主编《新时代与现实主义》，作家出版社 2019 年版，第 10-11 页。
[2] 习近平：《在文艺工作座谈会上的讲话》，人民出版社 2015 年版，第 16 页。
[3] 习近平：《在庆祝中国共产党成立 100 周年大会上的讲话》，人民出版社 2021 年版，第 11 页。

也有内心的冲突和挣扎。"[1]人民就是生活中的每一个人，就是我们身边的人，《两江风》是一部张扬人民性的现实主义作品。

初来两江县的党一民经历了叵测又惊心的"县长选举事件"，小说的一干人物悉数登场，展示了一个有利于人物性格发展变化的特定环境，人物与环境一同成长：在为人处世中形成饱满的性格和在扫黑除恶中实现两江县的河清海晏。这一幕既是给党一民的"下马威"，也定格了党一民处事不惊的历练与担当，同时也揭示了环境的恶劣与人心叵测，黑恶势力的猖獗使党的执政基础面临挑战，预示着对民心的争夺将更加激烈。"熊天坤这人到底有多黑，两江人一听这名字都打摆子。""说是这么说，究竟有多黑我们也没有证据。只是听说他割人的耳朵剜人的眼睛挑人的脚筋，但从没接到过报案。反倒有人说他开沙场办矿山从不拖欠员工的工资，还给职工送生日蛋糕发慰问金，资助贫困学生读书。"其实黑恶势力并不全然写在脸上，俨然不是江湖码头的打砸抢，已经逐渐洗白披上了公司合法化的外衣。小说即使书写黑恶势力也没有符号化，尽管有着某些套路的痕迹，却写出了一种复杂性与变化起伏。两江县长党一民与黑老大熊天坤第一次面对面，就揭示了黑势力公司化的面孔以及如何渗入地方经济社会运行，有真实的环境才有可信的人物，英雄是在平凡中炼成的。"一个县的两个当家人就这样被钱的问题套得牢牢的开不了工，管着几千平方公里土地的人却被这片土地的富裕和美丽深深地困惑着。还不如一个熊天坤，要风得风要雨有雨。沙石、矿山、电源点，这些本该造福两江的资源，却如流金淌银的河，哗哗地流进他们的私囊。"在小说叙事中，水电站事件不仅串联起民族地区的发展与国家部委的支持，还把党一民的人物成长摆进去了，从初来的被动到主动打开局面，从与黑势力的斗智斗

---

[1] 习近平：《在文艺工作座谈会上的讲话》，人民出版社2015年版，第17页。

勇中展示了人物的历练和心理的起伏，使人物形象没有止步于扁平化与定型化，这是成为好作品的基础。文学介入现实必然写出生活的复杂，在担当和造福一方中刻画了人物性格的成长，也塑造了颇具典型性的社会环境。"市委任命一民为两江县委书记，白海峰转任两江县政协副主席。"党一民在历练中对政治有了更多的领悟，"政治是一片开阔的旷野，让你的胸怀和格局变得更大，同时又是一片高远的蓝天，让你的境界变得更高，更是一个浩瀚的海，让你的情变得更深。"中国共产党追求的政治"是指阶级的政治、群众的政治，不是所谓少数政治家的政治"。[1]这种政治观决定了以人民为中心的价值导向。同样，文艺创作也必须坚持高扬人民性。习近平总书记一再强调："文艺创作方法有一百条、一千条，但最根本、最关键、最牢靠的办法是扎根人民、扎根生活。"[2]在人物形象塑造上，不仅党一民的形象具有性格与精神的成长，贺玲玲同样也不是一个符号或扁平化人物，而是有着情感波澜的心理变化与性格的发展，是一个有个性的新女性。虽然天下黑社会套路差不多，但小说也描绘了黑老大熊天坤在撬政府墙脚与政府争夺人心中的谋略、手段，其势力之大和对砂矿石资源的控制已经影响到政权稳定和地方经济发展，令人对党一民的安危（大民之死、秀玉发疯被害）揪着一颗心，从而定格了一个迎难而上的共产党人形象，以及背后以郝书记、左书记为代表的党组织的坚强领导。

小说叙事始终保持在"扫黑除恶与坚持依法治国"的一定张力内，菜霸、保护伞、集资、群体上访、安置下岗职工、解决就业、办戒毒培训班、发展经济、建原生态文化实验区，只有收回沙场、斩断黑社会财路，才能摧毁滋生黑社会的经济基础。"一个政府对老百姓而言是

---

[1] 毛泽东：《在延安文艺座谈会上的讲话》，《毛泽东文艺论集》，中央文献出版社 2002 年版，第 70 页。
[2] 习近平：《在文艺工作座谈会上的讲话》，人民出版社 2015 年版，第 19 页。

真正的天和地，天朗气清，万物才能生机盎然。"小说艺术地呈现了经济发展与社会稳定的关系，文字的汪洋恣肆并没有冲击文本应有的理性认知，可谓"斜逸并不旁出"，小说叙事始终合乎生活逻辑展开，有一种从容的克制，这是艺术扎根生活更是作者基层生活的厚积薄发。"只有心里装着老百姓的人，才装得下天下！只有满怀真情的人，才消化得了罪恶！"这就是共产党人的胸怀和气魄！小说叙事张弛有度、节奏感把握得很好，接地气的语言为小说增色很多，如贺玲玲是"春光在她脸上摇曳出浅浅的微笑"，任春丽是"她那饱含着晨露的目光和闪耀着秋韵的神采点燃了玲玲秋山的霞彩"。从容悠然的笔法显示了作者驾驭材料的能力很强，情节设计跌宕起伏，戏剧性冲突也很抓人，使"扫黑题材"的艺术性创作有了提升，显现出一种单纯政治性诉求和商业娱乐相融合之上的艺术把握，使现实主义精神得到充分彰显。显然，《两江风》是作家谷运龙下了很大功夫也颇见功力的一部文学作品，是一部有着现实主义精神追求的优秀文学作品，基于作者多年深厚的生活积累和人生阅历，是以艺术观照现实又高于现实的审美想象力的艺术构思，以其创作题材的"扫黑除恶"和改革发展的艰难触及人心，它是文学又是生活，是高于生活的文学，其复杂的能指不能简单地贴标签。因此，对它的理解和定位要放在现实主义文学版图中来思考和展开，在多维度的解读中阐发作品的丰富意蕴和创造价值。谷运龙以其作家的良知和很高的政治站位，在彰显问题意识和人文情怀中高扬了文艺的人民性，在为人民抒怀和为人民抒情中真正践行现实主义精神，凸显了文学的魅力。《两江风》以其对现实题材的关注和对艺术卓越性的追求赢得读者的喜爱和认同，它使我们看到了人民精神的成长，相信它既能赢得读者的口碑和批评家的认可，也一定能通过市场的检验。今天我们正处在一个关键的时期，一个民族的复兴需要强大的物质力量，也需要强大的精神支撑，"举精神之旗、立精神支柱、建精神家园，都离不开文艺"。现实主义文艺无疑是铸就民族精神、时代精神，增强人民精神力量的最好方式和路径之一。

小说文本结构独具匠心，双重线索相互交织的复线结构使整个小说漫而不散，旁逸却不斜出，犹如一首不老的川江号子，在作者用心的调度中张弛有度。一条明线是代表两江县委县政府的党一民和黑老大熊天明围绕砂石（矿山）资源控制权展开的激烈争夺，砂石资源是盘活和发展两江县经济的命脉所在，因此砂石资源控制权的争夺成为结构全篇的轴心，整个小说围绕砂石资源的争夺展开人物命运的刻画，成为各种矛盾冲突和情节展开的斗争场域；一条暗线是有情有义的主人公的个人情感的波动，围绕党一民与三个女人（妻子秀玉、秘书贺玲玲和初恋任春丽）的情感纠葛及其对个人品性、道德操守与人间真情的讴歌，展现了人性渐趋丰富与性格的饱满。当然，小说还有改进的空间，特别是任何一部优秀作品都有不断生长性的内核，也就是可以升华到哲思境界的"文心"，就此而言《两江风》"文心"还有待进一步凝练和明晰化。

（发表于《民族文学》2022 年第 5 期）

"土地"意象的现代审美创造

——评叶炜的长篇小说《后土》

一气呵成读完叶炜的长篇小说《后土》，可以感觉到一种厚重的素朴感，沉甸甸而又令人亲切。名如其文，《后土》关乎土地以及土地上的这群人，和那个神乎其神的"土地庙里的土地爷"，尽管在乡村的现代社会转型中，"土地庙"早就从乡村公共生活的中心退居边缘，并已衰败和荒废。但在麻庄的重大活动和仪式中其依然不可缺席，成为麻庄这群人的"精神家园"，尤其是在小说主人公刘青松的心里。因而，人和土地的关系以及这群人的精神信仰自然就成了这部小说的主题，只是作者把它放在了改革开放后三十年间中国农村的沧桑巨变中，来展现他们为实现自己的财富梦、公平梦、幸福梦而苦苦奋斗的历程。作为中华民族精神遗传基因的中国文化的根脉就系于传统的乡村文明，积淀在乡土文化的厚重中，故事的场景却是在现代化进程中的当代乡村，文化之间的传承、冲突和再生就成为《后土》浓彩重抹的底色，也是作品给人厚重感的支撑的原因。因而对作品进行文化价值方面的阐释，就成为解读《后土》的一个重要视角。

一、"土地崇拜"的文学母题的当代书写

小说通常是要讲故事的，《后土》的开篇序曲始于中国传统时间序

列的"惊蛰",这一时间维度的切入起笔不凡,然而更令人惊奇的却是故事的讲法:在苏北鲁南的小山村里,差不多每个村子的东南角都会有一座土地庙。麻庄也不例外。麻庄人崇拜土地,视土地为娘亲。麻庄一直流传着一句俗语:"土地爷本姓韩,不在西北在东南"。故事的讲法是按照传统农业文明中的节令顺序开始的,这样的讲法可能在现代和后现代的作家的叙述中是被鄙视的,但叶炜绝不是"守旧",也不是"保守",而是一个有着现代意识的大学老师和深谙现代创作的技巧及其创意写作的文学博士,这样的有意为之体现了作者的自出机杼。究其意味,在作者看来中国是一个传统的农业大国,乡土文明历史悠久,乡土文化根深蒂固,即使处在现代化转型中的当代依旧有着太多乡土文明的底色。在中国现当代文学史上,乡土小说是文学创作的一个重要领域,也是名家辈出的一个领域,因而是一个不太容易写好和出彩的小说类型;同时,新世纪以来成长起来的青年作家越来越远离本真的"乡土生活",越来越热衷于都市生活的写作,所谓的"乡村"很大程度上是一种"幻象"或者"美妙的记忆",其中的"乡土文明"的精神和神韵早已被现代化——这个"新神"驱逐得杳无踪影,除了碎片化的记忆修辞,就是一副衰败的景象。因而当下作家笔下的"乡村"并没有多少真正的"乡土味",或者作为一种"镜像",它反映的不再是真实的乡村。也许正是基于这双重的动机,叶炜的《后土》在小说的写法上有意为之,体现了一种文学创作的别样追求。以时令节气来结构全书,不仅体现出一种匠心独运,更是对传统农业文明的时间维度的切近。正是通过时间——所谓"现在"就是曾经流逝的"过去",四时循环的时间观是农业文明的时间观,它打开的是传统文明的视域。叶炜就是要以时间的"当前"现身维度来引导我们"返乡"——回到真实的农业文明下的乡村生活的语境,在"土地爷"的出场抑或缺席中感受到"乡土味"（在小说中是鲁南味）是如何飘荡而又重新集聚的。就此而言，小说的主题似乎关乎新农村建设——最时髦的"三农问题"；关乎自然生态文明——绿色环保和天人合一的生活方式的现代追求；关乎现代化进程中文明的断裂和价值观念冲突的反思；关乎人生启悟和个人成长历程的文学母题。这些似乎都是，但似乎又不完全是，而能够把这些杂多话题、意象统摄起来的恰恰是在小说中起着潜在结构作用的"土地爷"，一定意义上讲，它是小说的灵魂。

道教是中国最本土的宗教，是乡村文明中普通民众重要的精神信仰之一。土地神又称土地公、土地爷，在道教神系排序中的地位很低，仅是土地保护神，其信仰主要是在广大农村。六朝时，当时名人死后被视为土地神，遍祀城乡。唐朝，随着城市的出现，在城市中心开始以供城隍为主，城中土地神为城隍下属。宋代以后，土地神信仰尤其盛行。其形象为衣着朴实、慈祥可亲、平易近人的白发黑衣老人，伴有老妪，称之为土地公、土地婆婆。旧时农村年节奉祀，以祈求保佑当年清静，五谷丰登。久之，便积淀为中国农业文明中的土地意象。在传统文化阐释中，何谓中国最始源的土地神的本意？作为道家神话系列中神仙的一员，它因分管和护佑土地及其土地上的人群，而被底层民众所崇拜。其何以灵验呢？因其得道尊道而成仙。所谓尊道首先就是不违天时，没有"机心"，以自然本色显现其生存状态。正是在节气的时序和四季的更替以及生命的轮回中，故事的主人公出场了。在农业文明中，其实任何生物（人、动物、植物）的现身出场都是有机缘的，只有合乎时机其才能够现身出来。所以，现代西方大哲学家海德格尔才把西方文明的源头追溯到早先的希腊思想家，认为是存在使存在者存在，存在者的显隐的双重运作是有其机缘的，是在时间境域中出场的。正如玫瑰开花（的季节），它才开花，是一种自然而然。《后土》以其叙述引领我们穿越历史的尘封，回到历史中合乎乡村文明秩序的时令节气，在周而复始中开启一种有机缘的出场。这是一种文学的叙述技巧，也是一种文明的转场，这种出场固然因现代已不复再有昔日仪式的神秘庄重，但也要注定主人公要有一番作为。其实，这么多的"煞费苦心"和精心为之，作者只是为了使读者"悬置"日常生活中过多的关于乡村的"偏见"。正如孔子所言：绘事后素——要通过素描直白重打底色，以便绘出最美的绚烂之画。至此，叶炜要为我们描绘一幅他心目中的居于剧烈历史变迁和社会转型中的乡村图景，这幅画的水平如何可能要见仁见智。在现代化背景中书写"人与土地的关系"，把根扎在乡村文化的厚土中，这对年轻的叶炜是一个不小的考验，尽管前面有很多文学先辈和名家的成功探索，特别是陕西作家陈忠实先生的精品力作《白鹿原》的典范性创作。尽管可以有借鉴和模仿的对象，但叶炜的努力和追求仍然收获了属于心灵的救赎，在通向文学经典化的道路上留下了坚实的痕迹，显现出一种成长中的气魄和气象。小说给我印象最深刻的是对土地意象和"土地爷"形象的审美创造，可以说"土地爷"是小说中一个并非时时在场的真正主人公。与之相应，尽管小说是在现代化视野中的一种话语层面上的乡土文化重构，但小说中有着大量原始乡村及其文明碎片的意象，并在某种乡愁和神秘感中展示着原始的力量，就此小说接续上了文学史中"土地崇拜"的文学母题。

二、现代化进程中人与土地关系的"剥离"

老子在《道德经》中说，"天得一以清，地得一以宁，神得一以灵，谷得一以盈，万物得一以生，侯王得一以为天下正"，意在说明天地神灵以及粮食万物都因循着"一"也就是其内在的"道"而相和相生。这段话中除"侯王"以外似乎都没有明确提到"人",但却句句又隐含着"人",万物皆有道,人只要"无为"(顺势而为)即可,这"无为"能化成天下"无不为"之大事,所以说"侯王"若得万物相生之道,则天下太平。《说文》中说,"惟初太始,道立于一,造分天地,化成万物,凡一之属皆从一","一"在此也是指向最原初、本真的那个无时不在的"道"。"不务天时,则财不生;不务地利,则仓廪不盈","道"之于"天时"是"不违农时",之于"地利"是适度耕作,"道"之于"人",是量力而行。依循着这个道理,人若是能顺应节气农时,量力而行地对土地适度耕作,"人与土地"的关系此时就是相生相长的,人侍养土地,土地也滋养人,人若是对土地太过无能为力,或者人对土地施加太多的强力,这种"中庸"的平衡就被打破了,就会出现灾难或者祸患。就此而言,中国人的历史,也是一部"人与土地"相互依存的关系史。实际上,《后土》正是以当代视角重构了现代文明语境中的农民与土地的关系,及其对土地的信仰、膜拜和精神的蜕变与升华,其聚焦点就是人与土地关系的"剥离"。

"地得一以宁",对于数千年来精耕细作的中国农民来说,一直都是梦想,今天也是。但现实并不乐观,在中国的乡村,土地曾经是农民赖以生存的唯一指望,农民面对土地几乎是无力的,有时终年辛苦的劳作抵不过一场涝灾,土地的馈赠与惩罚,他们都要照单全收,或欣喜地感激着,或静默地隐忍着。在那时人们的心中,看得见的土地之中有一位看不见的土地爷,他的喜怒哀乐左右着人们的口粮。没有谁敢不敬畏土地,也没有谁敢不敬畏土地爷。小说《后土》中,地处鲁南苏北的麻庄一直以来风调雨顺,饥饿是少有的,这在那时是很了不起的事情。能够不冒犯"土地爷",求得一年收成已是农民们热切盼望的事,更何况"麻庄"的先人曾经搭救过"土地爷",得到过"我将保佑他的种族不断繁衍"的许诺。"麻庄"的土地，自然是一片好地，"麻庄"人说"土地爷"是他们唯一的信仰，这是几千年以来一以贯之的事情。"地得一以宁"这样的和谐状态，麻庄人曾经享受过。

在小说中，"土地爷"承载着多种隐喻：它是麻庄人心中对土地守护与敬畏的道德底线，是可以左右"天时"与"地利"的神秘力量，从古至今，它一直存在，没有因人的强大而消失退却，反而是在人们触及守护土地的底线时每每给出暗示。在现实中，它又作为一个"神灵"化身为可以支配土地的"有权人"。此外，它还承载了农民心中变动着的"土地使用观念"，时代的每一次重大变迁，都会在"土地爷"身上留下痕迹。"土地"是一切的根本，麻庄的生老病死，风俗民情，权力争夺，未来出路都赖土地而生。从这个意义上，我认为小说《后土》是在探讨人与土地的关系，更具体地说是麻庄人与麻庄土地的关系，但在对这个具体的地方性描述中，隐喻着的却是整个中国的土地和农民的关系。在小说中，以土地庙的两度迁址为分水岭，麻庄人与土地的关系史存在着三个不同时期的划分，人如何依赖土地、逃离土地又在生态文明视野中回归土地。第一时期是自麻庄诞生以来到"文革"结束后土地庙第一次迁址，第二时期是第一次迁址后到小康楼建成前土地庙再一次迁址之间，第三个时期是要走城镇化之路的再一次迁址之后。麻庄真正的变迁就是从第一次土地庙迁址开始的，在此之前，不管是清末还是民国时期，"土地庙只是被毁了一角"，麻庄或者说中国传统农业文明的土地观以及三纲五常都得以延续下来，直到"文革"结束，"就全部被铲除了"。"铲除"在小说中，表现为第二时期的"建设"，也就意味着人与土地之间的"剥离"，人对于土地施加了太多粗放和粗暴的强力，结果是人不断放逐和荒芜了精神的家园。可以说，人与土地的关系一旦不再和谐，处于撕裂和隔膜的对立中，人不侍弄土地，土地便也不再滋养人。麻庄的微观政治生态就是在对土地权力掌控的争夺中展开的，麻庄作为一个观察当代村民生活社区存在的诸多现实问题的场域，上演着一幕幕人与土地的"剥离"关系的闹剧。

这种"剥离"的后果以不同的隐喻显现出来。首先是"性"的不正常，隐喻着人与土地"剥离"的两种样态。第一种是对土地使用权的挟持，在麻庄，权力的一切都在于对土地的支配。村支书王远——这是小说中刻画得很成功的一个村干部形象，他与有求于自己的翠花、如意、村妇女主任、村会计的妻子、孟美丽分别都存在性关系，他自己甚至在明知李是凡摸了自己老婆的胸的情况下，仍然怂恿妻子送棉衣给李是凡，并时不时地去看望他，以获得"指点"。可以说，这是对土地的变相利用，它早已超出了正常意义上的土地使用范畴，从而形成第一种"剥离"。另一种与性有关的"剥离"样态则存在于离乡打工的男女之中。外在世界的发展吸引了土地上的富余劳动力，但是离开了他们所生长的土地，生活却不再如意。原本淳朴的农村姑娘到了城里从事了性交易行业，外出打工的男性对此行业也会光顾，这折射出当下底层打工者"性生活"的实存状态。与青壮年外出相应的，是留守麻庄的"386199"部队，留守老人无人照顾，骨朵等三个年轻的留守妇女与同一个小学老师高翔的不正当的性关系，道貌岸然的杨老蔫与自己的儿媳相继陷入了"性丑闻"，小学生花花这样失去父亲的未成年人被自己的老师"奸杀"，荒唐的是，她的尸首竟然在三年之后小学厕所翻盖时才被找到，而这三年期间，并无司法力量的干预。人远离了土地，失去了"土地爷"的庇护，家庭关系也会随之被"剥离"。

其次，人与土地关系的"剥离"逐渐侵蚀到人的心理，导致一种心理的扭曲和人际交往的危机。主人公曹东风、刘青松等人在第二时期的努力"发展"中，同样面临着人与土地"剥离"的危机。砖窑的经济收益建立在对优质耕地的大量破坏之上，及至砖窑被整改成"鱼塘"之时，面积已达"上百亩"。如果说土地爷托梦刘青松提醒他保护耕地的重要性的话，那么鱼塘动工时"太岁"的发现无疑是对人们的再一次警告。其实曹东风与刘青松并非不知砖窑对土地的盘剥，但因能力所限，修建鱼塘已是他们暂时能够作出的最大努力。而砖窑与鱼塘，都不是麻村发展的最终出路。伴随这种"剥离"关系，展示出更为复杂的利益冲突和文化价值观的冲突。

在麻庄发展的第二时期，"计划"生育、干部升迁、党员信仰等社会敏感问题开始聚焦，说到底，这些问题依然是"人与土地"关系的衍生。在麻庄，计划生育的宣传标语"女孩也是传后人"随处可见，问题在于，赵玉秀与刘青松先有了男孩虎子，"传后"对于他们而言不是生育"二胎"的直接动力。小说中对于赵玉秀生二胎的动机只说是"早就想再要一个孩子"，或许可以将其揣测为中国人期盼"儿女双全"的心理，也可以归结赵玉秀一旦孕育了胚胎，出于人之常情的母性再难割舍。超生女"苗苗"为躲避计划生育检查而在亲戚家长大，父母在村中隐瞒其身世，这对于刘青松家庭的每一个成员都是隐痛，虽然给苗苗上户口刘青松只消跟计生办吴计划"商量"一下。因没有了土地的羁绊，在城市计划生育政策对人的约束力较强，但在乡村，人与土地的关系更为重要，只要不涉及到更多"人与人"之间关系的纠葛，"超生"就不是大事，小说并未对具有"超生"身份儿童的生活经历着墨太多，我们依然能品味出其中的深长意味。"超生"一事同样折射了人与土地关系的"剥离"，它在小说中呈现了人性的复杂，在权力面前，刘青松的拜把子兄弟曹东风"出卖"了他，在人与土地这样非此即彼、界限分明的"剥离"关系中，人与人注定只能是复杂的利益博弈。

三、日常性的克服与超越性的不足

在新闻资讯异常发达和信息泛滥的今天，人的生存状态愈发呈现出大众传媒制造的"日常性"。文学书写如何克服这种生活的"日常性"，对文学的艺术表达是一个难度，也是对作者文学功力的一个考验。在这方面，《后土》展示出创作者的文学功力，但也有一些遗憾。在小说《后土》中，作为麻庄人信仰的"土地爷"在小说中始终游移于"缺席"和"在场"之间，作为一个文化符号或者文学意象，它所承载的文化信息和精神演变，在作品中更多的是暗示性存在，作者并没有由此做深层次的精神和文化探索，而这恰恰是小说能够突破既有乡土小说创作的"典范型"作品的可能之处。在"土地爷"的缺席中，麻庄就是一幅炊烟袅袅也不乏冲突的日常画卷，作者很好地把握了作品的外在结构和日常生存状态，但作者耽于日常性的刻画，故而前半部显得拖沓，似乎有些流水账；而后半部虽情节紧凑却超越性不足，因超越性不足而在作品的内在结构和文化价值的升华上，显得有些力有不逮。"土地爷"作为文化符号，喻示着人对土地的守护，其意象本可以作为一个精神价值升华的突破口，也是小说的文学价值、哲学追求和审美创造的最终聚焦的形象载体，甚至由此可以开掘出更富当下生态文明的现代性主题，及其扎根在中华文化深厚底蕴中的乡村文化的再生。

小说的最后，将麻庄的未来系于刘非平与王东周二人身上，让他们探索出了"人与土地"之间第三种相处模式,可以看作是土地资源、知识与商业资本的合作,这是理性的现代化发展的必然。建设生态农村,发展绿色与有机农业,以合理的方式使用土地,既将在外的漂泊者召唤回土地,又是一种回归绿色的精神家园;同时,又在生态和谐的意义上,为城里人提供另一种休闲与娱乐的方式。这种文学设计浪漫温馨,也不乏现实可能性。其实,"乡土味"在现代化进程中并没有瓦解,"美丽的乡村不是梦",在人与土地的关系中既保养土地又使其滋养土地上的人,这是麻庄第三代人的实验探索。年轻人被小说赋予了创造未来的象征意义,新土地庙终于在再度落成之际有了"神",土地是人类的不可荒芜的最终家园,人的根就在大地上,这就是作为现代的我们须臾不可离开的后土。

小说的叙事始自农业文明,但并不是一首缅怀过去的感伤的挽歌,也不是赶时髦式的对现代性价值的简单认同,而是在"返乡"与"出发"之间的一种激情的乡土文化的文学想象与重构。小说的结构,因循着二十四节气,以惊蛰开始,再以惊蛰结束,如同农作物的一枯一荣,年年再生。作者将"农时"融入了"后土",这正是"地得一以宁"的"不违农时"的机缘。作为一种现实价值,至今中国仍有许多乡村还处在小说中的第二时期,人—地关系紧张,甚至现实中冲突的复杂性更甚于小说的文学书写。所以说,小说《后土》的副标题是"农民的中国梦"。就现实意义而言,小说至少为人们提供了反思这一问题的公共空间,土地爷说,"地生万物,无地则无人。本神保乡护土,乃福德之神。令人口渐增,土地锐减,但存方寸地,留与子孙耕",这恐怕是对"后土"的注解。小说中第三时期的探索虽然过于简单乐观,但至少它描绘了一个美好的愿景,有希望总是好的,我们都期待"地得一以宁"。所谓"得道"并非什么外在的神秘力量的赠与,而是人心自我的教化和心有存主的自我眷注,它是一种形而上的内在的价值祈向。

(发表于《雨花》2015年第14期,第96-100页)

泰山何以成其大

——对纪录片《大泰山》的一种文化密码解读

百年未有之大变局使世界又一次站在历史的十字路口，以中国式现代化开创人类文明新形态的当代中国越发受到世界瞩目；同时，文明型崛起的中国也亟须提炼展示中华文明的精神标识和文化精髓。党的二十大报告提出增强中华文明传播力和影响力，加快构建中国话语和中国叙事体系，讲好中国故事的要求。如何提炼中华文化的标识性符号，对外传播和弘扬中华文明所蕴含的普遍价值，为构建人类命运共同体提供强有力的文化支点，直接关乎世界舞台上的中国形象建构。山东广播电视台出品的六集纪录片《大泰山》，通过讲述泰山的故事，不仅展示了厚道齐鲁地、美德山东人的价值追求，还以对泰山之大的文化密码解读，弘扬了泰山精神及其所表征的中国人品格，揭示出泰山所孕育和铸就的中华文化高地乃是中华民族的共有精神家园。通过解读泰山何以成其大，对国际社会特别是海外受众理解何以中国和中华文明所蕴含的全人类价值有着诸多启示。

在百年未有之大变局的世界秩序变化中，世界渴望了解崛起的中国，也愈加期待开创人类文明新形态的中国为变动不居的世界发展提供启示性价值和方向性选择。在人类文明坐标系中，既要让世界了解历史的中国，更要理解从历史的中国走来的今日之中国，读懂泰山及其何以成其大是一条有效的路径和载体。在中华文明绵延的历史长河中，妇孺皆知的泰山早已是中华文化的标识性符号，其多样化文化形态中蕴含着人类文明的普遍价值。泰山是中国人的信仰之山，通过祭山祈福上苍政治清明、文化繁荣、与国咸宁、国泰民安。在历史变迁中，泰山成了中华民族心灵祈向的价值坐标，成为联结民与天的中介，滋生了华夏生民的共同体意识。

泰山是知名的，是普通大众耳熟能详的，关于泰山的传奇和故事是如此之多，以至于每个人都能讲出一二，话语之间对泰山的崇敬之情溢于言表，称其为大泰山。那么，泰山何以成其大？泰山不仅是中国的，更是世界的，世界史坐标中的泰山有着难以尽述的拥趸者、朝拜者、敬仰者，在数以亿计的中国人心目中已成为中华民族共有的精神家园之一。泰山成其大，使儒家文化得以感召天下，扩大至华夏各族，生成了中国之为中国的以文立国传统，以及"远人不服则修文德以来之"的王道理念，形成了中华文化爱好和平的文明基因。在华夏大地的版图上，泰山不是最高的山，也不是最富饶的区域，却以其精神象征牢牢扎根在华夏儿女心中，丰盛了中华民族的精神家园。

屹立在地球东方的泰山，是历代帝王封禅的神圣场域，故而又被称为神山，并筑有岱庙。帝王封禅无非展示其文治武功、国家一统、定于一尊的威严，无论是秦始皇、汉武帝、汉光武帝乃至唐高宗和武则天的"帝后双祭"，等等，固然气氛威严、仪仗煊赫、气势恢宏，甚至刻字于石诉求不朽，但在泰山日出云蒸霞蔚的历史尘埃中，威则威矣，而难以成其大！

泰山成其大，乃是气象之大。孔子登泰山小天下，至圣先师孔子作为轴心时代的人类导师之一，因其登泰山而使得泰山连同齐鲁大地一并成为华夏文明的发祥地之一。同时，泰山以其对多元文化的包容整合，深刻影响了齐鲁文化的传承发展，儒家、道家和佛教文化互融互渗，形成了中华文化的高地之一，是中华文化主导形态的重要构成部分。遍布泰山的"日灿"刻画符号，是汉字的来源之一；奔涌的黄河、巍巍的泰山，是华夏儿女的生机、生命之源，是中华民族共同的心灵坐标。孔子登临处——小天下，谓之心中有泰山，把自己与泰山融为一体，成就了泰山的至大气象。生于礼崩乐坏时代的孔子，一路风雨如晦，却矢志不渝。孔子、孔子，大哉孔子！因为孔子的登临，泰山在中国历史的地位被提升到思想文化层面，成为文化之山，在成其大中成为标识性文化符号和众生的家园，并以人格与精神的象征烘托了中华民族精神家园的恢弘气象。

泰山何以成其大？乃是思想之大。泰山的精神信仰中蛰伏着"人本位"的思想，不仅夯实了儒家"民为贵"的思想，还在赓续中契合了人类文明的现代价值取向。《大泰山》以其强烈的人文情怀，通过讲述人的故事，如挑山工、皮影戏传承人、歌唱和演绎《泰山谣》的年轻人、导游和直播网红张娟等，自然而然地展示了家乡人对泰山的热爱之情，以及出自本性的守护之责。泰山的故事，是人的故事。泰山之大，可以主生死，却不拘于帝王之威，不厌于百姓之小，而是以众生为本。泰山是万物休戚与共的生灵之山，帝王封禅，向天祈福；百姓祭拜，向天感恩。上至帝后和至圣先师孔子，下至黎民百姓，无不为泰山所护佑。泰山之巅，既有豪气干云的祭天文，也有底层民众的心灵告慰。泰山不仅有帝王之威，更有人间的烟火气。登高必自，教化我们应以谦卑的心态成为什么样的人，我们从哪里来；重于泰山的价值祈向，警示我们要时时挺起民族脊梁，知道我们要到哪里。泰山之大，是其护佑了千千万万的普通人，安放了亿万中国人的心灵，从而成为中国人的"家山"——中华民族共有之精神家园。

泰山成其大，乃是文化之大。天门一长啸，万里清风来。在讲述泰山的故事中，浓浓的乡情扑面而来，无论是赤鳞鱼、野花楸的培育，扎根泰山之巅的青松、2000多年不倒的汉柏，还是遍布中国各地包括台湾岛的东岳庙，以及融入海外摇滚乐拉什乐队的《泰山》，对外讲述传播泰山故事的研究者，共同塑造着泰山丰富立体的文化符号。那铺天盖地的绿，上万棵饱经沧桑的古树名木、壁立万仞的崖峰，成就了世界自然遗产的泰山，绿色是其底蕴；那厚重的文化累积，如同一座书法石刻博物馆和发掘不尽的文化资源宝藏，还有那硝烟中李清照、赵明诚夫妇托付了身家性命载有金石篆刻的风尘仆仆的辚辚车队，厚重的文化成全了人文泰山之誉，坚韧不拔、自强不息、包容多元的人文精神是其内核。儒释道多元文化共存共荣，和而不同。李白的洒脱，杜甫的抱负，胸中有丘壑，笔下有山河。累积的文化托起了民族的精神信仰，石敢当的泰山精神挺直了民族脊梁，挺立的泰山展现出一副文化超然的淡定。

泰山成其大，谓之泰山是世界的泰山。早在汉武帝封禅时，就不乏外国使节的身影，彰显了一种有别于国家分野的世界意识。开创历史新纪元的大唐"帝后封禅"，更是万朝来仪。"世界的泰山"意识促使中华文化生成了从"天下"向"万国"的转变，从而以中华文化的标识性符号联结了中国与世界。这种世界意识使得在英国剑桥大学撑一支竹篙的徐志摩，陪同西方大哲登临泰山之顶后，不由自主地生发出对中国前景之光明与希望的期冀，油然生出一种文化自信的自豪感。

说到底，泰山何以成其大？乃是中华文化之大、中华文明之大、中华民族之大，泰山之大是一种超乎想象的存在。泰山是中国的泰山，也是世界的泰山，作为中华文化标识性符号的泰山孕育了人类文明的普遍价值，不仅有利于增强海外华人的文化认同感，更有着对世界人民的强大价值感召力，能够极大地提升国际社会对中国和平崛起的理解与认可。泰山何其雄，万象都包容；泰山何其大，万物都归纳；泰山何其严，万有都包含。有容乃大，泰山因其包容而成其大。究其根本，泰山成其大，不仅以精神象征高扬了中国人的信仰，挺直了中国人的脊梁；还以中华文化的标识性符号与和合的文明基因，铸就了中华民族共有精神家园；更以多元文化整合所孕育的普遍性文明价值，为人类文明进步提供可能的方向性启示和多样性路径选择，使其成为亘古如新、载道日新的泰山新形象。

（发表于《中国艺术报》2023年1月20日）

时代精神的艺术表达

——民族歌剧《沂蒙山》的价值分析

艺术如何为时代定格?这始终是对艺术家创作能力的一个考验。70年砥砺奋进,中华人民共和国发生了天翻地覆的变化,中华民族迎来了从站起来、富起来到强起来的伟大飞跃。无论是在中华民族历史上,还是在世界历史上,这都是一部感天动地的奋斗史诗。我们是如何走过来的?什么是中国道路成功的密码?如何书写中国实践的精彩?如何通过对时代精神的张扬深刻理解这个时代?新创民族歌剧《沂蒙山》以"人民性"创作导向的彰显,回应了时代之问。

这部由山东省委宣传部、山东省文化和旅游厅、临沂市委出品,由山东歌舞剧院创排演出的大型民族歌剧不久前在北京天桥剧院上演,以其恢弘的英雄气势和卓越的舞台艺术追求,给全场观众留下了深刻印象。"巍巍蒙山高,亲亲沂水长。我们都是你的儿女,你是永远的爹娘……"在婉转壮美的旋律曲调声中徐徐拉开大幕,全剧40个唱段生动描述了沂蒙山革命根据地军民生活和抗战场景。歌词情真意切,结构简约明快。凭借细腻的情感处理和卓越的唱功,使观众们感受到了民族歌剧的魅力。贯穿始终的《沂蒙山小调》的旋律,使作品笼罩在浓郁的山东特色文化中。

歌剧取材于抗日战争时期沂蒙山革命根据地发展壮大的真实历史，以大青山突围、渊子崖战役为原型，生动讲述了根据地军民同甘共苦、生死相依的动人故事，塑造了海棠、林生、夏荷等鲜活的感人至深的舞台人物形象，展示了他们在国家危亡与个人命运的交织中，如何把个体融入时代大我的心路历程，深刻揭示了激荡人心的军民水乳交融、生死与共铸就的"沂蒙精神"的深刻内涵。

优秀作品贵在以思想内容取胜、以艺术卓越性赢得口碑，由此才能成为时代的文艺精品。如何把曾经响彻历史时空的"沂蒙精神"艺术地展现于舞台？从中解读出中国共产党何以伟大的密码，凝聚起新时代中国人民实现民族伟大复兴的磅礴力量，以艺术精品传达新时代的民族精神，是艺术的使命担当。只有当艺术以审美创造切近了时代精神，才能对人的心灵产生强烈的震撼。

于是，我们感受到民族歌剧《沂蒙山》艺术地传达了什么是我们的基因，我们是如何走过来的，红色江山如何永固；看到了海棠、林生等普通农民是如何拥军参军，以及军民之间鱼水情深；并以艺术形象和舞台效果生动地诠释了何谓"真正的一家人"，那就是歌剧反复吟唱的：这样的人，这样的情。在艺术的深处、在舞台的空间，一种现实主义的艺术氛围中，高高飘起了"人民性"的旗帜。在民族危亡的语境下，觉醒的个体淹没在群体凝聚的大我中，以个人的牺牲奉献支撑了民族的解放，成就了不屈的人民的站立。人民推动了历史的车轮，如林生般个体的人被锻造为革命战士，成长为保家卫国的军人，军民一心、同仇敌忾。歌剧着重展示了人民的胸怀、沂蒙的牺牲，以牺牲筑起了胜利的丰碑。这是以艺术形式为人民发声、为中华民族放歌！是"为了谁、依靠谁"的艺术诠释。

精品是衡量艺术成功的标准。歌剧《沂蒙山》的语言对白、唱腔动作、人物形象塑造可谓气势不凡,舞台布景和艺术表演如行云流水一气呵成,真正体现了新时代文艺精品"思想精深、艺术精湛、制作精良"的要求。优秀的作品不仅以其价值观传达出时代之"大",更要写出人性的挣扎和内心的冲突,也就是说要有情节有故事,以此演绎人物如海棠内心的艰难的人生选择,直面人性的复杂但不是扭曲的心理状态,直面敢于牺牲的人性磊落,这是"沂蒙精神"的展示,更是对新时代精神的召唤。因而,民族歌剧《沂蒙山》是主旋律创作,但不是图解政治教化和政策的"机械的艺术",而是感人至深的"美的艺术"。

作品所反映的时代是一个苦难的岁月——驱逐日寇、保家卫国、实现民族解放,个人如何在民族解放中成为时代新人。"军民水乳交融、生死与共"的情感表达实现了个人觉醒与民族解放的统一,个体的"我"与民族解放统一于家国情怀,个人在融入时代的主流精神中成为民族解放的主体,个人成为"人民"的一员,在民族解放运动中得到历练而成为时代新人。新时代的"强起来"意味着中华民族复兴和为人类文明作出更大贡献,需要更广泛地凝聚人心,新时代的人民不仅是一个集合名词,还与个人出彩机会相交融,在包容与共享中续写个人与集体的同一,这种对时代精神的化育离不开艺术的引领。

唯有通过美,才能达到自由,才能化育新人。艺术如果不能打动人,难以震撼心灵,即使再好的内容也无法实现价值传播,更不会产生社会影响力,只有艺术的成功——以"艺术性"取胜——实现思想性与艺术性的统一,其对人和社会的文化影响力才能彰显。就此而言,民族歌剧《沂蒙山》深刻诠释了什么是民族大义,什么是牺牲,什么是家国情怀，人民和人的深刻关联，以及家和国、军与民的关系。它以艺术的感知告诉我们在共赴国难背后的真情与担当，什么是人类最深沉最高贵的情感，什么是最值得守护的价值。

（发表于《中国艺术报》2019年5月13日）

《1921》：在大历史逻辑中讲述开天辟地的青春故事

　　1921 年的上海，注定要在中国历史上留下浓墨重彩的一笔。在上海一处普通的民居里，中共上海发起组负责人李达和新婚妻子王会悟在筹划为前来开会的代表订房间，在各种权衡中他们选定了博文女校。7 月，13 位来自各地、平均年龄仅有 28 岁的中国共产党党员代表，在博文女校秘密聚会，寻求中国救亡图存的新路！时代浩浩荡荡，民族命运、家国情怀既是那个时代的召唤，更是他们每位党员代表个人的自觉追求。几番辩论、起草决议、达成共识，他们以其勃发的青春意志探讨国家命运，在风雨如磐中筹谋担起民族复兴的历史重任，从而开启了中华民族开天辟地的新世界。而中共一大会址被毛泽东同志称为中国共产党的"产床"，也被习近平总书记称为中国共产党人的精神家园。

　　斗转星移、沧海桑田，神州大地在中国共产党的领导下发生了翻天覆地的变化，从一穷二白、积贫积弱的旧中国正在发展成为欣欣向荣、"风景这边独好"的现代化国家，从愚昧落后状态中走出来的人民大众正在追求美好新生活。正是中国共产党人以其高昂的共产主义远大理想，点燃了中华民族奋发有为的精神之火，划破黑暗的长夜、照亮光明的未来，将一盘散沙凝聚为东方巨龙，带领中华民族从站起来、富起来一直到强起来。

如何让这段中国人耳熟能详的史实，在银幕上绽放出触动人心的光华，拍摄出情飞扬、志昂扬、感人心、触灵魂的文艺精品？电影生产的精品追求除了要坚持思想价值的正确性，更要诉诸大历史逻辑下细节的丰富与细腻的温情，才能演绎出跌宕起伏的精彩故事。

于是，我们在影片《1921》中一同感受着诸多温情的细节，如"南陈北李"的相约建党，《新青年》编辑部，李达的运筹帷幄和王会悟的多方联络，毛泽东在上海滩的激越奔跑，年轻的刘仁静等人在上海大世界游玩，还有几次出现在李达居所对面窗口的小女孩……

《1921》对历史场景的再造，不仅追求外在历史场景的形似，如上世纪20年代上海风貌独特的石库门建筑群落、上海大世界、外滩华尔道夫酒店等，这些带着历史风霜的建筑多次再现于银幕；更有着对历史思想场景的内在反思，如李达在回忆抵制、焚烧日货时对还要使用日本火柴的无奈，毛泽东昂扬进取的革命激情，何叔衡面对反动军阀焚书的悲愤抗议等等。特别是影片中李达等人与共产国际代表马林会面时对中国共产党独立性的强调，表明中国共产党在成立之初就有着坚定走自己的路的意识。尽管道路的探索是曲折的，但路必须要自己走，这表征了中国知识分子的觉醒，他们终于抬起了头、挺直了腰杆。这些细节的温情展示了主创团队高超的艺术把控力，以及面对历史纷繁复杂现实的独特匠心和卓越的洞察力。

《1921》再现了昔日上海那风雷激荡、理想高远的热土，展示了上海摩登现代性的生机勃发，也预示着中国共产党自诞生之日起就是一个新型的现代政党，它将带领中华民族在驱除黑暗中迎来新曙光。

彼时，中国共产党的诞生决不单纯是国内社会发展的必然，还与世界史有着密切的关联。不仅"十月革命一声炮响，给我们送来了马列主义"，更有着早期觉醒的知识分子远渡重洋寻求救国救民的真理。影片再现了周恩来和邓小平在法国巴黎建立旅欧中国少年共产党的小旅馆、花神咖啡馆，中国共产党旅日代表在东京和鹿儿岛的革命活动场所。影片的故事叙述采用了复线结构，欧洲反共势力对国际代表马林和尼克尔斯基的监视，日本警方对来沪日本共产党人的追踪，国内代表汇聚上海参加中共一大，三条线索的平行叙事、交叉结构，还穿插了谍战、动作等元素，使故事在跌宕起伏中愈加好看，可以激发更多年轻观众的共情共鸣。这种讲述故事的能力和蕴含其中的价值导向，展示了中国电影美学的进一步成熟，以及中国电影工业体系的完善。

庄子有云："其作始也简，其将毕也必巨。"东方欲晓，中国共产党从一大代表的13人到今天9500万名党员的大党，走过了极为不平凡的百年征程。百年大党风华正茂，而今迈步从头越，正在开启中华民族伟大复兴的"第二个百年"新征程。

《1921》艺术地呈现了中国共产党开天辟地的青春故事，可谓庆祝建党百年华诞的隆重礼物，它以高度凝练的精神素描、人物群像的时光雕刻、尊重历史真实的大历史叙事、温情的细节和青春勃发的时代气息，领着我们重温了百年前决定中华民族命运的那个时刻，艺术地追寻了"中国共产党为什么能"的初心。

一定意义上，《1921》不仅艺术地再现了革命先驱们年少有为的峥嵘故事，还为主旋律电影带来不一样的青春热血，在赓续优良传统和尊重艺术规律中使主旋律创作迈向了一个新台阶。

唯有不忘初心，方可赢得民心。人民就是江山，赢得民心就是守护江山，中国共产党自诞生之日起，就把自己融入人民的汪洋大海，以一叶红船乘风破浪，向着无边的广阔星际披荆斩棘！

（发表于《中国电影报》2021年7月28日）

文艺片发展亟须健全艺术生态

近年来,中国电影市场的繁荣和国产片质量的提升赢得了全球的敬意,不仅全球第二大电影市场的地位日益稳固,而且国产影片不时在国际电影节的评比中斩获大奖,中国电影的影响力不断增强。但我们要清醒地看到,虽然中国电影产业在规模和数量上不可小觑,中国电影技术及其制作能力也今非昔比,与国际高端不相上下;但在大发展中一些顽疾性或者根本性的问题也越发地被遮蔽,不仅中国电影没有建构完善的电影工业体系,甚至如有的学者所说,更没有建构体现中华民族特色的电影美学体系,特别是能够彰显"软力量"的中国电影文化依然走在途中,结果是全球文化舞台上中国形象的塑造依旧模糊,[1]缺乏清晰的价值所指,凸显的只是能指的狂欢,呈现的是票房和口碑的错位。如在中国大陆市场票房骄人的《人在囧途之泰囧》《心花路放》《捉妖记》《西游记之大圣归来》《九层妖塔》《寻龙诀》《美人鱼》(33.72亿元)等,在"走出去"中特别是在欧美主流市场依然陷入尴尬。从中国文化及其产业的国际竞争力来看,这种尴尬不惟中国电影所独有,很多艺术门类在海外传播中都有此遭遇,这种境遇深刻揭示

---

[1] 张宗伟:《当下中国电影的美学困境》,《当代电影》2016年2期。

出中国电影生态的不健康和电影产业发展体系的不完备，甚至可以说正是中国文艺生态的不健全导致了某些艺术类型的"野蛮"生长和价值失序与艺术追求的混乱，使得当代中国文艺在国际文化交流、交融中，难以彰显出博大精深的中国精神、中国价值和中国气派，而局限于顾此失彼的某个奖项的追逐中，难以形成具有中华美学底蕴和现代性艺术追求的中国文化的核心竞争力。

以电影发展为例，在创意经济时代，电影不单纯是一门艺术，它越来越成为一个有着广泛影响力和创造经济价值的产业，并越来越融入大众的日常生活。作为产业它不仅有着前期的策划、编剧、导演，包括 IP 的积累和储备，中间的拍摄、制片和院线传播，更有着后期产品营销及其衍生品的开发，甚至由此延伸为不断拓展的庞大产业链。因而，作为一个被观照的对象，它往往牵一发而动全身，从而产生整体性的影响。有学者认为："一位电影的解读者对一部影片的精读与揭秘，不会止步于影片自身，而是会将一部影片放置在更为广阔的社会、历史和文化环境之中，以发现其中的意识形态'秘密'"。[1] 究其对艺术本体的超越性而言，毫无疑问，电影是社会主流意识形态最有效的传播载体，它在悄无声息中不断地影响着大众的价值观和生活方式，因而往往被寄予超越艺术自身的诸多功能，如好莱坞电影被视作美国外交领域的形象大使，而极大地提升了美国的国家形象和美国文化的世界影响力。究其本质而言，如阿尔都塞所言，人是意识形态教化的产物。作为艺术公共性的彰显，电影是意识形态传播的最佳载体，在现实生活中发挥着对人的询唤功能，它既对主流意识形态具有建构价值，也会对主流意识形态产生消解作用。可以说，艺术既是时代思想解放的先声，也是某种社会传统价值的守护者，甚至成为某种"剩余文化"

---

[1] 戴锦华：《镜与世俗神话》，中国人民大学出版社，2004 年版，前言部分第 4 页。

的载体。虽然究其现实性而言，艺术是一种精神性追求，但其生成、传播及其消费离不开一系列载体，尤其在市场经济条件下，任何艺术的影响和价值的传播都离不开一定的市场份额，也就是说一定要进入市场。在商业娱乐大片盛行的当下，作为文艺片的《百鸟朝凤》的排片遭遇不禁令人唏嘘，这虽不是文艺片、实验探索片的首次遭遇，相信也不会是最后一次，这不能不引发我们对电影产业的健康发展，尤其是建立健全现代文化市场体系的思考。

市场条件下，所谓文化影响力是文艺在市场中被大众实实在在地消费形成的，它不是在口号和宣传中滋生的，多元文艺存在共生格局又不缺失主流文艺形态及其价值引导，才是一个健全的文艺生态。在文艺发展中，"百花齐放，百家争鸣"既是文艺方针，更是文艺繁荣的标志，一种健康的生机勃勃的文化应该是有理、有情、有信、有意的文化，也就是说多样化的艺术表现形式才能满足多元化的大众消费需求，才能形成文艺的繁荣格局，而文化繁荣表征的恰是一个社会肌体的身心健康。在各种思潮相互激荡和娱乐至死的大众文化流行时代，大众不仅需要娱乐身心的流行性商业大片，也需要能够提升精气神的具有使命担当的主旋律影片，更需要代表一个民族艺术想象力、精神创造力和价值守护的文艺片，不同类型的艺术形态都在文艺市场中占有一定的份额，才会形成健康良好的文艺生态。

近期因"千金一跪"而被推到风口浪尖的《百鸟朝凤》，引发了文艺批评界的强烈关注而成为一个社会热点事件。作为文艺片，《百鸟朝凤》展示的是20世纪八九十年代的社会转型和文化转向问题，它以传统手艺"唢呐吹奏"作为历史镜像，以艺术的方式来反思传统文化在现代化进程中的命运，说到底它是对一种文化价值的守护。虽然从艺术本体来讲它有着剧情的"老套"和艺术表达上的"瑕疵"，在情感诉求上是小众的，但上映 21 天的《百鸟朝凤》票房已然超过 7000 万的事实，表明文艺片同样有着细分市场和特定消费者，关键是要有传播渠道和平台。《百鸟朝凤》是中国第四代电影导演代表吴天明的遗作，完成于 2012 年，该片讲述了以唢呐为代表的传统文化形式在现代社会的困境，影片意在表明随着时代变迁哪些价值是要传承的，哪些价值是要与时俱进的，其言中之意乃是对民族文化及其价值的思考。虽然就电影艺术表达本身而言，该片简单质朴到"平庸"，甚至说乏善可陈；但影片所传达的价值诉求不能不令人敬重，该片的"乌托邦想象"不能不令人充满敬意和充溢悲悼之情，"怀旧"的噱头难掩真诚的悲悯，这就是影片对社会伦理价值的高扬。该片票房的"翻身"脱不出方励的"千金一跪"，作为电影的"营销事件"无疑是成功的，结果令人欣慰，但这一举本身是令人心酸和需要反思的。

《百鸟朝凤》是一部有着文化情怀的文艺片，在娱乐大片盛行的市场经济时代，它自然受到主流商业大片的排挤和院线经理们的冷落，在激烈的文化市场竞争中，这一"事件"折射的是当下文艺发展的生态问题。文化发展需要尊重艺术规律、遵循市场规则，但市场不是万能的。面对市场失灵现象，需要有对不同于娱乐的艺术（包括有着特定价值诉求的主旋律和高雅艺术对卓越性的追求）的保护性机制，才能建构良好生态的文艺发展格局。以电影而言，健康的电影市场是开放的高度市场化的，但它不会为着市场而市场，而是能够使所有类型的影片都有面向市场大众的机会（即最低的市场份额），通过发挥公平竞争的市场机制，来建构更加完善开放的传播渠道和平台。就健全文艺生态而言：对于某些特定类型的影片，如文艺片、政治性强的主旋律影片、实验性的探索影片等，应该由国家或者社会组织（如国家艺术基金等）给予保护性扶持，使其有机会进入市场。但必须明确这种保护性支持不是保护"事件",而是保护一个民族的艺术创造力、想象力和国家主流价值观的传播与教化,也就是关注电影艺术本体的艺术创新及其民族精神价值的诉求,在激励其讲好"中国故事"的同时,不断提升"讲好"中国故事的能力,进而在全球化舞台上讲一个"好"的中国故事,以其艺术性和主流价值建构与传播托起中国文化发展的高地。

当下社会对主旋律的理解往往是片面的、单一的,主旋律似乎成了宏大叙事、虚假宣教口号标语满天飞的"代名词",正是人们的这种"偏见"遮蔽了作品本身的价值。《百鸟朝凤》的遭遇表明,非娱乐性的影片不是没有观众,问题是使好影片与民间渴望的观影激情如何有效对接,这是需要包括平台、渠道、终端等一系列中介来实现的。在文化大发展的今天,这些基础性的、中介性的环节要进入政府工作的视野,政府要着力营造健全文艺生态环境,并完善商业文化对高雅艺术和实验艺术等的反哺机制。

艺术的繁荣是时代开放的表征。艺术是表明立场还是参与或者介入现实生活?如何处理艺术与政治之间的关系?这些问题是不可绕过的,也是一些有思想和艺术追求的作品要直面的。如果说在市场经济时代,商业娱乐的时尚文化成为大众消费的主流产品,那么在一个健全的文化生态环境下,同样要有精英文艺、民间世俗文艺的细分市场,更要有作为国家主导文化显现形态的主旋律文艺的传播渠道和平台,它们之于人和社会的作用不同,但都有其存在的合理性和生存的界域,在根本上它们都不应偏离或背离社会主流价值观,也就是说不同形态的文化在价值上并不相互冲突和抵牾,反而因为满足了不同大众群体的诉求而有利于弥合社会的裂痕。

事实上,正是一个国家健全的文化体系和文化生态,从根本上决定了其文化的发展繁荣，以及对文化产业根基的培育和产业链的延伸。实践经验表明，一个国家文化产业的强大不仅表现在浮出水面的大型商业文化企业，更在于整个民族文化所蕴含的创新力。在全球文化竞争和博弈中，美国文化实力之强不单是商业性的大众娱乐文化，还有着对高雅文化及其探索性的艺术追求（如格莱美奖、托尼奖、普利策奖等的激励），并形成了一套市场条件下对实验艺术（文艺片等）的有效保护机制。近年来，中国影视产业发展迅猛，也崛起了一些有影响力和经济实力不断壮大的文化企业，但是提升中国文化的海外影响力依然任重道远。2010年国产电影海外销售高峰达到35亿元，此后持续下降，直到2013年开始止跌，2014年电影海外销售收入18.7亿元，2015年海外销售收入27.7亿元。这表明随着文化产业规模数量的扩张，亟须提升文化产业的质量和效益，这预示着提质增效是"十三五"时期文化产业发展的关键词，健全文化产业发展体系是其诉求目标，而健全文化产业发展体系则重在提升内容产业的比重。2014年国产影片降到618部（从2013年的745部），票房达296.4亿元；2015年国产故事片686部，电影票房为440.69亿元，其中国产片票房271.36亿元，占总票房的61.58%，以较大优势保持了国产电影在中国电影市场的主导地位；电视剧2014年降到15983集（从2012年高峰的27156集）。这表征着中国影视产业正处在从外在式的增量扩张向内涵式的提质转型升级，这是由影视大国迈向影视强国的必由之路。处于由"外在式的增量"增长向"内生性的包容性"增长的提升阶段，亟须在完善艺术的社会性保护机制中纠偏市场失灵行为，不断健全文艺发展生态。

艺术市场表明，真正能够满足文化消费需求的不是产品的数量，而是产品的质量；能够激发消费者持续文化消费需求的不是供给侧数量，而是产品的供给质量（有效供给）。所谓提质增效不仅需要激发全社会的文化发展活力，需要不断健全文化产业发展体系，更需要健全文化生态，这就愈加凸显了完善市场条件下艺术保护机制的重要性。这既取决于艺术生产上游的解放思想，更需要下游市场开放度的提升及其公平竞争，为高雅艺术创作、实验艺术探索，以及主旋律文艺留有一定的市场空间，以文化艺术的本体发展及其艺术想象力、创造力的激发为诉求，而不是追逐于所谓的票房和点击率。

近年来国内迅猛崛起的资本力量，不仅推动中国大陆成为世界第二大电影市场，而且其运作能力和电影金融产品的创新在电影产业中的地位越来越重要。万达集团以230亿人民币收购了美国传奇影业公司，其出品的《魔兽》在5天时间内票房将近10亿。一定意义上，中国电影业的繁荣是资本的兴风作浪，是资本和技术的狂舞。天生带着血腥的资本是逐利而来的，这助长了中国文化产业中娱乐至死的倾向，于是乎院线布局的不均衡、文化产业界外资本的快进快出、玩的就是心跳的心态、流水线式的剧本生产、题材的单一、风格的"小"化（《小时代》系列的流行），电影本体及其专业化创作的"边缘化"，使得坚持艺术追求的电影人徒唤奈何！这是电影的繁荣还是资本的表演？资本不仅使影视界的兼并重组风起云涌，还推动了不同媒介之间和跨产业的融合，并不断创新商业模式。据统计，当下线上售票高达九成，技术平台的便利性为电影市场的繁荣提供了基础。虽然说中国电影产业中资本体系基本完备，但大量资金主要集中于生产制作和营销等环节，滋生了用金融衍生品透支电影价值的现象。这种票房的豪赌——揭示出行业外的资本感兴趣的不是电影本身，而是通过复杂的金融衍生品获取溢出效益，其实是一种透支性的利益贴补。资本运作频繁皆为利来，却不是为了做强内容，更不关乎艺术本体的创新，在根本上是资本和技术的狂舞。在娱乐至死的年代，人们普遍关注的是刺激消费的"痛点"，在此境遇下，任何能够刺激大众神经的话题都有可能成为营销性事件。如某些小鲜肉"事件"的发酵和舆论传播，不正是因为缺失社会主流价值观的有效引导和道德批判，而已然为资本、经纪公司、粉丝经济、影视公司、品牌商等"制造"为消费噱头，其全然"去道德化"地获得粉丝"言辞支持"就不足为怪了。

文艺不仅要在公共文化服务体系的完善和文化市场健全中满足大众的欣赏趣味，还要发挥文艺评论的作用积极引领和提升大众欣赏水平，在有效的和优质的文化消费中提高全民族的文化素养和审美水平，在文化消费中实现文化产品的社会效益和经济效益的统一。惟此才能发挥文艺在中华民族伟大复兴中的助跑作用，通过不断健全文艺生态来夯实"文化强国战略"的基石。

从国际市场上来看，每个国家——即便是电影强国如法国、韩国等——都有对其本土电影的保护性措施，以纠偏市场过于追逐利润的失灵行为，从而关注文艺作为文化产品的公共性问题。《百鸟朝凤》的逆袭成功，凸显了文艺片的生存艰难，和文艺市场中失灵行为的存在，以及艺术创作保护机制的不健全。事实上，在西方发达国家，文艺片也是处境尴尬，但它们在市场运作中不断完善保护性机制，从而使文艺片不断获得商业片的"反哺"，而在电影市场中出现一片丰盛的"水草"。健全文艺保护机制，纠偏市场失灵，需要国家层面政府有所为，需要社会层面非营利组织有眼光和人文情怀。只有实现对文艺发展的主流价值引导，不断完善艺术保护性机制，才能使艺术探索和特定类型创作不会跌落市场的"悬崖"，在市场竞争中进一步拓展传播渠道和丰富平台，健全文艺发展生态，迎来的才是当代文艺发展的繁荣。互联网环境下，网络文学、网剧、微电影、大电影越来越平民化，越来越进入大众的日常生活，成为大众日常消费的一部分，也就是艺术越来越走进大众，成为大众的一种生活方式。这种生活方式的变化，带来了艺术创作、传播和消费方式的改变，这既给艺术家提供了广阔的舞台，也为艺术精品的涌现带来了困难，从而愈加凸显内容为王的深刻性和紧迫性，不断加剧了社会主义核心价值观融入文化产业的自觉性，成为影视产业健全发展的自觉诉求。当前，中国电影的银幕数将近4万块（可谓增速迅猛），几乎与美国相当。在数量和规模扩张的同时，业界和学界开始呼吁关注内容品质的改善。提升电影产业的质量就必须尊重文化发展规律，即尊重文化及其艺术表现形式的多样化，尊重大众消费层次的多元化，追求电影产业的中长期价值，坚持内容为王的制胜原则，在满足大众差异化的需求基础上提高大众的精神文化素养及其审美修养。

回到影片《百鸟朝凤》，它以民间艺术的兴衰为视角，展现了一幅20世纪八九十年代中国农村的社会文化变迁景像，沉思了乡村文化与社会发展的命运，并对这种无可奈何给予了深切的同情。无论有着多少不堪，毋庸置疑的是影片难掩吴天明导演一以贯之的人文情怀，这在娱乐至死的文化市场环境下，是照亮文艺发展的"灯火"，它应该在市场上被尽可能多的人消费，它可能给一些人"不快"，也可能在一些人眼里"不新潮、不时尚"，但它是真诚的有良知的文化人的一种价值守护。有此，足矣。这表明在泛娱乐化中仍有一部分人在用心支撑着中国文化的基线，使中国人的灵魂不至于太肤浅和裸露！

（发表于《中国文艺评论》2016年第7期，第20-25页）

现实主义电影与社会主流价值传播

随着中华民族伟大复兴步伐的加快，中国特色社会主义文艺日趋繁荣兴盛，深厚的文化资源积累与广泛的互联网数字化技术的结合，正在助力我国向文化产业大国迈进。中国电影产业正在以其蓬勃的发展气势形成与新时代国家崛起相匹配的格局。截至2018年末，我国现有各类影视制作、播出机构超过20000家，网络视频用户规模达6.12亿。2018年，全国共完成电影故事片制作902部，票房收入609亿元。[1]虽然在国家政策的持续扶持下，中国电影银幕数量位列全球第一，票房连年攀升，制片数量位居世界前三，但电影产业发展过度依赖票房、海外传播力不足的困境依然未能有效改善，正在成为提升国家"软实力"的一个阻碍。有学者指出："中国未来发展的最大问题不是经济，而是被扭曲的国家形象。"[2]中国越来越走近世界舞台中央，能否在全球化舞台上建构和展示复兴中的国家形象，直接关乎国际话语权的提升。中国电影产业的困境折射出文化产业发展的深层次隐忧：现

---

[1] 张严：《我国影视业发展的现状、问题与对策分析》，中央党校厅局级进修班（第73期），《课题研究报告》2019年7月。

[2] 王君燕：《国家形象的塑造与国际传播——以商务部CNN"中国制造"广告为例》，《新闻传播》2010年第1期。

代文化市场体系与文化产业发展体系的不健全，正在变成制约中华文化成为全球高势能文化的瓶颈。本文通过聚焦中国现实主义电影的使命担当与健全电影工业体系的内在逻辑，探讨文化产业发展体系与价值引领的正向度关系，探究如何在多元化电影创作中倡导现实主义电影，促进中国电影产业健康理性发展，使其积极有效传播社会主流价值观，担负起新时代的文化使命。

一、在新的历史语境中深刻理解现实题材与现实主义精神

自习近平总书记《在文艺工作座谈会上的讲话》发表以来，文艺界的风气得到很大改善。社会主义文艺就是人民的文艺，坚持"以人民为中心的创作导向"逐渐成为文艺界的主流共识，现实主义文艺正重新成为有影响力的创作导向。近年来，学界开始关注探讨现实主义。党的十九大报告也明确倡导现实主义创作，提出"加强现实题材创作，不断推出讴歌党、讴歌祖国、讴歌人民、讴歌英雄的精品力作"。[1]2018年的春节档、2019年的暑期档和国庆档中的主旋律电影现象，彰显了现实主义电影的持久魅力。究其文化自觉，电影俘获人心的关键在于能够以叙事触及一个民族深层次的灵魂底蕴，能够与时代的社会主流价值观形成共振，进而从心理上激发对观众的吸引力和价值的感召力，这方面现实主义电影有着得天独厚的优势。

今天，在新时代语境下探讨现实主义电影，应在进一步厘清现实题材和弘扬现实主义精神的关系中，把重心转向对电影产业生态的关注。严格意义上讲，现实题材不等于现实主义精神，不是现实题材的文艺创作同样可以有现实关怀（现实主义精神）。现实题材是一种文艺

---

[1] 习近平：《决胜全面建成小康社会 夺取新时代中国特色社会主义伟大胜利》，人民出版社，2017年版，第43页。

创作的题材类型；而现实主义主要指一种创作方式、手段；现实主义精神则是一种价值取向和价值选择与传达，它显现为作品对人的一种高度关注，对人的生存状态、精神状态以及命运的深切关怀。现实主义的要义，就是按照生活本来的面目去反映或者表现生活，但它并非照镜子似的反映，而是如恩格斯所说："据我看来，现实主义的意思是，除细节的真实外，还要真实地再现典型环境中的典型人物。"[1]因而，基于对"典型"的审美追求，现实主义同样关乎审美理想，是对创作者审美想象力和艺术化能力的更高要求。其创作要有一种"对人生现实深切关注和对现实人生理性审视"（秦兆阳语）的现实主义精神，和以爱的激情、批判精神以及理想精神为内涵的现代意识。今天，立足新时代中华民族伟大复兴的现实语境，对现实主义的关注需要在一种历史的延长线和时代关联语境中由人到物到社会环境，因而对时代的讴歌必然包含了批判性、抗争性、引领性、弘扬性，其基本点是把人民装在心中，写出芸芸众生中"小人物"的冷暖情怀和人性的光辉。在价值导向上树立人民既是历史大戏的剧中人，更是艺术优劣的鉴赏家和评判者的观念。

首先，在新的时代语境下，如何深刻理解现实主义？需要回到事情本身。无论技术对文艺形成多大冲击，现实主义的首要含义依然是关注现实，依旧是通过对现实题材的关注，在现实主义书写中彰显时代精神，发出时代的价值主张。在纷纭变幻的时代喧嚣中，各种沉渣和现象躁动不已，愈加要求对现实的关注必须体现出深刻的历史眼光，从历史的真实、生活的真实到艺术的真实不断深化。这种"真实"的萃取是从各种细节或者艺术场景的内在意蕴中自然而然显现的，其内

---

[1] 中国作家协会、中央编译局：《马克思恩格斯列宁斯大林论文艺》，作家出版社，2010年版，第139页

在意义是在历史大势中从零碎的生活片段向某种历史性的价值情结的聚合，也就是所谓的"莎士比亚化"的重新语境化。因此，今天谈现实主义不是简单"回返"，而是一种"向前"，是一种历史性的螺旋式上升。现实主义艺术就其深刻性而言，可以有效帮助我们理解自身所处的现实境遇与当代性，是我们理解现实的特殊视角和重要观察方式，从而使我们获得洞察时代的思想超越性。

回到中国的文艺传统，文艺史一再显现现实主义是最能唤起大众情感共鸣和价值认同的艺术形态。可以说，现实主义在中国的兴盛是中国特定时代的需求，是一种国家需求和民族集体无意识的心理积淀，从而表现为一种创作自觉；同时，作为一种成熟的文艺创作原则，现实主义也是中国主流文艺观念探索和审美心理主动选择的结果。在文艺实践中，现实主义有着自我观照、自我发现的镜像功能，有着天然的价值辐射性，是能够与每个人的生活发生直接联系的创作方法，因而能够最鲜活地牵连每个人的社会神经与艺术共起伏。所谓"镜像功能"不是简单地照镜子，因此，要警惕对现实主义的肤浅化理解——照镜子似的创作——以现实的价值归纳遮蔽艺术文本价值、以启蒙现代性压抑审美现代性。对此，有学者一针见血地指出："图解现实、概念化、机械化、简单化的写作不是现实主义；投机性的迎合政治的功利性写作也不是现实主义；'高大全'、空心化、模式化、生活等级化的写作更不是现实主义。可以说，不管题材多么现实，主题多么现实，意义多么现实，如果偏离了文学性，那所有的写作都不是现实主义。"[1] 面对杂糅的现实和将近14亿人民史诗般的社会实践，社会主义文艺的发展繁荣一定要倡导真正的"现实主义创作"，一定要坚持"以人民为

---

[1] 吴义勤：《通向现实主义的路到底有多远？》，《新时代与现实主义》，作家出版社，2019年版，第14页。

中心"的创作导向，而不是在文艺生产中贴上肤浅的"主义"标签。

其次，在新时代语境下要追问何谓现实、如何现实？回到现实主义要义本身，可以发现决定何谓现实的是一种精神思考与价值抉择——一种追求文艺卓越性的眼光。现实并非简单的肤浅的如同照相式的呈现，对艺术家来讲需要用心去读，读懂了，才不会失语，不会扁平化理解现实；置身其中而不迷失，才不会缺席，才能在场，才会紧紧抓住时代。所谓深入生活、扎根人民，不是空洞的口号，而是养成理解现实的眼光的必然训练。对艺术家来讲，仅有生活是不够的，还要有立足其上的审美创造力、艺术想象力和哲思能力。有学者指出，"现实主义从未否定艺术想象，但是，现实主义的艺术想象必须接受因果关系的检验。"[1] 说到底，它是以艺术的方式立足现实性、追问可能性。张扬现实主义精神，同样需要一种艺术的抽象能力，旨在实现丰富性、蕴藉性、能指的丰富与所指的清晰性的统一。惟此，真正的现实主义创作才不会臣服于生活、匍匐于脚下。艺术以总是高于生活——对生活的诗意想象能力——把现实形象化、典型化的能力，实现思想上的超越性。作为现实主义艺术精品，体现了尊重历史逻辑和现实逻辑的内在统一。在创作实践中，如何面向现实把生活经验转化为现实题材，直接考验着艺术家的艺术化能力，即对生活和现实重新发现和理解，进而生成现实感，赋予现实以艺术性（形象化、审美化、典型化）的能力。这是决定作品是否具有现实主义精神的根本。人文情怀、艺术修养、叙事能力，是今天现实主义电影创作要着力关注的。

就中国电影生产而言，唯有关注现实题材，以现实主义精神观照身边的人和事，书写人间真情和真谛，才能使大众在艺术消费中真正

---

[1] 南帆：《现实主义的渊源与启示》，《新时代与现实主义》，作家出版社，2019年版，第9页。

感受到世间大爱和道义，进而对祖国、人民、大地饱含炽烈的情感。党的十九大以来，文艺创作不断强化"以人民为中心"的创作导向，涌现出一系列现实主义精品力作。国产电影的现实主义价值导向日趋强化，成为近年来中国电影产业的一道靓丽风景线。如《红海行动》《湄公河行动》《我不是药神》《照相师》《大路朝天》《江湖儿女》《北方一片苍茫》《清水里的刀子》《狗十三》《黄大年》《热土》等，通过鲜活的人物塑造，关注社会变革，抒写时代精神，既收获了票房也赢得了口碑。在文化经典化、勇攀艺术高峰进程中，"伟大的作品一定是对个体、民族、国家命运最深刻把握的作品"。[1]当下所谓"面临百年未有之大变局"，在我看来其实是一个人类文明跃升的蕴蓄期。人类文明正面临着跃升的契机。在此境遇下，何种文化作为这种新文明的文化秩序的基础，直接关乎中华文明、中华民族的高位态与世界地位，直接检验着中华民族伟大复兴的质地，以及中华文化对人类文明的贡献。就此而言，中国电影产业担负了助力中华文化成长为世界主导文化形态之一的使命。

二、新时代现实主义电影要有经典化追求

现实主义电影的重新崛起，既是政策导向的结果，更是中国电影市场自觉的选择。全面深化改革的政策驱动和近20年的电影市场培育，使得消费群体代际变化的特征日趋明显，审美情趣在多元化中日益健康理性。现实主义影片票房的成功，更加说明扎实的内容而不是看似自带流量的明星成为票房成功的保障，艺术表达性、审美想象性与思想自主性之间越发趋于平衡，一种具有鲜明社会主义文艺性质的"新

---

[1] 习近平：《在中国文联十大、中国作协九大开幕式上的讲话》，人民出版社，2016年版，第13页。

大众文化（新在商业性、技术性、时尚性与价值传播的主流性）"正在成为有广泛涵摄力的社会主流文化形态。"任何一个时代的经典文艺作品，都是那个时代社会生活和精神的写照，都具有那个时代的烙印和特征。任何一个时代的文艺，只有同国家和民族紧紧维系、休戚与共，才能发出振聋发聩的声音。"[1]《战狼》《湄公河行动》《红海行动》《流浪地球》《我和我的祖国》《中国机长》《攀登者》等大制作的主旋律影片成为"爆款"，在市场化过程中有着文艺经典化的追求。据统计，2019年国庆档，创新了观影的重合度，其中《我和我的祖国》与《中国机长》堪称双核。其中，《我和我的祖国》浓缩了70年来的七个重大历史瞬间，以小人物视角为切口展现大时代发展进程，通过人生成长的电影叙事，把个体化人生体验置于广阔的现代化历史进程，真实地展示中华民族在迈向伟大复兴征程中的艰辛努力，而触动了每一个中国人心底的温情。

无论何种艺术，只有回到艺术本体的"艺术性"，才有可能是"美的艺术"。康德认为"美的艺术"最终吐露的乃是运贯于其中的审美创造（审美理念）的独具匠心。现实主义艺术之所以能够打动人心，除开直面现实的主流价值传播和深沉的人文忧思，更是离不开对艺术审美自律性的追求。在康德看来，"美的艺术作品里的合目的性，尽管它也是有意图的，却须像是无意图的，这就是说，美的艺术须被看作是自然，尽管人们知道它是艺术"。[2]这是对艺术之命脉系于审美之维——一个有别于认知和欲求的独立的心灵活动向度——的申说，即"主观合目的性而无任何目的"。美的艺术品作为天才作品除了合于鉴赏的尺度外，最重要的还在于它须有"精神"或"灵魂"。"精神（灵魂）在

---

[1] 习近平：《在中国文联十大、中国作协九大开幕式上的讲话》，人民出版社，2016年版，第7页。
[2] ［德］康德：《判断力批判》，邓晓芒译，人民出版社，2002年版，第152页。

审美的意义里就是那心意付予对象以生命的原理"。[1] 所谓"精神"就是能够在"自己的内心里"萌生出作为"最高的范本""审美的原型"的审美观念，并把它以可能尽致的方式表现出来的能力。"精神，在审美的意义上，就是指内心的鼓舞生动的原则"。[2] 这个原则不是别的，正是把那些审美理念表现出来的能力。这种审美观念或"精神"，正是今天现实主义电影应着力追求的。习近平总书记指出，"广大文艺工作者要做真善美的追求者和传播者，把崇高的价值、美好的情感融入自己的作品，引导人们向高尚的道德聚拢，不让廉价的笑声、无底线的娱乐、无节操的垃圾淹没我们的生活。"[3] 现实主义电影的"爆款"，不断激发了大众层面的政治认同、思想认同、情感认同，令人感受到了祖国的日益强大，增强了每个中国人的底气，并带给我们关于人性与信仰的深刻思考；同时，精品意识的经典化追求，也使艺术家在创作中思考何谓好的艺术作品，以及如何成为时代经典。惟此，现实主义电影需要强化以下几个维度。

首先，现实主义电影是民族的，它能够充分展示所谓的"中国性"——中国的审美经验与民族的审美追求。如《照相师》《大路朝天》《西虹市首富》等之所以触动了大众的心灵，主要是在主人公的喜怒哀乐中展现了真实的中国变化，体现了审美情趣上鲜明的"中国性"特点。再如《阿拉姜色》《清水里的刀子》等现实主义影片立足中国的审美经验，以平实疏离的手法刻画了小人物的生死与信仰，彰显了一种本土化的电影美学思考。

---

1 ［德］康德：《判断力批判》上卷，宗白华译，商务印书馆，1964年版，第159页。
2 ［德］康德：《判断力批判》，邓晓芒译，人民出版社，2002年版，第158页。
3 习近平：《在中国文联十大、中国作协九大开幕式上的讲话》，人民出版社，2016年版，第17页。

其次，现实主义电影的"当代性"维度。所谓"当代性"其实是立足时代精神，既要融入时代与之同频共振，又要与之保持一定距离而得以审视和从容洞察现实，进而能够真正把握时代。当今时代，技术（数字化技术）、创意，深刻影响着人们对现实主义的理解和发展。这是现实主义"当代性"的一个层面，技术是现实主义精神表达的重要支撑，创意拓展了现实主义的边界。《我不是药神》是一部张扬"当代性"维度的现实主义影片，它以社会真实事件为原型，讲述了保健品商贩程勇代理印度仿制抗癌药"格列宁"的故事，以问题意识触动了现实生活中大众心底的痛。影片以艺术表达实现了与社会大众的同频共振，同时以喜剧外衣包裹下的悲剧内核引发了对社会问题的思考，在清醒的洞察中显现了电影对社会现实的有效介入，从而使电影消费成为一场喧嚣的文化现象。

最后，现实主义电影要有指向未来的美学追求，勇于关注人类命运和世界难题。电影《流浪地球》是一部具有现实关切的科幻影片，展示了新时代中国电影应有的未来向度。对"地球"的拯救就是对人类发展困境的救度，也是对人类自身的救赎，所投射的是人类发展的现实困境。

就美学追求而言，现实主义电影不是定于一尊，而是多元的开放的，要在彰显多维度中理解现实。当下的文化现实离不开数字互联网的广泛应用，离不开文化发展的跨界与融合，离不开随着代际变化的社会主义新人的成长，这些文化现实中的变化召唤着电影的经典化。电影的经典化追求，一方面需要强化电影的本体语言，另一方面需要在技术和社会力量驱动下日益走向融合，在主旋律电影的引导下生成新的"大众电影"（新的大众文化形态之一）。它是政策导向、审美规制、市场机制、电影生产主体自觉的产物。主流化、市场化、类型化在价值表达的切近中相互杂糅，成为赢得大众心灵的主流电影表现形态。如 2018 年春节档影片《红海行动》以 36.51 亿元的票房和 0.93 亿观影人次，展示了主旋律电影的艺术魅力，其主流价值传播得益于市场的成功运作。影片中纷繁的现代化武器装备与凌厉的战斗场面的"炫"，是电影制作工业化体系逐渐完善的显现。虽然是平民化的叙述视角、奇观化的视觉效果，但电影的形而上思考又使其没有沦为迎合观众廉价口味的戏谑——"炫"的展现不是为了宣扬民族主义情绪，而是反思战争的残酷、和平的珍贵、大国的担当。

三、电影工业体系的健全与社会主流价值观的传播

电影产业的高质量发展是其由大变强的必然选择，通过理顺健全电影工业体系与社会主流价值观有效传播的内在逻辑，可以助力新时代中国电影的使命担当。立足现实，尽管中国电影表现不俗，但从产业发展体系健全视角看，主要靠票房拉动行业增长，院线播放渠道之外的其他环节太短，周边产品和相关授权等衍生品开发滞后，并没有围绕核心内容实现产业链拓展，致使市场效益和主流价值观传播未能实现最大化。这一瓶颈既制约了中国电影产业的高质量发展，也影响了中国主流文化价值观的有效传播，进而抑制了作为内容产业的电影的国际竞争力与中华文化的辐射力。随着文化与科技的深度融合，特别是关键技术的突破，尤其是高端制造业的强力支撑；伴随市场竞争的加剧以及市场环境的不断优化，中国电影产业将在整合与兼并中不断健全产业体系。随着电影市场集中度的加强，电影内容质量与创意能力的重要性日益凸显，中国电影产业的瓶颈——工业化体系的完善已成为制约其可持续发展的现实问题。相应地，电影产业的高质量发展和衍生品开发深刻影响着社会主流价值观的有效传播与文化使命担

当，已引发学界的重点关注。

作为大众喜闻乐见的大众文化产品，现实主义电影的艺术追求与作为大众文化娱乐产品所传达的社会主流价值观有着统一性。其统一的基础就是历史逻辑与现实逻辑的内在关联。惟有健全电影工业体系（文化产业发展体系），完善"价值链"结构，借势完善的体系才能有效传播社会主流价值观，从而持续长久产生文化影响力。文化消费者最终决定文化价值的实现，文化商品的文化价值是消费者在市场上用脚投票实现的（如码洋、票房、点击量等）。就此而言，社会主流价值观的传播与大众消费的热情是一种正相关。其中的关键点是文化市场和文化产业中的重要概念"价值链"，即文化产业发展中那些互不相同但相互关联的生产要素在经营活动与文化价值传播中，依托市场逻辑和技术力量所实现的价值创造和意义增值。它虽然以经济价值的最大化为诉求目标，但其所承载的社会价值、技术价值、文化价值和审美价值同样重要，由此生成为多维价值系统。当下的弊端是，文化创意有效供给不充分，导致文化市场下游产品趋向过度娱乐化、去政治化、去意识形态化、去经典化，使得"三俗"产品蔓延。产品同质化、价格扭曲、跟风搭车、"机械化生产、快餐式消费"等乱象流行，促使某些企业竭泽而渔式地攫取短期商业利润，而置社会责任担当于不顾。忽视文化产业的特殊性，必然视"畸形"为"正常"，原本常态化的"双效统一"被割裂或对立起来，使文化创意、市场效益、审美追求、政治关怀相互分离，而弱化了价值观在文化产业发展中发挥根本性的轴心调节作用与价值参照功能。随着现代文化市场体系的完善与文化产业发展体系的健全，主流价值观的传播与强势产业发展会形成良性互动，这是中国电影产业的发展方向。强调使市场在资源配置中起基础性的积极作用，并非主张文艺做市场的奴隶，而是强调艺术家要以精品创作做市场的主人。降低资本的准入门槛，不是降低对文化产业社会效益的评价标准，而是不断完善艺术生产条件下文化企业的评价体系。

就中国电影产业发展而言，不仅要借助电影工业体系的不断完善寻求制作精良，更要在作为源头的编剧创意端下功夫，解放思想，提高洞察生活的能力和思考历史的深刻性，不断追求艺术的卓越性，以艺术想象的审美追求激发全社会的文化创造活力。通过不断鼓励文化自主表达与数字化技术催生的海量文化生产冲动、消费激情相互契合，以文化资源数字化并不断开放资源数据库实现文化资源共享，来解决文化发展现实境遇中真实的"文化价值观缺失"问题，重构文化内容生产传播与数字化技术应用体系的内在逻辑。在放开市场与市场开放度提升中健全文化产业发展体系，在文化发展能力提升和文化善治中使国家文化安全与党的文化领导权获得有效支撑。

此外，社会力量的托举，特别是电影新力量的持续迸发也强化了现实主义电影的力量。新力量的涌现是文化体制改革和电影市场体系不断健全的产物，因而市场基因和产业意识是其显著特点。其强烈的电影产业观念和影片的类型化生产意识，促使曾经主导电影生产的以导演为中心的模式逐渐让位于分工明确的标准化生产，市场灵验机制开始发挥效用，文化消费者的体验感、获得感得以强化，电影的主流价值观的传播越来越受到重视，主旋律与市场导向的契合度越来越高。这一点在 2019 年国庆档电影市场表现得格外突出，《我和我的祖国》《中国机长》《攀登者》等主旋律影片的高票房，使主流文化价值观的影响力在大众实实在在的消费中得以实现，爱国主义精神、对祖国的自豪感"随风潜入夜"般地融入大众的心底，成为大众精神意识中的一股清流。2019 年国庆档主旋律影片的成功，再次体现了双主流的高度契合，即社会主流价值观与主流消费群体的同频共振，其中现实主义精神的高扬是这种"共振"的黏合剂。这表明现实主义有着广泛的涵摄性、价值辐射性，能够赢得更多的人心。

随着中国发展进入新的历史方位，愈加需要艺术为民族复兴铸就精神大厦，愈加需要艺术高扬人民性，愈加需要主流文化关注现实题材、弘扬现实主义精神。作为大众最喜爱的艺术消费方式之一，中国电影担负着对内娱悦大众凝聚人心、巩固中华民族伟大复兴的价值认同的思想基础，对外展示文明型崛起的大国形象及为构建"人类命运共同体"背书的使命，担当为人类文明进步贡献更多特殊声响和色彩的使命，尤其是在全球化舞台上建构和展示"中国形象"。近年来电影发展格局的变化表明，做强电影产业一定要回归文化产业本性，回到文化价值自身的积累和文明的传播上。电影产业的可持续发展不能仅寄托于所谓的"IP"开发，而是要把消费者装在心里，把人民视为"剧中人"，以内容与主流价值传播作为消费"痛点"，以内容的创新和积极正向的价值导向吸引大众消费，推动电影产业从靠明星流量的粗放式制作迈向执着于内容品位的高质量发展，以文化产业发展体系的完善为目标。不惟电影产业，中国文化产业的高质量发展都应着力于改善文化生态环境，特别是完善创意培育机制与创意的版权保护，提高商品化开发能力，在与数字化技术融合中健全产业链。

（发表于《中国文艺评论》2019年第12期，第27-35页）

结　语

强化批评精神，增强使命感

——关于建构中国形态的文艺评论的一点思考

为什么要高度重视文艺和文艺评论工作？习近平总书记指出："今天，我们比历史上任何时期都更接近中华民族伟大复兴的目标，比历史上任何时期都更有信心、有能力实现这个目标。而实现这个目标，必须高度重视和充分发挥文艺和文艺工作者的重要作用。"[1]文艺是时代前进的号角，最能代表一个时代的风貌，最能引领一个时代的风气。当下，文艺发展日益进入泛娱乐、大文创和人民追求精神生活共同富裕的时代，必然要求文艺精品不断涌现，满足人民多样化的精神心理需求，使人民有更多的文化获得感，这使得坚持什么样文艺观的问题凸显，文艺评论何为的问题变得极为紧迫。一个时期以来，文娱领域流量至上、"饭圈"乱象、天价片酬、阴阳合同、违法失德等现象不时出镜，"小鲜肉""脂粉气""耽美""眯眯眼"等畸形审美趣味一度泛滥，在难得的历史条件与时代际遇面前，本该有所作为的文艺评论却哑然失声，无所适从，丧失了应有的提神聚气、凝聚人心的作用，忘

---

[1] 习近平：《在文艺工作座谈会上的讲话》，人民出版社2015年版，第2页。

记了本来的使命和责任。"文艺评论存在'缺席'、'缺位'现象,对优秀作品推介不够,对不良现象批评乏力,文艺批评辨善恶、鉴美丑、促繁荣的作用有待强化。"[1]正是基于此,2021年8月,中央宣传部、文化和旅游部、国家广播电视总局、中国文联、中国作协等五部门联合印发了《关于加强新时代文艺评论工作的指导意见》(以下简称《意见》)。《意见》明确,建强文艺评论阵地,营造健康评论生态,推动创作与评论有效互动,增强文艺评论的战斗力、说服力和影响力,促进提高文艺作品的精神高度、文化内涵和艺术价值,为人民提供更好更多精神食粮。惟此,《意见》指出,要把好文艺评论方向盘。注重文艺评论的社会效果,弘扬真善美、批驳假恶丑,不为低俗庸俗媚俗作品和泛娱乐化等推波助澜。世界史表明,一个国家的崛起最终一定是精神的崛起,中华民族的伟大复兴必然显现于人民精神力量的增强,"举精神之旗、立精神支柱、建精神家园,都离不开文艺"[2]。作家艺术家和文艺评论家不仅是时代风气的先觉者、先行者、先倡者,还要通过创作与评论的有效互动推出更多有筋骨、有道德、有温度的文艺作品,在时代的大舞台上彰显信仰之美、展现一个正在崛起的民族形象,为人类文明跃升和全球善治提供中国方案,使社会主义旗帜在世界舞台上高高飘扬。社会主义文艺,从本质上讲就是人民的文艺,人民性是社会主义文艺的本质属性。文艺评论要在深刻理解新时代内涵基础上,强化直面作品和文艺实践的"批评精神",亟须增强评论家何为的使命感,把好影响和引导文艺创作的方向盘。

---

[1]《中共中央关于繁荣发展社会主义文艺的意见》,人民出版社2015年版,第3页。
[2] 习近平:《在文艺工作座谈会上的讲话》,人民出版社2015年版,第6页。

一、时代是文艺与文艺评论繁荣发展的舞台,文艺评论要为艺术创新和攀登时代高峰鼓与呼

什么是文艺评论？所谓文艺评论就是对作家作品及文艺现象、文艺思潮的一种批评实践，及立足于专业水准的价值判断，其核心是批评精神和价值判断。因此，真正的文艺评论要的是批评，是批评家主体意识的张扬和基于文本阐释基础上专业分析的价值判断。究其学理性而言，文艺评论作为批评，"是揭示文学艺术作品的美和缺点的科学。它是以充分理解艺术家或作家在自己的作品中所遵循的规则、深刻研究典范的作品和积极观察当代突出的现象为基础的"[1]。可见，作为一门科学的文艺评论不是作品的附庸，更不是对作者、市场和大众的迎合，当然此科学非实证意义上的自然科学，而是发出一种人文科学意味上的独立见解和主张，"讨论瑕瑜，别裁真伪，博参广考。"[2]以富有思想的真知灼见启迪作者和受众，甚至在抵制思想的平庸和批评"三俗"之风中引领社会思潮和文化风尚。需要强调的是，在批评实践中文艺评论不能是现成性尺度的套用，其批评模式和话语也非一成不变，但直面作品和世界的批评精神是其不变的灵魂。

一代有一代之精神，一代有一代之文艺和文艺评论。德国大文学家歌德在《文艺谈话录》中告诫青年作家，要紧紧抓住时代，所谓抓住时代是指不能被时代潮流所裹挟，从而沦为时代大潮中的芸芸众生、人云亦云，而是与时代保持一定距离从而能够洞察时代的纷纭现象，在现象的沉浮中把握时代精神。同样，意大利哲学家阿甘本在《什么是当代？》中明确指出，"当代性就是一种与自己时代的独特关系，这

---

[1] （俄）普希金：《论批评》，《文学理论学习参考资料》（下），春风文艺出版社1982年版，第1245页。
[2] （清）永瑢等撰：《四库全书总目提要》（三十九），商务印书馆1931年版，第92页。

种关系既依附于时代，又与其保持距离。更准确地说，与当前时代的关系，正是通过与之脱节，与之发生时代错位，而依附于这个时代。那些与这个时代完全保持一致，在各个方面都完全循规蹈矩的人，并不是当代人，这正是因为他们并不打算看清时代，他们没有能力牢牢把握住他们所看到的东西。"[1]处于不同时代和国度的两位思想家，都有着对时代性的深刻把握。可见，只有洞悉现在、前瞻未来，才会真正理解"当代性"。只有站在历史的新方位，以一种历史性来把握"当代性"意义，才能明白它对我们意味着什么，那就是在文艺评论者面前敞开一道新的历史视域。这道新视域要求我们需要重新审视世界与中国的关系，要以中国的和平崛起为方法重构世界史观，深刻领会开创了人类文明新形态的中国式现代化是推动世界秩序变化的重要力量之一，正在百年未有之大变局中开启世界史的"中国纪元"，文艺评论要自觉肩负起时代使命。正是时代敞开了文艺和文艺评论繁荣发展的一道视域，契合中国发展方位的变化，亟须增强文艺评论工作者的"当代性"意识。我们要明白，文艺评论家属于时代，又是"同时代"的游离者或"他者"。犹如阿甘本在《何为同时代人？》中所认为的，生活在同一个时代并不意味着属于同时代的人。在他看来，"同时代的人"属于那些"既不与时代完全一致，也不让自己适应时代要求的人"。[2]在一种究元意味上，"同时代的人""比其他人更能感知和把握他们自己的时代"。[3]也就是说，其意味是指唯有与时代保持一定距离，并置身时代之中，这促使文艺评论家得以敏锐地感受到时代之律动。

回到当代文艺发展的现实境遇，新时代新征程是当代中国文艺的

---

1 转引自蓝江：《直面当下与面向未来——论国外马克思主义的当代性范式》，《内蒙古师范大学学报》2017 年第 3 期。
2 （意）吉奥乔·阿甘本：《裸体》，黄晓武译，北京大学出版社，2017 年，第 20 页。
3 （意）吉奥乔·阿甘本：《裸体》，黄晓武译，北京大学出版社，2017 年，第 20 页。

历史方位，文艺评论必须深刻把握当下所处的历史方位，增强文艺发展的时代感、树立大历史观，引导当代文艺创作全方位全景式展现新时代的精神气象。"新时代是中国人民在新的考验和挑战中创造光明未来的时代，也是中国人民拼搏奋斗创造美好生活的时代。"[1]新时代是社会生产力高度发达、物质生活丰裕、精神生活需求旺盛的时代，在大众消费的结构性变化中精神文化消费凸显，在技术应用本身就是文艺新业态生成的境遇下，伴随人人都是艺术家的日常生活审美化现实，大众更加注重对高品位高情感高价值含量的艺术品消费，使得在社会文明程度普遍提升中生产更多艺术精品成为时代要求。所谓文艺精品是指"其思想精深、艺术精湛、制作精良"，[2]它需要艺术创作理念的创意和表现形式的创新，以及文化产业基础的高端化与文化产业体系的健全。首先是健全艺术创作体系，其次是健全艺术品交易和现代艺术市场体系，最后是对文化消费理念的引导和高品位消费者的培育，从而为艺术繁荣发展营造良好的生态环境。也就是说，新时代既要求文艺发展守正创新，以艺术创新为攀登时代高峰的第一要务，激励文艺评论发展出成为文艺思想观念和艺术表达方式创新的策源地和助燃剂的能力；也要求文艺评论在经历百年未有之大变局中增强政治站位意识和世界眼光，以胸怀"国之大者"的气魄，引导中国当代文艺在人类文明新形态视域下向着世界文艺的主导形态之一迈进，以诉求全人类共同价值的人类文明普遍形态为中国的文明型崛起赢得国际社会的广泛认同。

新时代新方位提出了文艺精品的要求，如何激励艺术在创新中不断向着高峰攀登，是时代赋予文艺评论的职责和使命。当下，信息化

---

[1] 习近平：《在中国文联十一大、中国作协十大开幕式上的讲话》，人民出版社2021年版，第7页。
[2] 习近平：《在文艺工作座谈会上的讲话》，人民出版社2015年版，第10页。

数字技术在经济社会文化领域的应用推动了媒介革命，其影响所及甚至重构了社会生活的肌理，使得媒介融合成为时代表征之一。媒介融合推动艺术创新，增强了艺术表现力，使艺术新业态不断涌现，生成了具有时代特点的新媒介艺术。当然，对这个有着新质意味的文艺形态的命名尚未形成共识。科技赋能艺术所提升的不仅是传统艺术的表现力和表达力，更是一种艺术新形态和文化产业新业态的生成，如何推动新媒介艺术的成熟与诉求经典化是文艺评论工作者必须面对的时代课题。创新是文艺的生命，创新既要礼敬传统，更要立足变动不居的现实。习近平总书记指出："要把创新精神贯穿文艺创作全过程，大胆探索，锐意进取，在提高原创力上下功夫，在拓展题材、内容、形式、手法上下功夫，推动观念和手段相结合、内容和形式相融合、各种艺术要素和技术要素相辉映，让作品更加精彩纷呈、引人入胜。"[1]互联网技术和新媒体催生了大批新的文艺类型，也带来文艺观念和文艺实践的深刻变化，各种艺术门类互融互通，各种表现形式交叉融合，互联网、大数据、区块链、人工智能、生物仿真技术等在文艺领域风生水起，不仅推动了文艺形式创新，还拓宽了文艺空间和文艺的存在方式。在艺术创新的眼花缭乱中，文艺评论家要保持一份清醒，警惕技术狂欢和一味任性的飞升，使技术应用始终服务于思想内容的表达与艺术品位和审美愉悦感的提升。习近平总书记告诫我们："必须明白一个道理，一切创作技巧和手段都是为内容服务的。科技发展、技术革新可以带来新的艺术表达和渲染方式，但艺术的丰盈始终有赖于生活。要正确运用新的技术、新的手段，激发创意灵感、丰富文化内涵、

---

[1] 习近平：《在中国文联十大、中国作协九大开幕式上的讲话》，人民出版社2016年版，第16页。

表达思想情感，使文艺创作呈现更有内涵、更有潜力的新境界。"[1]在文艺多元化发展格局中，伴随消费群体的代际变化特别是Z世代的崛起，文艺新业态成为大众文化消费的主导趋势。微信、微博、小红书、知乎、抖音、快手等自媒体的创意开发，激发了普通大众的创作欲和文艺创作实践，使草根文艺创作铺天盖地，已然改变了文化生产、传播、消费的态势。大量涌现的新的文艺组织和文艺群体，使文艺"两新"依托创意和技术的跨界融合成为繁荣文艺的有生力量，铺天盖地的草根创作和艺术生产不断突破艺术固有的观念、边界。一方面，技术应用下的艺术创新丰富着人们对艺术的感知，拓展了艺术存在的广阔空间，为中华美学精神的当代表达夯实了受众基础，极大地增强了大众的文化获得感。一方面，文化内容的相对过剩，并没有满足人们求新的欲望和心理需求，反而愈加陷入某种心理的虚空和精神的饥渴，甚至陷入审美疲劳的泥淖。这种境况引发了人们对技术促进艺术创新的思考，也愈加凸显了文艺评论的不可缺席。习近平总书记指出，"文艺要通俗，但决不能庸俗、低俗、媚俗。文艺要生活，但决不能成为不良风气的制造者、跟风者、鼓吹者。文艺要创新，但决不能搞光怪陆离、荒腔走板的东西。文艺要效益，但决不能沾染铜臭气、当市场的奴隶。创作要靠心血，表演要靠实力，形象要靠塑造，效益要靠品质，名声要靠德艺。"[2]习近平总书记的论述为新时代文艺工作者包括文艺评论工作者深刻理解艺术创新提供了基本遵循。

当前，人们对科技是第一生产力的认知越来越深刻、感受越来越强烈，对技术在社会生活包括文艺领域的广泛应用有着充分的感知，

---

[1] 习近平：《在中国文联十一大、中国作协十大开幕式上的讲话》，人民出版社2021年版，第12页。
[2] 习近平：《在中国文联十一大、中国作协十大开幕式上的讲话》，人民出版社2021年版，第15页。

对技术促进艺术表现形式创新和文艺新业态的生成很敏感，但对文化及其创意对社会生活的深刻影响还缺乏真切体验。事实上，正是文化创意和技术应用的互为表里重构了当代社会生活的肌理，丰富了人们的文化心理体验和审美情感表达，促使科幻文学、网络文学和数字化艺术等大行其道，使得高科技与高情感平衡的文艺符号成为界定新时代的表征之一。文化引导未来，"今天，世界上的每一个国家实际上都通过许多措施来促进文化，从通过立法来保护历史遗产到执行种种规划、计划和政策来引导文化发展和增加公民参与文化生活。"[1]新时代满足人民对美好生活的追求和推动人民大众精神生活共同富裕，离不开蕴含社会主流价值观的高品位多样化精神食粮的有效供给，既要有顶天立地的经典大作，也要有铺天盖地的草根创作，其价值共享的指向清晰明确。创新是新发展理念之首，也是文艺的生命。习近平总书记要求："广大文艺工作者要精益求精、勇于创新，努力创作无愧于我们这个伟大民族、伟大时代的优秀作品。"[2]中国式现代化开创了人类文明新形态，彰显了中国共产党的实践与理论创新，人类文明新形态视域下的文艺评论，不仅要有勇气和能力成为新时代文艺思想与艺术表达方式、文艺表现形式与文艺业态创新的策源地，更要担当引领创新方向和对技术狂欢的批判反思使命。

二、新时代文艺评论工作者亟须增强人格修养、理论素养和政治站位意识

立足新时代新方位，文艺评论工作者要增强人格修养、理论素养

---

[1] （加拿大）D. 保罗·谢弗：《文化引导未来》，许春山等译，社会科学文献出版社2008年版，第1-2页。

[2] 习近平：《在中国文联十一大、中国作协十大开幕式上的讲话》，人民出版社2021年版，第10页。

和政治站位意识，这是推动新时代文艺评论工作高质量发展和把好方向盘应有的自觉，更是一名优秀文艺评论工作者的使命追求。

究其人格修养而言，文艺评论不仅要真诚地对艺术作品别裁真伪，做出价值评判，还要激励艺术家在引领社会风尚上率先垂范。"立德树人的人，必先立己；铸魂培根的人，必先铸己。"[1]文艺承担着成风化人的职责，这一定位深刻影响着新时代文艺评论家的品格修养。"立文之道，惟字与义。"文艺只有向上向善才能成为时代的号角，文艺评论家要为形成良好的文艺生态和创作导向做出表率，只有敬畏艺术、扬弃"酷评"、剜出"烂苹果"，赋予文艺评论应有的"批评精神"，使艺术在回归本源中向着人的精神自由和全面发展的境界迈进，才能真正引导文艺在培根铸魂上展现新担当，为中华民族实现伟大复兴提供强大的价值引导力、文化凝聚力、精神推动力。在文艺批评实践中，文艺评论的价值引导不是某种独断，而是在"和而不同"基础上的倡导和鼓励自由竞争，这既是文艺评论工作健康发展的底线原则，也是文艺评论工作者应有的人格修为。为着人民的美好生活供给高品质的精神食粮和实现人民精神生活共同富裕，文艺评论既要为大众甄别好的艺术作品，更要在尊重艺术规律中积极促进多元文艺形态的自由竞争，以"和而不同"的包容性理念发挥主流文化价值观对多元文艺形态的规范与引领，这是新时代文艺评论工作者应有的文化自觉。

首先，文艺评论工作者面对作品和文艺现象要有一颗真诚的敬畏之心。文艺创作需要理论批评家的评论，也可能是为批评家的人格所感召，但未必认可批评家的理论指导；同时，理论批评家更多地在努力探讨文学艺术之道，也未必积极主动地投身对现实创作的评论，这

---

[1] 习近平：《在中国文联十一大、中国作协十大开幕式上的讲话》，人民出版社2021年版，第14页。

在某种程度上造成二者之间的隔阂。如果这是当代文艺评论工作的难题，则需要双方同情之理解和相互成全。理论批评家要写出更多让作家艺术家信服的评论文章，同时作家艺术家也要在遵循文艺之道中有着攀登时代高峰的勇气和自觉，创作出不负时代让理论批评家仰视膜拜的千古名篇。说到底，评论与创作是一种你—我之间的交流对话，我们不能以某种原则规制艺术创作，而是以某种价值和审美理念启迪艺术创作，在创作自由中诉求某种目的；同样，也不能以某种原则束缚文艺评论，使其成为某种原则或政策的注脚。"我们不应当要求评论家根据人们普遍同意的标准证明各种批评性判断有根据，而是应当寻求一种不同的模型，后者将使我们更充分地理解评论家是怎样作出批评性论断的。"[1]事实上，好的评论文章不是理论家唯我独尊的概念空转，也不是脱离文艺作品整体性审美意蕴的自说自话的霸道阐释，更不是把艺术同化于思想进而驯服艺术、控制艺术的手段，而是一种相互敞开的主体对话，有着对艺术丰富能指的敬畏和明确所指诉求的悉心领会与深度发掘，旨在把蕴藏其中的宝藏揭开给人看。总体上说，创作与评论的有效互动，应当具有内动力，是艺术生命力的自然律动，而不能仅仅依靠外在性提倡。究其根本，倡导仅仅是一种助燃剂，艺术之火的勃勃生机有赖于艺术内在的质地，这是长期存在的一而二、二而一的问题。文艺评论不仅要立足文化现实和当下的文艺实践，更要前瞻未来发时代之先声。面对中华民族史诗般的磅礴实践，一方面呼唤新时代的李白、杜甫、蒲松龄、曹雪芹，一方面期盼新时代的《文心雕龙》、《诗品》、《人间词话》。

其次，文艺评论工作者的人格修养还体现在对"批评精神"的坚

---

[1] （英）安妮·谢泼德：《美学——艺术哲学引论》，艾彦译，辽宁教育出版社、牛津大学出版社1998年版，第117页。

守。文艺批评要的是批评,"批评精神"是文艺评论的灵魂和文艺评论工作者追求的人格修为。对于"批评精神",美国文学理论家、批评家乔治·斯坦纳对"批评精神"有过阐述。首先,"批评向我们表明什么需要重读,如何重读"。[1]其次,批评行使监督和沟通的功能。再次,批评"关注于对同时代文学的判断"。在笔者看来,其对"批评精神"的理解颇为妥帖,尤其是第三点对当代文艺评论家来讲尤为重要。所谓"批评精神"就是要敢于直面当代文艺创作并做出价值判断,这是对一个评论家人格修养以及是否有担当的检验。斯坦纳认为,"批评家对于同时代的艺术有特殊的责任。他不但必须追问,是否代表了技巧的进步或升华,是否使风格更加繁复,是否巧妙地搔到了时代的痛处;他还需要追问,对于日益枯竭的道德智慧,同时代艺术的贡献在哪里,或者它带来的耗损在哪里。作品主张怎样用什么尺度来衡量人?这不是一个容易系统阐述的问题,也不是一个能够用万能的策略对付的问题。"[2]

究其提升理论素养而言,是新时代文艺评论工作者亟须加强的。恩格斯指出,"一个民族想要站在科学的最高峰,就一刻也不能没有理论思维。"[3]首先,要强化对何谓好的作品的审美判断力的理论修养。通常,一篇好的评论文章不会停留于印象式点评上,即使是古代的诗文评,也有着理论的形而上意味和逻辑的自洽性,这是价值判断持论公允的保障。现代文艺评论更是离不开逻辑的支撑和理论的指引,既有对文艺史的洞悉和经典作品的滋润,又有对当下文艺创作的犀利洞察,才能为文艺评论迎来荣光和尊严。如何评判一部作品是好的作

---

[1] 乔治·斯坦纳:《语言与沉默》,李小均译,上海人民出版社,2013年,第14页。
[2] 乔治·斯坦纳:《语言与沉默》,李小均译,上海人民出版社,2013年,第16页。
[3] 《〈反杜林论〉旧序·论辩证法》,《马克思恩格斯文集》第9卷,人民出版社2009年版,第437页。

品？在德国哲学家康德看来，好的作品是美的艺术，美的艺术不等于快适的艺术和机械的艺术。艺术固然是人的自由创造的产物，但它却不应"露出一点人工的痕迹来"。"美的艺术是一种意境"，意境在作品中的涵润是极其自然的，或者说，自然而然的风致本身即是美的艺术意境的应有之义。像艺术的自然才是美的自然，同样，像自然的艺术才是美的艺术。美的艺术的"自然"气质在于艺术作品中的"意图"隐而不露，其形式的合目的性要求它不落于任何人为造作。康德认为艺术创作当然不是全然无意，但如果意图与感官快乐相偕只能是"快适的艺术"，其目的是与被视为单纯感觉的表象相伴的愉快——享乐的艺术，这种取悦感官的"快适的艺术"除开供人们一时的欢娱和消遣外别无深趣。如果意图"在于产生出某一确定的客体（概念）"，那这"只能通过概念来令人愉快满意"的"客体"只能把人引向某种认识或说教的目的，于是便有了那种不是艺术的艺术即"机械的艺术"。"美的艺术作品里的合目的性，尽管它也是有意图的，却须像是无意图的，这就是说，美的艺术须被看作是自然，尽管人们知道它是艺术。"[1]关键在于审美判断的那种"合目的性"，以反省的判断力而非以官能感觉为准则的艺术促进着心灵诸力的陶冶，以达到社会性的传达作用。也就是说，美的艺术是一种表现方式，这种表现方式以自身为目的，虽然没有目的，却仍然为了社会交际而促进心灵能力的陶冶。可见，一种愉快的普遍可传达性在自身的概念中包含这样的意味：这种愉快不是来源于单纯感性的一种快乐，而必须是一种反思。因此，审美的艺术，作为美的艺术，是以反思判断力而不是以官能感觉为准则。美的艺术品作为天才作品除了合于鉴赏的尺度外，最重要的还在于它须有"精神"或"灵魂"。"精神（灵魂）在审美的意义里就是那心意付予对象

---

[1] （德）康德：《判断力批判》上卷，宗白华译，商务印书馆1963年版，第152页。

以生命的原理",[1]所谓"精神"就是那种能够在"自己的内心里"萌生出作为"最高的范本"、"审美的原型"的审美观念,并把它以可能尽致的方式表现出来的能力。审美是一种能力,创作出美的作品不仅需要天赋和对经典作品的悉心揣摩,更要注入精神和灵魂。习近平总书记指出:"只有把美的价值注入美的艺术之中,作品才有灵魂,思想和艺术才能相得益彰,作品才能传之久远。"[2]审美观念赋予作品以生命而使作品有"精神",这"精神"(灵魂)作为审美观念的中心环节不能求之于人的心灵之外,它"必须每人在自己的内心里产生出来",却又不是每个经验的个体都可以使这应当的"必须"成为现实的"能够"。在康德看来,所谓"精神,在审美的意义上,就是指内心的鼓舞生动的原则"。[3]这个原则不是别的,正是把审美理念表现出来的能力。作为与作品的精神或灵魂的交流对话,文艺评论工作者要有洞悉作品好坏的审美判断力的理论素养。

再次,文艺评论工作者要增强驾驭批评标准的能力,使其有能力自由地出入批评标准的有无之间。在文艺批评实践中,文艺评论者对作品的评判都会遵循某些标准,或者基于某种立场做价值判断。中外文艺史表明,正如有着创新冲动的文艺作品往往是无法之法的产物,某些合乎公认批评标准的作品未必是文艺精品,或者换句话说,某些现成性批评标准原本就是用来被打破的,任何有独创性的艺术家都会对一些艺术原则有所突破。试看当代戏剧创作有多少会遵循亚里士多德的悲剧理论?当代诗歌创作又有多少人遵守钟嵘的《诗品》?因此,好的文艺评论家对作品的批评通常游走于标准的有无之间。诚然,任

---

[1] (德)康德:《判断力批判》上卷,宗白华译,商务印书馆1963年版,第159页。
[2] 习近平:《在中国文联十一大、中国作协十大开幕式上的讲话》,人民出版社2021年版,第10页。
[3] (德)康德:《判断力批判》,邓晓芒译,人民出版社2004年版,第158页。

何批评标准的提出都有其艺术史、学术史的价值，但不能因此使之僵化为某种现成性规制。有学者指出："在文学史上常常出现这样的情况，每当人们把一种特定的文学风格的各种特征以编纂成法典的形式严格地确定下来的时候，就会有人创作出对这些规则毫不在意的伟大的文学作品。"[1]可以说，正是一系列突破原则的伟大作品构成了文艺史上前后相续的典范，形成一个又一个艺术高峰，建构了人类文明史上璀璨的文艺经典。文艺发展史一再表明，好的艺术作品未必合乎某种现成性标准，作为对某种价值的突破它自身会成为一种新的典范。因此，好的评论不是机械地教条地运用批评标准，而是游走在有无之间对何谓好的作品的一种启发和引导。有别于某些批评流派对艺术自主性、审美自律性的捍卫，新时代文艺评论要强调批评标准的"有"，不仅诉诸引导文艺创作涌现更多艺术性和审美意义上好的作品，这些作品更以其目的（无目的的合目的性——为着民族复兴和国家崛起）的融入激发当代中国人的意志，在获得身心愉悦的满足中增强人民的精神力量；还要以其对"虚灵的真实"的价值祈向关注"无"，强调好的文艺作品犹如挖掘不尽的富矿，蕴含哲思境界无限拓展的价值根荄。今天，我们正处在中华民族伟大复兴的一个关键时期，需要文艺为精神强起来奠基。"举精神之旗、立精神支柱、建精神家园，都离不开文艺。"[2]新时代文艺评论要在批评标准的有无之间，引导社会主义文艺为社会培根铸魂，使自身成为有精神和灵魂的人民的文艺。

再次，新时代文艺评论工作者把好文艺评论方向盘，亟须加强马克思主义文艺理论素养。习近平总书记指出："要加强马克思主义文艺理论和评论建设，增强朝气锐气，发挥引导创作、推出精品、提高审

---

1 （英）安妮·谢泼德：《美学——艺术哲学引论》，艾彦译，辽宁教育出版社、牛津大学出版社1998年版，第116-117页。
2 习近平：《在文艺工作座谈会上的讲话》，人民出版社2015年版，第6页。

美、引领风尚的作用。"[1]不同于唯美主义或为艺术而艺术的批评观，马克思主义文艺批评鲜明地亮出自己的立场和批评标准，主张有导向性和价值倾向性的批评，尤其强调发挥文艺的社会功能，但也从来没有忽视对艺术卓越性的追求和艺术价值的肯定，更不会以所谓宣传去侵犯或损害文艺的自主性和审美自律性（对主题创作的评论会更加注重作品的艺术表达能力和审美想象力）。恩格斯指出："席勒的《阴谋与爱情》的主要价值就在于它是德国第一部有政治倾向的戏剧。现代的那些写出优秀小说的俄国人和挪威人全是有倾向的作家。可是我认为倾向应当从场面和情节中自然而然地流露出来，而不应当特别把它指点出来；同时我认为作家不必要把他所描写的社会冲突的历史的未来的解决办法硬塞给读者。"[2]作为对经典作家文论思想的传承，毛泽东同志《在延安文艺座谈会上的讲话》中指出，"缺乏艺术性的艺术品，无论政治上怎样进步，也是没有力量的。因此，我们既反对政治观点错误的艺术品，也反对只有正确的政治观点而没有艺术力量的所谓'标语口号式'的倾向。"[3]在党的文艺领导权建构中，文艺批评是文艺界的主要斗争方法之一，需要在实践中正确把握文艺批评的标准。"我们的批评，也应该容许各种各色艺术品的自由竞争。"[4]打击敌人需要有力量的文艺作品，"虽然《讲话》自始至终仅仅从政治出发谈文艺，但因为它遵从丰富的革命历史经验及其严格的政治逻辑，客观上为'新人'

---

[1] 习近平：《在中国文联十一大、中国作协十大开幕式上的讲话》，人民出版社2021年版，第18页。
[2] 恩格斯：《致敏娜·考茨基》（1885年11月26日），《马克思恩格斯全集》第36卷，人民出版社2016年版，第384-385页。
[3] 毛泽东：《在延安文艺座谈会上的讲话》，《毛泽东文艺论集》，中央文献出版社2002年版，第69页。
[4] 毛泽东：《在延安文艺座谈会上的讲话》，《毛泽东文艺论集》，中央文献出版社2002年版，第69页。

的文化世界和审美世界厘定了终极性的历史内容：它就是人类追求普遍的（而非特权性质的）平等、自由、解放的集体斗争经验的史诗性自我表达。"[1]这是《在延安文艺座谈会上的讲话》得以超越特定历史语境而具有创造性理论应有的普遍性价值之所在。究其现实性，马克思主义文艺批评观所坚持的历史的人民的艺术的美学的批评标准，是在一种何谓好的作品的典范意义上的价值引导，它不是一种僵化的现成性尺度，更不是某种具体原则的硬性规定，而是一种"虚灵的真实"的价值祈向，表征着人民的文艺、社会主义文艺应有的价值追求和审美理念表达。究其批评活动的展开，是在深刻洞察作品意味基础上与作者、受众和世界的对话，既然是一种对话，就不是简单地给出某种结论，也不是强迫作者和受众被动地接受，而是在阐释中形成一种共情、共鸣的共在关系，是一种既突破批评标准又合乎某种标准的存在。这也是发现艺术精品、推动文艺经典生成的过程，这种发现是对艺术作品某种优秀特质的阐释，犹如深入富矿腹地而有着广阔的阐释空间。惟此，经由文艺评论的价值发现和审美阐释，文艺经典在评论中不断生成和重构，由此使当代文艺精品不断迈向文艺经典化，进而彰显新时代文艺评论以多维度艺术价值阐释引导艺术创作增强从"高原"向"高峰"攀登的使命感。

立足新时代文艺繁荣发展的多元化格局，从不避讳立场的马克思主义文艺批评，面对作品的存在需要把文艺的政治性表达，自觉地转变为文艺批评的审美判断和评论者自身立场、趣味、流派、创作理念与手法之间的争论。通常，艺术的百花齐放和思想观点的百家争鸣必然反映社会领域价值和意识形态立场的多样化，这就要求我们必须正

---

[1] 张旭东：《"革命机器"与"普遍的启蒙"——〈在延安文艺座谈会上的讲话〉的历史语境及政治哲学内涵再思考》，《中国现代文学研究丛刊》2018年第4期。

确区分学术问题和政治问题,准确把握党性和人民性的关系、政治立场和创作自由的关系。充分激发艺术创作的活力、创造性、想象力,包括艺术的赋形能力和批评领域的概念建构、理论分析和方法论创新能力。习近平总书记指出,开展文艺批评活动、把好文艺评论的方向盘,是党领导文艺工作的方式之一。"要尊重文艺工作者的创作个性和创造性劳动,政治上充分信任,创作上热情支持,营造有利于文艺创作的良好环境。"[1]一定意义上,对作品的评论是一种艺术再创造,正如好的作品本身是对批评标准的突破而构成新的典范,好的评论同样不是拿现成性尺子去衡量一部创新性作品,而是一种立足艺术世界敞开中对某种价值发现的阐释而非诠释,是对心目中"虚灵的真实"的某种价值祈向和引导,高扬的是一种马克思主义的唯物史观。

最后,文艺评论工作者理论素养的增强还体现在立足你-我间性关系基础上文本细读能力的提升。究其根本,文艺评论的基本功训练离不开文本细读能力的培养,这是最基础也是最重要的一种理论素养。文本细读不是冰冷的文字阅读,它是一种温情的传递和人性的相互唤醒。好的评论与作品之间是一种惺惺相惜的知音关系,是一种相互发现和吸引的相见恨晚。评论在直面作品时面对的何尝不是世界和人生,是一种发自内心的价值感悟和油然而生,同样是一种艺术地把握世界和社会生活的方式。唯美主义诗人王尔德把评论视为"创作中的创作",是一种艺术,批评家就是艺术家。他在《作为艺术家的批评家》中认为:"最高的批评,它批评的不仅仅是个别的艺术作品,而且是美之本身。"[2]因此,文艺评论不是作品的简单诠释者,而是立足文本细读基础上的思想价值发现者和阐释者,更是某种思潮和创作导向的

---

[1] 习近平:《在文艺工作座谈会上的讲话》,人民出版社2015年版,第28页。
[2] (爱尔兰)奥斯卡·王尔德:《谎言的衰落——王尔德艺术批评文选》,萧易译,江苏教育出版社2004年版,第130页。

引领者。优秀的文艺评论是一种细读文本基础上的价值发现和价值创造,它本身就是一种价值创新。遍览中外艺术发展史,那些传承至今为人津津乐道的经典名著背后,无不有着揭示其为他人所未见、洞悉奥秘的经典评论名篇。可以说,创作与评论是相互激发促进的共在关系,它们一同敞开世界和归隐大地,尽管在涌现着到来的时间中创作和评论并非同步,而往往存在时间上的错落性。因此,中外艺术发展史上既有数不尽的艺术创作经典,也有着脍炙人口的评论佳篇。中国四大古典名著和金圣叹、脂砚斋、王国维的评点分不开,汤显祖《牡丹亭》的流行和李渔的《闲情偶寄》不无关联,现代文学史上李长之对鲁迅作品的评论,李健吾对沈从文作品的点评,等等;古希腊艺术的经典性地位同样不可缺失黑格尔、马克思的评点,俄罗斯三大著名批评家别林斯基、车尔尼雪夫斯基、杜勃罗留波夫为俄国文学赢得了世界性地位,这样的例子不胜枚举。清代袁枚曾指出:"作诗者以诗传,说诗者以说传,传者传其说之是,而不必尽合于作者也。"[1]这显然是对评论独立性与批评能力的肯定,从中见出真正的批评是对作者、作品的理解甚至是同情的理解基础上的价值发现,而不是以某种现成性尺度的机械衡量。固然,任何批评都是依循某种批评标准的评论,但所谓标准必然内化于思想价值阐释中,有着对历史的反思、现实的考量和对未来的展望,是对世界和社会生活的把握,从中显现出一种独特眼光和视野,是一种发自心底的情感交流与思想对话。如果说,优秀文艺作品反映着一个国家、一个民族的文化创造能力和水平,对作家艺术家而言,把创作生产优秀作品、文艺精品作为安身立命之本,对文艺评论家而言则是必须以高质量有思想价值含量的创造性评论为

---

[1] (清)袁枚:《程绵庄〈诗说〉序》,王英志主编《袁枚全集·小仓山房文集》(卷二十八),江苏古籍出版社1993年版,第495页。

立足之基，才能构筑新时代中国文艺发展的"龙文百斛鼎，笔力可独扛"之势。

还须提及的是，在新时代强化理论修养既指向评论者自身，也指向大众。当前，正在建设学习型社会，倡导终身学习，普遍重视大众阅读，遍及全社会的公众文化服务均等化满足着大众阅读的基本需求，各类讲座更是推动了理论普及化。培养大众的理论素养，原本就是社会主义新人和实现人民精神生活共同富裕的应有内涵。在新民主主义革命时期，毛泽东《在延安文艺座谈会上的讲话》中注重文艺大众化，强调普及之于普通民众的重要性，是因为所面对的是没有知识也没有受过多少教育的劳动大众，经由普及提高他们的思想意识使其团结起来抵御外侮；今天，高等教育已经大众化了，人民普遍受过良好的基本文化知识教育，并有着强烈的理论认知诉求，理论素养的提升成为今日社会文明程度提高的应有之义。因此，在文艺繁荣的时代大舞台上，文艺评论的重心要从当年的大众化落到今日的化大众上，惟此才不会使增强人民精神力量的诉求落空。

倡导强化文艺评论家的理论素养，不是要把批评文章写成"掉书袋""言必称希腊"，更不是在评论文章中概念术语满天飞。文艺评论当然离不开对作品的阐释，这种阐释固然有理论框架和概念术语，但绝不是以牺牲作品艺术特性为代价的简单粗暴的断制，而是以理性的方式在尊重艺术特性基础上的一种意义世界的敞开。如果说，艺术是一种有机的整体性的存在，那么，文艺评论同样是一个灌注生气的生命体，有着自己的命运。究其文艺特性而言，艺术世界既是符号的世界，又是意义的世界，文艺评论是打开这个世界的一道亮光和视阈，是切近艺术世界的一种方式，而不是一个粗暴的硬性的闯入者，恰恰相反是一种柔性的审美遭遇。其中不乏矛盾冲突、妥协，但更多的是同情之理解、坦诚之沟通、思想的镜鉴和相互成全，旨在共同守护精神自由的世界与对意义的追寻。说到底，文艺评论家不是艺术创作的立法者，而是作品意义的阐释者和文艺田园良好生态的守护者，它剔除的是稗草，呵护的是良苗。因而，当我们倡导艺术创作抵制"三俗"之风时，更要警惕文艺评论本身为"三俗"之风所裹挟，还要警醒文艺评论滑向空洞化、概念化和非及物化。我们越来越认识到，为着中华民族伟大复兴蓄积精神力量，文艺评论是影响文艺创作、引导文艺创作、激励艺术创新和鼓励艺术自由竞争的有效方式，也是我们党成功领导文艺工作的有效手段。事实上，只有在竞争中通过学术争鸣才能形成创作共识、评价共识、审美共识，实现创作者与评论者的情感共情与思想共鸣，这一目标诉求离不开深厚的理论素养的积累。

立足新时代新方位，文艺评论家还要增强政治站位意识，这在某种程度上理应是有追求的文艺评论家的自觉。所谓政治站位意识是指一种人民立场的天下情怀，不是狭隘的政党利益。究其社会性而言，政治站位意识旨在强化文艺评论工作者要胸怀民族复兴的伟业，引导文艺走出自言自语和杯水风波的泥淖，在百年未有之大变局中助力国家软实力的提升。对于社会主导文化形态、社会主流文化价值观传播而言，增强政治站位意识理所当然，其中包含着对社会主义文艺、人民的文艺的期待。作为社会主流意识形态的一种自然融入，它之于新时代文艺发展不是底线要求，而是一种倡导意义上的激励，鼓励新时代文艺创作触及时代的思想高度，自觉肩负时代使命。今天，文艺创作依然面临准确把握党性和人民性、政治立场和创作自由的关系问题。文艺评论在引导艺术创作为什么人和如何为上不能发生偏差，尤其需要鼓励艺术家胸怀天下、眼睛向着人类文明的方向用力，以一颗真诚的心欢乐着人民的欢乐、忧患着人民的忧患，为追求艺术卓越性和思想观念创新保驾护航。文艺评论唯有站得高、望得远，才能真正把握艺术作品的"哲思"内核，为艺术创新摇旗呐喊。

今天，提高政治站位意识旨在强化新时代艺术应有的天下情怀和人类文明视野，不能囿于民族的地方的文化（文化部落主义）立场，尤其不能自我狭隘化。诚然，任何文化艺术都是源自地方的民族的，尤其作为创作主体的艺术家都有其身份认同和国籍（祖国），但在全球化运动日益深入和共同人性的观念成为普遍共识的语境下，文艺评论更应着眼于艺术观念的超越性和对普遍文明价值的诉求，契合世界秩序与中国发展方位的变化，倡导超越艺术的本土性与特色论而诉求艺术的世界性与普遍性。既要有勇气与世界艺术平视，更要有能力和使命自觉引导世界文艺的发展方向。"越是民族的越是世界的"是历史的产物，有其适用的范围和界域，它凸显了不同文明之间的差异性而有意弱化了人类文明价值的普遍性，是一种片面性的艺术真理观。从历史的中国走来的当代中国，不仅有着现代民族国家的架构，更是传承了一种普遍主义的文明观，这使得"天下情怀"成为中国艺术的文化基因。因此，在当下语境强化"天下情怀"是提高站位意识的应有之义，所谓以艺通心沟通世界的价值共享，也有赖于此为构建人类命运共同体提供文艺支点。它之于新时代的艺术和文艺评论，需要强化"世界的就是中国的"艺术价值追求，彰显新时代中国文化气象与人类文明普遍价值诉求的正向关系，促使艺术发展在回归艺术本性中增强艺术的使命感，助力中华文化跃升为全球化舞台上的高位态文化或世界主导文化形态之一。

此外，提升文艺评论工作者的政治站位意识，还包括正确处理艺术和市场的关系问题。如何引导艺术家处理好文艺创作和市场的关系是增强文艺评论当代性的体现，文艺评论导向是健全现代文化市场体系的一个重要环节,深刻影响着艺术创作的价值追求。市场经济条件下,艺术作品经济价值的实现以及文化的公共性、社会性功能的发挥都离不开市场,文化市场体系越是健全和良性互动,越是有利于促进文艺精品的生成。习近平总书记指出,"文艺不能当市场的奴隶,不要沾满了铜臭气。优秀的文艺作品,最好是既能在思想上、艺术上取得成功,又能在市场上受到欢迎。要坚守文艺的审美理想、保持文艺的独立价值,合理设置反映市场接受程度的发行量、收视率、点击率、票房收入等量化指标,既不能忽视和否定这些指标,又不能把这些指标绝对化,被市场牵着鼻子走。"[1] 伴随文化时代的来临,文化经济化、经济文化化、政治经济文化一体化的世界趋势越发显著,尽管遭遇全球化逆流和回头浪,"断链脱钩论"一时甚嚣尘上,但文化全球化、全球文艺的交流互动依然是主潮。当代艺术和文化产业的市场基因,决定了在市场经济语境下强化文艺评论的政治站位意识,有利于在两个效益统一中始终坚持社会主义文艺发展方向。

三、文艺评论要以胸怀"国之大者"的气象,在回应"时代之问"和"世界之问"中担当文化使命

契合世界秩序的变化与中国发展的新方位,文艺评论家亟须在回应"时代之问"和"世界之问"中增强使命感。新时代中华民族迈向强起来的新征程,是 14 亿中国人在伟大实践中奋斗出来的,也是当代中国文艺以其特殊的声响与色彩召唤激发出来的,越来越成为"世界的中国"亟须文艺在铸牢中华民族强起来的根基中点燃国民精神的灯火。"哲学家们只是用不同的方式解释世界,而问题在于改变世界。"[2]

---

[1] 习近平:《在文艺工作座谈会上的讲话》,人民出版社 2015 年版,第 20-21 页。
[2] 马克思:《关于费尔巴哈的提纲》,《马克思恩格斯全集》第 3 卷,人民出版社 1960 年版,第 6 页。

马克思、恩格斯认为文艺应具有"改变世界"的能动性，而格外看重在各个历史阶段的人民反抗斗争中产生的、具有革命性质的文艺作品，对其进步内容和现实意义给予阐发、褒扬。

在迈入中华民族强起来的新时代，有效增强人民的精神力量，自然不能缺失文艺评论的价值导向。1840年以来的旧中国跌入历史的谷底，国家蒙辱、人民蒙难、文明蒙尘，中华民族沦为被列强践踏的一盘散沙，正是中国共产党的领导使广大人民团结起来，推翻了三座大山，使中国人民站起来了，拉开了中华民族伟大复兴的帷幕，使中华民族的自尊心和自信心空前增强。在中国共产党掌握中国文化领导权过程中，经由思想启蒙和文艺大众化道路的普及与提高，文艺在团结人民、抵御外侮、鼓舞人民斗志、争取新中国的独立和解放中发挥了重要作用，也在社会主义建设新时期的改革开放中发挥了思想解放和鼓舞人心的作用，文艺评论在其中的作用不可小觑。新时代强起来是中华民族伟大复兴的诉求目标，文艺和文艺评论的作用格外凸显。习近平总书记指出："为什么要高度重视文艺和文艺工作？……回答这个问题，首先要放在我国和世界发展大势中来审视。"[1] 中国所处的历史新方位和越来越成为"世界的中国"的现实境遇，决定了"文化文艺工作、哲学社会科学工作在党和国家全局工作中居于十分重要的地位，在新时代坚持和发展中国特色社会主义中具有十分重要的作用"[2]。契合世界秩序的变化以及文化地位和作用的全球凸显，以及正在经历的百年未有之大变局和中华民族伟大复兴战略全局，文艺和文艺评论在增强人民精神力量、以文艺价值共享促进世界民心相通、赢得广泛国际认同中有着难以尽述的价值。

---

1 习近平：《在文艺工作座谈会上的讲话》，人民出版社2015年版，第2页。
2 习近平：《一个国家、一个民族不能没有灵魂》，《求是》2019年第8期。

新时代是中华民族实现伟大复兴的关键时期，需要中华民族始终保持一种昂扬勃发的进取状态，要时时警惕精神懈怠的危险，尤其需要文艺作品激发人民的奋进意志，巩固中华民族共同奋进的思想基础。基于此，2022 年中国作协党组启动了新时代文学攀登计划和新时代山乡巨变创作计划，旨在以文学力量助力中华民族强起来。同样，新时代文艺评论家要把激发艺术创作活力、增强人民精神力量视为首要的任务，着力于艺术价值的阐释和保持意义批判的蓬勃活力。也就是说，文艺评论不仅有能力洞察文艺作品的艺术价值和审美价值，而且要善于阐发作品所蕴含的精神力量，以精神之灯火照亮人民的精神世界，并令人信服地表明这种阐发是有意义的。"好的文艺作品就应该像蓝天上的阳光、春季里的清风一样，能够启迪思想、温润心灵、陶冶人生，能够扫除颓废萎靡之风。"[1]如果一部作品缺乏思想精神力量，其艺术价值、审美价值也是有限度的。也就是说，我们不是从单一尺度来评价一部作品的价值，而是从人民的历史的美学的艺术的标准相交织形成的"虚灵的真实"来理解和阐释其多维价值。

助力新时代中华民族强起来，文艺评论要在倾听时代声音中回应"时代之问"。什么样的文艺是新时代所需要和倡导的？文艺评论要在为时代鼓与呼中担当价值发现与价值创造的使命。一个时期，创作者心情浮躁、精神贫弱、价值缺失、魂无定所，个性化写作现象严重。心中没有人民，笔下没有乾坤，既丧失艺术追求，也谈不上审美情趣；既忘记责任担当，也缺乏艺术理想的现象比较严重。其突出表现就是"浮躁"，创作成为发财的手段，批评（红包评论）成了致富的工具。文艺上的浮躁现象折射出的是社会的浮躁、思想的虚空和精神的自甘堕落。在资本趋利的角逐中，某些内容生产趋向利益化，资本控制下

---

[1] 习近平：《在文艺工作座谈会上的讲话》，人民出版社 2015 年版，第 23 页。

出现了消费主义意识形态的泛滥现象。惟此,《意见》指出,要开展专业权威的文艺评论,把好文艺评论的方向盘。健全文艺评论标准,把人民作为文艺审美的鉴赏家和评判者,把政治性、艺术性、社会反映、市场认可统一起来,把社会效益、社会价值放在首位,不唯流量是从,不能用简单的商业标准取代艺术标准。严肃客观评价作品,坚持从作品出发,提高文艺评论的专业性和说服力,把更多有筋骨、有道德、有温度的优秀作品推介给读者观众,抵制阿谀奉承、庸俗吹捧的评论,反对刷分控评等不良现象。坚守作为文艺评论灵魂的"批评精神",就是旨在提高文艺作品的思想水准和艺术水准,坚持以理立论、以理服人,增强朝气锐气,做好"剜烂苹果"工作。文艺评论之批评,不是咄咄逼人,而是以春风化雨、润物无声的方式启示受众,什么样的作品应该肯定和赞扬,什么必须否定和反对,以理服人地引导大众树立和坚持正确的历史观、民族观、国家观、文化观,增强做中国人的骨气和底气。只有深刻理解时代之需,才能真正明白文艺评论为何要在引导文艺创作的价值取向、推动人民精神生活共同富裕上落到增强人民的精神力量上,文化强民族强,一个国家的崛起一定显现于精神的崛起。精神和灵魂不是空洞的存在,它取决于一个民族精神食粮的质地和审美品位的培育。基于此,在文艺批评实践中,文艺评论要自觉地"倡导健康文化风尚,摒弃畸形审美倾向,用思想深刻、清新质朴、刚健有力的优秀作品滋养人民的审美价值观,使人民在精神生活上更加充盈起来"。[1]

坚定文化自信同样是时代之需,新时代文艺评论工作者要自觉践行于批评实践中。中国式现代化使中华民族伟大复兴走出了一条自己

---

[1] 习近平:《在中国文联十一大、中国作协十大开幕式上的讲话》,人民出版社2021年版,第10页。

的道路，强起来的基础是精神文化的独立自主和文化自强。习近平总书记指出："如果'以洋为尊'、'以洋为美'、'唯洋是从'，把作品在国外获奖作为最高追求，跟在别人后面亦步亦趋、东施效颦，热衷于'去思想化'、'去价值化'、'去历史化'、'去中国化'、'去主流化'那一套，绝对是没有前途的！"[1] 党和国家的文艺政策所需，要求文艺评论自觉担当起在文化强国建设和民族伟大复兴中"国之大者"的使命，并深刻领会其内涵，这也是我们在前面强调增强政治站位意识的缘由之所在。因此，为新时代鼓与呼，今日之文艺评论不能成为世界舞台上某种强势话语的依附者和流行时尚符号的追随者，更不能套用西方理论剪裁中国人的审美，而是在全方位全景式展示当代中国人的史诗般创造中，以中国理论和中国话语有效阐释中国文艺实践和大众审美经验，以当代文艺的繁荣坚定中国人的文化自信，为中华民族迈入强起来的新时代注入强大的文艺力量。

有效回应"世界之问"是新时代文艺评论胸怀"国之大者"的自觉。新时代文艺评论在引导文艺迈向世界主流文艺形态中，要以诉求人类文明的普遍性价值回应"世界之问"，为在世界舞台上建构可信、可爱、可敬的中国形象提供文艺支撑。一个民族的伟大复兴必然显现于精神的崛起，其文艺作品往往展现出一种世界气象和对人类文明价值的普遍诉求。随着中国越来越走近世界舞台中央，中国所面对的问题就是世界的问题，中国文艺所达到的思想高度很大程度上决定着中华文化在世界舞台上的位态。以文化人，能够凝结心灵；以艺通心，更易沟通世界。新时代文艺评论的思想高度对越来越走上世界舞台的艺术的胸怀和气魄有着深刻影响，甚至需要文艺评论旗帜鲜明的价值引导，为增强世界民心相通提供支撑力量。惟此，新时代文艺评论要

---

[1] 习近平：《在文艺工作座谈会上的讲话》，人民出版社 2015 年版，第 25 页。

增强文化主权意识，为中国的文明型崛起提供思想理论资源。越来越走近世界舞台中央是中国新的历史方位，经济发展起来之后，民族形象的塑造、核心价值观的引领、民族精神的凝聚、中华文化新辉煌的创造提上发展日程。展示什么样的中国形象和民族精神至关重要！随着世界秩序的"东升西降"，崛起的中国要为世界进步和人类文明跃升做更多贡献。随着中国历史方位的变化，当下的中国越来越成为"世界的中国"，我们不能再满足于"越是民族的越是世界的"共识，而要在"世界的就是中国的"的话语权提升中，促进世界文艺生态健全中发挥引领发展方向的勇气和能力；同时，文艺评论还要以胸怀"国之大者"加强世界民心相通，为构建人类命运共同体提供文艺支点。

当下，世界正在经历百年未有之大变局，国际形势波诡云谲，人类文明跃升徘徊在新的十字路口，全球治理和世界秩序充满了诸多不确定性。世界怎么了？中国怎么办？文艺发展需要为人类文明跃升启示方向，有着"天下基因"的中国文艺要胸怀"国之大者"，担负起在世界舞台上助力中华文化从对世界进步贡献者向引领者角色转变的使命。相应地，文艺评论要以价值发现、价值创造激发中华民族的艺术想象力和审美理想，在创新文化价值导向中彰显中华民族的文明追求。习近平总书记指出："中国人民历来具有深厚的天下情怀，当代中国文艺要把目光投向世界、投向人类。广大文艺工作者要有信心和抱负，承百代之流，会当今之变，创作更多彰显中国审美旨趣、传播当代中国价值观念、反映全人类共同价值追求的优秀作品。"[1] 当代中国不仅有着传统文化的底色，更有着现代文明视野中的观念创新和思想创造，有着对未来的艺术想象力和可以感染世界人民的思想观念。有学者指

---

1 习近平：《在中国文联十一大、中国作协十大开幕式上的讲话》，人民出版社2021年版，第12页。

出,"正是通过文化才使得世界不同的民族和国家之间能够建立起牢固的纽带、关系和桥梁。"[1]世界大同的现实基础是民心相通,文化价值传播的最高境界是对人心的征服,是骨子里的价值认同和情感上的志愿服膺,是对世界共同价值感召的认同。

结语:在高扬文艺的人民性中强化社会主义文艺的使命

新时代文艺评论应树立什么样批评观?说到底,能否真正树立"以人民为中心的价值导向"决定着文艺评论的价值高度。对文艺创作而言,一部好的作品应该把社会效益放在首位,同时也应是社会效益和经济效益相统一的作品。对文艺评论而言,必须运用历史的人民的艺术的美学的观点所形构的"虚灵的真实"来评判作品,才能使其导向落在文艺评论的自然而然中,才能使引导作家艺术家牢固树立正确的国家观、民族观、历史观、文化观、审美观不会沦为抽象的说教,进而对当下所处的历史方位、现实背景、未来道路有充分的理解和认识,旨在建构新时代中国形态的文艺评论。所谓中国形态的文艺评论是在坚定文化自信自强的中国式现代化视域下,立足中国文艺实践和大众审美经验特别是艺术创新实际,经由弘扬文艺批评的主体性、强化批评精神和增强使命感,诉诸以中国自身文艺发展和大众审美自觉为目的,创造既面向文艺现实和大众审美经验又引领文艺创作和文艺消费的评论话语。在加强交流对话和走向世界舞台诉求人类文明普遍价值中,以讲好中国文艺评论故事提升中国文艺在全球化舞台上的位态,不断丰富文艺创作创造与文艺理论创新创意之间的接合功能,使之成为以中国理论有效阐释中国实践的生动体现。现实中不时沉渣泛

---

[1] (加拿大)D. 保罗·谢弗的《文化引导未来》,许春山等译,社会科学文献出版社 2008 年版,第 267 页。

起的文艺乱象逼问着文艺的价值导向与社会担当，召唤着中国形态的文艺评论的出场。2015年10月，《中共中央关于繁荣发展社会主义文艺的意见》正式发布，其中第15条提出："高度重视和切实加强文艺理论和评论工作。"[1]对于恶俗审美、畸形审美，学界和主流媒体要敢于亮剑，发出主流的声音，在增强政治站位意识中把好文艺评论的方向盘。作为文艺繁荣发展的重要引导力量，文艺评论要以习近平新时代中国特色社会主义思想领航定向，充分发挥文艺评论价值引导、精神引领、审美启迪的作用，自觉肩负起弘扬真善美、批驳假恶丑的职责使命，引导和促进作家艺术家创作出更多有筋骨、有道德、有温度的优秀作品。习近平总书记指出，"要高度重视和切实加强文艺评论工作。文艺批评是文艺创作的一面镜子、一剂良药，是引导创作、多出精品、提高审美、引领风尚的重要力量。文艺批评要的就是批评，不能都是表扬甚至庸俗吹捧、阿谀奉承，不能套用西方理论来裁剪中国人的审美，更不能用简单的商业标准取代艺术标准，把文艺作品完全等同于普通商品，信奉'红包厚度等于评论高度'。"[2]事实上，在中华民族伟大复兴的征程中不乏生动的故事，关键要有讲好故事的能力；14亿中国人的奋斗不乏史诗般的实践，关键要有创作史诗的雄心。新时代需要文艺大师，也完全能够造就文艺大师；新时代需要文艺高峰，也完全能够铸就文艺高峰。对此，新时代的文艺评论要满怀信心地鼓与呼，新时代中国形态的文艺评论正走在肩负使命的途中。

（发表于《文艺理论研究》2023年3期）

---

1 《中共中央关于繁荣发展社会主义文艺的意见》，人民出版社2015年版，第12页。
2 习近平：《在文艺工作座谈会上的讲话》，人民出版社2015年版，第29页。